Me llamo Lorena, aunque en los mundos de internet ya todos me conocen como Cherry Chic. Nací en mayo de 1987 y no recuerdo cuándo fue la primera vez que soñé con escribir un libro, pero sé que todo empezó cuando mis padres me compraron una Olivetti y me apuntaron a mecanografía siendo una niña. En la actualidad puedo decir que he cumplido mi sueño: vivir de mis libros dando vida a mis personajes.

Papel certificado por el Forest Stewardship Council®

FSC
www.fsc.org
MIXTO
Papel procedente de fuentes responsables
FSC® C117695

Penguin Random House Grupo Editorial

Primera edición en B de Bolsillo: mayo de 2023

Travessera de Gràcia, 47-49. 08021 Barcelona
Diseño de la cubierta: Penguin Random House Grupo Editorial / Manuel Esclapez
Fotografía de la cubierta: © iStock Photos

Printed in Spain – Impreso en España

ISBN: 978-84-1314-704-8
Depósito legal: B-4.198-2023

Impreso en Novoprint
Sant Andreu de la Barca (Barcelona)

BB 4 7 0 4 8

Todas mis ilusiones

CHERRY CHIC

A mi sobrino Daniel, que con su llegada
me descubrió un nuevo tipo de amor intenso,
desbordante y maravilloso. Tu tía favorita
(y la única, de momento) te quiere hasta
el infinito y más allá.

—¡Se han fugado! ¿No es romántico? Es un perfecto desenlace.

—No, es un perfecto comienzo.

ANASTASIA

Prólogo

Rosario miró a su hija, deshecha en llanto, y sintió que se le partía el alma. Su Trini. Su niña. Era demasiado joven para aquello. Ni siquiera tenía arrugas y el dolor ya la había hecho jirones. Se había pasado la vida rezando para que ninguna de ellas se enamorara de un marinero, porque no le deseaba a nadie el sufrimiento de esperar desde tierra que el agua les devolviera a su hombre, mucho menos a sus hijas. Con las dos mayores tuvo suerte. La pequeña... La pequeña se enamoró en cuanto lo vio y ella lo supo nada más verlos juntos. Se llamaba Manuel y tenía los ojos más bonitos que Rosario había visto desde que conoció a su Antonio, una risa contagiosa y una labia que consiguió que Trini no viera más allá de él. Incluso consiguió que Rosario lo acogiera como a un hijo más, pese a lo mucho que había hablado de que no admitiría más pescadores en su casa.

Valiente. Era valiente. Y arriesgado. No tenía miedo y eso era peligroso para un pescador. Antonio lo decía cada vez que lo veía faenar o empeñarse en salir con el mar revuelto. Manuel tenía en los ojos un reto constante contra todo el que le dijera que no podía hacer algo. Fue así como consiguió que Trini se enamorara de él, Rosario lo acabara adorando y Antonio lo quisiera como a un hijo más. Hizo todo lo que se propuso, menos lo único imposible: dominar a la naturaleza.

Rosario miró al mar desde el jardín delantero de la casa y casi lo sintió gritar con cada ola que rompía en la orilla. Dos noches atrás llovió como hacía mucho tiempo que no llovía. Rosario y Antonio miraron por la ventana aterrados, sabiendo que estaba ahí fuera, en alta mar. Al principio no parecía tanto, pero todo se embraveció. La lluvia, el mar, el viento. Lo lloró antes de que le dijeran que no había vuelto. Lo lloró, porque ya sabía que Manuel no volvería de aquello. Nadie podía volver de aquello. Preparó un puchero con el amanecer y le dio otra tila a su hija, que no dejaba de temblar. Si no se había ido a la casa de la playa era porque Rosario se lo había impedido y porque Mario, el chiquillo, dormía con ella por miedo a la oscuridad.

—Tú te tienes que quedar con tu hijo, Trinidad. Paco está allí vigilando para decirnos algo en cuanto lo sepa.

Le repitió aquella cantaleta durante toda la noche mientras Antonio negaba con la cabeza y apretaba los labios. Dos horas después del amanecer, Paco llegó para decir lo que ya todos sabían.

—No ha aparecido —dijo entre lágrimas de compañero y amigo.

Ahí fue cuando su hija se volvió loca. Enloqueció de dolor. Como un barco a la deriva de lo que sentía, que era mucho y profundo. Gritó y lloró tanto que se quedó afónica mientras Antonio y ella misma intentaban calmarla. Lo hizo, hasta que Mario apareció en el salón con su muñeco bajo el brazo y la cara somnolienta preguntando por su mamá.

Entonces su Trini, su niña rota en pedazos, se alzó, se limpió la cara y le demostró a Rosario el significado de la entereza cuando abrazó a su hijo y aguantó sin derramar ni una lágrima más, pese a que el dolor hubiera dejado vacíos sus ojos.

En aquel momento, dos días después, sin el cuerpo de Manuel y asimilando que ni siquiera iban a poder enterrarlo, porque su barca ya había aparecido a la deriva, Trini la miraba deseando que le diera las respuestas a sus millones de preguntas.

Y a Rosario le hubiera encantado responder, bien lo sabía Dios, pero solo pudo acariciar sus mejillas y besar sus manos una y otra vez.

—Tienes que decírselo, hija mía. Era su padre. Tiene que saberlo.

—Mamá... —Su voz se rompió y sus labios temblaron de nuevo.

Miraron a Mario, agarrado a su inseparable muñeco de Bambi, viendo su película favorita. Aquella cinta se la regaló su padre, Trini recordaba haberse quejado mucho, porque vaya cosa fea le parecía regalarle al niño una película donde se moría la madre. Manuel se reía y decía: «La muerte forma parte de la vida. Es mejor que lo entienda pronto».

Rosario se aguantó las lágrimas. Le parecía la peor broma del mundo. Y ella, que era creyente porque necesitaba que su fe la ayudara a levantarse por las mañanas, en días como aquel se preguntaba dónde estaba ese Dios. Dónde estaba mientras las olas se llevaban para siempre a un hombre bueno y enamorado de su familia. Dónde estaba el día que decidió dejar a un chiquillo huérfano de padre.

—Tiene que saberlo —le dijo a su hija, que esperaba que le dijera lo que tenía que hacer, como cuando tenía cinco años.

—No quiero destrozar su vida —susurró.

—Lo superará. Es un niño listo y fuerte.

—Pero...

—La familia arropará su pena y la convertirá en alegría. Tiempo, cariño y apoyo constante. Siempre, hija mía.

Trini asintió y se levantó para ir hacia el sofá.

—¿Puedes...? —Hizo el esfuerzo de acabar la frase—. ¿Puedes quedarte por aquí? Por si te necesita.

Rosario supo que en realidad quería decir que a lo mejor ella también la necesitaba y resistió las ganas de llorar su propia pena. Asintió y se cruzó de brazos.

Vio a su hija sentarse al lado de Mario y pausar el vídeo para contarle que papá no iba a volver. Y vio a su niño, tan especial, con una mente tan rápida y adelantada, mirar fijamente a su madre y no soltar ni una lágrima. Ni una sola. Aquello no... Aquello no era normal.

—¿Puedo ver ya la peli?

—Mario, cariño, ¿has entendido lo que te he dicho?

El niño miró fijamente a su madre y asintió.

—Papá no va a volver porque está muerto. ¿Puedo ver ya la peli?

Trini miró a Rosario desencajada y ella quiso decirle que era normal, pero aquello... No, aquello no era normal. Su Mario. Su niño Mario, tan distinto a todos los demás tenía que serlo incluso en una situación como aquella. Rosario deseó, aunque luego se arrepintiera, que fuera un niño como los demás. Que llorara y rompiera cosas, porque ese dolor tan dentro y tan enterrado no era bueno en un cuerpo tan pequeño. Aquello acabaría con él si no conseguía sacarlo, pero no sabía cómo decírselo a su hija y no quería hacerle más daño, así que guardó silencio.

Guardó silencio ese día y lo hizo al día siguiente, cuando Mario desapareció durante media hora y lo encontraron en las rocas, aporreando la cinta de Bambi, gritando y llorando como un loco. Cuando su madre intentó abrazarlo, se alejó, se limpió las mejillas y dejó de llorar en el acto, enderezando los hombros y haciendo ver que no pasaba nada, pese a su respiración irregular y sus ojos hinchados.

Rosario guardó silencio, pero por dentro se resquebrajó como una torre de arena al secarse, porque sabía que su niño llevaría aquel infierno por dentro durante demasiado tiempo.

Solo esperaba que algún día fuera capaz de compartir su dolor, porque nadie debería llevar una carga tan pesada por dentro.

1

Mario

Tengo que volver a casa. No puedo estar aquí. Ni siquiera quiero estar aquí. Miro las rocas dejándose engullir por las olas y trago saliva. A mi familia le encanta este sitio. Mi primo Felipe conoció aquí a Camille y Jorge empezó su historia con la que ahora es su chica aquí, en una noche de tormenta. Lo cuentan como algo bonito, pero a mí no me lo parece, aunque me calle. Estar aquí en plena tormenta para mí sería inconcebible. En realidad, lo es a cualquier hora y con cualquier tiempo climatológico. Odio este sitio. No lo he dicho nunca en alto, porque sé lo que pasaría y lo que dirían todos a mi alrededor. Odio que la arena apenas se vea, que las rocas siempre estén mojadas y resbaladizas y que las olas rompan con fuerza contra ellas, dejando claro que son las que mandan, aunque pueda no parecerlo.

Trago saliva. Odio este sitio, pero necesitaba salir de casa y respirar. Era eso o dejar ir unos instintos que acabarían por traernos problemas a todos.

—¿Tú aquí? Eso sí que es raro.

Me giro sobresaltado y veo a Anastasia, la amiga de Natasha, acercarse a mí. Es imposible no verla. Tiene el pelo corto, pero es una peluca, porque está obsesionada con ponerse cada día un color distinto y decidió que era más sano eso que teñirse tan a menudo. Hoy es de un rubio tan dorado como el sol. Sus ojos verdes me miran con curiosidad y su boca, mullida, perfecta y pintada de rojo intenso, se estira en una sonrisa que me hace fruncir el ceño, no por la sonrisa, sino por su atuendo. Lleva un vestido de cuadros escoceses y estilo retro, como toda ella, con unos tacones de infarto.

Jodidamente bonita y jodidamente peligroso para este sitio.

Me sorprenden las ganas que me asaltan de sacarla de aquí. Joder, lo haría de buena gana y no podría enfadarse porque es ella la que se está poniendo en peligro viniendo aquí de esa guisa.

—¿Se te comió la lengua el gato? He leído que eso puede ser debido a una falta de neuronas.

Su acento ruso es intenso y precioso. Es una lástima que haga trabajar a esa increíble boca para insultarme. Podría decirle algo a su altura, pero eso no la molestaría lo suficiente, así que sonrío y me encojo de hombros.

—«No está bien que una mujer lea... enseguida empieza a tener ideas y a pensar.»

Todos en mi familia sabrían que es una frase Disney, aunque no detectaran la película. Bueno, lo harían porque Camille me obliga a dar la referencia y entonces tendría que decir que es una frase de Gastón, de *La Bella y la Bestia*, pero eso Anastasia no lo sabe, por eso no me sorprende en absoluto la ristra de insultos rusos que recibo a cambio.

Mira tú por dónde, al final el ánimo va a mejorarme un poco.

—¡Mario! —exclama cuando se da cuenta de que sonrío.

—¿No estabas diciendo lo guapo que soy? Perdona, es que como no hablas en el puto español, pues pasa que me confundo y pienso que me alabas cuando en realidad... ¿no lo hacías?

—Lo más bonito que te he dicho es «alimaña del infierno» —contesta con una dulzura muy impropia en ella.

—Precioso. En fin, me encantaría quedarme a charlar contigo, pero tengo que ir a casa. Y tú tienes que salir de aquí si no quieres matarte con esos tacones. ¿Cómo se te ocurre pasear así por la playa?

—En realidad, iba a tu casa a buscarte.

La miro sonriendo, pero con cierto ego, cosa que la enerva lo indecible y, por ende, me divierte lo que no está escrito.

—¿A qué debo el honor? ¿Por fin vas a declararme tu amor eterno?

—Dios mío, eres el ser humano más insoportable de la Tierra.

—Puede, pero me quieres.

—Te aborrezco, pero te necesito.

—Eso es casi mejor.

—¿En qué mundo, Mario? —Me río, solo por joder. En algún momento debería hacerme ver esta vena mía insana que disfruta de lo lindo haciendo rabiar a la gente—. En fin —continúa—. Necesito que me lleves a casa de tu abuela.

—Entiendo. —Disimulo una sonrisa, pero no lo bastante rápido.

—Ni una palabra.

—Todavía no has conseguido la receta completa de las empanadillas, ¿eh?

—¡He dicho que ni una palabra!

Me río entre dientes mientras camino hacia ella, pero solo porque ha hecho el amago de venir hacia mí y juro por Dios que el pánico me acelera el pulso solo con imaginar que pudiera pasarle algo aquí. Jamás me perdonaría que a Anastasia le pasara algo en mi presencia, pero en este sitio, menos.

Por lo demás, aguanto sus gruñidos entre dientes hasta casa mientras intento que no se me note lo mucho que disfruto con la situación en la que está metida gracias a mi abuela. En realidad, es admirable, aunque ella no lo vea así.

Anastasia odia relacionarse con grupos grandes de personas y eso, por supuesto, incluye a mi numerosa familia. Yo soy hijo único, pero me crie en una finca donde nuestra pequeña casa solo era una de las cuatro que ocupaban mis tíos y primos, además de mis abuelos. Aunque mi madre y yo seamos dos, en realidad, siempre nos hemos contado como parte del clan Dunas y, por lo tanto, somos un núcleo de doce personas mayores de dieciocho años. En verano hemos sido más, porque estaba el exnovio de mierda de mi prima Azahara. Bueno, la gente lo llama exnovio a secas. Para mí va a ser exnovio de mierda hasta el día en que se muera, el desgraciado. También estaban sus hijos, que son pequeños, adoran Disney y molan un montón, no como él. ¿He dicho ya que es un exnovio de mierda?

—Estás muy callado —comenta Anastasia.

Salgo de mis pensamientos con sus palabras. No sé cómo decirle que desde hace cinco días vivo en una espiral de odio y resentimiento de la que no sé muy bien cómo salir. No, eso no puedo confesarlo, primero porque sería impropio de mí y segundo porque entonces sabría que sí hay cosas que me preocupan. Muchas cosas, y eso tampoco me conviene, así que sonrío y encojo los hombros.

—«No es posible que un mundo que hace tantas maravillas sea tan malo.»

—¿Qué?

—*La Sirenita.* En serio, princesa, tienes que empezar a culturizarte un poco.

—Te lo prometo, Mario, como vuelvas a llamarme inculta, te llevo al faro más cercano a La Cala y te lo meto por el culo.

—Es que eres tan delicada y refinada que me sale solo.

—¡Y tampoco me llames princesa!

—¡Te llamas Anastasia, tía! Aunque tu carácter vaya mucho más con Maléfica, y tu boca, por cierto... Da igual, porque te llamas Anastasia y eres rusa.

—¿Y qué?

—¡Eres una princesa!

—Mario —dice entre dientes—. ¿Alguna vez en tu vida vas a decir dos frases enteras que yo pueda entender?

Miro al cielo, como si lo estuviera pensando, y chasqueo la lengua.

—No creo.

Gruñe por respuesta y me río. Dios, es que es muy divertido. Mucho.

—Si no tuviera que ir a casa de tu abuela y tú fueras el único ser humano disponible con coche que pudiera llevarme gratis, te juro que ya me habría ido.

—¿Qué le pasa a tu coche?

—No arranca.

—Normal, menuda chatarra te compraste, en serio.

—Era lo único que podía permitirme, y cállate, porque tú también tienes un coche de segunda mano.

—Mujer, no compares.

Ella guarda silencio porque tengo razón. Mi coche es de segunda mano, sí, pero aun así está en muy buen estado. No es que sea un coche de alta gama, es un Peugeot 2008, pero en muy buen estado y que va a suponerme una letra mensual durante cinco años. El de Anastasia... bueno, se le puede llamar coche porque a veces funciona y tiene cuatro ruedas, pero poco más. Aun así, no sigo por ahí con las bromas porque sé que es lo único que podía permitirse y el modo en que intenta salir adelante sin ayuda de su familia, que está forrada, me deja completamente admirado. Eso sí, debería haber pedido consejo antes de comprar esa mierda. Estoy seguro de que, entre las chatarras que podía permitirse, tenía que haber algo mejor.

—El caso es que las empanadillas se vendieron como no te imaginas y ya solo me falta un ingrediente —comenta con voz apagada.

Me río. De verdad, es como si fuera un verdadero suplicio para ella pagar por ellas. En realidad, ni siquiera tiene que darle dinero. Como dije antes, Anastasia odia las reuniones grandes de personas porque no está acostumbrada al bullicio de una familia como la nuestra. Sus padres son unos cabrones con dinero más fríos que el hielo que la han tratado siempre como si fuera una inútil, y mi abuela Rosario, que no puede ver a nadie sin familia, decidió que haría un trato con ella. Un día empezó a llevarle sus mejores postres a la cafetería que Anastasia tiene en Fuengirola. Un lugar de aspecto retro con sofás vintage donde todos los camareros, empezando por ella, van patinando. El sitio mola lo indecible y sus helados son lo mejor del mundo, pero Anastasia empezó a vender los pasteles caseros de mi abuela y eso atrajo a una parte de la población que, hasta entonces, se resistía a las tortitas americanas o las tartas más «modernas». Ahora, al parecer, la clientela ha aumentado y la abu Rosario no deja de mandar a todo el que conoce a desayunar o merendar allí.

Todo iba perfecto hasta que Anastasia le pidió a mi abuela la receta de los pasteles y ella le dijo que le daría un ingrediente por cada visita que le hiciera. En realidad, bien visto, es una pedazo de estrategia. La princesita rusa consiguió sacar los ingredientes principales sola, claro, es una gran repostera, pero los secretos... esos se le resisten. Así que ahora visita a mi abuela algunas tardes y, al salir, lo hace con parte de la receta en la mano. Mi abuela gana su visita y la compañía, está claro, pero creo que la que más gana es Anastasia, aunque ella todavía no se haya dado cuenta.

—Así que hoy por fin consigues la receta completa —murmuro.

—¡Sí! Y seré libre. —Me río y frunce el ceño—. ¿Qué?

—¿Eres consciente de que mañana te llegará a la cafetería un postre nuevo y volverás a estar en la casilla de salida?

—No necesito más postres.

—Eso lo dices ahora. Cuando lo pruebes... los dos sabemos lo que pasará.

Anastasia guarda silencio y, tras un segundo, suelta una maldición en ruso que me hace sonreír.

—Ella sí que es maléfica y no yo.

Esta vez suelto una carcajada y pongo una mano en su espalda para instarla a entrar en el jardín. Tengo que coger las llaves del coche antes de salir. Atravesamos el césped mientras me fijo en lo crecido que está. Debería recortarlo o hacerle algún tipo de trampa a Felipe para que lo corte él. Sí, mucho mejor esto último.

Entramos en casa, donde el silencio es un tanto desconcertante. Me pasa desde que Jorge se fue a vivir con Natasha. Él está feliz en casa de su chica, tiene cara de recién follado a la hora que lo veas y hasta se ríe a carcajadas, cosa que no hacía a menudo antes. Felipe, por su lado, sigue con Camille en su piso, en la parte de atrás de esta casa, y ambos están igual de felices. Y aquí no es que reine la infelicidad, pero hay un ambiente extraño. Demasiado silencioso, aunque todos vengan cada día en algún momento. O será que esta semana está siendo infernal y a duras penas consigo entrar aquí sin que la realidad me aplaste como una piedra gigante.

—¿Azahara no trabaja? —pregunta Anastasia señalando el escritorio del salón.

Aprieto los dientes de inmediato y niego con la cabeza.

—Se siente un poco mal. Creo que ha cogido algún tipo de virus.

—Oh, no lo sabía. ¿Es grave?

—Nada que no arregle un poco de cama —murmuro—. Cojo las llaves y nos vamos.

—Vale, te espero fuera, no quiero despertarla si está descansando.

Asiento con la cabeza y la veo salir. Cojo las llaves y, antes de dirigirme a la puerta, me asomo al dormitorio grande. Solo hay uno con cama de matrimonio y lo ha usado ella todo el verano, porque Nil y los niños estaban aquí. En teoría, ahora debería ser mío, pero no lo quiero. Prefiero que se lo quede ella y descanse, si es que puede.

Me adentro un poco, porque no consigo ver si está despierta o dormida. Compruebo con alivio que es lo último y la tapo con la manta ligera que hay a los pies de la cama. Sus ojeras son tan profundas como uno pueda imaginar y su piel luce unas pequeñas pintas rojas que me alteraron lo indecible hasta que nos dimos cuenta de que le han salido a causa de vomitar tanto, cosa que ya le pasaba de pequeña si se ponía enferma. No es que eso me haya relajado mucho, pero ahora al menos sé de dónde vienen. En cuanto la manta roza su barbilla, entreabre los ojos.

—Chist, descansa —le digo acuclillándome a su lado.

—¿Ya estás en casa?

—Voy a llevar a Anastasia a casa de la abu, pero vendré pronto.

Ella asiente, cerrando los ojos.

—¿Todavía estás enfadado conmigo?

Me trago el nudo de emociones que sube por mi pecho y procuro por todos los medios que no oiga en mi voz ningún tipo de alteración.

—No estoy enfadado contigo —susurro.

—Esta mañana...

—Ya hablaremos de eso. Ahora descansa un poco, ¿de acuerdo?

Asiente, pero no abre los ojos y algo me dice que es más para esconderse de mí que por cansancio. Me levanto reteniendo un suspiro y miro los panfletos que nos han dado esta mañana esparcidos por la cama. Los recojo y los coloco sobre la mesilla de noche. No pienso darle vueltas a esto ahora. No puedo.

Salgo de la habitación intentando que la rabia y el miedo no me coman desde las entrañas. Cuando veo a Anastasia, hago el esfuerzo de mi vida y sonrío, como si mi única preocupación ahora mismo fuese elegir entre beberme una limonada o una naranjada al llegar a casa de mi abuela.

—¿Y bien? ¿Lista para conseguir tu receta?

Su sonrisa entusiasmada consigue animarme un poco. Rodeamos la casa para ir a la parte de atrás, donde tengo aparcado el coche. Nos metemos dentro, arranco y llevo a Anastasia a casa de mi abuela obligándome a calmarme un poco y no dejarme llevar.

Porque si lo hago, si me dejo llevar por lo que siento, acabaré arrasando con todo. Aunque sea lo que más me apetece hacer ahora mismo, eso no haría bien a nadie, salvo a mí mismo, así que me trago la frustración y hago lo que mejor sé hacer: fingir que nada tiene la importancia suficiente como para que Mario de las Dunas pierda la sonrisa.

2

Sia

Sentada frente a la abu Rosario, la abuela de los Dunas, lo único que puedo pensar es que ya solo me quedan nueve minutos para ser libre. Una hora. Eso es lo que tiene que durar cada visita. Un mínimo de una hora charlando y luego soy libre para marcharme y llevarme el último ingrediente de las malditas y deliciosas empanadillas rellenas de sidra.

No parece gran cosa, pero para mí, que no estoy habituada a charlar con familias, sí lo es. No sería tan difícil si en cada visita no acabara llegando gente de un lado y otro. Cuando no es alguna hija, es un yerno y, cuando no, es algún nieto. Esta familia tiene tal cantidad de componentes que a menudo me sorprendo pensando que, en una guerra, tendrían su propio ejército. Tash, mi mejor amiga y compañera de casa, se ríe de mí cuando se lo digo, pero juro que de verdad lo pienso.

En estos instantes, por ejemplo, estamos en el salón de la abu Rosario: Mario, Trinidad, la madre de este, y yo, y se las han arreglado para que la reunión me parezca íntima. ¡Imagina si hay gente normalmente aquí!

—Entonces ¿ya no vendrás más, Sia? —me pregunta la madre de Mario.

—Hoy me llevo el último ingrediente de las empanadillas —confirmo.

Intento en todo momento que mi alegría no resulte demasiado obvia. Pero a juzgar por la risita de Mario, no me sale.

—Es una pena. Disfrutamos mucho de tu compañía.

Sonrío con sinceridad a Trini, como le gusta que la llame. Es una mujer amable, dulce y simpática que siempre me ha tratado como si fuese parte de la familia, aunque no sea así. Cuando pienso que crio a Mario ella sola la admiro muchísimo. Luego miro a Mario, que en estos instantes colorea un dibujo de ese bicho raro de la película hawaiana de Disney, y el pensamiento pierde fuerza.

Es tan jodidamente raro... ¡Y lo digo yo! Que llevo una peluca distinta cada día, tatuajes de todo tipo en mi cuerpo y mi forma de vestir no es la que más se adapta a la moda, así que imagina si es raro.

No, es que «raro» tampoco es la palabra. Excéntrico. A menudo no sé si es idiota o un genio, y esa dualidad, por momentos, me genera ansiedad, aunque parezca una tontería. Sé que es superdotado, porque me lo contó Tash en algún momento, y no me extrañó. Debe de serlo para recordar frases de películas con exactitud milimétrica. Y no una ni dos. He perdido la cuenta de cuántas frases le he oído decir sin pensar, ajustándolas a la conversación a veces, y otras no, pero da igual, porque al principio entraba en Google cuando él no se daba cuenta, las copiaba y ¡eran tal cual! No fallaba ni en una palabra. Me parece más que asombroso. Un tanto inútil también, pero bueno, yo suelo perder mi tiempo reordenando armarios cada poco y eso, para según qué personas, también sería una absurdez. Intento no juzgarlo, porque sé lo que es que te miren como si fueras un bicho raro, pero tampoco lo aliento porque este hombre tiene el ego del tamaño del océano Atlántico y no hay necesidad de inflárselo más.

—¿Estás escuchando, Anastasia?

Miro a la abu Rosario, que me mira a su vez con suspicacia mientras espera que me centre de nuevo en la conversación. Carraspeo, sintiéndome mal por no haberla oído.

—Lo siento, abu. Estoy distraída.

—Ya te veo, ya. Te decía que, aunque ya no necesites ningún ingrediente, podrías mantener la costumbre de venir a verme.

—Claro, sí, en algún momento yo...

—Pero de verdad —me dice, pillando al momento mi mentira—. Te lo digo de verdad. Piensa que estoy sola y soy mayor. Vislumbro mi muerte más pronto que tarde y solo quiero pasar mis últimos días con las personas que más quiero.

El corazón se me aprieta en un puño de inmediato, sobre todo por la preocupación, pero también por el hecho de que me meta en el saco de personas que más quiere.

—¿Estás enferma? —pregunto con cierta congoja.

—No lo necesito para morirme. Cuento con el factor de ser vieja.

Trini se ríe, pese a que yo me he quedado descompuesta, y chasquea la lengua hacia su madre en tono reprobatorio.

—Mamá, no asustes a Sia. Estás sana como un roble y vas a durar muchos más años.

—¿Y cómo quieres que la convenza de volver si no es asustándola? Si piensa que me muero, seguro que viene.

—Eso es tan cruel y tan de villana... —dice Mario riéndose—. Abu, te tenían que poner una placa en Hollywood. Por artista del dramatismo o algo.

—Calla y pinta, niño. Como te iba diciendo, Anastasia. Algunos días me noto que el corazón bombea raro.

—Mamá, por Dios —susurra Trini sin poder aguantarse la risa.

—Solo digo que cualquier día en vez de bum bum hace buuum, y adiós a la abu Rosario. Y el día que yo falte, ay, pobres de vosotros, que sois todos unos inútiles sin mí.

—A mi abuela tenían que llevarla a los institutos para enseñarle a las niñas cómo reforzar su autoestima —me dice Mario.

Me río, no lo puedo remediar. Con Mario es muy fácil reírse, en realidad, y eso es parte del problema de estar con él. Todo se lo toma a risa, la vida es una fiesta para él y, después de un rato a su lado, acabo pensando que mis problemas no son para tanto, cuando la realidad es que sí lo son. No quiero vivir en un mundo de fantasía, como él. No me lo puedo permitir. Sin embargo, cuando me sonríe de esa forma, como si fuera un pillo a punto de hacer una de las suyas, no puedo evitar sentir la anticipación por lo que sea que va a decir o hacer.

—Oye, abuela, ¿cómo era eso que hacías tú hace ya años? ¿Borrachuelos?

—Uy, qué ricos que están. Debería hacer unos poquitos antes de morirme.

No voy a preguntar. No pienso hacerlo. Miro mal a Mario, que me guiña un ojo y se retrepa, sentado en el suelo como está y apoyando la espalda en la parte baja del sofá en el que estoy sentada.

—Yo no sé qué llevaban, pero... uf.

Sonrío por cortesía. Nada más. No pienso preguntar porque, si pregunto, me voy a comprometer a otra temporada de visitas y yo hoy salgo de aquí libre, cueste lo que cueste.

—Oh, por cierto, Sia —me dice Trini—, ¿te gusta la lasaña de berenjenas? He hecho para comer. Os podríais quedar.

—¿Lasaña de berenjenas?

—Ajá, es facilísima y está muy rica. A Mario le encanta. ¿Por qué no os quedáis?

Miro a Mario de inmediato y lo encuentro con los ojos fijos en mí.

—Lo que tú quieras, princesa.

Rechino los dientes. Odio que me llame princesa, pero la verdad es que me intriga mucho cómo sabrá una lasaña de berenjenas y... ¡es el efecto Dunas! Tienen pegamento en las palabras. Vine convencida de que esto no duraría más de una hora y, ahora que me quedan solo dos minutos de reloj para ser libre, estoy planteándome quedarme a comer. No sé cómo lo hacen, pero es tan asombroso como irritante.

—Supongo que podría comer un poco —murmuro—, pero tengo que volver pronto. María solo me cubre hasta las cuatro en la cafetería.

—Qué buena muchacha, esa María. ¿Sabes que conozco a su abuela? —comenta la abu Rosario—. Vamos juntas a misa, pero ella es un pelín arpía. Se sienta detrás solo para controlar quién falta y decírselo al cura luego.

—Es que los chismes de la iglesia son fascinantes, ¿eh? —declara Mario haciéndome reír. Otra vez. Dios, lo detesto.

—Bueno, pues vamos a casa. Comemos ya y así no vas luego con prisas.

Nos levantamos y, cuando estamos a punto de salir, me giro para mirar a la abu.

—¿No vienes?

—No, hija. Hoy como en casa de Jorge y Cande, que tienen fideuá y es que no me puedo resistir.

Me río. Jorge y Cande son los padres de Jorge. Agradables, trabajadores, cariñosos y fieles clientes de mi cafetería desde hace unos meses, igual que el resto. Lo bueno de los Dunas es que son avasalladores y exigentes si te acogen en su núcleo, pero a cambio apoyan cada proyecto de la familia como si de uno propio se tratara. Poca gente es capaz de hacer algo así. Y si no, que se lo digan a mi propia familia...

Me concentro en la madre de Mario para no tener que pensar en eso ahora. En realidad, no es difícil concentrarse en eso, porque siempre que estoy con ella me pregunto cómo es que no ha rehecho su vida. No tiene ni cincuenta años y es preciosa. Mario se le parece muchísimo. No es que Mario sea precioso y... Bueno, lo es, pero lo digo de manera objetiva, nada más. El caso es que Trinidad tiene los ojos azules, el pelo negro y ondulado, aunque igual de corto que yo, y una sonrisa que hace a los demás sonreír sin motivo alguno, solo porque se contagia. Me pregunto cómo de duro habrá sido para ella criar a Mario sola, pero miro las casas que rodean el césped principal y caigo en la cuenta de que, en realidad, no estaba sola del todo. Sí, desde luego sentiría una pena por la muerte de su marido profunda e desgarradora, pero tenía a un montón de personas dispuestas a ayudarla y no dejar que se hundiera y eso siempre hace mucho, supongo.

Entramos en casa, vamos directos a la cocina, amplia y funcional. Ponemos la mesa y, mientras la lasaña se calienta al horno, nos sentamos para tomar una limonada fresca. Es septiembre, pero el calor todavía se deja notar cada día, sobre todo a estas horas. A mi lado, Mario se bebe un vaso de un solo trago, lo pone en la mesa y pide más como si de un niño se tratara. Su madre se ríe, se lo llena de nuevo y lo señala con el dedo.

—Ni uno más, jovencito. Azúcar no es lo que tú necesitas en tu vida.

—«Porque cuando te miro, lo siento. Y cuando te miro, estoy como en casa.»

La madre de Mario se ríe y hace algo que repite muchas veces, me mira a mí y aclara:

—*Buscando a Nemo*. No le hagas ni caso, es un payaso.

—Todo verdades en esa frase —murmuro con un acento más marcado del que me gustaría.

Trinidad, lejos de ofenderse por lo que digo de su hijo, se ríe y rellena mi vaso de limonada.

Charlamos de la familia mientras comemos, de los planes para el otoño y la cafetería. No es la primera vez que como aquí, ni con la familia en general, así que no me cuesta darme cuenta de que hay algo distinto hoy. Mario está diferente hoy. Intenta disimular, suelta frases de Disney, como siempre, y sonríe todo el tiempo, como siempre, pero hay algo... hay algo más, y me descubro pensando que quiero saber qué es y si está bien. Me sacudo esa idea de inmediato, pero, aun así, cuando nos despedimos de su madre después de una comida espectacular y con la receta en la mano, porque Trinidad no es tan sádica como la abu, decido lanzarme a preguntar:

—¿Todo bien?

Él me mira un instante antes de dar marcha atrás para sacar el coche.

—Claro.

—¿Seguro? —Mario arruga el entrecejo, pero no lo dejo estar—. Estás un poco raro.

—¿Un poco raro?

—Ajá.

—No me pasa nada, princesa. Prefiero la lasaña normal a la de berenjenas, pero, por lo demás, todo sigue igual.

Lo miro entrecerrando los ojos. Parece que sí. Quiero decir, actúa como siempre, pero... No, aun así, no es igual.

—¿Me llevas a la cafetería?

—Sí, lo daba por hecho.

—Vale. Te compensaré con un helado.

—Apúntamelo para otro día. Hoy tengo un poco de prisa.

Elevo las cejas. Vale. Está claro que le pasa algo. Mario nunca, jamás, ni una sola vez desde que nos conocemos, ha rechazado mi helado. ¡Y menos cuando se lo doy gratis!

—Mario, mírame. —Él para el coche justo en la entrada de la finca y hace lo que le pido—. Te doy cinco bolas de helado. Gratis.

Me mira un buen rato. Creo que tarda un minuto entero, en serio. Me mira a los ojos tan fijamente que tengo miedo de pestañear y, al final, sonríe y me guiña un ojo.

—Apúntamelo para mañana.

Salimos de la finca y, durante todo el camino, aunque no quiera, aunque sea partidaria de respetar la intimidad de los demás y aunque piense que a mí esto no debería importarme lo más mínimo, no dejo de carcomerme porque Mario de las Dunas ha rechazado cinco bolas de helado de mi cafetería y aquí pasa algo. Algo muy gordo. Aun así, como soy experta en cerrarme en banda sé que, si presiono, solo conseguiré que se ponga a la defensiva, así que decido dejarlo estar de momento y hablarlo con Tash a ver qué opina ella.

Llegamos a la cafetería en apenas unos minutos, me despido de Mario y entro a toda prisa, porque la pobre María debe de estar ya desquiciada pensando que no voy a llegar a tiempo para que pueda marcharse a recoger a su hija pequeña. La contraté porque es abierta, buena cocinera y se le dan bien los idiomas, pero también porque es madre soltera y muy jovencita y... Bueno, me gusta pensar que, cuando puedo, ayudo a quien lo necesita. Seguro que porque sé lo que duele que no lo hagan.

—¿Nos vemos mañana? —me emplaza.

—Sí, perfecto.

Ella se despide y yo me quedo saludando a Gero, el camarero que está aquí todo el día.

—¿Cómo fue la mañana? —pregunto mientras me calzo los patines.

—Mejor que ayer. Han venido un grupo de madres después de dejar a los niños en clase. La vuelta al cole tiene sus ventajas.

Me río. Lo cierto es que en verano hemos disfrutado de muchos desayunos con pequeños correteando por la cafetería, pero, como bien dice Gero, se nota mucho cuando son las madres las que vienen solas. Consumen más y, por lo tanto, los números cuadran mejor.

Observo el local. Sofás de polipiel rojos en un lado y aguamarina en otro. Mesas de estilo retro, una barra americana que me tiene enamorada y, al fondo, la Jumbo, ofreciendo la mejor música del mundo, es decir: la escrita e interpretada hace más de veinte años. Este sitio es mi pasión y sé que mucha gente no lo entiende, pero he dado por este local todo lo que soy. He dormido en el almacén hasta hace nada y no me arrepiento. Ni de eso, ni de haberme desvinculado de mi familia. No, pienso con un suspiro mientras observo a una mujer darle el pecho a su hijo en uno de los sofás, no me arrepiento de estar sola en el mundo, pero eso no significa que no duela.

Duele.

Por las noches, sobre todo. Cuando Jorge y Tash se despiden de mí para ir a su habitación y yo me quedo sola en la mía, o en el salón, o en el jardín. Donde sea, donde yo quiera, pero sola. No voy a mentir, es complicado, pero sigo pensando que hice lo correcto. Ahora no tengo a nadie, ni una gran cantidad de dinero, de hecho, voy justa, pero soy libre. Hago lo que quiero y manejo los hilos de mi propia vida.

El precio ha sido alto, pero no ha habido un solo día en que me haya arrepentido de pagarlo.

3

Mario

Entro en casa todavía acordándome de que ahora mismo podría estar comiéndome cinco bolas de helado en la cafetería de Sia. ¡Cinco! Esto es otra cosa de la que tiene la culpa el exnovio de mierda de Azahara. ¡Todo es culpa de él! Todo. El sueño que tengo, mi cabreo constante, mis ganas de asesinar a alguien (a él). Todo.

Me hubiese encantado quedarme en la cafetería, pero quiero asegurarme de que Azahara come algo. Entre el embarazo y la crisis emocional en la que está inmersa, apenas se alimenta, y lo poco que come lo vomita, así que...

La encuentro en la cocina, es un milagro que esté delante de una taza de algo que parece ser caldo vegetal.

—¿Quieres que te haga algo a la plancha?

Me mira un poco sobresaltada, pero no me extraña. Últimamente se sobresalta por todo. Como si viviera siempre en sus pensamientos y le costara conectarse con la realidad.

—No me apetece nada comer carne.

—Hay setas. Puedo hacértelas en un momento.

Asiente, pero creo que es más porque no quiere discutir que por el apetito que tenga. Me pongo con la sartén de inmediato, intentando estar entretenido. Hago las setas mientras Azahara me mira en silencio. Si quita los ojos de mí es para ponerlos en la pantalla de su móvil, que reposa sobre la mesa. Aprieto los dientes, me apuesto algo a que el exnovio de mierda todavía no se ha dignado a coger el teléfono. Aun así, no pregunto. No quiero hacerlo hasta que haya comido, que es mi prioridad ahora mismo. Si lo hago, perderá el poco apetito que tiene. Le hago las setas a la plancha y les echo el aliño de la abu Rosario de aceite, limón, sal y algunas hierbas aromáticas. Somos adictos a este puñetero aliño, pero aun así no me paso, porque sé que puede hacer que Aza lo rechace. Pongo un plato delante de ella y me siento justo enfrente.

—¿No tienes nada que estudiar? —pregunta.

—No te preocupes por eso. ¿Cómo estás?

—Bien. —La respuesta es tan automática que guardo silencio, a la espera de la verdad. Azahara baja los hombros y sus ojos, tan alegres siempre, me parten el alma, porque no pueden estar más apagados—. Hecha polvo. Esta mañana...

—No tenemos que hablar de eso, si no quieres.

—Pero quiero. —Asiento y sigo guardando silencio—. No he querido hacerme la eco porque... porque... —Las lágrimas acuden a sus ojos, pero se las traga y sigue hablando, aunque su voz no podría ser más inestable—. Si me hacen una ecografía y lo veo o lo escucho, no seré capaz de tomar una decisión.

Trago saliva. Recuerdo los panfletos que le han dado en la clínica privada a la que la he llevado yo mismo. Pensé que le harían una ecografía y veríamos al bebé, porque ya está de más de dos meses, pero ella se ha negado en redondo. Ha tenido una especie de crisis nerviosa y ha asegurado que no sabe qué quiere. El médico nos ha dado un montón de panfletos que incluyen todas las opciones y ahora ella tiene que valorarlas y a mí me toca quedarme aquí, acojonado por lo que decida. No estoy en contra del aborto, al revés. Creo que cada mujer es libre de hacer con su vida y su cuerpo lo que quiera, pero en el caso concreto de Azahara, no puedo evitar pensar que ese bebé tendría una gran familia que lo querría con locura y la mejor madre del puto mundo. Y un padre de mierda, sí, pero en esta vida todo no puede ser perfecto. Mejor un padre de mierda que ningún padre, de todos modos. Doy fe yo, que perdí al mío con cinco años. Además, el exnovio de mierda es un capullo, pero buen padre. Supongo que se haría cargo de su parte. ¡Si es que coge el puto teléfono! Y si no, ¿qué más da? Los Dunas tenemos amor de sobra para que ese niño o niña no sienta ningún tipo de carencia, pero no le he dicho ni una sola palabra a Azahara porque no quiero que piense que la presionamos. Aunque parezca que somos una familia desmedida —a ver, no vamos a engañarnos: lo somos—, para lo importante de verdad sabemos dar espacio, o al menos eso creo. La verdad es que está siendo jodidamente difícil no pedirle que no aborte. O que, al menos, lo piense bien.

—¿No dices nada? —pregunta un tanto acongojada.

—No sé qué decirte para ayudarte —admito.

—Dime lo que piensas de verdad. —Guardo silencio y ella insiste—. Por favor, Mario. Dime qué piensas de todo esto.

—Si este fuera cualquier otro tema, la frase que diría sería: «Cuando huye la suerte, ¿sabes qué hay que hacer? Sigue nadando, sigue nadando». —Ella se ríe, así que supongo que ha entendido la referencia, pero aun así la doy, porque, si no, luego Camille se enfada—. *Buscando a Nemo*. —Carraspeo—. El caso es que creo que no es momento para frases Disney.

—Eso sí que es raro, viniendo de ti.

—¿Verdad que sí? —Suelto una risa seca y suspiro, intentando poner en orden mis pensamientos—. Es tu cuerpo, Azahara. Es tu vida la que va a cambiar drásticamente decidas lo que decidas, porque tendrás que vivir con el resultado y lo que eso provoque en ti. Yo solo puedo aconsejarte dos cosas: la primera, que cuentes con la familia. No tienes que hacer esto sola. Al menos, deja que Felipe, Camille, Jorge y Tash lo sepan. Han vivido aquí, con nosotros. Bueno, todos menos Tash, pero ya es parte de nosotros. No tiene que ser toda la familia, pero quizá hablar con ellos, que son los que han vivido más de cerca toda esta historia con Nil, ayude. Y creo que Jorge y Felipe pueden decirte algo más valioso que yo, la verdad.

—Eso no es verdad. Tú estás apoyándome como nadie y te quiero muchísimo y... —La voz se le rompe. Me levanto, rodeo la mesa y me siento a su lado, pasando un brazo por sus hombros.

—La segunda —murmuro, porque quiero acabar de decir esto antes de que se rompa del todo— es que Nil tiene que saberlo. Ahora mismo no es santo de mi devoción, ya lo sabes, pero, aun así, es el padre y tiene ciertos derechos y obligaciones. No es que pueda decidir si lo tienes o no, porque, como te digo, es tu cuerpo, pero imagino que es justo que al menos sepa lo que ha ocurrido.

—No contesta a mis llamadas. —Deja escapar un suspiro tembloroso y se ríe con sarcasmo—. Otra vez la misma táctica. Esa que prometió no usar más. —Se pasa una mano por el pelo y me doy cuenta de lo mucho que le tiembla—. No creo que sea algo para decir en un mensaje o por correo electrónico, pero se me agotan las opciones. Además...

—¿Además?

—Él me acusó de querer atarlo aquí, a mí. —Las lágrimas que ha estado reteniendo caen por sus mejillas—. ¿Cómo voy a decirle que estoy embarazada sin que parezca que...?

—¿Qué, Aza? —pregunto cabreado—. ¿Acaso eres tú la única culpable? No, ya te lo digo yo. Y te digo más: si no quiere hacerse cargo de nada, bien, no lo necesitamos. No vas a informarlo para pedirle ayuda ni para reclamarle nada, porque no puedes obligar a permanecer a tu lado a alguien si no quiere. Vas a informarlo porque es lo que hay, pero eso no significa que tengas que arrastrarte ni hablarle como si esto fuera culpa tuya y él no fuese más que una víctima porque no lo es, joder. O, en todo caso, lo sois los dos.

—Pero es a mí a quien le falló la píldora.

—¡Y era su puto semen, vamos a ver! —exclamo fuera de mis casillas. Intento volver a hablar con calma, pero es que esta situación me pone enfermo—. ¿No coge el teléfono? Pues le mandas la jodida foto del positivo y un texto donde le expliques que lo haces como un trámite informativo y nada más. Le dejas clarito como el agua que no necesitas ni quieres nada de él decidas lo que decidas. Porque si abortas, somos nosotros los que vamos a estar aquí, teniéndote como a una reina. Y si lo tienes, aquí estaremos también, joder, dispuestos a criarlo entre todos. Y si el puto Nil se quiere enfadar, que se enfade. Por mí puede darse trompazos contra la pared hasta que reviente, el muy desgraciado.

Azahara me mira con los ojos abiertos como platos, está más que consternada. Vale, bien, lo de hablar con calma y no tomar partido en una decisión tan importante se me ha ido de las manos. ¡Era de esperar! Es Felipe el maduro y Jorge el que siempre sabe lo que hay que hacer. Yo, por lo general, me muevo por impulsos y no sé si soy el más indicado, pero si se lo digo a Azahara igual piensa que no quiero ayudarla y eso no me lo perdonaría nunca. A mí, esta situación me acabará provocando algo malo. No sé el qué: caída de pelo, canas, arrugas. Algo. Estoy convencido.

—Quiero volver a la clínica —me dice de pronto.

La miro sorprendido, pero ella asiente, como si intentara convencerme cuando en realidad creo que es ella la que más tiene que convencerse.

—¿Hoy?

—Si puede ser, sí.

—Voy a llamar —murmuro.

Lo hago y, hasta que me veo discutiendo con la recepcionista si pueden darle o no la cita hoy mismo, no me doy cuenta de lo acojonado que estoy.

—Oiga, está de más de dos meses. Si va a decidir abortar, tiene que ser ya, ¿entiende? Tiene que ser ya.

Creo que la recepcionista se apiada de mí y no me extraña, porque mi tono no podría ser más lastimero. ¿Y lo peor? Ni siquiera es forzado. Vuelvo a casa, puesto que he salido al jardín para llamar, y me encuentro a Azahara sentada en el sofá, con el móvil en la mano. De inmediato mis latidos se aceleran, pensando que está escribiéndole a Nil, pero cuando me mira con una pequeña sonrisa sé que no. El día que le escriba a ese... Bueno, el día que lo haga, lo más seguro es que no sea capaz de sonreír ni un poco.

—Tenemos cita a última hora de la tarde —le confirmo—. Nos han hecho un hueco porque son muy majos. —Y porque soy un plasta, pero eso no lo digo.

Ella asiente suspirando y señala su móvil.

—Tienes razón en una cosa: es hora de contar con alguien más. Acabo de escribir en el grupo para que vengan.

No necesito preguntar qué grupo es. Sé que se refiere a Camille, Felipe, Tash, Jorge y Sia, aunque, cuando miro el WhatsApp, esta última informa de que está en la cafetería. Creo que no vendría aunque no fuera así. La metí yo en el grupo sin preguntar y por la cara. Todos estuvieron de acuerdo, pero ella sigue empeñada en mantenerse alejada y tomar distancia de los Dunas. ¡Eso es imposible, hombre!

Concentro mi atención en los cuatro restantes. Es una verdadera suerte que los dos primeros trabajen en casa escribiendo y los dos últimos trabajen en su casa, uno como informático y la otra, de momento, formándose para dirigir su pequeño hotel. Pequeño porque comparado con el resto de aquí es pequeño, no porque el proyecto sea pequeño, que la pobre está hasta arriba de trabajo y planes. El caso es que es una suerte la situación laboral de cada uno, porque en apenas diez minutos el salón está lleno y todos nos miran expectantes.

—¿Qué has hecho, niño? —pregunta Felipe—. ¿Has vendido algo importante de Aza? Porque esa cara que tiene mi hermana...

—No soy yo el culpable de sus desgracias, créeme. En realidad, como suele ocurrir, soy el mejor de todos vosotros ahora mismo.

—El ego que tiene, de verdad —murmura Jorge, que se ha sentado en el sillón y tiene a Tash sobre su regazo porque, al parecer, el resto de los sillones pinchan o muerden.

Camille y Felipe están en el sofá, junto a Aza, y yo estoy en una silla pensando cómo de nerviosa estará ella. Mucho, a juzgar por el temblor de manos que no cesa. Aun así, cuando habla lo hace con voz serena, o mucho más serena de lo que yo esperaba.

—Hay algo que quiero deciros. Lo sé desde hace días, pero... Bueno, la verdad es que quería que el primero en saberlo fuera Nil.

—Joder, estás preñada —dice Felipe.

Azahara lo mira con los ojos acuosos e intenta hablar, pero la voz se le quiebra un poco.

—Yo...

—Joder, Azahara. —Felipe se levanta y se pasa la mano por el pelo.

—¿Quieres hacer el puto favor de sentarte y dejarla hablar? —le digo.

Todos me miran, sobre todo Felipe, que eleva las cejas sorprendido por mi tono. Sí, suelo ser el payaso, pero aquí llevamos una semana de infierno, más lo que lleve Aza por su cuenta, y no voy a consentir que venga este a ponerla peor.

—¿Perdona?

—Tu hermana está hecha mierda y no necesita que la juzgues, sino que sientes el puto culo en el sofá y la dejes desahogarse.

—No la estoy juzgando, solo digo que esto es...

—No sé si voy a abortar —confiesa Azahara en un tono tan suave que podría parecer que nadie la oye, pero la oímos. Todos lo hacemos, por eso guardamos silencio y no se oye ni el vuelo de una mosca. Ella se limpia las lágrimas de las mejillas y sigue—: Hemos ido esta mañana al médico, Mario consiguió una cita. Querían hacerme una eco, pero me negué y ahora me arrepiento y...

Se calla del todo sobrepasada. Joder, parece que las lágrimas quisieran ahogarla. En apenas unos instantes, todos están alrededor de ella, tocándola e intentando calmarla. Yo me quedo aquí sentado, porque ya he intentado consolarla y sé que tengo que dar espacio al resto de la familia.

—Decidas lo que decidas, estamos aquí —dice Jorge—. Si no quieres tenerlo, no tienes que hacerlo, Aza. Y si quieres hacerlo, lo cuidaremos y lo criaremos entre todos. De verdad, no te preocupes.

—Nil no... —Intenta hablar, pero está alterada y, cuando me mira, sé lo que necesita.

Trago saliva, porque no sé cómo contar esto sin meter un millón de insultos en medio.

—Nil dejó caer en el aeropuerto que necesitaba distanciarse de Azahara. No sabe lo del embarazo, pero tampoco lo pone fácil porque no coge el teléfono desde que se marchó. Antes de irse le dijo a Azahara que es una egoísta porque pretende arrastrarlo aquí por ella, cuando lo más importante son los niños, que deben estar allí. Bueno, no sé las palabras exactas, pero a fin de cuentas le dijo que no pensaba mover un dedo por Azahara, y bien que me parece. Por mí, se puede ir al mismo infierno y no volver nunca más. Esto no lo dijo él, lo digo yo.

—Estaba nervioso y...

—No lo justifiques, Azahara —le pido—. Es la segunda vez que desaparece del mapa y pierde el contacto contigo sin explicaciones. Ahora mismo, lo que él sienta me importa una soberana mierda.

—Nunca pensé que diría esto, pero Mario tiene razón —afirma Felipe—. No debió dejarte de lado así. No digo que no tengáis problemas, incluso puede que tenga sus razones para hacer esto, pero debería compartirlas contigo en vez de dejarte al margen.

Azahara asiente, porque sabe que tenemos razón, pero cuando inspira y habla, lo hace dejando de lado a Nil. A mí me va bien, la verdad. Odio hablar de él ahora mismo.

—Esta tarde tengo una nueva cita y voy a hacerme la eco. Sé que si lo veo, será mucho más complicado tomar la decisión, pero yo...

Después de ver todos esos panfletos siento que al menos debo hacer esto, porque no podré vivir con el cargo de conciencia si no lo hago.

—Iremos contigo —susurra Tash apretando sus manos—. Podemos esperarte en la puerta si es necesario, pero iremos contigo. No tienes que hacer esto sola.

La miro sorprendido, porque ella precisamente es la última que ha llegado a la familia y, por lo tanto, la última que parece haber entendido esa premisa. Siendo parte de la familia Dunas no hay por qué hacer nada solo. Se puede, si se quiere, pero no porque no haya gente para apoyar y acompañar. Eso nunca.

—¿Nos dejarán entrar a todos? —pregunta Camille.

—Ya te digo yo que sí —sentencia Felipe.

Y cuando Felipe de las Dunas sentencia algo, ya puede el mundo echarse a temblar.

4

Azahara

En la sala de espera abro por un impulso la conversación con Nil en WhatsApp. No hablamos desde que se marchó, pero no será porque no lo he intentado. Observo el último mensaje que le envié. El último, porque después de su silencio, incluso en algo tan importante para mí, me quedó claro cuál era mi sitio en su vida.

Azahara

¿Puedo hablar con Eric y Ona,
al menos? No tienes que ponerte tú.
Te llamo y me dejas hablar con ellos.
Los echo de menos, Nil.

Siento la mano de mi hermano sobre las mías, tapando la pantalla del móvil, y me doy cuenta de que vuelvo a llorar en silencio. Lo miro, completamente sobrepasada. Cuando me sonríe sin despegar los labios, pero lleno de seguridad, estoy a punto de pedirle que me abrace y me deje quedarme ahí siempre. Que él, como hermano mayor, retroceda el tiempo y me lleve al día antes de conocer a Nil, porque esto... esto duele demasiado. Felipe me quita el móvil y no protesto, porque sé que no me hace ningún bien. Trago saliva, asiento y miro al frente, a la puerta de la consulta en la que voy a ver a mi bebé por primera vez.

Mi bebé...

Ni siquiera puedo pensar en él o ella sin sentir que me ahogo en la desesperación, ¿cómo voy a decidir qué hacer? ¿Y por qué las decisiones más importantes de nuestra vida tenemos que tomarlas sin estar listos? Estudié Diseño cuando era demasiado joven para saber a ciencia cierta lo que me gustaba, encontré a Nil cuando estaba convencida de querer centrarme en mi carrera profesional y, ahora, tengo que decidir si me convierto en madre o convivo con el recuerdo de lo que pudo haber sido y no fue.

—¿Azahara de las Dunas Donovan Cruz? —pregunta la enfermera acercándose a nosotros.

—Soy yo —musito.

—Hola de nuevo, Azahara. —Me sonríe con calidez y, de alguna forma, eso me reconforta y pienso en lo importante que es la labor de quien se enfrenta a tanta fragilidad emocional—. Acompáñame. ¿Quién entrará contigo?

Mira a mi familia, igual que yo. Todos están expectantes y trago saliva, porque sé lo que quiero, pero no significa que no me dé un poco de corte pedirlo.

—¿Pueden entrar todos?

—¿Todos? Son cinco.

—Lo sé. Es que, verá... —Intento hablar, pero las lágrimas me sobrevienen y, al final, solo consigo murmurar algunas palabras—. Es muy difícil...

—De acuerdo, tranquila. Voy a preguntarle al doctor. —Se aleja un poco y, al volver, lo hace con la misma sonrisa tranquilizadora que antes—. Mira, como ya te ha hecho la revisión esta mañana y ahora solo es la ecografía, me ha dicho que paséis todos. Eso sí, intentad no molestar ni poneros por medio.

—Seremos unos santos, señora. Lo juramos —dice Mario.

Me río y lo miro. En cualquier otro momento diría que es un payaso, pero es que este payaso ha conseguido que yo no me derrumbe desde que Nil se fue el domingo pasado. Estamos a viernes. Cinco días sin saber nada de él. Los niños han empezado las clases esta semana y no sé nada. Él está enfadado y no lo entiendo, pero puedo respetarlo. En cambio, que me aleje de ellos... No, para eso no encuentro una justificación. Fuimos paso a paso para que se asegurara de que no pensaba irme a ninguna parte y, al final, es él quien ha dado la espantada.

Entramos en la consulta e intento olvidarme de Nil. Difícil, porque voy a hacerme una ecografía para ver y oír al que también es su bebé, pero me recuerdo a mí misma que he intentado por activa y por pasiva contactar con él. Todavía tengo que contárselo, sí, pero ahora ya no insistiré en las llamadas. No, cuando sé que no va a coger el teléfono. Y, aunque supiera que lo cogerá, ya no lo llamaría. Tengo el orgullo herido y por mucho que quiera hacer lo correcto siento que cada vez el resentimiento come más terreno. No quiero convertirme en una persona llena de rencor porque no soy así, pero hay algo dentro reclamándome que deje de ponerme en el último lugar.

—Hola, Azahara. —El médico me trata con una dulzura que pone a prueba mi contención. Intuyo que lo sabe, porque sonríe y me señala la camilla—. Vamos a ver a tu bebé.

Mi bebé. Miro a mi familia, aguantando la respiración, pero todos sonríen de un modo que me hace imposible no verlo y sentirlo, pese a las lágrimas.

Me tumbo en la camilla y la enfermera aparece de inmediato, corriendo una cortina que hay justo al lado, advirtiendo a mi familia que la descorrerá cuando esté lista, puesto que la primera ecografía será vaginal y tienen que taparme con una sábana para darme intimidad. Me preparan en tan poco tiempo que, cuando todo está listo, miro hacia la cortina, aterrorizada de mirar la pantalla.

—¿Los llamamos ya? —propone la enfermera. Yo asiento con vigor y ella descorre la cortina.

Felipe, Jorge, Mario, Camille y Tash están en fila y siguen sonriendo. Creo que sonreirían aunque mi mundo se desmoronara aquí mismo. Es la forma que tienen de mostrarme que están aquí, conmigo. Mario da un paso al frente, me acaricia la sien y me besa la frente con dulzura.

—¿Estás lista? —pregunta.

No. No lo estoy, pero no se lo digo. Tengo que hacer esto. Es hora de tomar una decisión porque, cuanto más tiempo pase en este limbo emocional, más difícil se me hará. Miro a la pantalla, pero solo veo una imagen en blanco y negro donde no distingo nada. Estoy de muy poco, pienso, ni siquiera sé el tamaño que tendrá, o si estará bien, pero...

—Aquí está. —El médico mueve el ecógrafo y señala un punto de la pantalla—. ¿Lo ves?

Ahogo una exclamación de sorpresa, porque se distingue a la perfección su cabeza y su cuerpo dentro de una bolsa negra. Cuando lo acerca, incluso puedo ver algo parecido a unos brazos o piernas. No sé qué esperaba ver, quizá un punto a secas, pero esto es... es mi bebé. El llanto me sobreviene, esta vez de sorpresa e incredulidad, y Mario me aprieta la mano con fuerza mientras todos se acercan.

—¿Está bien? —pregunto en un susurro apenas audible.

—Está muy bien. Mide lo que debe y su corazón late al ritmo que debería. ¿Quieres oírlo?

Asiento de inmediato, notando las lágrimas que caen de mis mejillas con el movimiento. El médico aprieta algunos botones y, de pronto, el sonido más imponente del mundo resuena en la habitación. Es su corazón. Es mi bebé aferrándose a su formación, a la vida. Por primera vez desde que vi el positivo, sonrío al pensar en él o ella. Sonrío, porque me doy cuenta de que no hay ninguna decisión que tomar. Nunca la ha habido, en realidad. No puedo abortar, aunque sería totalmente lícito querer hacerlo. Pero no puedo porque... es mío. Mío. Puede que Nil no quiera saber nada de mí. Puede, incluso, que no quiera saber nada de esto, pero mientras miro la pantalla me descubro pensando por primera vez que, en realidad, el que se lo pierde es él. Porque yo estoy triste, con el corazón roto y echo muchísimo de menos a Eric y a Ona, pero no soy quien ha fallado en todo esto. Le di todo lo que tenía, me lo tiró a la cara y, aun así, me he preocupado hasta este momento de él y sus emociones. Ahora no. Ahora las emociones que importan son las mías y las del bebé que crece dentro de mí. Suelto la mano de Mario, me limpio la cara y me sueno la nariz con el clínex que me ha dado Jorge.

—¿Cuándo nacerá? —pregunto. Oigo varios jadeos y miro a mi familia—. No puedo deshacerme de esto. No puedo...

—Estaremos aquí para ti —declara mi hermano, me sorprende que su voz suene tomada—. Y para él. O ella.

—Siempre —asiente Camille—. No estás sola, Aza. —Carraspea, porque se ha emocionado y se ríe de sí misma—. En fin, ¿cuándo dice que nace? —pregunta a su vez para desviar la atención de ella.

Todos se ríen un poco, pero mientras la enfermera va a buscar una especie de ruleta con la que me dará la respuesta, me fijo en mi familia. En mayor o menor medida todos están emocionados y es increíble. En apenas unos segundos he pasado de sentir la mayor incertidumbre del mundo a pensar cómo será para mi bebé criarse con ellos y sin padre, si es que Nil no quiere saber nada. Mis ojos se fijan en Mario, que sigue a mi lado, de un modo irremediable. Tiro de su mano y hago que su oído quede cerca de mis labios.

—Si lo hago la mitad de bien que tu madre, me daré por contenta.

Para mi sorpresa, los increíbles ojos azules de Mario se emocionan al punto de ver un par de lágrimas que se limpia de inmediato con la palma de la mano. Asiente de manera brusca y mira a un lado, carraspeando e intentando que nadie se dé cuenta. Tarde. Jorge le pone una mano en el hombro desde atrás y aprieta, pero no tanto como Mario aprieta la mandíbula.

—En fin —suelta Felipe, también carraspeando—. ¿Creéis que el mundo está listo para otro Dunas?

—Eso dependerá de si le pone «de las Dunas» o no —dice Jorge.

—¡No hay discusión sobre eso! —exclama Mario mirándome—. Tiene que ser «de las Dunas» porque, si no, la abuela se muere. Y no queremos que se muera antes de conocer a su bisnieto, ¿verdad?

Me río, pensando que ya sabemos quién ha heredado el dramatismo de mi abu Rosario. Vuelvo a mirar la pantalla y me río sin poder evitarlo.

—Creo que, al margen del nombre que tenga, está claro que va a ser un Dunas.

La alegría recorre la sala hasta que Natasha frunce el ceño.

—¿Significa eso que tenemos que ponérselo también a nuestros hijos, si tenemos?

Jorge la mira con una sonrisa tan tontorrona que siento envidia en el acto, porque el día que decidan ser padres van a ser muy felices. Y van a estar unidos. Y van a ser dos. Intento no seguir en esa línea y agradezco la respuesta de mi primo, porque sirve para distender un poco el ambiente.

—¿No te parece interesante ponerle un nombre ruso, «de las Dunas» de segundo nombre, primer apellido español y segundo ruso?

—A mí me parece de no querer a vuestro futuro hijo, pero vosotros veréis —sigue Camille.

Esta vez nos reímos todos, incluso el médico, que está un poco perdido, pero empieza a comprender de qué va el asunto.

—Bueno, pues esto ya está. Y no te preocupes, te mandaremos al correo electrónico las imágenes para que las puedas ver y oír siempre que quieras.

Asiento y le pido a mi familia que salga para darme intimidad. Ellos obedecen y yo me quedo atendiendo a todas las recomendaciones en cuanto a alimentación y descanso, y a los esfuerzos que se desaconsejan. Diez minutos después estamos en la puerta de la clínica, asimilando que nuestra vida va a dar un nuevo cambio. Siento el brazo de Mario rodeando mis hombros y lo miro con una pequeña sonrisa.

—Ahora que has tomado la decisión, ¿qué te parece celebrarlo con un helado?

—Ya es de noche —le indico con una sonrisa.

—Podemos ir a cenar —propone Jorge.

—Podemos, pero que sea a un sitio con ensaladas. Creo que es lo único que no me da ganas de vomitar.

—Ay, Dios, ya empezamos. De aquí a dos días nos habrá convertido en sus esclavos —comenta Felipe.

Me río y me dejo guiar por ellos hasta un restaurante. Cenamos y, pese a lo que pueda parecer, nadie más hace referencia al embarazo o al bebé. Charlan de temas cotidianos hasta que llega la hora de ir a casa. Nos despedimos de Jorge y Tash, porque todos estamos en Fuengirola, pero, cuando lleguemos a La Cala, ellos seguirán hacia su casa. Por nuestra parte, cuando llegamos a casa doy las buenas noches a Felipe y Camille en el césped.

—¿Estarás bien? —pregunta mi hermano abrazándome.

—Sí, tengo un gran cuidador —digo mirando a Mario.

—¿Lo dices en serio?

—Pues claro que lo dice en serio, idiota —se queja Mario.

Nos reímos, porque está claro que Felipe lo ha dicho en un tono lo bastante alto como para que nuestro primo lo escuche. Nos despedimos, entramos en casa y me voy directa al baño, donde me doy una ducha. Es curioso, pero es la primera vez desde que supe que estoy embarazada que miro hacia abajo, a mi vientre, y siento que puedo tocarlo sin venirme abajo. Paso las yemas de los dedos por él y dejo que el agua caliente empape mi cuerpo, inspirando y obligándome a relajarme por primera vez en mucho tiempo. Las náuseas después de comer siguen, pero esta vez no las temo porque sea algo que me recuerda que estoy embarazada, sino por el malestar que me producen. Acaricio mi vientre con suavidad y me recreo por primera vez en la pequeña hinchazón que sufre. Apenas se nota, pero de pronto no puedo esperar a verlo crecer y juro que, de pronto, siento algo. Una especie de conexión. Aquí dentro está mi bebé y, pase lo que pase, haré lo posible y lo imposible para que sea feliz.

No sé si Nil querrá hacerse cargo. Diría que sí, porque sé de buena tinta que no es de los que rehúsan sus responsabilidades. Creo que podría hacerse cargo del bebé, pero, desde luego, eso no implica que nosotros podamos estar juntos. A mí me ha despreciado por segunda vez en un año. Me ha apartado de su vida como si no fuera más que una muñeca a la que maneja a su antojo.

Yo no sé si querrá a este bebé, si se hará cargo o si la noticia destrozará su vida, pero sé que no puedo callármelo más. Si no quiere coger el teléfono, entonces se enterará por medios mucho menos íntimos que no hubiese querido usar para hacer esto, pero, a fin de cuentas, es él quien lo ha elegido. Por eso al salir del baño, con el pijama puesto y oliendo a mi gel favorito de almendras y miel, me siento en el sofá, miro a Mario, que está esperándome, y le pido que se siente a mi lado.

—Voy a escribirle a Nil dándole la noticia, y luego tú y yo vamos a ver una peli. La que quieras.

Mario lo hace. Se acomoda a mi lado y me da intimidad mientras redacto el correo electrónico, pues voy a aprovechar el que me ha mandado la clínica para reenviárselo. Es frío, Dios, esto es muy frío, pero me recuerdo de nuevo que yo he intentado hacerlo bien, así que adjunto las fotografías y redacto el texto de la mejor manera posible.

De: Azahara de las Dunas Donovan Cruz
<azaharadelasdunasdonovancruz@gmail.com>
Para: Nil sin apellidos <nilsinapellidos@gmail.com>
Fecha: 14 sep. 23.42
Asunto: Importante

Hola, Nil.

He intentado hablar contigo un montón de veces. Lola dice que estás trabajando, pero no me aparecen tus actualizaciones y mi trabajo vuelve a ser directo con ella, al parecer. La verdad es que me sorprende, porque recuerdo bien la promesa de no volver a hacer esto, pero supongo que tienes tus motivos. También te he escrito por WhatsApp, pero los dos sabemos cuál ha sido el resultado...

Me queda claro que no quieres saber nada de mí, pero hay algo importante que tienes que saber. Me gustaría habértelo dicho de otro modo y, en serio, lo he intentado, pero... bueno. No ha sido posible.

En las imágenes está todo, así que no voy a extenderme más.

Si quieres que lo hablemos, sabes cuál es mi teléfono.

No voy a llamarte más. No voy a escribirte más. Se acabó, Nil.

He tenido desprecio suficiente para mucho mucho tiempo.

Un saludo.

Azahara de las Dunas Donovan Cruz

Pulso la tecla de «enviar» y hasta que bloqueo la pantalla del móvil no me doy cuenta de que vuelvo a llorar. Sin embargo, cuando Mario me abraza preocupado, me las arreglo para sonreír y darle unas palmaditas en el pecho.

—Estoy bien.

—No es verdad.

—No, pero lo estaré.

Él sonríe, aprieta nuestro abrazo y se acerca a mi oído.

—«Esta flor es tardía, pero seguro que cuando haya crecido, será bella, la más hermosa de todas.» Es de *Mulán*, pero es que te encaja de maravilla, primita.

Sonrío, inmensamente agradecida por tener a Mario de las Dunas en mi vida. Apago mi teléfono solo porque esta vez soy yo quien decide que no van a rompernos más un buen momento. Esta noche no.

Pasarán muchas cosas en los próximos días, estoy segura, pero ahora mismo solo importa el bebé que crece dentro de mí, mi propio bienestar emocional y el hecho de que tengo la mejor familia del mundo.

En este mismo instante todo lo demás, por urgente que parezca, sobra.

5

Sia

Entro en casa pasada la una de la madrugada, completamente derrotada y con la espalda molida. Se me ha vuelto a hacer tarde. Se supone que la cafetería solo está abierta para desayunos y meriendas, pero, de algún modo, cada día acabo sirviendo helados hasta bien entrada la noche. Por supuesto, pago a mis trabajadores para que me acompañen algunos días, sobre todo en verano, que los ingresos me lo permiten, pero en esta época del año, cuando los últimos días de calor coletean, ya suelo hacerme cargo yo.

—Ey. —Me sobresalto al oír la voz de Jorge, que está en la cocina con el pijama puesto y el pelo desordenado—. Estamos haciendo maratón en Netflix aprovechando que es viernes y mañana no pensamos hacer nada. ¿Te apuntas?

Por un segundo, la envidia me corroe. Sana, sí, pero me corroe. Yo mañana me paso el día en la cafetería, porque los sábados es cuando más gente va y tengo que aprovechar. No puedo permitirme contratar a nadie más de momento, así que entro con el desayuno y salgo con el cierre. Por lo general, es el peor día de mi semana, aunque económicamente sea el mejor, porque es cuando más ingreso.

—Me encantaría, pero mañana trabajo, ya sabes.

—Mierda, es verdad. —Tuerce el morro y me río. Jorge se ha

descubierto como un gran amigo para mí y sé que se preocupa, así que intento quitarle hierro al asunto.

—Recuerda que estoy rodeada de pasteles y helados. Además, trabajo sobre patines. ¿A quién conoces con un trabajo mejor?

Se ríe de inmediato y me siento un poco aliviada. No quiero que ni él ni Tash se preocupen por mí o mi negocio. Les ha costado mucho alcanzar este estado de paz en su relación y pienso contribuir a que lo mantengan.

—Cuando Tasha abra el hotel, harás el cáterin y podrás meter más gente a trabajar. Llegará un día en el que solo patines para dar órdenes.

Suelto una carcajada mientras los dos nos adentramos en el salón. Tash está en el sofá, con una manta por encima y un bol de palomitas sobre su regazo. Miro a Jorge, que lleva otro, y elevo una ceja.

—Se niega a compartirlas, ¿eh? —pregunto socarrona.

—Las palomitas, al parecer, son un asunto de vital importancia y no se comparten ni aunque se esté enamorado. —Mira a Tash con falso reproche y se mete un puñado en la boca—. Se nos irá el sueldo en esta mierda.

—Bah, no le hagas caso. Está un poco gruñón porque hoy la maratón es de pelis románticas.

—No tengo nada en contra de las pelis románticas —interviene Jorge—, pero tengo mucho que decir de los truños que me haces ver.

Mi amiga se ríe por respuesta y siento la calidez expandirse dentro de mí. Hace solo unos meses su vida era... Bueno, hace unos meses Natasha no tenía vida. Es duro, pero real. No es que ahora sea superfeliz o vaya por la vida como si estuviera dentro de un musical. Su hermano se suicidó y eso deja una marca profunda en una persona.

A veces lo echa terriblemente de menos y otras, las peores, se enfada tanto con él que se siente culpable, consciente como es, de que las enfermedades mentales tienen caminos que nadie puede juzgar sin haberlos recorrido.

—Voy a darme una ducha y dormir a pierna suelta.

—Oh, por cierto, ¿sabes para qué quedamos por el grupo? —me plantea mi amiga.

Me paro cuando ya estaba a punto de salir del salón. Pensé, ilusa, que quizá me libraría, pero debí tener presente que Natasha no es de las que dejan los temas estar.

—No.

—Azahara está embarazada. —Mira a Jorge, que asiente y se pinza el labio inferior.

—Vamos a ser titos. ¿O primos? ¿Qué vamos a ser? —le pregunta este a Tash.

—No sé. Familia, al fin y al cabo. ¿Qué más da?

Jorge sonríe de inmediato.

—Eso es. Vamos a ser familia. ¡Otro Dunas está a punto de llegar al mundo! Fuimos todos al ginecólogo. Tenías que haber venido.

Me río, impactada por la noticia.

—¿Yo? ¿Qué pintaba yo allí?

—Eres del grupo —dice Tash.

—Solo porque Mario me metió a la fuerza.

—También eres de la familia —sentencia Jorge.

—No es verdad —murmuro algo avergonzada.

—Vienes a las reuniones familiares y tienes recetas secretas de mi abuela. Eres más de la familia que yo mismo.

Trago saliva y me río nerviosa, estoy un tanto incómoda.

—Le escribiré a Aza mañana. —Intento cambiar de tema—. Ahora voy a darme una ducha, chicos. De verdad que estoy rendida.

Ellos me dejan marchar y yo entro en mi habitación decidida a no pensar de más en la locura que supone que una familia como los Dunas haya decidido incorporarme a sus días. Me desnudo, me meto en la ducha y abro el grifo del agua caliente. Tan caliente como puedo soportarla. Enfoco el chorro directamente en mis cervicales y ahogo un jadeo de alivio al sentir cómo me destenso un poco. No sé el tiempo que paso así, pero cuando salgo tengo la piel enrojecida y me siento un poco mareada, así que me coloco uno de mis camisones, me meto en la cama y solo tengo tiempo de poner la alarma antes de quedarme dormida.

Me despiertan los gritos de Jorge a primera hora de la mañana. Sé que es primera hora de la mañana porque es lo que está gritando Jorge justo en este instante. Abro un ojo, miro el reloj de mi mesilla de noche y me doy cuenta con un gruñido de que, en efecto, apenas son las siete. Tenía que despertarme en media hora, pero de todas formas, odio hacerlo antes de que suene el despertador. Salgo de la cama, entro en el baño, me maquillo a toda prisa porque me niego a que nadie me vea sin maquillar, me pongo una peluca por la misma razón. Al salir, me envuelvo en un kimono hasta medio muslo de seda negra, solo porque el camisón me parece demasiado atrevido para lucirlo en público y estoy muy intrigada con saber qué ha pasado como para esperar a vestirme.

En la cocina, la escena es la siguiente: Mario amasa algo sobre la encimera, mi amiga Natasha está sentada frente a la mesa de la cocina sujetándose la cara con la mano. Creo que, si perdiera el equilibrio, se daría el cabezazo de su vida, porque está más dormida que despierta. Lleva una camiseta de Jorge. La que él llevaba anoche, para ser más exactos, así que doy por hecho que la maratón anoche no solo fue de pelis. Doy gracias a Dios por las paredes insonorizadas de esta casa. Jorge está sin esa camiseta, con un pantalón de chándal y gritándole a su primo, que ni siquiera se inmuta.

—¿Qué pasa aquí? —pregunto sentándome al lado de Tash.

—Los Dunas. Eso pasa.

—¡Te lo dejé muy claro! —grita Jorge—. ¡Solo para emergencias! Maldita sea, ni siquiera te las di a ti. ¿Cuándo se las has robado a Felipe?

—No se las he robado a Felipe, ¿por quién me tomas? —Mario lo mira indignado un segundo antes de volver a amasar lo que sea que amasa—. Se las he robado a la abu, que está mayor y tiene menos reflejos.

La colleja le llega tan rápida que hasta a mí me pica.

—Te lo juro por Dios, niño, el día menos pensado te cuelgo de la torre vigía. ¡Que te vea todo el mundo!

—Eso, eso. Tú, si me cuelgas, que sea en un sitio visible. Yo muerto, pero protagonista. Eso siempre. —Se me escapa la risa. Mal hecho, porque Mario se percata de mi presencia y me guiña un ojo mientras me dedica esa sonrisa de medio lado que engatusa a todas las mujeres menos a las de la familia. Y a mí, por supuesto—. Buenos días, princesa. Buenas noticias para ti. Estoy haciendo borrachuelos.

No pienso preguntar. No pienso preguntar. NO PIENSO PREGUNTAR.

—No quiero, gracias.

—Bueno, pues para Tash y don Gruñón, si es que deja de gritar.

—¡No estoy gritando!

—Chist, ale, ale. Sé bueno y pon la mesa.

Jorge gruñe, literalmente, pero a Mario le da igual. Yo creo que Mario seguiría amasando aunque se desatara un tsunami. Correríamos todos y él saldría en las noticias así, con su vaquero con rotos, su pelo despeinado, su sonrisa de pillo y amasando borrachuelos. A saber qué son, pero, madre mía, qué pinta tienen.

Aunque no pienso preguntar y mucho menos probarlos.

—Oye, ¿llevan chocolate? Quiero chocolate —pregunta Tash.

—No llevan.

—Pero quiero chocolate.

—Pues mala suerte, porque aquí la única que está en posición de conseguir que yo le ponga chocolate a unos borrachuelos es Azahara, que para eso es la preñada, y como no está... A no ser que tú también tengas un regalito dentro. Dime, Natasha, ¿estás en modo Kinder Sorpresa?

—Pero ¿qué dices, idiota? ¿Cómo va a estar embarazada? —replica Jorge.

—Hombre, os acostáis, ¿no? Porque dejadme deciros que, si no os acostáis cuando lleváis juntos nada y menos, tenéis un problema enorme. Yo iría directo a terapia de pareja. Ahí suelen ayudar. Aunque en el porno la terapeuta termina despelotándose y hacen un trío, pero me imagino que no queréis hacer un trío, ¿verdad? —Lo miramos en silencio, incapaces de responder—. Lo que yo decía. De todos modos, hace mucho que no veo porno. En serio, hace tanto que estoy preocupándome, pero es que me he dado cuenta de que mi imaginación es mejor. ¡En fin! Esto ya está, vamos a freír y a desayunar. Princesa, estás guapísima, pero es mejor que te vayas vistiendo si quieres que nos dé tiempo de llegar a la cafetería.

Tash me mira con las cejas elevadas y una sonrisa que no me gusta nada. De cualquier modo, no estoy pendiente de ella porque tengo mis instintos asesinos concentrados en él.

—Mario, como vuelvas a decirme princesa te juro que...

—Piensa bien lo que dices, que es difícil superar a mi primo y su ahorcamiento en la torre vigía.

Rechino los dientes. Estoy segura. Los oigo rechinar y sé que Tash también, porque se ha estremecido con el ruido.

—¿Y por qué vas tú a la cafetería? —pregunta Jorge.

—Aquí, la princ... Anastasia se compró una mierda de coche que no funciona y ahora tiene que estar pagando taxis. Me siento generoso, así que la llevo yo.

En realidad, pese a que se haya metido con mi coche —y reconozcamos que un poco de razón sí que tiene—, hay algo bonito en que haya pensado recogerme de nuevo para que no gaste en taxis o autobuses.

—¿Quieres que le eche un ojo, Sia? —se ofrece Jorge.

—¿Entiendes de coches?

—Entiendo de ordenadores. No será tan difícil. —Mario resopla y Jorge se enfada—. ¿Qué?

—Igualito es un ordenador que un coche, vamos.

—Pues algo más que tú sabré, seguro.

—O no. Tú tienes los ordenadores, pero yo tengo esto —dice señalándose la cabeza—. Y en esto, os gano a todos.

—Eso es verdad. —Jorge se sienta a mi lado y le da un sorbo a su café—. Cuando tiene razón, la tiene.

Me río, pero en realidad estoy completamente exhausta. Esta familia tiene ese poder. En medio de una celebración pueden recargarte las pilas para varios días, pero si discuten, te agotan tanto que acabas por no saber ni lo que quieres decir.

—Voy a vestirme —murmuro.

Soy muy consciente de la mirada que Mario dedica a mi cuerpo mientras me levanto y me marcho hacia mi habitación. También soy muy consciente de que esa mirada ha provocado cierto escalofrío en mi columna, pero es porque consigue hacerme sentir expuesta de alguna forma y eso es algo que odio. Intento no guardarle rencor. Después de todo, Mario no tiene la culpa de ir por la vida como si nada importara, sin protegerse y sin barreras. Tiene la suerte de ser más libre de lo que yo lo seré nunca, así que supongo que, en realidad, esto también es un poco de envidia.

Me visto con un pantalón vaquero y una blusa anudada bajo el pecho. Cuando salgo, Mario me tiene preparado un plato con los famosos borrachuelos y una fiambrera para que me lleve unos pocos a la cafetería.

—Te dije que no quería.

—Mujer, si los vendes y sacas un dinero, bueno es.

—Mario, no.

—Pero ¿por qué no?

—Porque no, porque si los vendo y triunfan, como pasó con las empanadillas, acabaré queriendo la receta y entonces me tocará ir a casa de tu abuela y... —Achico los ojos mientras lo miro, pero él se mete en la boca un bocado del borrachuelo que tiene en su plato con naturalidad—. Un momento. Esto es un plan.

—No sé de qué hablas.

—¡Por supuesto que lo sabes! Tú no sabes hacer borrachuelos. Ni tienes la receta, ni la experiencia suficiente.

—Perdona, pero yo en la cocina soy una eminencia.

Bufo, porque eso es mentira y todos en esta cocina lo sabemos.

—Has traído la masa ya hecha y te has asegurado de venir pronto para poder colárnosla. ¡Estás intentando que me enganche a ellos para que tenga que volver a pedir la receta!

Mario se traga el trozo que tiene en la boca con calma, encoge los hombros y le da un sorbo a su café.

—Sí, vale, ¿y qué?

—Pero... pero... pero... ¿Cómo que «y qué»? ¡Eres un rastrero!

—¿Por hacerte el desayuno?

—¡Por intentar que lo pruebe para que me guste y... y...!

—¿Y qué? ¿Y tengas que volver a casa de mi abuela algunas tardes de visita? ¿Tan malo es? Porque a mí me encanta. Me ponen merienda gratis —dice mientras levanta un dedo—. Me consienten en casi todo. Me entero de los cotilleos. —Sigue subiendo dedos mientras mi respiración se acelera—. Tienes la posibilidad de hacer todo eso y, encima, si las vendes y gustan, ganas dinero. Siendo sincero, princesa, no veo el problema.

—¡Que no me llames princesa!

—Me queda claro que los despertares no son lo tuyo.

—Mario... —siseo.

Jorge y Tash están en silencio, alucinando con la escena. No es para menos, porque juro que soy una persona sensata y tranquila, pero es que Mario de las Dunas tiene algo que me saca de mis casillas.

—Ni las voy a probar, ni las quiero, ni quiero que me lleves a la cafetería.

—¿En serio? ¿Y todo porque...?

—¡Que me voy sola, te digo!

Salgo de casa dando un portazo y sin darle más tiempo a hablar. La puerta se abre un solo segundo después y Tash me ofrece la llave de su coche.

—No pagues de más. Hoy no saldré de La Cala, así que cógelo.

Trago saliva, un tanto sobrepasada.

—Sé que parece una estupidez, pero...

—No pasa nada, nena. Está bien. Te entiendo.

—¿Sí?

Mi amiga inspira con fuerza y suelta el aire despacio.

—Cuando pasas mucho tiempo completamente sola, cuesta confiar en los demás. Yo me enamoré de Jorge y eso, de algún modo, facilitó las cosas, aunque también las dificultó en parte, pero es distinto contigo. Necesitas tiempo para entender que solo quieren ayudar, aunque se extralimiten un poco.

—¿Un poco? —Tash se ríe y al final yo también lo hago—. Debería pedirle perdón por las formas.

—Deberías, sí, pero no lo hagas ahora, ¿quieres? No necesitamos que el ego de Mario se hinche más. Se pondrá insoportable y lo aguantaremos nosotros.

Me río, me despido de mi amiga y subo en su coche para ir a trabajar. Llego a la cafetería, me coloco los patines y juro que, al ponerme tras la barra y mirar la vitrina de los pasteles, vislumbro un hueco increíblemente perfecto para los malditos borrachuelos.

Dios, cómo detesto a los Dunas.

6

Nil

Me despierto cuando Eric se queja de que la alarma no para. Y no para porque yo no la detengo. Estoy tan cansado que juro que oía el ruido de fondo, pero no conseguía abrir los ojos. Es lo que tiene dormir un máximo de dos horas seguidas desde que volvimos. Y no será porque no lo intente. Doy tantas vueltas en la cama que Eric y Ona van a empezar a plantearse irse a otra habitación. ¡Y no hablo en broma! Ya dicen que dormir conmigo es un rollo, lo que no ha ayudado en nada a mi estado de ánimo estos últimos días.

—¿Hoy hay cole? —pregunta Ona.

—No, cariño, pero tengo que trabajar.

—¡Apaga la alarma! —repite Eric.

Me siento en el colchón, cojo mi teléfono móvil y apago la alarma de una vez por todas. Salgo de la cama y me voy derecho a la ducha, porque de verdad necesito agua helada para hacer reaccionar a mi cuerpo.

Diez minutos después, voy a la cocina y hago café como para un regimiento. Debí darme cuenta de que tenía un problema con el café cuando compré una cafetera italiana y, pudiendo hacerme con la que prepara tazas individuales, me quedé con la de tamaño familiar, como si Eric y Ona fuesen a tomar café conmigo. Claro que ahora me alegro, porque no hay día que no caigan al menos tres. Algo que no ayuda a mi estado de nervios, es evidente, pero estoy metido en una espiral tan jodida de autodesprecio y destrucción que empieza a darme todo igual. Todo salvo Eric y Ona, claro. Todo salvo ella, también, aunque me esté portando como el mayor capullo de la historia.

Todo empezó el día que llegamos a casa desde Málaga. O quizá antes, en el vuelo infernal que me dieron los niños hacia Barcelona, llorando y diciéndome que querían vivir en La Cala y no aquí. Que querían estar con Aza y no conmigo. Sé que son niños, que lo decían sin pensar y que, por encima de todo, para ellos está la diversión y todo aquello que les haga sentir bien, pero no voy a mentir ni ser hipócrita, me comieron los celos. Me empezaron a comer unos días antes de marcharnos.

Es así. Puedo darle todas las vueltas que quiera para intentar disfrazarlo, pero la única verdad aquí es que me comieron los celos al pensar que la familia de Azahara había conseguido que Eric y Ona fueran felices de un modo que yo no. Ya, ya sé que jugaban a favor en muchas cosas, porque tienen la maldita casa en la playa, las actividades al aire libre, la piscina de la casa grande y todo ese jaleo que montan siempre. Pero ser testigo de cómo ellos me reclamaban vivir con otra persona, incluso por encima de mí, me consumió. Es posible que no sea justo, no he dicho que lo sea. Nunca pensé que tendría celos de que alguien más se preocupara por ellos o de que los quisiera de ese modo, pero los tengo.

Creo que todo viene de la inseguridad que me genera no saber si puedo hacerlos felices siendo una sola persona. Según la psicóloga, a la que acudí ayer por primera vez después de mucho tiempo, Eric y Ona solo quieren estar allí porque han vivido en unas vacaciones eternas. No tenían obligaciones, como ir al colegio. Se levantaban cada día y solo tenían que pensar a qué iban a jugar y con quién, así que volver a la realidad, donde las normas y la rutina toman el control de su día a día, les cuesta. Sí, tiene todo el sentido, claro, pero es que han pasado seis putos días y siguen igual. Están irritables, enfadados y, desde que empezó el cole, todo es mucho peor.

El primer día me llamó la profesora de Ona. Yo pensé que era porque estaba llorando, como le ha pasado otras veces, que le cuesta separarse de mí, pero era porque se había peleado con otra niña. ¡Se había peleado! No me entraba en la cabeza y, cuando intenté hablarlo con ella, no vi ni un ápice de arrepentimiento. Al parecer, Ona llegó contando que ahora tiene una familia en Málaga y ha vivido en una casa en la playa. Otra niña le dijo que eso era mentira y ella, porque sí y sin avisar, le tiró de la coleta. No es que sea algo grave en sí, pero es evidente que no puede volver a repetirse. De Eric ni siquiera hablo demasiado, porque es casi un preadolescente desde que volvimos. Habla a gruñidos o con monosílabos, y me pregunta dos millones de veces al día si puede hablar con Azahara.

Y cada noche, sin falta, los dos lloran porque no quieren dormir conmigo, sino con ella. Tanto es así, que he entrado en un bucle en el que mi amor por ella se mezcla con mi resentimiento y cada vez que ha intentado hablar conmigo la he ignorado. Lo he hecho porque la echo de menos lo que nadie se puede llegar a imaginar, pero no quiero ceder al pensamiento de que es lo que necesito. De que no solo Eric y Ona sienten que falta alguien en la cama cada puta noche. Todo empeoró cuando intentó hablar con ellos y también la ignoré, pero ahí los motivos fueron distintos, o un poco distintos. Me da pánico que, al oír su voz o verla en pantalla, refuercen su idea de que ella es lo que quieren y yo soy el imbécil al que tienen que aguantar por obligación.

Es infantil, inmaduro y egoísta, lo sé, pero es que... Es que cuando empecé a cuidar de ellos, siendo bebés, me agobiaba muchísimo ver hasta qué punto dependían de mí. Era como si yo fuera completamente vital e imprescindible. Si me dolía algo, no me importaba, porque no podía permitirme ponerme enfermo teniendo que cuidar de ellos y de mi madre. A ese nivel llegábamos. Ha sido así todos estos años, pero, en algún punto, eso dejó de agobiarme para empezar a gustarme. En mi vida podían ir mal muchas cosas, pero era el puto héroe de Eric y Ona; con eso me bastaba para levantarme cada día. Ahora siento que he perdido eso. Siento que ya no soy el héroe, sino el malo de la película. Ya no me necesitan, porque reclaman a otras personas y, quizá, es porque no les doy lo que necesitan o...

Cierro los ojos e intento respirar con calma. No puedo empezar otro día con este tipo de pensamientos tóxicos. No puedo. De hecho, me iría bien trabajar un poco, aunque sea sábado. Llevo atraso en todo y, cuando le dije a Lola que necesitaba unos días manteniendo línea directa solo con ella, me dijo: «Tú sabrás». Desde entonces no me habla. ¡Y es mi jefa! Pero no tiene reparos a la hora de hacerme ver lo que piensa sobre mí, aunque sea referente a un asunto privado.

¿Y acaso no tiene razón? Sé que ahora mismo no soy su persona favorita en el mundo, pero yo tampoco me soporto, así que puede ponerse a la cola.

Me siento frente al escritorio y me palpo los bolsillos. He dejado el móvil en la cama después de apagar la alarma, así que vuelvo al dormitorio y lo cojo con cuidado, porque Eric y Ona siguen durmiendo a pierna suelta. Estoy a punto de salir de la habitación cuando un pequeño murmullo de Eric me detiene. Lo miro para asegurarme de que no está teniendo ninguna pesadilla, pero sonríe. Sonríe y, de forma automática y sin darme cuenta, sonrío con él. Sé que no estoy haciendo las cosas bien, sé que me estoy equivocando en muchas cosas, pero me encantaría que supieran que solo quiero ser el mejor padre posible para ellos. Me gustaría que algún día, de mayores, miren atrás y se den cuenta de que en realidad no era más que un hombre aterrorizado por perder lo que más quería en el mundo.

Vuelvo al escritorio mientras una vocecita me grita que Eric y Ona no son las únicas personas a las que quiero. Después de todo un verano a su lado, no verla me tiene en un estado de ansiedad tal que, a ratos, siento pinchazos en el pecho. Nuestra última conversación, si a la discusión que tuvimos se le puede llamar así, gira en mi cabeza en círculos, trayéndome una y otra vez las palabras que lancé. No consigo olvidar su cara de dolor cuando dije todo aquello y, aunque me encantaría volver atrás, tampoco estoy seguro de que no la cagaría de nuevo.

Estoy viviendo la dualidad más grande de mi vida. Por un lado, quiero dejarlo todo e irme allí, con ella. Por otro, quiero gritarle que por su culpa Eric, Ona y yo hemos perdido la posibilidad de ser felices aquí. Suena drástico, pero es que a cada paso que doy me pregunto cómo sería darlo en La Cala. Con ella. Echo terriblemente de menos enredar mis dedos en su pelo y, al mismo tiempo, quiero alejarme de ella para siempre por osar quitarme parte del amor de Eric y Ona.

Bufo. No es que me lo haya quitado. Lo sé. La psicóloga me lo dejó muy claro. Yo siempre seré el padre de Eric y Ona, pero eso no significa que no puedan querer a otras personas. Que no deban hacerlo, de hecho, porque es sano. Sé que es terrible que eche de menos los días en los que yo era todo lo que tenían, porque era triste y atosigante, pero es que abrirme a la posibilidad de que otras personas se hayan colado en sus vidas y tengan la posibilidad de herirlos en algún momento me acojona tanto que incluso la respiración se me altera. Porque ¿qué pasa si ella se cansa de nosotros? ¿Y si deja de querernos? ¿Qué hago? ¿Les explico que de nuevo nos hemos quedado solos? ¿No sería mucho peor entonces? Ya sé que no serían los únicos niños del mundo con padres divorciados, pero Eric y Ona han vivido entre muchas particularidades y no son como otros niños, aunque suene mal. Ellos ya han convivido con una madre enferma de cáncer terminal. Merecen tranquilidad y estabilidad. Aunque me encantaría pensar que con Azahara íbamos a tenerla, lo cierto es que hay una posibilidad de que las cosas salgan mal, sobre todo si lo dejo todo para ir con ella y ella deja de quererlos. O de quererme. Dios, que deje de quererme me mata tanto que no consigo mantener el pensamiento ni siquiera diez segundos. Y eso que le he dado mil motivos para hacerlo. Se los sigo dando cada día. Miro mi WhatsApp por inercia, como si pensar en ella me obligara a hacerlo. No hay nada y, de alguna manera, eso me alivia y entristece a partes iguales. Dios, qué asco doy. Tiro el teléfono sobre el escritorio y abro mi ordenador de una vez por todas.

Entro en el email para ver si tengo algún cliente esperando. Por lo general, tengo la aplicación abierta en el móvil, pero la desactivé hace unos días cuando escribí siete correos para Azahara. Siete. Ya he perdido la cuenta de los whatsapp que he escrito y no he enviado. Ni siquiera las recuerdo las veces que, en medio de la madrugada, me han superado las ganas de llamarla y oír su voz. A veces incluso el recuerdo se me vuelve borroso.

Bucle. Vivo en un bucle en el que entré de cabeza pensando que controlaría la situación y me ha engullido de tal forma que ni siquiera puedo imaginar que algún día la luz asome por alguna de sus partes. Mi respiración se acelera tantas veces al día que he empezado a temer por mi salud física. Son tantas las veces que me pregunto si podría marcharme a La Cala sin arrepentirme después, que estoy sufriendo las peores migrañas de mi vida.

Miedo. Eso es. Tengo miedo, porque sé que mi relación con Azahara había alcanzado un punto en el que era preciso dar un paso más. Era hora de saltar a la piscina y ella me dio todas las facilidades. Me puso un trampolín cómodo y bonito y yo lo reventé contra el suelo porque, por bonito que sea un trampolín, es inestable. Yo no quería volver a sentirme inestable.

Y mira tú por dónde, ahora me siento exactamente así cada jodido día.

Tengo un correo de Lola, uno de un cliente y uno informativo del cole, pero ninguno de esos consigue llamar mi atención como el que tengo de Azahara con el asunto «IMPORTANTE». No me planteo borrarlo. No lo he hecho ni una sola vez. No he contestado nunca, cierto, pero guardo cada mensaje de ella como si fuera un tesoro, aun cuando son tristes o está claro que está enfadada. Los guardo porque ahora mismo eso es lo único que puedo tener de ella y prefiero eso a nada. Clico sobre el mensaje y, cuando se abre, lo leo.

Frunzo el ceño. Me froto los labios y vuelvo a leerlo.

No puede ser.

Lo leo otra vez.

No. Es que no... No puede ser.

Otra vez.

De: Azahara de las Dunas Donovan Cruz
<azaharadelasdunasdonovancruz@gmail.com>
Para: Nil sin apellidos <nilsinapellidos@gmail.com>
Fecha: 14 sep. 23.42
Asunto: Importante

Hola, Nil.
He intentado hablar contigo un montón de veces. Lola dice que estás trabajando, pero no me aparecen tus actualizaciones y mi trabajo vuelve a ser directo con ella, al parecer. La verdad es que me sorprende, porque recuerdo bien la promesa de no volver a hacer esto, pero supongo que tienes tus motivos. También te he escrito por WhatsApp, pero los dos sabemos cuál ha sido el resultado...
Me queda claro que no quieres saber nada de mí, pero hay algo importante que tienes que saber. Me gustaría habértelo dicho de otro modo y, en serio, lo he intentado, pero... bueno. No ha sido posible.
En las imágenes está todo, así que no voy a extenderme más.
Si quieres que lo hablemos, sabes cuál es mi teléfono.
No voy a llamarte más. No voy a escribirte más. Se acabó, Nil.
He tenido desprecio suficiente para mucho mucho tiempo.
Un saludo.
Azahara de las Dunas Donovan Cruz

Me ha dejado. Ella me... me ha dejado. Ya, ya sé que fui yo quien dijo que deberíamos pensar en estar cada uno por nuestro lado un tiempo y no le he cogido el teléfono y no... pero ella me ha dejado.

Abro las imágenes con la respiración de nuevo agitada. Ni siquiera tengo puesta mi atención plena en el vídeo que empieza a reproducirse, que es lo que primero que he abierto, pero solo tardo un segundo en quedarme petrificado mirando la pantalla.

Eso...

Un minuto y 32 segundos es el tiempo que tarda su latido en inundar mi salón. Un minuto y 32 segundos. Lo sé porque lo veo muchas veces. Muchas. Su latido empieza a sonar justo en el minuto y 32. Antes de eso solo hay silencio y su silueta.

Es un... Es un bebé.

Es mi bebé.

Azahara está embarazada y mi mundo, que yo pensaba que estaba patas arriba, se viene abajo por completo. Comprendo, en un minuto y 32 segundos, lo mal que lo he hecho todo.

Mientras los latidos suenan en el salón y yo miro la pantalla conmocionado, los mensajes de Azahara empiezan a pasar por mi mente. Las veces que me ha llamado. Las veces que me ha pedido que la llamara. Las veces que me ha dicho que necesitaba hablar conmigo.

Esta mañana cuando me desperté no sentía un gran cariño hacia mi persona por lo que estaba haciendo, pero al menos no me aborrecía. Al menos no sentía esta bola de fuego en la garganta y nadie me gritaba desde dentro que soy de manera oficial el ser humano más despreciable sobre la faz de la Tierra.

Paro el vídeo. Lo vuelvo a poner y entonces, en el minuto y 32, hago lo que no he hecho desde que murió mi madre. Dejo que las lágrimas salgan de mis ojos y me pregunto cómo de desesperada habrá estado Azahara para darme la noticia así, después de que le haya cerrado todas las puertas en las narices. ¿Cuánto habrá llorado para llegar a este punto?

Por encima de todo, me pregunto en qué momento decidí hundir mi vida en la miseria y cuándo pensé que era buena idea arrastrar a todas las personas que quiero a este agujero negro que amenaza con tragarme.

¿Cómo he podido fallar tanto?

7

Sia

A las ocho de la mañana del domingo estoy frente a la casa en la que viven Mario y Azahara. Es pronto, pero confío en que Mario esté despierto, como casi siempre. No he conocido a nadie que duerma menos que este hombre. Atravieso el camino de la entrada bordeando el césped y toco con suavidad en la puerta. No sé si Azahara está dormida, y sabiendo lo de su embarazo prefiero no molestarla.

Para mi sorpresa, me abre Mario, pero con los ojos hinchados y el pelo revuelto. Va sin camiseta, con un pantalón de pijama de *El Rey León* y descalzo.

—Anastasia —dice en tono ronco y un poco sorprendido.

—Oh, perdona, pensé que te pillaría despierto, como siempre madrugas... Puedo volver más tarde y...

—No, no, pasa. —Se frota los ojos con brío y se aparta para que entre—. Ha sido una noche intensa y necesito café.

—¿Has estado estudiando? —pregunto mientras lo sigo hacia la cocina.

Sé que estudia un doble grado y, aunque se pasa la vida jactándose de ello mientras lo ignoramos, en el fondo imagino que debe de ser duro y requerirle mucho tiempo. Él niega con la cabeza y lo veo moverse en busca del molinillo de granos de café.

—Azahara ha pasado mala noche —murmura en voz baja—. No está en su mejor momento.

No dice más y yo no sé si debería preguntar. Esta es una de esas situaciones en las que me gustaría ser parte de lo que ocurre y, al mismo tiempo, querría volver a mi casa y olvidarme de todo. No es por egoísmo o porque no me preocupe Azahara, sino porque todo esto conlleva unos niveles de implicación a los que no estoy habituada y con los que no siempre me siento cómoda.

—¿Náuseas? —pregunto al final.

Con suerte, Mario no se extenderá mucho y podremos pasar a temas más triviales, o al menos pasar a la disculpa para poder irme, que es lo que de verdad quiero.

—Se puede decir así —masculla él de mal humor.

No digo nada. No es asunto mío, así que me quedo aquí mirándolo preparar café. Eso, de alguna manera, es peor porque, antes de darme cuenta, me encuentro pensando en el modo en que su bíceps se tensa cuando dobla el brazo, o el modo en que se le marcan los músculos de la espalda cuando se estira para coger las tazas. Mario es muy alto, altísimo, pero no es muy ancho. No resulta tan robusto como Felipe, por ejemplo, pero eso no implica que no tenga un cuerpo absolutamente perfecto, fibroso, sin resultar excesivo, proporcionado y...

No debería pensar esto. Dios, no debería pensar nada de esto.

—¿Anastasia? —me llama él sobresaltándome, aunque agradezco la interrupción que ha supuesto en mis pensamientos.

—Perdón, estaba distraída.

Mario solo asiente, lo que me da una señal de lo cansado que está. El Mario descansado aprovecharía esa oportunidad para acusarme de mirarle el culo, por ejemplo, aunque fuera mentira. Que no lo haga me decepciona un poco. Me enerva admitirlo, pero es así.

—Te decía que deberías tomarlo con un poco de leche. Es un café muy fuerte.

—Ya sabes que me gusta solo y sin azúcar.

—Pero es que es veneno puro. Intento mirar por tu salud. Tienes que durarme muchos años.

Me río entre dientes, niego con la cabeza y estiro la mano.

—Dame mi café fuerte como el veneno, por favor. Necesito un poco de energía.

—Como quieras, pero cuando tenga que empezar a llevarte al médico para vigilar tu hipertensión, no me digas que no te lo advertí.

—Diría que, aunque se diera el caso, no vas a ser tú quien me lleve al médico.

—Como futuro marido tuyo y padre de tus muchos hijos, me siento ofendidísimo. ¿Quién va a ir sino?

—Ay, Dios, Mario, no empieces con eso.

—¿Que no empiece con qué?

Intento no reírme. Casi desde que nos conocemos, Mario me ha chinchado diciéndome que me parecía a Maléfica. Según él, igual de guapa e igual de villana, aunque sé que no lo dice en serio. Cuando se enteró de que me llamo Anastasia, lo unió a su obsesión completamente desmesurada con Disney y empezó a decirme que algún día me casaré con él y tendremos un montón de hijos. Es una forma más de chincharme, estoy segura. Pero que hoy la utilice me alegra, porque significa que no está enfadado conmigo, aunque creo que Mario en realidad no podría enfadarse con nadie.

—No vamos a casarnos y, desde luego, no serás tú quien me acompañe al médico si algún día... —Pestañeo cuando siento el flash en mis ojos—. ¿Qué haces?

—Adelante, sigue, estoy grabándote mientras dices eso para ponérselo a nuestros hijos y a nuestros nietos. Así sabrán lo que he tenido que aguantar.

Bufo, pongo los ojos en blanco y estiro la mano con más impaciencia.

—Dame mi maldito café, Mario de las Dunas.

—¿Veis, chicos? ¿Veis cómo me trata? Puede que ahora, mientras veis este vídeo, la abuela parezca un ser adorable, pero hubo un día en que era más villana que princesa. Eso fue antes de que yo conquistara su corazón, por supuesto.

Me río, intento no hacerlo, porque es darle alas, pero es que, joder, está muy colgado. Me levanto y cojo el café directamente de su mano mientras él no deja de grabarme. No me importa. Ya he perdido la cuenta de los vídeos míos que Mario tendrá en su móvil. Decenas. Más, muchos más. A veces estoy tentada de sacar yo mi teléfono y grabarlo a él, pero sé que no sería capaz de hacerlo con su soltura, así que me limito a sentarme y darle un sorbo a mi café. Fuerte, amargo y perfecto. Sonrío y, en ese momento, oigo el sonido del obturador.

—No podía resistirme —admite, con la cámara de fotos en la mano—. Te la mando ahora.

—No hace falta —respondo poniendo los ojos en blanco de nuevo—. En fin, quería hablar contigo de lo que ocurrió el otro día.

—¿El otro día?

—Sí, el otro día en casa. —Me mira sin entender. Apaga la cámara, y empiezo a exasperarme—. La mañana que me enfadé contigo.

—Tú casi siempre estás enfadada conmigo.

Estoy a punto de quejarme, pero me percato de que en cierto modo es verdad. Nuestra relación se basa en que él me pincha y yo salto, todo el rato, sin parar, cada día desde que lo conozco. A veces parece que haga un siglo, aunque no sea así.

—La mañana de los borrachuelos.

—¡Ah! Nada, no te preocupes.

—Quiero disculparme, Mario.

Él me mira un tanto desconcertado. Nuestra dinámica de tira y afloja se ha normalizado tanto que ya ninguno pide disculpas por nada, pero eso es porque nunca hacemos algo de lo que debamos arrepentirnos. Mi exabrupto del otro día no entra en esa categoría, así que me aclaro la garganta y cuadro los hombros.

—Estaba un tanto agobiada. Fui maleducada y no debí irme así.

—No hay problema.

—Sí lo hay, es evidente.

Él entrecierra los ojos, como si no me entendiera.

—Cariño, te juro que lo estoy intentando, pero ahora mismo eres como un marciano para mí.

—¡Mario!

—Es que no estoy enfadado y estás ahí insistiendo en que sí. Si te digo que no pasa nada, Anastasia, es porque no pasa nada. Ni siquiera me acordaba de esa discusión, siendo sincero. Han sido días muy movidos.

Me doy cuenta de que es probable que tenga razón. Desde que ha saltado la noticia de Azahara todo el mundo está nervioso, pero es Mario quien vive con ella, así que asiento, entiendo la situación.

—Vale, me alegro. Me preocupaba un poco que pensaras mal de mí. —Se ríe y, cuando se acerca a mí, me tenso—. ¿Qué es tan gracioso?

—Tú.

Está tan cerca de mí que puedo oler su colonia. Nada cítrico, nada con olor a madera. Es colonia infantil. Reboza su pijama con colonia infantil porque dice que así duerme sin pesadillas. Es Mario, ya no intento buscar explicación a sus comportamientos.

—¿Yo?

—Tú, nerviosa y preocupada por perderme.

Suelto una carcajada, incapaz de contenerme.

—Te aseguro que estoy muy lejos de sentir temor por perderte.

—Bien, porque no me perderás nunca.

—Ay, Mario —contesto riéndome, pese a que él está tan cerca que casi nos rozamos—. En vez de hacer el tonto, cuéntame mejor cómo van las cosas por aquí. —El cambio en su posición corporal es tan brusco que frunzo el ceño de inmediato—. Lo siento, no quería molestarte.

—No me molestas —admite con un suspiro antes de alejarse de mí, lo que hace que tuerza un poco el gesto. No me gusta nada que invada mi privacidad, pero, de algún modo, tampoco me gusta cuando se aleja de golpe—. Azahara le ha dicho a Nil lo del embarazo por correo electrónico, porque no conseguía contactar con él.

—Oh, Dios, ¿cuándo?

—El viernes por la noche.

—¿Y?

—Ayer tuvo el teléfono apagado, pero imagino que el otro intentaría contactar con ella.

—¿Y ella no quiere hablar con él?

—No exactamente. Tiene miedo. Dice que le ha mandado un correo diciéndole que tienen que hablar enseguida y que le suena a que está enfadado. —Se frota los ojos, demostrándome lo sobrepasado que está—. Te juro por Dios que, si se atreve a enfadarse con ella después de cómo se ha portado, cojo un vuelo hasta Barcelona solo para partirle las piernas.

—Tú no eres violento.

—Nunca es tarde para empezar.

—Mario...

—Está embarazada y lleva una semana intentando que le coja el teléfono, Anastasia. Una puta semana. Y eso sin contar el modo en que la trató en el aeropuerto. Lo que pasa aquí es que la gente se cree que uno es gilipollas y no se da cuenta de las cosas. ¿Sabes lo que te digo? Como ese imbécil se atreva a recriminarle una sola cosa, lo estrangulo.

—¿No ibas a partirle las piernas?

—¡Las dos cosas!

—Buenos días.

Mario y yo nos quedamos de piedra mirando a la entrada de la cocina, donde Azahara aparece con gesto tímido y cara de estar más enferma que en toda su vida. Dios, eso de que las embarazadas están radiantes debe de ser mentira, o es que ella está muy mal. Tiene las mejillas llenas de unos puntos rojos que no sé de qué son, pero no casan bien con sus profundas ojeras y sus ojos hinchados. Es como si estuviera enferma de verdad.

—Ey, ¿por qué te has levantado tan pronto? —Mario se acerca a ella de inmediato, la abraza y algo dentro de mí se funde un poco, aunque no lo admita en voz alta—. Ven, deja que te prepare algo de beber.

—¿Estáis discutiendo por mí? —pregunta ella sentándose a mi lado, en un taburete.

—Qué va —le digo con una sonrisa—. Mario y yo discutimos siempre por todo, ya lo conoces.

—«Eso no lo puedes evitar. Aquí casi todos están locos.»

—¿Qué?

—*Alicia en el País de las Maravillas.*

—¿Ves lo que te digo? —le pregunto a Azahara—. No sé cómo consigues vivir con él sin estrangularlo.

—De hecho, creo que es el mejor compañero de casa que he tenido nunca.

—¿Mario? ¿Este Mario?

Azahara se ríe y Mario se cruza de brazos intentando hacerse el ofendido.

—Para tu información, princesa, soy un portento. No solo en la cama, sino limpiando baños, poniendo el lavavajillas o cambiando sábanas. La colada no la hago, pero porque me da asco. Bueno, ahora no me queda más remedio, porque mi prima cada vez que se agacha vomita. Cada vez. Es una cosa digna de estudio.

Miro a Azahara, que se sonroja un poco, lo que da un aspecto algo mejorado a su piel pálida, seguro que debido al cansancio.

—Han sido días difíciles. ¿Sabes eso que dicen de que el embarazo es la etapa más bonita de una mujer? Spoiler: es mentira. Pensé que me libraría, porque cuando me hice el predictor ya estaba de más de dos meses, pero yo no sé si es psicológico, que el caso es que las náuseas no paran.

Me río, porque es increíble que, pese a todo, se sienta con ánimos de hacer chistes.

—Estás preciosa.

Ella bufa y yo me río.

—No seas mentirosa. Se supone que somos amigas y las amigas siempre se dicen la verdad.

Trago saliva. Durante años, Natasha ha sido mi única amiga; mi único pilar emocional, en realidad. Darme cuenta de que ahora tengo a más gente a mi alrededor todavía es abrumador y surrealista.

—Vale —digo con suavidad—. Parece que te haya pasado un camión por encima, pero aun así estás preciosa, porque lo eres, pese a esas pintitas. Por cierto, ¿qué te ha pasado?

—Nada grave. Es por el esfuerzo que hago al vomitar. De pequeña me pasaba si me empachaba y me enfermaba, pero ya hacía años que no me salían. Claro que también hacía años que no vomitaba así. A veces pienso que, más que bebé, tengo dentro un alien.

Intenta sonreír, no deja de hacerlo en ningún momento, pero su tristeza es tal que traspasa su sonrisa. Yo no soy muy buena iniciando acercamientos, pero no puedo evitar compadecerme un poco de ella. Me recuerda a la época en la que Tash estaba tan triste y la necesidad de ayudarla, del modo que fuera, me supera. Solo que, esta vez, dejo que lo haga. No intento contenerme, porque creo que Azahara ya ha tenido suficiente como para que yo ponga todo mi empeño en mantenerme distante.

—No tengo que ir a la cafetería hasta más tarde. Si quieres, puedo hacerte una limpieza facial. No eliminará las manchitas, pero seguro que te ayuda a regenerar la piel y te refresca un poco.

—Dios, suena bien. ¿No te importará parar mil veces para que vaya al baño?

—En absoluto —le respondo con sinceridad—. Puedo traer todo lo necesario de casa, desayunamos y nos ponemos a ello.

Azahara me mira más animada y, de inmediato, me siento mejor.

Puede que no se me dé excesivamente bien hacer amigos, pero a ella ya la considero como tal, aunque yo no sea tan efusiva como su familia.

Desayunamos borrachuelos, cómo no, y soy más que consciente de la sonrisita de Mario al ponérmelos por delante.

—Yo es que soy más de tostadas —le digo solo por hacerlo rabiar.

Su carcajada resuena en toda la casa.

—Come, Anastasia. No te vas a arrepentir.

Lo sé. Ese es el problema. En el momento en que los pruebe, voy a querer la receta. Doy un bocado, resignada, y de inmediato me relamo, literalmente. Me doy cuenta del modo en que Mario me mira los labios, pero eso es porque los vuelvo a tener pintados de rojo y eso le encanta. Lo sé porque me lo ha dicho un millón de veces, no porque sea una egocéntrica. Tengo la boca grande, los labios llenos y siempre los llevo pintados en tonos fuertes. En realidad, siempre voy maquillada y diría, sin temor a equivocarme, que solo Tash me ha visto con la cara lavada con agua y jabón, sin nada más.

—¿Y bien?

¿Su voz suena un poco más ronca o me lo parece a mí?

Trago saliva y desvío mi mirada al plato. No debería pensar en eso.

—Están muy buenos —admito—. Iré a ver a vuestra abuela el lunes.

Mario y Azahara se ríen y yo ya pienso en el lugar que les daré a los borrachuelos en el expositor de la cafetería. Acabamos de desayunar y salgo para coger mi maletín de limpieza facial de casa, pero no llevo ni dos pasos cuando Mario me detiene.

—Eh, espera, voy contigo.

Se ha puesto una camiseta blanca básica, una sudadera cualquiera y unas chanclas, pero sigue con el pantalón de pijama, así que lo señalo riéndome.

—¿Vas a ir así?

—Está a cinco minutos y a esta hora no hay casi nadie. Y si hay gente, me la pela, este pantalón es la caña. Mira, tengo a Timón justo en...

—Suficiente.

Su carcajada resuena en todo el paseo del litoral.

Caminamos en silencio toda la ida. Mario espera en la puerta a que coja mis cosas, en lo que apenas tardo unos minutos y, a la vuelta, él se aclara la garganta y me mira de soslayo.

—Gracias —me dice, sorprendiéndome.

—¿Por qué?

—Por esto. —Señala el maletín que llevo en la mano—. Por intentar animarla de alguna forma. A mí se me empiezan a agotar las ideas.

Frunzo los labios al comprenderlo. Niego un poco con la cabeza, porque es increíble lo que la vida puede cambiarle a una persona en cuestión de días.

—Siento mucho que esté pasándolo tan mal. Un hijo siempre debería ser un motivo de alegría.

—Creo que lo es, ¿sabes? —susurra él—. El bebé es motivo de alegría, pero ha arrastrado cosas feas a su alrededor, eso es innegable. Y creo que parte de culpa la tenemos nosotros.

—¿Nosotros?

—Tú no —replica de inmediato—. Nosotros. Felipe, Jorge y yo. Bueno, Jorge y yo, sobre todo, que hemos convivido con Nil un verano entero y no hemos podido ver el tipo de persona que era. Yo creía que era un tío comprometido, un buen padre, ¿sabes? Un hombre con las ideas claras, pero solo ha demostrado ser un...

Se para en seco mientras mira al frente. Estoy a punto de preguntarle qué ha demostrado ser Nil, cuando sigo su mirada y me encuentro con el sujeto de nuestra conversación entrando en el jardín de la casa.

El modo en que Mario echa a correr de inmediato, haciendo que salgan disparadas incluso sus chancletas, me sobresalta, como lo hace también la certeza de que está a punto de armarse un escándalo tremendo. Grito su nombre para que pare, intento acelerar el paso e ignoro sus chanclas porque ni siquiera las veo, pero voy en tacones y, maldita sea, él es muy rápido.

Solo espero que esto no acabe con alguien detenido, herido o muerto.

¿Visión catastrófica? Puede, pero es que ya voy conociendo a los Dunas.

8

Mario

Lo voy a matar. Ya puede venir la Policía, la Guardia Civil y hasta el mismísimo ejército a intentar detenerme, que no van a conseguirlo. Voy a matar a ese desgraciado. Eso es lo único que puedo pensar mientras corro y me estampo, literalmente, contra su espalda. Cae al suelo por la fuerza del choque, pero también por la sorpresa. No me esperaba, lo que da una idea de lo idiota que es, porque vengo corriendo por todo el maldito paseo solo para esto. Yo no grito, pero Anastasia va a quedarse afónica. Por primera vez me viene de lujo que se ponga esos tacones que tanto le gustan, porque era evidente que no iba a alcanzarme a tiempo.

—¿Qué haces tú aquí, desgraciado? —gruño más que pregunto mientras consigue girarse.

Me siento sobre su estómago y lo agarro por las solapas de la chaqueta que lleva.

Nil tarda un poco en reponerse de la sorpresa, pero menos que cualquier otro, porque pronto ser revuelve, obligándome a sentarme a horcajadas sobre él y haciendo fuerza para librarse de mí. Voy a reconocerle el mérito de tener reflejos, porque el de ser buen novio ya lo perdió hace mucho.

—¿Qué cojones haces, Mario?

—¡Aquí las preguntas las hago yo! ¿Qué coño haces aquí?

—¡Suéltame ahora mismo!

—¿O qué?

Él no responde, pero como el pataleo no le sirve, alza un brazo y me asesta un puñetazo en el costado. Venga, vale, otro reconocimiento: es un imbécil, pero un imbécil con talento para pelear. ¿Quién lo diría?

Aun así, no me suelto, hago más fuerza contra su cuerpo. Estoy a punto de asestarle el primer puñetazo cuando un grito de Felipe me detiene:

—Pero ¡¿a ti qué cojones te pasa en la cabeza?!

Se acerca a mí por el césped y tira de mi hombro con tanta fuerza que nos separa de inmediato. Esto es culpa de la obra, que el tiempo que trabajó ahí echó más músculo y claro, ahora por mucho que uno quiera, no lo supera. Antes de darme cuenta, me veo sentado de culo sobre el césped, resoplando y con Nil mirándome mal desde el otro extremo, con mi primo Felipe en medio. ¡Es que manda huevos que encima el que me mira mal es él!

—¿Qué te pasa a ti? —le pregunto a Felipe—. ¡Tendrías que tener más ganas de matarlo que yo!

—Mario, estas no son maneras —me dice muy serio.

—¿Y cuáles son las maneras? —replico poniéndome de pie—. ¡Dime cuáles son las putas maneras para tratar con alguien que se porta como se ha portado él!

Mi primo Felipe me mira muy serio. Más serio de lo que acostumbra. Por lo general, no me exalto tanto, pero todos en la familia saben que tengo una debilidad: si se meten con alguien de ellos, me vuelvo loco. A mí me gusta pensar que soy normal, que eso lo haría cualquiera, pero conforme pasa el tiempo, empiezo a darme cuenta de que igual llego a unos extremos que el resto no llega. No sé por qué pasa, solo sé que me ciego si hacen daño a alguien de mi sangre y lo que este tío le ha hecho a Azahara es... Eso no tiene nombre.

Lo miro de nuevo. Tiene la respiración alterada y se pasa la mano por el pelo, como si no pudiera creerse esta situación. Supongo que tiene que ver con el hecho de que me he pasado el verano jugando con sus hijos y nunca di la impresión de llegar a ser violento. Bueno, sorpresas que da la vida. Nunca me he peleado con nadie hasta llegar a las manos, pero para todo hay una primera vez y hoy me parece que el día está propio para empezar.

—Atacarlo así no, desde luego —me dice Felipe entre dientes. Luego se acerca a mí y me habla más de cerca—. ¿Crees que yo no tengo ganas de hacer lo mismo? Pero valemos más que eso. Valemos más que él. —Hago amago de protestar, y me silencia con una mirada—. Imagina cómo se sentiría ella. Párate y piensa en Azahara.

Trago saliva y miro hacia la casa de inmediato. Azahara. No está bien. Puede que ya haya tomado la decisión de tener al bebé, pero está lidiando con todos esos vómitos y su estado emocional no ayuda una mierda. Supongo que no sería bonito explicarle que he matado al padre de su hijo, aunque se lo merezca. Algo me dice que no me daría un ramo de flores en agradecimiento. Me froto los ojos. Joder, qué difícil es la vida de adulto.

—Pues si no podemos matarlo y no podemos secuestrarlo, porque doy por hecho que no podemos... —Felipe niega con la cabeza, confirmándomelo—. Bien, entonces ¿qué hacemos? Yo algo tengo que hacer. A mí me está hirviendo la sangre en el cuerpo, Felipe. ¿Tú eso lo entiendes? Me hierve a borbotones.

Mi primo sonríe. ¡Sonríe! Este tío no está bien de la azotea.

—Nos vamos a la cafetería.

Miro a Anastasia tan rápido que no sé cómo no me parto el cuello.

—Princesa, yo, como futuro marido tuyo, te quiero mucho, pero a mí tú hoy no me sacas de aquí ni con agua hirviendo que me tires a la cara.

—¿Marido? ¿Os vais a casar? —pregunta Nil.

—¡No! —exclama ella.

—Pero que no le des información de nuestra vida privada a este paria, Anastasia, joder.

Anastasia va y se ríe. ¡Se ríe! Yo la felicidad de las personas que me rodean en un momento tan dramático de nuestras vidas no la comprendo.

—Mario, entra en casa, ponte un pantalón y vente conmigo. Es una orden.

—Ya, pues lo siento, pero no —digo sin mirarla.

—Mario.

—No.

—Mario de las Dunas.

Aprieto los dientes y la miro. Por primera vez en mi vida estoy molesto con ella. Puede que esté loco por ella, eso lo admito. Y puede que de verdad piense que Anastasia acabará casada conmigo y teniendo hijos a los que pondré todos los vídeos que le hago. Bueno, puede que no. Eso lo pienso aunque nadie me tome en serio, pero una cosa es eso y otra que vaya a consentir que me saque de aquí.

—No voy a dejar a Azahara sola con este tío, ¿entiendes?

—Eso tendrá que decidirlo Azahara.

—Está Azahara para decidir nada... —bufo.

—¿Está mal? ¿Qué le pasa? —se interesa Nil.

Lo miro y reconozco la preocupación en su rostro. Bueno, en otra vida sería preocupación. Ahora a lo mejor está haciendo el papelón de su vida. Sí, puede que tenga ojeras y la piel más pálida de lo normal, teniendo en cuenta que ha vivido en la playa durante un verano entero, pero peor está mi prima, así que por mí puede joderse. Si está mal, me alegro, peor tenía que estar. Y si está bien, ya me encargaré yo de que esté mal antes de que se vaya.

—Le pasa que tiene un bebé dentro, su novio la ha dejado y lleva una puta semana sin coger el teléfono, responder mensajes ni dejarla hablar con los niños con los que ha compartido el verano y a los que ya consideraba parte de su familia.

Ahora sí. Ahora he acertado de pleno y le he hecho más daño que si le hubiera dado un puñetazo. Las palabras, esas sí que son buenas para joder, si saben usarse. No me arrepiento ni un poquito. De hecho, acabo de empezar con mi diatriba. ¿No puedo pegarle? Vale, que así sea, pero voy a decirle todo lo que pienso. Vamos que se lo voy a decir, aunque sea lo último que haga. Abro la boca de nuevo y, justo en ese instante, la puerta de casa se abre y Azahara sale.

Sigue llevando el pijama, que le está enorme, su pelo está atado en un moño alto y despeinado, y su cara sigue dejando ver cómo se ha sentido estos últimos días. Tiene las ojeras marcadas, esas pintitas no han desaparecido por arte de magia y sus ojos están enrojecidos, así que supongo que ha vuelto a llorar o a vomitar. No sé cuál de las dos opciones me gusta menos. Me acerco a ella de inmediato, pero da lo mismo, porque sus ojos están clavados en él.

—Nil...

Nil no habla. La mira tan consternado como puede estar una persona. Por sus ojos pasan tantas emociones que, transcurrido un solo segundo, sé que en realidad ninguna palabra mía podría haberlo herido tanto como esto. Ver lo que él ha provocado, en parte, lo acompañará toda la puta vida. Aunque odio que la vea en este estado, me alegro de lo que eso provoca en él, pues es evidente que se siente el ser más desgraciado de la Tierra. Eso, o finge muy bien. A mí ya no me extrañaría nada.

—No tienes que hablar con él —le digo a mi prima—. Una palabra tuya y lo saco de aquí a patadas.

Ella me mira y sus ojos se aguan tan rápido que tenso los músculos, listo para saltar. Entonces alza una mano y acaricia mi mejilla.

—Eres el mejor primo del mundo —susurra emocionada.

—Aza...

—Voy a hablar con él. Entiéndelo.

No iba a ceder. Tenía muy claro que no iba a irme de aquí ni con agua caliente, pero en sus palabras entiendo la súplica a la perfección. Necesita hacer esto y, aunque no hay cosa que me duela más que dejarla en este estado con él, sé que tengo que hacerlo. No es solo una pelea de enamorados. Ella está embarazada. Va a tener un bebé de él, y eso requiere muchas palabras, sobre todo después de lo ocurrido y de cómo se ha portado Nil. Así que, aunque me queme por dentro, asiento una sola vez y miro atrás, a Anastasia.

—Voy a vestirme. —Soy consciente de que la voz me sale más ronca de lo normal, pero ella solo sonríe y asiente.

Entramos todos en casa, incluido Felipe. Me pongo un vaquero cualquiera, porque sigo con el pantalón de pijama, y me calzo las zapatillas. Arriba me dejo la camiseta básica, pero cambio la sudadera que he llevado a casa de Anastasia por una chaqueta de cuero. Cojo la mochila con el portátil y los libros, salgo de nuevo y en el salón me encuentro un panorama difícil de describir. Azahara está sentada en el sillón, con las rodillas dobladas y rodeándoselas con las manos. Es instintivo y creo que no se da cuenta, pero ya intenta defender a su bebé. Felipe, a su lado, sentado en el reposabrazos, le acaricia el cuello con dulzura mientras mira a Nil con tanta frialdad que hasta a mí me recorre un escalofrío. Y Nil, alias exnovio de mierda, alias desgraciado, sigue mirando a Azahara como si estuviera moribunda por su culpa. Bien, me alegro. No de que mi prima se sienta como una mierda, sino de que él sienta que es su culpa. Por mí, no dormiría más en lo que le resta de vida.

—Mario.

Anastasia está de pie, en un extremo del salón. La miro y me sonríe sin despegar los labios. Hoy los lleva pintados de un rojo burdeos, del color del vino y, joder, cómo me gustaría besarla. Inspiro hondo, asiento, consciente de que no es momento de pensar en esto, y voy a su lado.

—Estaré estudiando en la cafetería de Anastasia —le digo a Azahara—. Cuento con que Felipe va a quedarse por aquí y, si me necesitas, estaré aquí antes de lo que imaginas.

—Mario... —Su voz suena emocionada, pero sonríe—. Gracias.

Asiento una sola vez y, antes de salir, porque no puedo evitarlo, añado:

—«Sois más valientes de lo que pensáis, más fuertes de lo que parecéis y más inteligente de lo que creéis.» —Ella deja caer un par de lágrimas y me acerco enseguida para besar sus mejillas—. Es de *La gran aventura de Winnie de Pooh*, pero también es tu realidad.

Aza se ríe y yo me enderezo para salir de una vez, pero antes, por joder y porque puedo, me giro hacia Nil y lo miro mal.

—Tú no eres valiente, ni fuerte ni inteligente. Tú solo eres un imbécil que lo tenía todo y lo perdió porque quiso.

Luego salgo, porque ya he dicho todo lo que tenía que decir y me da igual la reacción que tenga cada uno de ellos. Anastasia me sigue y, cuando la puerta se cierra, la veo soltar una risita que me hace elevar las cejas.

—Podrán decir de ti que eres exagerado, demasiado intenso, raro y un friki de Disney, pero lo que nadie puede negar, mi querido Mario, es que aburrirse a tu lado es imposible.

Camina delante de mí mientras su risa deja rastro y yo la sigo, embaladísimo. Que me enamoré de ella en el instante en que la vi no es del todo cierto, porque estaba hablando ruso y no entendía una puta mierda de lo que decía. Nuestro primer contacto fue una discusión. No, yo no me enamoré de Anastasia a primera vista, pero la deseé. La deseé como no he deseado nunca a una mujer, aunque me cayera mal en un inicio. Eso cambió pronto, por fortuna.

Pienso en el verano que hemos compartido e intento buscar el momento exacto en que supe que iba a querer a esta mujer como a ninguna otra, pese a que tengo solo veintidós años. Hay cosas que se saben. Sé que no me gusta la alcachofa porque si me la como me da arcadas. Sé que ella es la mujer de mi vida porque cuando la miro, vibro como no lo he hecho nunca; porque cuando consigo que se ría conmigo, me siento el puto amo del mundo; y porque en algún punto de su vida, cuando Natasha se fue y ella se quedó varada en medio de la nada, sin saber bien dónde estaba su sitio, la miré y pensé: «Conmigo, Anastasia, tu sitio está conmigo».

Puede que ella no lo sepa, o que no me crea cuando se lo digo, pero nos queda mucho por vivir. Puede, incluso, que ella no se enamore de mí nunca, pero no importa, porque esto que siento por ella... para esto solo puedo tener palabras de agradecimiento. Si acabo con el corazón roto por estar detrás de ella y no conseguir que me tome en serio nunca, será un corazón roto después de haber conocido a Anastasia. Eso es mucho mejor que cuando lo tenía intacto porque no estaba en mi vida.

Subimos al coche, arranco y, antes de salir, cojo mi móvil y enciendo la cámara para grabarnos a ambos, aunque ella siga poniéndose el cinturón.

—Hoy, vuestra abuela me ha salvado de cometer un asesinato. Recordad eso cuando os grite u os castigue, chicos. Sin ella, yo habría acabado en la cárcel y vosotros no existiríais.

—¡Mario!

—Saluda a los niños, cariño.

Ella suelta una carcajada, se tapa la cara con las dos manos y niega con la cabeza.

—Estás loco de remate.

—Por ti.

Anastasia se quita las manos de la cara y me mira riéndose. Piensa que estoy de broma. Todos lo piensan, en realidad. No pasa nada, comprendo que no todo el mundo se adapta con facilidad y rapidez a mi mente y que es difícil tomarme en serio.

Pero me preguntó qué cara pondrá cuando por fin se dé cuenta de que todo esto que le digo nunca ha ido más en serio. No puedo evitar, pese a la mañana tan estresante que llevamos, descubrirme sonriendo. Eso va a ser muy muy divertido...

9

Nil

No parece ella. Mientras la miro, soy consciente de lo imbécil que he sido. Sí, porque puede parecer que me di cuenta al leer el correo electrónico. De hecho, pensaba que sí, pero cuando empecé a llamarla y ella no contestó, me desquicié. Me pasé todo el día de ayer llamando, escribiendo y encontrándome con una pared. Tenía el móvil apagado y no contestaba a los correos. Conforme pasaban las horas, dejé de compadecerme de ella y pasé a compadecerme de mí mismo. ¡Porque no me contestaba las llamadas! Y ahora la veo aquí, visiblemente enferma, y me enfrento al hecho de que soy el ser humano más hipócrita del mundo. Casi me vuelvo loco durante veinticuatro horas sin que me conteste. Ella ha intentado contactar conmigo durante una semana. Una puta semana entera y es la segunda vez que le hago lo mismo. Si yo he tenido que coger un avión a las veinticuatro horas, no consigo entender cómo ella ha tenido la capacidad de aguante durante tanto tiempo. Siendo sincero, ahora mismo mi estima por mí mismo es nula, pero es que además se suma el hecho de saber que, cuando venía en el avión hacia aquí, no dejaba de guardarle cierto rencor por obligarme a dejar a Eric y a Ona con mi vecina.

Cierro los ojos un segundo. Yo. Yo. Yo. Ese ha sido siempre el problema. He estado tan centrado en lo que necesitaban ellos después de la muerte de mi madre, que volqué todos mis esfuerzos en eso y olvidé todo lo demás. Decía que me importaba, pero eso era porque me resulta fácil. Era fácil para mí pasar un verano en una casa de la playa con la mujer que quiero, dormir con ella cada noche y decirle que la quería, porque es cierto, la quiero como nunca he querido a otra mujer y como, estoy seguro, no querré a otra. Pero la verdad es que cuando llegó la hora de hacer algo con eso, de demostrarlo con hechos, fallé. Llevo fallando un año, de una manera u otra. El mismo año que Azahara ha estado dándome todo sin pedirme nada a cambio. Y ahora... ahora ella parece enferma, a lo mejor porque se siente así, y yo no soy capaz de mirarla sin sentir que no sé cómo arreglar esto. No sé cómo hacerlo y estoy tan acojonado que apenas puedo pronunciar una palabra, pero tengo que hacerlo. Ya no es por mí, no. Esta vez, tengo que hacerlo por ella.

Es hora de que anteponga las necesidades de Azahara a las mías. En realidad, bien pensado, es tarde, pero intento consolarme pensando que más vale tarde que nunca.

—¿Cómo estás? —pregunto con suavidad.

Ella sonríe, pero no es una sonrisa alegre ni mucho menos. No despega los labios y, aun así, me doy cuenta de que los tiene cuarteados. Me pregunto cuántas veces habrá vomitado en estos días. ¿Cuántas hoy? ¿Y cómo es que consigue sonreírme, si debería odiarme?

—He estado mejor —admite—, pero por las mañanas siempre es peor. Bueno, ya sabes...

El rubor que sube a sus mejillas no es bonito, y no porque coloree su cara, sino porque es un rubor de vergüenza. Porque no sabe cómo tratar el tema conmigo. Es posible que ni siquiera sepa si voy a enfadarme con ella o culparla del embarazo o... No sabe nada, porque yo no le he permitido llegar a mí. Me dejó la bomba en el correo electrónico y, conociendo su mente, bien puede pensar que estoy aquí para tener una bronca en persona.

—¿Has probado el jengibre? —pregunto.

—¿Jengibre?

—Infusiones de jengibre. A mi madre le funcionaban con Ona. Tenía muchas náuseas y...

Siento que la voz se me enronquece, no por los recuerdos, sino por lo que provoca en mí saber que Azahara ahora mismo está en la misma situación que mi madre hace unos años. Solo que ella está sana. Parece enferma, sí, pero no tanto como mi madre. No... lo de mi madre era peor. Aza está bien, me digo a mí mismo. Son molestias normales. Está bien. Pero, aun así, trago saliva y carraspeo.

—No lo sabía —murmura—. No sé mucho de estas cosas.

Sigue rodeándose las piernas, que tiene dobladas, con los talones apoyados en el sillón. Su postura me impide verle el vientre, claro que, ¿qué espero ver? Hace una semana que no la veo. Debe de estar de muy poco. Todavía no se le nota nada y, aun así, ella ya lo protege... de mí. Lleva un bebé dentro, un bebé mío, y siente que tiene que protegerlo de mí.

—¿Quieres un poco de agua?

La pregunta, por raro que parezca, viene de Felipe, que sigue sentado en el reposabrazos de su hermana. Asiento una sola vez, no quiero mirarlo en exceso. Mario ha intentado agredirme y Felipe lo ha impedido, pero eso no significa que yo sea su persona favorita en estos momentos. De hecho, me da un vaso de agua un minuto después con un gesto un tanto brusco. No puedo culparlo.

—¿Puedes dejarnos solos? —pregunta Azahara a su hermano, que me mira fijamente—. Felipe...

—Si la haces llorar, tú vas a llorar el doble.

Y con esas palabras, se va y cierra la puerta con suavidad, como si no acabara de amenazarme sin ningún tipo de tapujos.

—No le hagas caso. Está muy nervioso últimamente —dice Azahara. La miro en silencio, incapaz de decir nada, pese a querer decir mucho—. Nil, di algo —me pide.

La vergüenza de que tenga que pedirlo hace que me odie todavía más a mí mismo.

—Bueno... tampoco es como si no tuviera motivos para estar nervioso, ¿no? —Suspiro y le doy un sorbo al agua antes de colocar el vaso en la mesa—. ¿Cómo estás? Vi tu correo ayer por la mañana y estuve todo el día llamándote, pero no... —Ella bufa un poco. No puedo culparla—. Lo siento —susurro, ni siquiera sé por cuántas cosas lo digo.

—Tuve el teléfono apagado. No fue a conciencia. Es que... ha sido una semana intensa. Tenía miedo de tu reacción.

Que lo admita así, a las claras, solo es sinónimo de lo jodida que ha estado. Aun así, opta por la franqueza, en vez de andarse con rodeos o recriminarme todo lo que he hecho mal. Azahara de las Dunas, dándome lecciones morales desde que la conozco.

—Sé que tienes toda la razón y todos los motivos para sentir eso, pero yo no... Yo nunca te recriminaría o me enfadaría por algo así. No es tu culpa. O no solo tuya. Éramos dos.

—Aun así... supongo que la píldora debió de fallar. No sé. Pensé que estaba todo controlado.

—¿Cuándo lo supiste? ¿De cuánto estás?

—Lo supe el día antes de que os fuerais. No sé cómo no me di cuenta de que en agosto no tuve el periodo. Suelo ser precavida y lo apunto en una aplicación, pero estaba tan ida contigo aquí que... —Se restriega los ojos con el dorso de la mano—. En septiembre, la semana antes de que te fueras, caí en la cuenta y me asusté tanto que me pasé días pensando si hacerme la prueba o no. Al final lo hice y me salió positivo al instante. Intenté hablar contigo, pero no... —Su voz se atasca. Cuando le sale, está rota, emocionada, pero no deja caer las lágrimas que retiene y por eso la admiro como ni siquiera se imagina—. No estabas muy receptivo. Voy a hacer tres meses —susurra con un hilo de voz.

Asiento, impresionado. Tres meses. Joder, casi tres meses. Respiro intentando aceptar todo esto. Entonces, como en un flash, acuden a mí los recuerdos de la discusión del aeropuerto. Me recuerdo diciéndole que mi sitio no estaba aquí, que nunca estaría aquí y que ella no podía obligarme a venirme y arrancar a Eric y a Ona de su entorno. Ella no... Ella me juró que jamás querría algo así. Ahora, sabiendo que estaba embarazada, que ya lo sabía, que fuera capaz de intentar acercarse a mí una y otra vez... Que yo me marchara sin importarme nada y luego todo lo que hice y...

—No voy a tener vida suficiente para pedirte perdón —murmuro—. No te imaginas cuánto lamento... —Cierro los ojos, sobrepasado—. Lo siento mucho, Azahara. Siento no haber cogido el teléfono y siento... Lo siento todo.

Ella asiente, pero esta vez las lágrimas sí caen por sus mejillas, aunque se las limpia a toda prisa.

—Solo quería hablar contigo. Estuve... —Carraspea un segundo, como si lo que sea que va a decir le resultara doloroso, es posible que así sea—. Estuve valorando otras opciones. Mario me llevó a una clínica y me explicaron cómo sería el proceso de aborto si decidía no tenerlo. —Se acaricia la frente e inspira despacio.

—¿Tienes arcadas?

—Estoy bien —susurra, pero la voz apenas le sale y tiene los ojos cerrados—. Dame solo un segundo.

Guardo silencio mientras la observo respirar hondo, sin mirarme, concentrada en su cuerpo y en intentar controlarlo. Debe de sentirse como una mierda y no pierde la jodida compostura. Es... increíble. Cuando vuelve a abrir los ojos, tiene la mirada nublada y sé que aún no se siente del todo bien, pero sigue hablando:

—Perdona, no... a veces puedo pararlo y otras no, pero lo intento todas. Por la deshidratación y eso.

—Esas pintitas...

—No son preocupantes —murmura—. Me salen por el esfuerzo cuando vomito.

Trago saliva. Lo sé. A mi madre le salían, pero ella vomitaba por otros motivos, sobre todo a causa de los tratamientos y... Pero no. Azahara está bien. Embarazada, pero bien.

—¿Te planteaste abortar? —pregunto en tono cauto.

—Sí —admite—. Sí. Sobre todo porque no conseguía hablar contigo y... —Carraspea—. Pero es una tontería, ¿sabes? Me di cuenta con los días de que daba igual si no podía hablar contigo. Me dolía, sí, porque quería tomar la decisión contigo y quería tu apoyo, aunque fuera en la distancia, pero si no querías estar... —Se encoge de hombros—. Bueno, me tocaba a mí decidir, así que fui a hacerme una eco y... me enamoré. —Se le quiebra la voz, pero esta vez sonríe—. Me enamoré en cuanto lo vi y oí su corazón. Se veía su silueta a la perfección y... supe que no había nada que decidir, dijeras tú lo que dijeses.

—Aza...

—No voy a pedirte nada. Nada. No quiero dinero ni que te impliques a la fuerza ni que te sientas en deuda conmigo o con el bebé. No tienes que ser padre otra vez si no lo deseas, pero yo no puedo renunciar a él o a ella. No me lo plantees siquiera porque no...

Me levanto, rompo la distancia entre nosotros y me acuclillo frente a ella.

—No quiero que abortes —susurro—. Y no quiero que pienses que no me importa o que no voy a querer ser su padre.

—Dijiste que no querías más hijos. Que tu familia son Eric y Ona y...

Cierro los ojos y apoyo la frente en sus piernas, no porque lo premedite, sino porque siento que necesito tocar alguna parte de ella. Alguna, por mínima que sea. Recuerdo mis palabras y no olvidaré nunca su mirada herida, pero saber que estaba embarazada... Saber que le hice eso será un castigo eterno para mí, estoy seguro.

—No sé cómo pedirte perdón. No dije que tú no fueras mi familia, no...

—Sí, Nil. Dijiste exactamente eso. Y no pasa nada, puede que lo sientas o puede que no, pero me echaste de tu vida.

—Nena...

—Te pedí que me dejaras hablar con ellos y me lo negaste. Me castigaste sin ti y sin ellos solo porque... fuiste feliz aquí. —Le tiembla el labio y se lo pinza con tanta fuerza que quiero impedirlo pasando mis dedos por ellos—. Mi familia no es perfecta, pero todo lo que te han dado lo han hecho libremente y sin pedir nada a cambio. Ni ellos ni yo hemos insinuado nunca que tu modelo de familia, donde solo eráis tres, no era válido, pero no puedo mentirte y decirte que no soñé con formar parte de ese modelo algún día y con que tú formaras parte del mío. Sobre todo cuando me quedé embarazada. Me dije a mí misma que solo estabas nervioso. Incluso cuando te marchaste del aeropuerto y me vine a casa llorando, cuando me tranquilicé, me convencí de que lo arreglaríamos. Hablaríamos por teléfono y todo estaría bien, pero los días pasaron y tú solo... desapareciste. Te fuiste, no solo de manera física, y no es la primera vez que lo haces, Nil.

Quiero decirle que mi semana ha sido un infierno. Que Eric y Ona han preguntado por ella cada día. Cada maldito día. Que todo es un caos desde que volvimos a Barcelona, pero creo que todo eso no ayudaría en nada. Solo dejaría en evidencia el desastre que soy, así que aprieto sus piernas y trago saliva antes de hablar:

—No sé qué decirte. No tengo excusas y lo siento, pero te aseguro que no siento que no seas parte de mi familia. Tú... tú eres parte de mí, Aza.

—No es eso lo que dijiste.

—Estaba enfadado, acojonado y...

—Ya, te entiendo. De verdad que te entiendo, pero estoy cansada. No quiero estar convenciéndote todo el rato de que soy adecuada para ti o de que podemos hacer esto a distancia. No voy a esforzarme más por sacar esto a flote porque he entendido que no hay nada que sacar. A veces las relaciones funcionan y navegan por sí solas; la nuestra fue así casi todo el verano, pero está claro que no estamos hechos para las dificultades que plantea la distancia. Para eso se necesita confianza, entendimiento y mucho diálogo. Si desapareces cada vez que la situación se pone un poco turbia..., es imposible.

—Sé que no me creerás, pero nunca, jamás, ni una sola vez, desapareceré de nuevo. Nunca volveré a ignorarte así, te lo juro por mi vida.

Ella guarda silencio durante unos instantes. Minutos. Horas. No lo sé. El tiempo se congela y solo puedo mirarla mientras ella acaricia sus rodillas y juega con un hilo suelto de su pantalón.

—Por desgracia —susurra—, has roto esa promesa antes. Así que, aunque quiera, y te aseguro que nada me gustaría más, no puedo creerte. Ya no puedo.

—Quiero estar para ti y para el bebé —murmuro a la desesperada.

—Yo nunca te negaré verlo ni estar con él. Si quieres ser su padre, lo serás.

—Nena...

—Pero nosotros no estaremos juntos, Nil. —La voz se le rompe y mira a un lado, al ventanal—. Ahora mismo no me siento fuerte ni valiente. Necesito apoyarme en personas que supongan un pilar fiable para mí. No puedo mantener una relación que me genera ansiedad todo el tiempo, porque no sé en qué momento vas a volver a cerrarme la puerta en las narices.

—No pasará más, tienes que creerme.

—Quiero estar bien para el bebé. Necesito recuperarme a nivel emocional un poco. Estar en un tsunami de emociones no es bueno para mí. No... no puedo soportarlo.

La voz se le rompe del todo y, cuando agacha la cara y se rodea más con las piernas, escondiendo su estado de mí, sé que la he perdido. Podría haberlo tenido todo: la chica, Eric, Ona y el bebé que viene. Pero la aparté de mi vida porque consideré que intentaba ridiculizar mi modelo de familia, cuando ella solo quería ser parte de él, y ahora...

Ahora no sé cómo puedo arreglar esto. Ni siquiera sé si puedo hacerlo. Esta tarde tendré que coger un vuelo a Barcelona y volver con Eric y Ona sabiendo que me dejo aquí a la mujer de mis sueños embarazada y con el corazón roto.

Por mí. Por mi culpa y la de nadie más. Qué difícil es comprender que, aunque viviera mil años, no sería tiempo suficiente para olvidar lo miserable que me siento ahora mismo.

¿Cómo voy a pedirle que me perdone si yo mismo no puedo hacerlo?

10

Sia

—¿En serio vas a ponerle más?

Miro a María justo antes de añadir más virutas de chocolate al plato y asentir con un suspiro.

—Lo necesita.

—Sia, eso es demasiado hasta para él.

Observo con atención el plato que le he preparado a Mario para intentar animarlo. Es un cucurucho enorme de galleta con tres bolas de helado de chocolate, una de vainilla, una de fresa y virutas de chocolate, adornadas con un Santa Claus de azúcar de esos que acabo de recibir para las Navidades de este año. Es una bomba de azúcar, pero Mario la necesita, así que coloco el plato en la bandeja con un batido de chocolate blanco y se lo llevo patinando.

Está sentado en uno de los sofás del fondo. De hecho, es el más alejado de todo el mundo. Tiene el portátil abierto y lleva toda la mañana cogiendo notas y tecleando como un poseso. Hace casi tres horas que llegamos y solo ha pedido café. Sé que esto mandará al garete su apetito para la comida, pero creo que lo agradecerá de todas formas. Lo coloco en la mesa, al lado del portátil, y me siento enfrente, aprovechando que a estas horas la cafetería se queda vacía y ya no se llenará hasta la merienda.

Mario desvía sus ojos un segundo de la pantalla y, cuando ve el plato, se nota le abren. Me mira y me ocupo de sonreír y guiñarle un ojo.

—Me ha dicho un pajarito que estás falto de azúcar.

Él se ríe entre dientes, saca el móvil, enciende la cámara y graba el plato.

—Chicos, cuando la abuela os castigue sin azúcar, recordad que a mí me hacía platos como este. Vuestra desventaja es que no está enamorada de vosotros.

—No estoy enamorada de ti —le digo riéndome.

—Todavía.

Pongo los ojos en blanco, le arranco el móvil de las manos y me enfoco.

—Chicos inexistentes, este señor que dice ser vuestro abuelo es idiota.

El teléfono desaparece de mis manos tan rápido que es como si no lo hubiera tenido nunca.

—Cuando nuestros hijos e hijas nos pidan la cuota del psicólogo por tu culpa, a ver qué hacemos. Tengo planeado ser rico, pero todavía no es seguro, Anastasia.

Suelto una carcajada, porque de verdad habla tan serio de ese supuesto futuro que no puedo evitarlo. No reconoceré en voz alta que en realidad, aparte de gracia, me hace cierta ilusión que Mario me haga sentir tan importante. Supongo que casi todo lo que dice es broma. Casi, porque creo que, si quisiera acostarme con él, estaría dispuesto, pero aun así es bonito que alguien cuente conmigo hasta ese punto. A veces, incluso es bonito pensar que quizá, en un futuro, yo pueda tener una familia como a la que él hace alusión. Luego caigo en la cuenta de que eso es casi imposible, porque es demasiado utópico y yo ahora mismo estoy centrada en otras cosas, pero durante los segundos que dura ese pensamiento me siento bien.

—¿Cómo estás? —me pregunta él de pronto.

Lo miro con atención.

—Eso debería preguntártelo yo, ¿no? —Se encoge de hombros mientras se llena la boca de helado—. ¿Más tranquilo?

—No, porque Nil sigue vivo, pero vaya, que es lo que hay.

Aprieto los labios en una fina línea, intentando no sonreír porque sé que, en el fondo, lo dice completamente en serio.

—Oye, sé que es difícil, pero es Aza quien tiene que ocuparse de hablar con él y aclarar las cosas.

—Una semana entera desaparecido, Anastasia. Es que imagínate por un momento que, cuando tú te quedes embarazada de nuestro primer hijo, yo voy y me largo una semana. —Pongo los ojos en blanco—. Yo no lo haría, princesa, lo sabes, porque conociéndote eres capaz de lanzarte en esos patines por el paseo marítimo a lo loco y sin pensar en el fruto de nuestro amor, pero imagínatelo. Natasha me mataría. ¿Sí o no?

—Mario, no voy a tener un hijo contigo.

—Bueno, a lo mejor es una hija. A mí me da igual. Que venga bien, que es lo importante.

—Mario...

—¿Me mataría Tash o no?

Suspiro, porque es imposible discutir con él. No he conocido a nadie más convencido de un futuro inexistente que este chico. En cualquier otra persona daría miedo. Pero es Mario. En Mario es normal. En Mario todo lo extravagante y exagerado es de lo más corriente. Me imagino la situación y no puedo evitar asentir.

—Supongo que, como mínimo, te caería una charla.

—*Et voilà.* Sin embargo, estoy aquí y se supone que tengo que quedarme de bracitos cruzados solo porque al parecer matar para defender el honor de una prima es ilegal.

—Al parecer, no. Lo es.

—Bueno, eso dices tú.

—Mario, estudias Derecho. —Me río desesperada—. Que tengamos que discutir estas cosas me saca de quicio.

—Pues espera a que te diga los nombres de nuestros hijos. Eso sí que va a ser discutir y no esto. Esto solo es charlar como una pareja enamorada.

—¿Qué nombres? —Él abre la boca y alzo las manos—. ¿Sabes qué? No quiero saberlo.

—Así, mucho mejor. Tú deja que yo vaya al Registro y me ocupe de todo.

—¡No quiero saberlo porque no vamos a tener hijos!

—Y dale. Cuando te pones reiterativa...

Lo miro boquiabierta. Increíble. Lo de este tío es increíble.

—Mario, soy mayor que tú. ¿Eso lo entiendes?

—Tres añitos de nada.

—¡Da igual! Soy tres años mayor que tú y, aun así, no pienso en hijos ni en pareja ni en el futuro. Yo solo quiero estar aquí cada día, poder trabajar en lo que me gusta y... y... ¡No sé! Nada más, supongo.

—Y yo solo quiero estar aquí contigo y, cuando llegue el momento, que nos casemos y luego tengamos cinco hijos.

—¡Mario!

—Vale, cuatro, pero menos no. Si son tres, siempre hay uno que se queda desplazado. Pregúntale a mi primo Jorge, que cuando nacieron las gemelas a él le dieron por culo.

—¡Mario!

—Y dos son pocos. Si se pelean, no tienen a dónde acudir, porque tú estarás aquí y yo estaré haciéndonos millonarios con mi futura empresa. Necesitan aliados, no podemos desamparar así a nuestros hijos. De cuatro para arriba, lo que tú quieras, pero menos no.

—¡Mario, joder!

Él guarda silencio y me mira muy serio, como si no entendiera mi exabrupto. Yo, por mi lado, caigo en la cuenta de que, como siempre, de la manera más tonta, hemos acabado hablando de mí y mi futuro. Incluso cuando el que está mal es él, acabamos hablando de mí. No lo entiendo. No sé por qué siempre pasa esto y que ahora mismo esté sonriendo me pone de los malditos nervios.

—No quiero hablar de mi futuro, ¿entiendes? Quiero hablar de ti. Por una vez, quiero ser yo quien te ayude a ti a mejorar el ánimo. No quiero que solo hablemos de mí.

—No lo entiendes, ¿verdad? —pregunta un poco desesperado.

—¿El qué?

—Hablar de ti es lo que me salva, Anastasia.

Lo miro con la boca abierta, porque sé bien cuándo Mario dice algo a la ligera y cuándo de repente se queda serio y dice cosas que me dejan sin palabras, como ahora. La mayor parte del tiempo no creo en todo eso que me dice: los hijos, el matrimonio, sus locos planes de futuro. Pero a veces, cuando me mira así, es como si... como si...

—Nastia.

Miro hacia un lado y mis pensamientos se detienen de golpe. Abro aún más la boca y siento, de inmediato, la mano de Mario sobre la mía. Sus dedos se entrelazan a los míos, como si lo supiera, y los aprieto con tanta fuerza que temo hacerle daño.

—Mamá...

La mujer que me dio la vida y me crio buena parte de ella sonríe y a mí me arrasan las ganas de llorar. No puedo con esto. No puedo. Miro a Mario de inmediato. Él nunca la ha visto, pero no lo necesita para saberlo. Esta vez, quien aprieta mis dedos con fuerza es él. Sonríe. No es mucho, apenas un estiramiento de labios, pero de alguna forma eso hace que mis pulsaciones se ralenticen un poco.

—¿Podemos hablar?

Miro de nuevo a mi madre y me cuesta unos segundos más reaccionar. Si lo hago, es porque Mario aprieta mi mano incansable hasta que consigo carraspear y asentir.

—Eh, sí, claro. Supongo.

Me levanto, pero antes de alejarme vuelvo los ojos hacia Mario. Sigue sonriendo. Decido en el acto que tengo que sentarme donde lo vea sonreírme. No puedo hacer esto si él no... No puedo. Llevo a mi madre hacia el sofá que está justo delante y la siento de espaldas a Mario para poder sentarme yo de modo que me quede mirando hacia él, en caso de necesitarlo. Cuando me guiña el ojo, sé que lo ha comprendido. Si tuviera los nervios en un estado aceptable, me reiría. Claro que lo ha comprendido. Siempre lo hace antes que yo, incluso cuando se trata de mí.

—Es un lugar precioso.

Deposito mi atención en mi madre. Está guapísima, pero eso no es de extrañar. Es fiel seguidora de la cirugía estética y sabe cómo operarse de modo que no resulte excesivo, sino todo lo contrario. Parece tener la piel de porcelana y estoy convencida de que mucha gente podría pensar que somos hermanas, en vez de madre e hija. Salvo que yo visto con pelucas de colores y tonos fuertes en los labios, y ella va vestida de negro y lleva el pelo recogido en un moño de lo más elegante. No es que yo no lo sea, pero mi estilo es mucho más retro y llamativo. No encaja con ella ni con la vida que lleva, que es la misma que llevé yo toda mi infancia.

—Gracias. Aún me quedan cosas por hacer, pero mejora cada día.

—Estoy orgullosa de ti. —No puedo evitar que se me abran los ojos y su sonrisa, triste y pesarosa, me toca por dentro, aunque no quiera—. Sé que no me crees, pero lo estoy. Has luchado por tus sueños con una fiereza deslumbrante. Admito que a veces me gusta pensar que yo te inculqué eso.

—Un pensamiento un tanto ambicioso, ¿no crees?

Ella sonríe, en vez de sentirse insultada. Las dos sabemos que mi madre no destaca por tener fiereza en nada, sino más bien todo lo contrario. Lleva toda la vida sometida a los deseos de mi padre solo porque es quien maneja el dinero y ella no se ve capaz de empezar una vida lejos de él. No quiere abandonar su posición en la sociedad ni alejarse de esos círculos viciados donde vale más quien pueda pagar el bolso más caro. No es que mi padre la haya maltratado nunca, no es eso. Es solo que no la quiere, porque creo que no sabe querer. A veces pienso que quiere a sus negocios, pero en realidad, creo que solo los quiere mientras estos le suponen un reto. Luego delega en alguien preparado y vuelve a empezar de cero. Mi madre siempre ha sido la mochila que él ha paseado de un lado a otro. Una mujer hecha a su imagen y semejanza, siempre lista para sonreír cuando él lo necesitara. Siempre con el modelo de ropa apropiado. Siempre con las palabras adecuadas para recibir a las visitas y el mejor de los talantes para organizar fiestas en las que gastaba lo que cualquier familia de clase media gasta en comer un año entero. Trago saliva. Todo aquello parece tan lejano ahora...

Hace cuatro años decidí romper con todo. Después de que mi padre me sugiriera con quién debía contraer matrimonio a mis veintiún años solo porque sería una gran alianza dentro de su mundo, decidí que no podía hacer aquello. No podía convertirme en mi madre. La quería, la quiero, aunque su comportamiento me duela, pero no puedo pasarme la vida siendo la muñeca de alguien. Necesito sentir que manejo mis propios hilos y hago las cosas porque quiero yo y nadie más. Necesito que, lo bueno que llegue a mi vida, sea merecido.

Sé que a ojos de muchas de las personas que conocía no soy más que una niña rica jugando a vivir aventuras, pero no saben que mis padres me quitaron casi todo el dinero que tenía cuando decidí marcharme de casa. Por fortuna la idea de huir de mi familia empezó a forjarse en mi cabeza siendo adolescente, así que con dieciocho años abrí una cuenta privada en el banco y fui metiendo gran parte de todo lo que me daban. Vendí joyas que me regalaron para mis cumpleaños, ropa, zapatos carísimos y lo guardé casi todo. No sabía a ciencia cierta si aquello funcionaría, o si alguna vez daría el paso, pero por aquel entonces veía a Tash vivir encerrada en su suite y pensaba que quizá, algún día, ella podría librarse de Nikolai y nos marcharíamos juntas. Al final, no fue así.

A los veintiuno, mi padre empezó a insistir para que me casara y yo decidí que mi huida no podía esperar más. Me marché y lo dejé todo. Saqué el dinero de mi cuenta, compré este local y empecé a dormir en el almacén. Lo he hecho hasta hace nada, que me mudé con Tash. Ahora las dos somos libres, ella es feliz con Jorge y yo...

tengo una casa en la que nadie me dice cómo actuar, qué ponerme o cómo comportarme y un negocio que es mío y de nadie más. Mi padre nunca se ha metido ni ha intentado hundirlo, cuando podría haberlo hecho, pero creo que lo hace para demostrarme lo insignificante que soy para él. Tan solo me ignora, como si yo no existiera. Y está bien así, aunque viva con el miedo de que un día entre por la puerta. Trago saliva y miro a mi madre. ¿Podría ser...?

—¿Te manda él? —pregunto sin medias tintas.

Mi madre me mira como si acabara de preguntarle si soy su verdadera hija.

—Por supuesto que no. Quería verte y... He venido otras veces y nunca me ha mandado él.

—¿Cómo que has venido otras veces?

—Ay, Nastia... —Se emociona, pero sabe muy bien cómo hacerlo para detener sus lágrimas, por inaudito que parezca. Por eso no me extraña ver cómo mira al techo y que, apenas unos segundos después, recupere la compostura—. He venido alguna vez a mirar a través de la cristalera. Me alegra ver que el patinaje sobre hielo sirvió de algo.

Sonrío, aunque no quiero. Cuando me doy cuenta de que lo hago, me corrijo enseguida. De pequeña patinaba sobre hielo y lo hacía bastante bien, pero aquello acabó, como tantas otras cosas.

—Podrías haber entrado.

—No sabía qué decirte.

—¿Y ahora sí?

Me mira un tanto consternada. También un poco triste, pero me obligo a recordar que, durante años, fui yo quien más triste estuvo y ella se desentendió de mí por deseo expreso de mi padre.

—Eres mi única hija —susurra.

—Eres tú quien se ha olvidado de mí —le recuerdo—. Siempre dejé muy claro lo que pretendía. Me fui porque no lo aceptasteis.

—Tu padre... —Niega con la cabeza—. Es difícil. Apoyarte habría tenido consecuencias nefastas para mí. No te imaginas...

—Créeme, no tengo que imaginar nada. Sé bien lo que pasa cuando retas a Sergey Kuznetsov.

—Hablas de él como si no lo conocieras.

—Es que no lo conozco.

—Es tu padre.

—Es el hombre que me engendró.

—Sé que no es perfecto, Nastia, pero te quiere. —Bufo, pero ella no se detiene—. Eres su única hija. Su princesa.

Miro a Mario de inmediato. Por lo general, cuando me llama princesa, le pido que no lo haga. Él piensa que es porque me molesta la referencia a Disney. No es así. Es porque mi padre me llamaba así siempre, pero solo porque de ese modo conseguía hacerme chantaje emocional. Cuanto más sometida quería tenerme, más lo usaba. Como un interruptor que apretaba cuando sabía que no había otra forma de salirse con la suya. Ahora, oyendo a mi madre decir esa misma palabra y mirando a Mario, me doy cuenta de que, en realidad, una palabra puede tener miles de significados. Cuando él me llama princesa, no siento que me pida nada, sino todo lo contrario. Cuando él lo hace sí noto el cariño y la intimidad. Es real, aunque no se lo diga. Ahora, si mi padre me llamara así, le escupiría a la cara, porque no quiero que nadie más ensucie esa palabra. No quiero que nadie más la use conmigo. Salvo él. Salvo Mario. Porque... Bueno, porque sí.

—¿Has venido aquí a limpiar su nombre o...?

—He venido porque te echo de menos. Y él también. —Suelto una risa sarcástica y ella suspira—. De verdad, cariño. Quiere que vayas a cenar a casa un día.

—No.

—Nastia...

—No, mamá. No tengo nada que hacer allí.

—Está enfermo, hija. —Eso capta mi atención—. Ha tenido un infarto. Los médicos creen que puede volver a repetirse si no baja el ritmo y cuida sus niveles de estrés.

Pienso en mi padre, fuerte y robusto. Tiene un buen cuerpo, come sano y hace ejercicio todos los días porque está convencidísimo de que el físico es una de las cosas más importantes del mundo. Que haya tenido un infarto es, cuando menos, impactante. Pero si me paro a pensar en el modo de vivir que tiene... Bueno, supongo que es lógico.

—Lo siento, pero creo que mi presencia solo alteraría más sus niveles de estrés.

—Una cena. Solo una cena. Quiere hablar contigo. Creo que podemos llegar a un entendimiento. Han pasado casi cinco años. ¿No es hora de volver a unir a la familia, Nastia?

¿Qué familia? Quiero gritarle que en realidad nosotros nunca fuimos una familia. Yo estaba allí mientras me utilizaban para dar la imagen de familia perfecta, pero así no es como funciona. Lo vi cuando entré por primera vez en una barbacoa de los Dunas y lo sigo viendo cada día. Las familias de verdad se apoyan en lo importante, se dan cariño, se sostienen los unos a los otros. En mi casa solo había apariencias. Una inmensa, preciosa y lujosa cortina de humo.

—Prométeme que lo pensarás al menos.

Asiento una sola vez, pero solo porque quiero que se vaya. Necesito que se vaya.

—Lo haré.

Ella saca de su bolso una tarjeta, la desliza sobre la mesa hacia mí y sonríe con dulzura, aunque creo que es fingida. En realidad, no creo que mi madre sea capaz de sentir o mostrar dulzura salvo si es lo que le conviene.

—Este es mi nuevo número de teléfono. Llámame y organizaremos algo. Íntimo, te lo prometo. Solo nosotros para charlar y ponernos al día.

Vuelvo a asentir y ella se levanta y se marcha con paso lento y seguro. Solo cuando la puerta se cierra, me doy cuenta de que ni siquiera se ha interesado por los pasteles, los helados o los malditos cafés. Tenía un recado que dar, lo ha hecho y se ha ido en cuanto ha cumplido su misión.

—Eh, Anastasia. —Miro a mi lado y me sorprende ver a Mario sentándose. ¿Cuándo se ha levantado? ¿Y cuánto tiempo me he quedado en Babia?—. No voy a fingir que no me imagino quién es o que no he oído toda la conversación, porque sería mentira, así que vamos a avanzar. ¿Cómo estás, princesa?

—¿Me puedes abrazar? Solo un segundo, ¿vale? Solo un abrazo y...

Los brazos de Mario abarcan mi cuerpo antes de acabar la frase y su olor a colonia infantil invade mis fosas nasales, haciendo que cierre los ojos y sienta el ansiado alivio. Un alivio que corre a raudales por mis venas, relajándome al instante de un modo que solo consigue él, aunque me cueste reconocerlo.

—Siempre —susurra Mario—. Siempre siempre siempre.

No sé bien si se refiere a abrazarme o su cabeza, siempre tan extraña, está puesta en otra cosa. Sea como sea, me aferro a sus palabras y dejo que, durante unos minutos, nada más me importe.

Me permito reconocer ante mí misma que, pese al miedo que me da, ahora mismo no hay ningún otro sitio en el mundo en el que quiera estar más que aquí, entre sus brazos.

11

Azahara

Saber que tendré un bebé de Nil es duro. Eso es innegable, pero no es nada comparado con saber que tendré un bebé suyo y que está aquí pidiéndome otra oportunidad. Para eso ni siquiera tengo una palabra. Mis sentimientos me dicen que me tire a sus brazos. Todos, absolutamente todos me lo gritan. Pero esta vez, la barrera de mi cabeza es más potente. Dejar que me consuele ahora mismo sería un suicidio emocional. Se ha enterado de que va a ser padre por un correo electrónico porque no he conseguido contactar con él. No es solo que él me haya ignorado, es que me ha negado la posibilidad de hablar con Eric y Ona, como si yo no tuviera nada que decirles. Sé que no son mis hijos, eso me quedó muy claro desde el principio, pero después de un verano entero, los sentía y aún los siento parte de mi familia. He echado de menos a esos niños en la misma medida que a él, si no más, porque con ellos no estoy enfadada, pero con Nil...

Dios, estoy enfadada. Estoy tan enfadada que los puños se me cierran de rabia, no para pegarle, porque sería incapaz, pero sí como medida de autocontrol. De intentar aplacar todo lo que bulle en mí cada vez que pienso que podríamos haberlo tenido todo y él decidió mandarlo a la mierda porque se asustó. Si me esfuerzo, soy capaz de ponerme en su piel, eso es lo peor de todo. Soy capaz de empatizar con sus emociones, aun cuando él jamás ha intentado empatizar con las mías. Dice que sí, pero de haber sido así, no estaríamos como estamos.

Ahora mismo, sin ir más lejos, llevamos casi una hora en silencio, mirándonos de vez en cuando. Él está sentado en el sofá y yo, en el sillón. Me duelen las piernas de tenerlas flexionadas, pero es instintivo. No quiero que vea mi barriga, aunque es una tontería, porque está un poquito hinchada. En serio, he tenido gases que me han hecho tener más tripa, pero, aun así, sé que se fijará en ese punto y el instinto de protección me resulta insuperable. Por desgracia, el instinto de la naturaleza también empieza a ser insuperable. Tengo tantas náuseas que no sé hasta cuándo podré aguantar aquí sentada sin ir al baño. Él, que parece darse cuenta, sonríe con dulzura. Dios, que no sonría. Me mata si sonríe.

—¿Necesitas vomitar?

—Estoy bien.

—Aza...

—Estoy bien. Es solo que... —Me callo cuando una arcada me sobreviene—. Es...

No. Mierda. Esto va a ser un horror. Noto la presión en la frente y la saliva me sabe peor que nunca. Me levanto y corro hasta el baño, sabiendo que más tarde pensaré largo y tendido en la pérdida de dignidad que esto supone. Me arrodillo frente al váter y dejo ir lo poco que he comido esta mañana, mientras Mario y Sia iban a por el maquillaje para hacerme la limpieza facial. Nil no habla, pero siento sus pasos detrás de mí y ni siquiera lo miro cuando grito:

—¡Fuera!

Sale, o eso creo, porque la puerta del baño se cierra con suavidad. Cierro los ojos y siento las lágrimas arder tras ellos. ¿Se puede dar peor imagen que esta? Si hasta ahora guardaba un mínimo de esperanza de que él se ilusionara con este embarazo o el bebé, acaba de irse por el mismo retrete que mi desayuno.

Me levanto, tiro de la cadena, abro el grifo del lavabo y me enjuago la cara con brío antes de erguirme y mirarme en el espejo. Estoy pálida y la rojez de mis mejillas se ha acentuado aún más. Tengo los ojos rojos, la nariz hinchada y los labios agrietados. Si el Gobierno de España quisiera asustar a los adolescentes de los efectos de una resaca, por ejemplo, me cogerían para hacer el anuncio sin necesidad de abrir la boca. Solo con esta cara se asusta al más valiente. O quizá sirva como cara para una publicidad de métodos anticonceptivos: «¿Queréis hacerlo sin condón? Adelante, chicos, pero mirad lo que ocurre luego». Cierro los ojos con un quejido lastimero. Esto no es propio de mí. Tienen que ser las hormonas. Esas malditas me están amargando la existencia. Ahogo un sollozo, me obligo a abrir los ojos y me lavo los dientes, otra vez. Ya he perdido la cuenta de las veces que me los lavo al cabo del día. Luego me pongo enjuague bucal y, cuando por fin siento que mi aliento no huele a vómito, abro la puerta y salgo con toda la dignidad que puedo, que es más bien poca, lo reconozco.

Nil no está en el salón, sino apoyado al lado de la puerta. En cuanto salgo tira de mi mano y me empuja hacia su cuerpo con tanta suavidad que no puedo negarme. Cuando me quiero dar cuenta estoy entre sus brazos, su olor golpea mis fosas nasales, aún sensibles, y es la primera vez desde que vi el positivo que siento un poco de paz. Es una mierda y de inmediato me hace sentir peor, porque lo único que me hace sentir bien es, de hecho, lo único que no puedo tener sin que mis emociones entren en conflicto. Me tengo que apartar, lo sé, pero mientras una mano suya recorre mi espalda con suavidad y la otra acaricia mi pelo, solo puedo pensar que lo haré en un segundo. Solo un segundo más.

—Sé que no me crees y tienes todo el derecho del mundo, pero te prometo que arreglaré esto, Azahara. Te lo prometo.

Sus labios se posan en un lateral de mi cabeza y hago el esfuerzo de mi vida por no echarme a llorar. Me separo de él y de inmediato siento que me falta algo, pero me obligo a mirarlo a los ojos.

—No puedo...

—Lo sé —me interrumpe.

—Me encantaría, pero...

—Lo sé —repite.

Sus ojos están tan tristes que no dudo de que esto también es duro para él. Ahora mismo estamos a la deriva, sin saber muy bien cómo solucionarlo, pero sabemos que, si los dos vamos a estar implicados en la vida del bebé, lo mejor que podemos hacer es intentar ser cordiales el uno con el otro. Así que me aclaro la garganta y hago un esfuerzo por sonreír. Me sale a medias, pero es mejor que nada.

—¿Jengibre, decías?

Su sonrisa es triste, pero es una sonrisa, que ya es mucho.

—Podemos ir a comprarlo ahora, si quieres. Hay unas cápsulas naturales. Seguro que las encontramos, pero, si no, podemos comprar un poco que sea natural para que empieces a rayarlo en las comidas.

—No sé si me gusta el jengibre —admito volviendo al salón.

—Con zumo de naranja se camufla bien. O con ensaladas. O en los yogures.

—¿Se lo hacías a ella? —pregunto con suavidad—. A tu madre.

—Sí. La ayudaba a sentirse mejor.

Asiento. Sé que es un tema muy delicado y ahora mismo tenemos el cupo de las conversaciones traumáticas lleno, así que me excuso un momento para ir a cambiarme y él se queda esperándome en el salón. Me pongo un vaquero de cintura baja, una camiseta de manga corta y cojo una chaqueta ligera por si acaso, pero el día viene caluroso. Lo bueno de Málaga es que, mientras en otras partes empiezan a prepararse para el frío, aquí en septiembre todavía tenemos temperaturas veraniegas. De hecho, agradecemos el fresco de las mañanas y las noches. Me suelto el pelo y le doy un poco de forma a los rizos con las manos. Me resulta más cómodo llevarlo recogido, pero tengo menos cara de enferma así, de modo que la elección es relativamente sencilla.

Salimos dando un paseo hacia el pueblo, entramos en el supermercado y compro todo lo que Nil me aconseja. Eso, que debería aliviarme, me entristece más, porque podría haber sido genial. Él tiene experiencia con embarazos y es muy resolutivo siempre que no se acojone y se quite del medio. Pienso en lo bonito que podría haber sido todo esto y...

—¿Cuándo vuelves a Barcelona? —pregunto para intentar no pensar más en el mismo tema.

—Hoy mismo. Eric y Ona están con mi vecina, pero mañana tienen clase y... Bueno, ni siquiera saben que he venido.

—Entiendo.

—Ha sido una semana dura para ellos. —Su voz suena ronca—. No es el momento de excusarme, pero ha sido muy caótico. Parece que no se quieren adaptar al nuevo curso y es... difícil. —Carraspea y me señala las tónicas—. Ven, vamos a coger unas pocas de manzana. Suelen ser digestivas.

El cambio de tema me hace fruncir el ceño, pero después de unos minutos en silencio, me doy cuenta de que es posible que no quiera sumarme más preocupaciones. Aun así, lo retomo, porque de verdad me interesa todo lo que tenga que ver con los niños, aunque él no se lo crea o no quiera hacerme partícipe.

—Seguro que pronto están encantados. Mis vueltas al cole siempre eran un drama. Pasaba de estar todo el día en la playa a encerrarme seis horas en un aula. ¿Qué niño quiere eso?

Su sonrisa levanta un aleteo en mi interior, pero lo silencio a base de ignorarlo.

—Después de pasar un verano aquí, puedo entenderlo. —«¿Y entonces por qué no te quisiste plantear quedarte o volver?» Me guardo la pregunta, porque nunca le pediría que se quedara por mí, pero no puedo evitar pensarlo—. Te han echado de menos cada día. Cada segundo del día, de hecho. —Mira a una estantería y algo me dice que es porque le resultaría más duro decirme esto si me mira a los ojos—. Ahora odian estar conmigo.

Intenta camuflarlo, pero el dolor de su tono podría rasgar el mundo. Pongo una mano en su brazo por instinto, pese a seguir enfadada con él por haberme negado hablar con ellos.

—Eres lo más importante del mundo para ellos, Nil. No te odian. Solo pagan contigo sus frustraciones porque están convencidos de que, pase lo que pase, tú no te irás.

Nil se queda en silencio mirándome unos instantes. Como si meditara mis palabras, pero entonces abre la boca y lo que dice me deja completamente anonadada.

—Vas a ser una madre espectacular, Azahara de las Dunas.

Así, de un plumazo, consigue que mis sentimientos por él crezcan, aunque no quiera. También consigue que las lágrimas se me salgan, aunque tampoco quiera. Solo quiero descansar y estar relativamente tranquila. Pienso en la realidad de sus palabras: buena o mala, voy a ser madre. Madre. Creo que es aquí, justo aquí, cuando me doy cuenta de que en solo unos meses estaré tomando decisiones vitales para la vida de otra persona.

—No he tenido más miedo en mi vida —admito en un susurro acongojado antes de poder pensar en lo que digo.

—Es muy normal. —Sonríe y sus preciosos ojos azules se achican un poco—. Si te sirve de consuelo, yo estoy igual de acojonado, pese a la experiencia.

—Alivia saberlo —contesto sonriendo un poco.

Por un momento de apenas unos segundos, nos miramos a los ojos y todo lo que hay entre nosotros es entendimiento del bonito, de ese que no duele ni exige decisiones desastrosas. Por apenas un instante, Nil y yo somos perfectos. Por desgracia, no es lo nuestro mantenernos así. Somos, de hecho, expertos en ser imperfectos.

—Otro truco —dice él, carraspeando al saber que no podemos estar aquí mirándonos toda la eternidad—. Cocina un solo día para tres o cuatro. La cocina olerá a todo tipo de comidas durante una mañana, pero luego solo tendrás que sacar los táperes y calentar sin exponerte al olor prolongado de cocinar. —Lo miro con la boca abierta—. No te preocupes, he cogido ingredientes para hacerte algunas comidas antes de marcharme. Yo me ocupo.

Volvemos a casa sin que yo diga mucho, pero sí pienso demasiado.

Me siento en una silla de la cocina, aunque Nil quiere que lo haga en el sofá para que esté más cómoda. Lo miro cocinar durante dos horas para mí con una soltura que me deja asombrada. No porque cocine, eso lo ha hecho durante todo el verano, sino por el modo en que ha organizado un listado por días de comidas sanas y nutritivas, adaptadas a mis náuseas en la medida de lo posible.

—De verdad, no hace falta que me cocines. No voy a volverme una inútil solo porque esté embarazada.

—No he dicho eso, pero si yo me partiera una pierna, no querría que nadie me obligara a correr maratones. Y si estuvieras en el salón, olerías menos todo esto.

Lo dice mientras rehoga una sartenada de verduras que me habría hecho salivar cualquier día y hoy me revuelve entera, lo reconozco, pero le doy un sorbo a la infusión que me ha preparado. Me mantengo aquí porque va a marcharse esta tarde y hay cosas de las que creo que tenemos que hablar.

—Mis padres todavía no lo saben —confieso.

Él me mira sin dejar de remover la comida.

—¿Y la abu? —pregunta. Niego con la cabeza—. Entiendo, ¿quieres que lo hagamos hoy? Puedo estar presente por si la cosa se pone intensa.

—Son los Dunas. Claro que va a ponerse intensa. —Él sonríe y niego con la cabeza—. Prefiero hacerlo con calma en otro momento.

Nil parece un poco decepcionado, pero no protesta. Eso es otra señal de lo dispuesto que está a hacer esto bien. Lo creo, no dudo de sus intenciones, pero tampoco niego que viva con el miedo de que, al volver a Barcelona, olvide otra vez todo lo que hay aquí.

—¿Tienes concertada la visita de las doce semanas? —Lo miro sin entender—. Tienes que llamar a tu ginecóloga de la Seguridad Social, si es que vas a parir en un hospital público. La primera revisión es a las doce semanas.

—Oh, sí, claro. —Frunzo el ceño y me rasco la frente, intentando suavizar mi propio gesto—. Todo ha sido muy caótico. —Él solo asiente—. Llamaré mañana a primera hora.

—Cuando lo sepas, avísame para que pueda buscar vuelos.

Lo miro sorprendida.

—¿Vas a volver?

Nil me observa muy serio antes de concentrarse en la verdura y apartarla, cuando está lista. Tarda sus buenos cinco minutos en hablar, pero creo que es porque quiere hacerlo cuando no tenga nada al fuego. Se limpia las manos en un trapo, se acerca a mí y se sienta a mi lado.

—Quiero estar en la vida del bebé, Azahara. También quiero estar en la tuya, pero respeto que no confíes en mí y que no quieras volver conmigo. Aun así, intentaré estar presente en todas las citas médicas.

—Es una locura, Nil —susurro—. No sé cuántas serán, pero vives en Barcelona y no eres rico.

—Tengo ahorros.

—Pero puedo mandarte las ecos y contarte lo que sea que me digan. Mis hermanos y mis primos pueden acompañarme. Y mi madre, seguro que cuando se entere no me la quito de encima y...

—Ninguno de ellos es el padre del bebé. Soy yo. —Su seriedad me envara y chasquea la lengua—. Quiero decir que sé que tienes un montón de gente a tu alrededor, pero quiero hacerlo yo. Necesito estar ahí del mismo modo que estuve para Eric y a Ona.

—Será difícil —musito.

—Cuando se trata de embarazos y paternidad, soy un experto en tratar con temas difíciles, nena.

Cierro los ojos sobrepasada por las ganas de abrazarlo. Cuando los abro y veo cierto dolor en su mirada, la realidad se impone. No puedo abrazarlo, porque eso sería caer de nuevo en un abismo del que, esta vez, no sé si podría recuperarme. No ahora, que me siento tan frágil. Nil parece entenderlo, porque se levanta y sigue cocinando como si nada. Como si no tuviéramos entre las manos un millón de decisiones vitales que tomar.

A las seis de la tarde, se pone la chaqueta y coge su móvil para llamar a un taxi que lo lleve al aeropuerto. Al final ha preparado comida para toda una semana y ha insistido en que le avise de la fecha de la eco para coger un avión a primera hora y poder hacerme comida para más días.

—Mario cocina para mí. —Eleva una ceja y me río—. Pues lo hace muy bien, en realidad. Solo ha hecho pasteles hoy porque tiene una cruzada con los borrachuelos y Sia.

—¿Los borrachuelos de la abu?

—Los mismos —contesto con una sonrisa—. Quedaron unos pocos. ¿Quieres?

—Dios, sí, al menos uno, porfa.

Me río, se lo doy y veo cómo lo devora antes de que llegue el taxi. Salimos al jardín trasero que da a la calle donde lo cogerá y, ya en la puerta, me abrazo a mí misma. La intensidad de la última despedida todavía palpita entre los dos, por eso me extraña el abrazo en el que me veo envuelta. Siento las pulsaciones de Nil. Van mucho más rápidas de lo recomendable, pero puedo entenderlo, porque yo estoy igual.

—Te veo en unos días —susurra.

—Vale. Dale un abrazo enorme a Eric y a Ona de mi parte, ¿de acuerdo?

Él asiente y, al separarse de mí, la intensidad en su mirada es tal que me desestabiliza.

—Yo... —Se muerde el labio inferior, como si no supiera bien qué decir—. No me crees, ya sé que no me crees, pero esto saldrá bien. Esta vez lo haré bien.

—Sé que vas a ser un gran padre. He tenido la suerte de verte en acción con Eric y Ona.

—No me refiero solo a eso.

Trago saliva, incapaz de preguntarle a qué se refiere, pero es una tontería, porque lo sé de sobra. Se refiere a nosotros. Aunque me encantaría creerlo, no puedo hacerlo, no ahora mismo.

El taxi llega y Nil sale de mi jardín por segunda vez en este mes, alza una mano y entra en el coche mientras yo lo miro con atención. En unas horas estará a más de mil kilómetros de mí, viviendo una vida que late a un ritmo distinto al de la mía. Me despido con un gesto de la mano y, cuando vuelvo a casa, con las lágrimas rodando por mis mejillas, pienso en toda esa gente que proclama cada día en redes sociales eso de «Si quieres, puedes». Bufo. En realidad, eso es una mierda enorme, porque a veces quieres como nunca llegaste a pensar que pudieras hacerlo, pero no puedes.

Así de simple. Así de doloroso.

La tarde se me va con mi hermano Felipe y Camille convertidos en mi sombra. Entraron en casa solo un minuto después de que se marchara Nil, así que supongo que han estado pendientes de toda esta situación. Media hora después, los que entran son Jorge, Tash, Mario y Sia. Sé perfectamente que mi hermano los habrá avisado, pero no por eso me siento menos sorprendida y agradecida.

Los tengo a ellos. Puede que no todo esté bien en mi vida, pero los tengo a ellos y eso es lo único que importa. Dejo que me abracen mientras vemos una peli que, por supuesto, elige Mario. Cerca de las diez de la noche mi teléfono suena con una videollamada entrante de Nil.

—Voy a mi dormitorio —murmuro a nadie en particular y sin pararme a mirar sus reacciones.

Entro en el dormitorio principal, que es el que estoy usando desde que Nil se fue. Descuelgo intentando prepararme para ver a Nil en pantalla.

—¡Azaaa! —El grito de Ona inunda la habitación mientras su melena rubia se mueve debido a los saltos que da frente a la pantalla. A su lado, Eric sonríe y saluda con la mano.

—¿Sabes qué? Papá dice que podemos hablar contigo cada día antes de dormir. ¡Cada día! ¿A que es genial? —pregunta Eric.

Están en la cama, pero no hay ni rastro de Nil. Me tumbo en la cama intentando no echarme a llorar de emoción. Estoy tan feliz de verlos y, al mismo tiempo, los echo tanto de menos que siento que algo se rasga en mi interior.

Por otro lado, está la certeza de que Nil hace esto para dejarme claro desde hoy mismo lo mucho que van a cambiar las cosas, según él. Cierro los ojos un segundo, intentando dominar mis emociones. Ahora no puedo pensar en eso. Ahora que Eric y Ona me hablan del cole, lo único que importa es esto, aunque las ganas de tenerlos aquí, en la cama conmigo, sean tan intensas que casi pueda sentir el vacío de un modo físico.

—¿Sabes que Ona se ha peleado en el cole? ¡Ha mordido a una niña!

—¿Has mordido a una niña, Ona? —pregunto con los ojos como platos.

—¡Sí! ¡Aquí, mira! —Se señala el brazo y me pinzo el labio con fuerza para no reírme—. Me dijo que no tengo el pelo como Vaiana y que nunca lo voy a tener. Me enfadó un montón.

—Papá dice que o se controla o va a contratar a un adiestrador de perros para ella. —Eric suelta una risita, como si la idea le resultara de lo más divertida.

—¡Eric! —El susurro de Nil me llega, aunque no lo vea—. ¿Por qué no le contáis otra cosa?

—Porque lo del mordisco ha sido muy divertido.

—Para Luna no fue divertido —dice Ona—. Y para mí, cuando me tiró del pelo, tampoco. Se quedó con un buen puñado en la mano y me los puso en la mesa para que viera que sigue siendo amarillo. ¡Qué mala es!

Se me escapa la risa. No debería, porque es serio que se anden peleando, pero su indignación es tal que no puedo evitarlo.

—Imagino que papá ha tenido una gran charla contigo acerca de no pegar bajo ningún concepto a nadie.

—Oh, sí. Estoy castigada hasta que tenga cuarenta años.

Me río al imaginarme a Nil fuera de sí al recibir la llamada del colegio. Me retrepo en la cama y dejo que los niños me cuenten cómo ha sido su semana. Dios, cuantísimo los he echado de menos. En algún momento, sin darme cuenta, mi mano libre se posa sobre mi estómago. Por primera vez, siento deseos de comunicarme con mi bebé, aunque sea a través de mis pensamientos.

«No sé si conseguiré ser una buena madre, pero tú, bebé, vas a tener los mejores hermanos del mundo.»

12

Mario

Me levanto para ir a clase tan cansado que apenas me tengo en pie, pero no es de extrañar teniendo en cuenta la noche tan movida que he tenido. Esta vez la culpable no ha sido Azahara, que ha estado encerrada en su habitación desde ayer y no ha dicho ni pío por más que le he preguntado qué hizo ayer con Nil y qué le dijo, y también le he indicado de cuántas maneras tendría que partirle las piernas. Entro en la cocina y preparo un termo de un litro de café pensando en lo agradecido que estoy de que Jorge dejara su cafetera italiana aquí cuando se mudó. Lo meto en la mochila a empujones, casi. El día va a ser eterno.

Una hora después, mientras me divierto como nadie se imagina en la clase de Derecho Financiero, me llega un whatsapp de Anastasia. Se podría decir que no debería coger el móvil en clase, pero estamos hablando de mi futura esposa y madre de mis hijos. Hay ocasiones en las que un hombre debe dejar de escuchar un tostón para atender a lo que de verdad importa.

Anastasia
¿Me acompañas esta tarde
a casa de la abu? Quiero la
receta de los borrachuelos.

Me río y casi casi me froto las manos del placer que me produce haberla hecho caer una vez más. No es que sea un sádico, pero creo que esas visitas a mi abu le sientan mejor a Anastasia que a ella. Y eso que a mi abu le sientan de fábula. El caso es que se ríe, se distrae y, durante un rato, deja de pensar que tiene un negocio que mantener a flote ella sola. Admiro muchísimo la valentía y el tesón que tiene, pero es agotador verla trabajar todo el tiempo, incluso cuando está sentada, porque su cabeza no para nunca. Al menos, los ratos que estamos en casa de la abu, se concentra en lo que ella le cuenta y en las recetas nuevas. No está tan tensa ni preocupada. Ella, desde luego, negaría todo esto hasta la saciedad.

Mario

Por supuesto. Nada mejor que acompañar a mi princesa a casa de la reina de mi familia.

Anastasia

Eso ha sido muy bonito ☺

Mario

Bonito ha sido el sueño que he tenido contigo. ¿Te lo cuento?

Anastasia

Mejor no. Todavía estoy remoloneando en la cama y, conociéndote, trataba sobre

mí vestida de novia, embarazada
de trillizos o jurándote amor
eterno en el castillo de Disneyland.

Mario
Joder, no era nada de eso
pero me la acabas de poner
durísima.

Anastasia
¡Mario!

Mario
La culpa es tuya. Has escrito
en un mismo mensaje las palabras
remolonear, cama, novia,
embarazada y Disneyland.
¿Cómo demonios se supone que
tengo que resistirme?

Anastasia
Eres incorregible ☺☺☺

Mario
Y tuyo.

Anastasia
Ay, Mario...

Mario

Voy a pensar que ese ha sido un suspiro bueno, de los bonitos. Te recojo a las cuatro ♥

Ella no responde y yo vuelvo a la maravillosa y nada aburrida tarea de aprender esta mierda para poder ser rico algún día.

La mañana pasa entre clases y más clases que se me hacen eternas y soporíferas. Ni el café ayuda, en serio, está siendo un lunes muy lunes. Demasiado. Cuando por fin puedo volver a casa, llego hastiado y deseando soltar la mochila en un rincón. Me gusta estudiar, me encanta, pero odio estar sentado en un aula durante horas sin poder hacer otra cosa que aprender algo de algún profesor al que es posible que supere en inteligencia, aunque no en conocimientos. Razón por la que me quedo. Si pudiera hacerlo todo online, ni dudaría.

No es que no me guste la universidad, pero los tíos de mi edad me resultan aburridos en su mayoría, aparte de que todos parecen adorar el fútbol y yo no tengo el más mínimo interés en conocer siquiera las reglas. Las chicas me caen mejor, quizá tenga que ver el hecho de que me haya acostado con varias, pero, en cualquier caso, tienen una conversación más interesante. Aun así, a día de hoy no encuentro ni un aliciente social que me haga ir a clase. Voy porque quiero aprender, titularme y empezar a plantearme mi futuro, a poder ser con Anastasia a mi lado, aunque a ella le dé urticaria el simple hecho de pensarlo.

Bueno, por eso y porque le prometí a mi madre acabar el doble grado y hacerla sentir orgullosa como ninguna otra madre del mundo. Ella se ríe y me dice que ya está orgullosa de mí, pero no es suficiente. Quiero que no quepa en sí de orgullo. Que se sienta tan feliz que tenga la sensación de estar andando sobre una jodida nube. Todo lo que esté por debajo de eso me resulta insuficiente. Si desear eso me convierte en un niño de mamá, pues que así sea. ¿Qué hay de malo en ello, de todos modos? Mi madre lleva toda su vida deslomándose para poder darme la mejor formación y toda la ayuda necesaria. Se ocupó de mí sola, aun cuando tenía a la familia para ayudarla, pero no soy tonto. No es fácil criar un hijo y lidiar con el duelo al mismo tiempo, y ella tuvo que hacerlo demasiado joven. Lo dio todo por mí, renunció a sus planes de futuro e incluso a sus planes de presente cuando la vida la golpeó con fuerza desmesurada. Lo menos que puedo hacer por ella es darle un puñetero título que lleve hasta a la frutería para vacilar de hijo.

Además, quiero estudiar. Quiero hacerlo porque aprender me gusta, aunque pueda no parecerlo, solo que prefiero hacerlo a mi manera y eso, por desgracia, es imposible. No importa, ya llegará el momento de seguir formándome solo con cosas que me gusten. Aparco frente a la casa y me doy cuenta de que no he cantado una sola canción en todo el trayecto desde Málaga. Imperdonable. Si estuviera de mejor humor, seguiría conduciendo solo para remediarlo, pero quiero ver cómo está Aza, me muero de hambre y, seamos sinceros, estoy deseando ver a Anastasia.

Entro en casa y, para mi sorpresa, me encuentro al sujeto de mis pensamientos sentada en el sofá con Azahara, limpiándole la cara con un algodón que estará lleno del líquido de alguno de los botes que hay sobre la mesita.

—Ya está aquí lo más bonito de la casa. ¿Qué hacéis?

Aza se ríe y Anastasia bufa, pero lo hace para ocultar una sonrisa. A mí no me engaña.

—Sia se ha presentado por sorpresa para hacerme la limpieza facial. Como ayer al final no pudo...

—Esto de tener los lunes libres es una gozada. Al final, habrá sido buena idea cerrar un día la cafetería.

Sonrío. Si por ella fuera, trabajaría siete días a la semana. Por fortuna, ahora para al menos uno, que ya es mucho. Con más fortuna aún, algún día parará un par de ellos seguidos y descansará como se merece. Me acerco hasta ellas, me siento en el borde de la mesita, al lado de los botes abiertos, y miro la cara brillante de mi prima.

—Hoy tienes menos pintitas.

—Mentira, Mario. Hay espejos en casa y me veo en ellos, ¿sabes?

Pillado. Uno, que solo pretendía animar...

—Bueno, pero mañana seguro que tienes menos.

—Si sigo vomitando, lo dudo.

—¿Has comido algo hoy?

—Tomé un poco de avena por la mañana, pero no la retuve bien. Ahora iba a calentar uno de los táperes que preparó Nil. ¿Quieres?

Estoy tentado de decirle que sí solo para gastar los táperes cuanto antes y joder a Nil, pero no soy tan idiota. Los hizo con jengibre y no sé qué mierdas para intentar paliar las náuseas de Aza, y ella es lo primero, así que niego con la cabeza y palmeo su rodilla.

—Prepararé algo rápido. ¿Te quedas, princesa?

—Sí, así vamos luego a casa de la abu. Y no me llames princesa.

—Es que llamarte futura esposa es más largo, pero como quieras.

Anastasia está a punto de protestar cuando la puerta se abre y entra Camille con una olla enorme. En serio, tan enorme que le tiemblan los brazos. Me levanto de inmediato y se la quito de las manos.

—¿Qué es esto?

—He hecho comida para todos. Felipe, Jorge y Tash vienen para acá. Puchero de la abu.

Elevo una ceja, pongo la olla en la mesa de la cocina, sobre un apartador que pone Azahara enseguida y la destapo, incrédulo.

—¿Una irlandesa haciendo puchero? No sé yo si me fío. Igual has echado *fish and chips* dentro, que vosotros sois así de...

—Oh, cállate —responde riéndose—. Te lo vas a comer sin protestar porque no quieres que tu primo Felipe se enfade por tu descortesía, ¿verdad?

—A mí no me da miedo, ¿eh? A ver qué te piensas.

Justo en ese instante entra Felipe en la cocina. Hoy está más grande, el cabrón, o me lo parece a mí. Es que claro, es difícil mantener eso de que no me da miedo cuando tiene un bíceps del tamaño de mi cabeza. Quizá no tanto, pero si le da por usarlo me va a parecer que es así o más grande.

—Camille ha hecho puchero. —Su sonrisa es tan orgullosa que casi podría parecer que su novia ha construido un castillo ella solita.

—Yo es que no soy muy de pucheros.

—Tú te lo vas a comer. Todos lo vais a comer.

—Yo no —anuncia Aza—, pero porque ya tengo comida.

—Cierto —conviene su hermano—. Tú estás libre.

—No digas que está libre como si comer mi puchero fuera un suplicio —protesta Camille frunciendo el ceño.

Felipe entrecierra los ojos, dudoso, y al final sonríe.

—No voy a entrar en un juego del que saldré perdiendo, así que mejor llamo a Jorge y le pregunto cuánto le queda.

—Ahórratelo, ya estamos aquí —dice mi primo entrando en la

cocina y con Tash de la mano—. Nos hemos entretenido un poco limpiando la casa.

—Pues traéis más cara de haber echado un polvo que de haberlo limpiado.

Jorge me mira mal, pero los demás se ríen, así que punto para mí.

—¿Qué es eso? —pregunta Tash asomándose a la olla.

—Puchero —responde Camille.

—¿Has hecho puchero?

—Me dio la receta la abu.

—Ah, pues se la voy a pedir. —Mira a mi primo y palmea su pecho con cariño—. Creo que estoy lista para hacer puchero de la abu.

—Una irlandesa haciendo puchero es una cosa, pero una rusa... —murmuro.

—¿Qué pasa con las rusas? —replica Anastasia en un tono que me deja muy claro que tengo que tener muchísimo cuidado con mi respuesta.

—Que lo vuestro son las ensaladillas y eso, ¿no? —No era esa la respuesta adecuada, a juzgar por cómo me mira—. ¿Qué?

—*Durák*.

—¿Y eso qué significa? —pregunto con el ceño fruncido. Ella sonríe altanera y yo saco mi móvil, entro en el traductor y activo la opción del micrófono—. Repite.

—No.

—¿Me has insultado en ruso?

—No. —La risita de Tash la delata—. No mucho.

—Significa tonto o algo así.

Miro a mi primo Jorge sorprendido.

—¿Lo sabes?

—He aprendido a quedarme con ciertas palabras que luego busco por mi cuenta.

Observo a Natasha, con su pelo rubio, sus ojos azules y su cara angelical, y elevo las cejas.

—Chica mala, no insultes a mi primo, ¿eh? Que es idiota, pero es nuestro idiota.

—Te aseguro que si lo insulto es porque se lo merece y, por lo general, solucionamos nuestros problemas de un modo bastante satisfactorio para los dos.

—Demasiada información —se queja Felipe.

—Para mí, no. Cuéntame más —le pido.

Ella se ríe, Jorge se enfada y Camille se desespera porque nadie está ansioso por probar su puchero.

Al final nos sentamos todos, Azahara con su plato de pollo con no sé qué y cara de querer morirse, pero creo que es por el olor general de todas las comidas mezcladas, porque hay que reconocer que el desgraciado de Nil cocinó bien.

—¿Bendecimos la mesa o algo? —Todos me miran como si estuviera loco—. A ver, que no soy creyente, pero ante casos extremos, uno se acoge al «por si acaso».

—¿Estás insinuando que vas a morirte por probar mi comida? —pregunta Camille.

La colleja me llega de dos sitios distintos. Una de Jorge, que tiene costumbre, y otra de Anastasia, que me deja anonadado.

—Cuando nos casemos no pienso consentir estas cosas —me quejo.

Ella se ríe, pero niega con la cabeza y señala a Camille.

—Sírvele a él antes que a nadie.

Todos se ríen, como si fuera muy gracioso, pero yo estoy un tanto distraído. Su acento... joder, cómo me pone. Se intensifica cada vez que estamos en familia; creo que es porque se pone más nerviosa. A Tash, por ejemplo, como es más reservada y tranquila de carácter, también se le nota el acento, pero menos. Anastasia tiene una rotundidad en la forma de pronunciar que me pone cardíaco, para qué nos vamos a engañar. Y así, de pronto, solo quiero llevarla a la habitación, desnudarla, tumbarla en la cama y hacerle todo tipo de...

—¿Lo vas a probar o no? — pregunta Felipe, pero en realidad es más una amenaza que otra cosa.

Carraspeo, lo pruebo sin más ceremonias y me encuentro con que, oye, está rico. Está muy rico.

—Puntazo para la irlandesa. Está muy bueno.

Camille sonríe tanto que creo que le va a dar algo y mira a Felipe, que se ríe entre dientes y la besa en los labios con orgullo. Puede parecer una tontería, pero cuando pienso en Anastasia y lo orgulloso que me siento cada vez que da un paso hacia mi familia, me doy cuenta de que no lo es. Mi primo, al menos, tiene la suerte de estar con su chica. Compartir su orgullo con ella. Dormir abrazándola.

Yo, aunque me duela, solo tengo un saco lleno de anhelos y unos sentimientos que están volviéndose cada vez más incomprensibles para mí, por desgracia. Yo, que tan listo soy, a menudo me siento tonto con respecto a esto que siento, porque no sé qué finalidad tiene si ella está empeñada en no fijarse en mí de ese modo. Por mucho que yo bromee sobre el tema, al final es inevitable que en momentos así, cuando estamos todos juntos y veo a Jorge y Felipe tan felices, algo me escueza por dentro. Y justo cuando estoy pensando en ello, Azahara se levanta y sale disparada hacia el baño. Entonces pienso en su situación y, aunque suene fatal, me alegro de que lo mío solo sea amor no correspondido, porque imaginar que llego a estar con ella, mantenemos una relación y luego cortamos... No, eso es demasiado para mí.

En serio, no habría película Disney que arreglase un desastre como ese.

13

Anastasia

La casa grande de los Dunas, como ellos lo llaman, está a rebosar de gente cuando llegamos. No es la primera vez que me veo en medio de una celebración familiar, pero no deja de sorprenderme la cantidad de personas que componen este núcleo, lo distintas que son entre sí y, sobre todo, o quizá justo por eso, lo unidos que están todos. Siempre hay alguien discutiendo, cierto, pero por lo general son peleas inofensivas sobre temas triviales. Al final, entre que hemos comido y tomado un café en casa de Mario, se nos ha hecho tarde y, a esta hora, casi toda la familia está aquí. Solo falta el padre de Jorge, que trabaja en la construcción y suele ser el último en llegar, junto al padre de Felipe, que tiene una inmobiliaria y muchas veces está fuera, reunido o enseñando casas.

Trinidad, la madre de Mario, se viene derecha hacia mí en cuanto me ve.

—Me he estado acordando de ti desde el otro día. ¿Cómo estás?

—Hola, mamá, soy tu único hijo, ¿cómo estás? Yo bien, gracias —contesta Mario por mí.

—Hola, cielo, sé que estás bien, lo veo en tu cara. Además, hablamos todos los días. Es a Sia a la que no veo desde hace más tiempo, así que perdóname por ser una persona educada.

—No tengo nada que perdonarte. Como hijo, valoro mucho que trates a mi futura mujer con tanto cariño. Vas a ser una suegra maravillosa.

—Por Dios, Mario —mascullo entre dientes—. ¿Qué dices?

Él se ríe y me besa la mejilla antes de alejarse hacia las gemelas, las hermanas de Jorge, que lo llaman a gritos desde el otro extremo del jardín.

—Vale, ahora que estamos solo las chicas. Necesito pedirte algo.

—¿A mí? —pregunto sorprendida.

Ella me mira mordisqueándose el labio inferior, es evidente que está nerviosa. La madre de Mario es muy guapa y, desde que la conocí, no he dejado de pensar que es una verdadera lástima que no haya rehecho su vida. Supongo que lo asocio a la tristeza que debió de sentir cuando murió su marido, pero es demasiado joven... A lo mejor le va bien estando sola, me digo. Hay muchas mujeres que optamos por ocuparnos de otras partes de nuestras vidas, yo me meto en el saco porque no he querido relaciones. Me distraerían de mis planes de futuro. Mi tiempo es para mi trabajo y para mí misma. No tengo tiempo de más, aunque una vocecita me grite que, en realidad, desde hace unos meses, mi tiempo también es para los Dunas. Y desde hace unas semanas, sobre todo es para Mario de las Dunas, aunque eso me ponga en tensión por no saber qué pienso al respecto.

—¿Sia? —La madre de Mario espera una respuesta y me doy cuenta, avergonzada, de que no he respondido a su pregunta.

—Sí, perdona, estoy un poco descentrada. ¿Qué necesitas?

—La cena hoy va a ser un caos.

—¿Cena?

—Os quedáis a cenar, ¿no? Como venís todos juntos lo he dado por hecho.

Miro a mi alrededor. Es verdad que hemos venido todos, pero eso es porque Azahara va a dar la noticia del embarazo y nos quiere aquí en previsión de lo que puedan decir sus padres. Aunque, siendo sincera, conozco a Callum y a Rosario y me jugaría el cuello a que van a aceptar la noticia con naturalidad y le van a dar el máximo apoyo. De cualquier modo, me centro en Trini para que no piense que hoy estoy medio lela.

—Sí, supongo que nos quedamos —murmuro. Comprendo que, en efecto, voy a pasar la mayor parte de mi único día libre a la semana con los Dunas. Aunque intento que eso me haga sentir incómoda, lo cierto es que cada vez me siento más integrada.

Eso me da miedo, lo cual es casi peor que sentirse incómoda.

—Necesito que me apoyes cuando salte el bombazo.

—¿El bombazo? ¿Lo sabes?

Trinidad me mira como si estuviera un tanto lela. Puede que tenga toda la razón.

—Claro que lo sé, Sia. Necesito que estés al lado de Mario. Es tan... Ya sabes cómo es y me da miedo que se descontrole. Si eso pasa, tú eres la única que puede calmarlo con buenas palabras y no a gritos, como siempre hacen Felipe y Jorge. —La miro completamente anonadada. ¿Calmar yo a Mario? ¿De qué? Si él ya sabe lo de Azahara—. ¿Lo harás? —insiste.

—Eh... supongo.

Estoy a punto de preguntarle exactamente a qué se refiere, pero entonces la abu Rosario golpea su bastón contra la mesa de madera del porche para llamar la atención.

—Familia, vamos a sentarnos, que quiero que me contéis todo lo nuevo que haya pasado esta semana y ya no tengo ánimo de ir de corro en corro.

Como si de una orden real se tratara y ella fuera la reina absoluta de la casa, todos, incluida yo, nos sentamos alrededor de la enorme mesa. Intento sentarme al lado de Tash, pero sin saber bien ni cómo, he acabado entre Mario y su madre. La habilidad de estos dos para acabar metiéndome en su bando siempre es pasmosa.

—Bien —dice la abu—, ¿quién empieza?

—Yo, abu, yo —responde Camille. Sonríe y casi da saltitos sobre su silla. Su madre, que ha debido de llegar con alguien externo a la familia, la mira sonriendo desde un extremo de la mesa—. Hoy he hecho tu puchero.

—¡No me digas! ¿Y qué tal? ¿Le quitaste la espuma como yo te dije?

—Sí, sí, lo hice todo como tú dijiste y me ha salido buenísimo. Lo han comido todos en casa.

—¿Hasta Mario? Ese chico es malísimo para el cuchareo. Con lo bueno que está un puchero a sorbitos.

—Yo es que soy más de chupar que de sorber. —Mario me mira de soslayo, se pinza el labio inferior y, sin saber por qué, eso me acelera el pulso.

—Idiota —mascullo.

—¿En qué piensas, Anastasia? —pregunta en tono bajo, regodeándose en que ha atraído mi atención.

—Pues, mira, a menudo pienso en despellejart...

—Estoy saliendo con alguien.

Me atraganto con mi propia saliva cuando escucho hablar a la madre de Mario. Miro a mi lado con los ojos como platos y luego al resto de la mesa. Todos están más o menos como yo. Todos menos sus hermanas, las madres de Jorge y Felipe, que sonríen, así que supongo que ellas ya lo sabían.

—Perdona, estaba imaginándome chupando a Anastasia y me ha parecido oír que sales con alguien. —La sinceridad aplastante de Mario unida a su desconcierto es bochornosa o graciosa, aún no lo he decidido.

—Es que es lo que he dicho, hijo. Estoy saliendo con alguien. —Mario la mira fijamente y su madre carraspea—. Un hombre.

—Bueno es saberlo, no querría imaginarte con un caballo.

—¡Mario! —exclamo.

Pero no me hace ni caso, porque su atención se centra en su madre.

—¿Qué hombre es ese?

—Pues uno que conocí hace un tiempo.

—¿Cuánto tiempo?

—Mucho.

—¿Cuánto es mucho? ¿De dónde es? ¿Lo conozco? ¿A qué se dedica y por qué quiere salir contigo? ¿Sabe que tienes un hijo?

La marabunta de preguntas me estresa incluso a mí y eso que no van dirigidas a mi persona.

—Es... él es...

—Di, no querrá tu dinero, ¿no?

—Pero, hijo, ¿qué dinero?

—Yo qué sé. Tus ahorros. ¿No será más joven que tú?

—¿Y qué pasa si es más joven que ella? —pregunto sin poder contenerme.

—¡Que seguro que quiere aprovecharse de mi madre! A saber qué fantasías sucias tendrá.

—Tú eres más joven que yo.

—Y te aseguro, Anastasia, que tengo unas fantasías muy sucias contigo. Pero mucho.

—Deja de soltar insinuaciones sexuales cuando estamos delante de toda tu jodida familia, Mario.

—No digas «jodida» delante de mi abuela, princesa, que es una mujer mayor y se asusta.

—Aquí lo único que asusta es lo troglodita que eres siendo tan joven.

—¿Troglodita yo? ¿Qué he hecho ahora?

—¿Te crees que puedes avasallar a tu madre así? La pobre no puede ni hablar de cómo la tienes de estresada. Cierra el pico y deja que se explique antes de preguntar nada.

Mario me mira en silencio, sorprendido por mi diatriba. En realidad, toda la familia me mira en silencio y yo siento que la vergüenza me come desde dentro. De pronto, lo único que quiero es marcharme de aquí, pero entonces siento unos dedos entrelazarse con los míos. Al bajar mis ojos, compruebo sorprendida que no son de Mario, sino de Trinidad. La miro y lo entiendo todo de golpe. Esta era la ayuda que quería. Esto era... Ella ha contado conmigo. De verdad ha contado conmigo para algo importante. Trago saliva y le aprieto los dedos.

—Cuéntanos —susurro con la voz temblorosa, porque empiezo a estar sobrepasada con toda esta situación.

Mario, a mi lado, guarda silencio, lo que es sorprendente. Tanto que me preocupo de inmediato, porque sé que su cabeza siempre va a mil por hora y no soy capaz de imaginar en qué estará pensando ahora. Así que, del mismo modo que Trinidad entrelazó los dedos de mi mano derecha, yo muevo mi mano izquierda y busco a Mario.

Encuentro sus dedos y los entrelazo también. Están fríos, lo cual es raro porque Mario siempre desprende calor, pero su mano se enlaza tan rápido con la mía que siento deseos de sonreír.

—En realidad, lo conoces. —Trini traga saliva tan fuerte que creo que todos la oímos—. Es Alonso.

—¿Qué Alonso? —pregunta Mario.

—¡Ay! ¿Alonso, el que trabaja con Callum? —pregunta la abu Rosario.

Como si de un programa de televisión se tratara, Callum entra en el jardín en ese instante seguido de un hombre que viste un traje que le queda de maravilla. Es moreno, aunque tiene algunas canas salteadas, unos impresionantes ojos verdes y una sonrisa preciosa. Puede que ronde los cincuenta, pero es muy muy atractivo y mira a Trinidad como si fuera una aparición divina, así que supongo que este es Alonso.

—Buenas tardes, familia —saluda el padre de Felipe—. Llego tarde, pero traigo visita. Espero que no os importe. —Mira a su cuñada, es decir, a la madre de Mario, y le guiña un ojo mientras palmea la espalda del otro hombre—. ¿Lo presento yo o lo haces tú?

Trinidad, a mi lado, está tan rígida que apenas le salen las palabras. Me aprieta tanto la mano que me duele, pero al final consigue ponerse de pie y acercarse a Alonso.

—Familia, este es... Bueno, Alonso.

Habla a todo el mundo, pero se centra en Mario, que sigue sumido en un silencio del todo inusual en él. Sus dedos ya no aprietan los míos. Está quieto, tan quieto que me remueve por dentro, porque sé que esto es chocante para él.

—Mario —susurro.

Él me mira y pestañea, como si hubiera estado dentro de sus pensamientos demasiado tiempo. Entonces carraspea, se levanta y se acerca a Alonso y a su madre delante de toda la familia. Creo que la tensión es tal que, más que cortarse con un cuchillo, podría estallar como una bomba sobre nosotros.

—Encantado. —Estira la mano para que Alonso se la tienda y, cuando las unen, vuelve a hablar—: Si le haces daño a mi madre, te mato.

—¡Mario! —exclama Trinidad con los ojos muy abiertos, pero su hijo no aparta los suyos del hombre que lo mira.

—Te lo digo en serio. Puede que sea joven, pero soy más listo que tú. Soy más listo que toda esta familia. Se me ocurrirían maneras de matarte y nadie sospecharía nada.

—Salvo por el hecho de que estás confesando por adelantado el asesinato —murmura Alonso.

Yo gimo de sorpresa, porque no esperaba que respondiera, y Mario también se queda rígido.

—Si le haces daño...

—Si le hago daño —lo interrumpe Alonso—, yo mismo vendré a verte para que hagas lo que te apetezca.

Mario le suelta la mano y, aunque nadie más parece darse cuenta, Alonso ha dicho justo lo que era correcto decir. Los hombros del más joven se relajan y da un paso atrás con un asentimiento. Luego mira a su madre y asiente de nuevo.

—Si tú eres feliz, yo soy feliz.

—Hijo... —Los ojos de Trinidad se llenan de lágrimas—. Yo... Tu padre...

—Él se fue hace mucho. —Mario sonríe, pero a mí algo se me resquebraja por dentro, porque lo noto. Siento su dolor, aunque parezca tranquilo y sosegado—. Te mereces ser feliz más que nadie que yo conozca. Y si tu felicidad viste traje y vende casas, pues que así sea.

Alonso sonríe agradecido, Trinidad abraza a su hijo y el resto de la familia sonríe y asiente mirando a Mario, orgullosos de él y su comportamiento. Es entonces cuando me siento, sin darme cuenta, un poco indignada. ¿Qué esperaban? Ya sé que Mario es explosivo e impredecible, pero no haría que su madre pasara un mal rato. Él no es así. De todos modos, lo peor ya pasó, así que, cuando volvemos a la mesa y Alonso se sienta al lado de Trinidad, acaparando su atención, no puedo evitar acercarme más a Mario y volver a cogerle la mano.

—Cuando quieras salir de aquí, dímelo y nos vamos —susurro.

—¿No se supone que soy yo el que te saca a ti cuando no puedes más? —pregunta con una pequeña sonrisa.

Y su mirada... Juro que no me lo invento. Hay tantas emociones en esos ojos que los escalofríos se adueñan de mi espalda.

—Tú solo avísame, ¿de acuerdo?

Mario se acerca a mí y me besa la mejilla en un gesto tan dulce y cercano que se me cierran los ojos solos. Me pregunto cómo sería que, en vez de mi mejilla, rozara mis labios. Justo entonces, cuando mi corazón se acelera, un nuevo bombazo cae sobre la mesa.

—Estoy embarazada.

Suspiro y miro a Azahara, que se ha echado a llorar en el momento que ha pronunciado las palabras. Me preparo para lo que, esta vez sí, va a ser un drama tremendo. El silencio que se hace en un inicio es seguido por un gemido ahogado de la abu, que se echa hacia delante y mira a su nieta con seriedad.

—¿Es Luis el padre? —Me río, porque la abu llama así a Nil, así que no me extraña que Azahara asienta con la cabeza—. ¿Piensa hacerse cargo de la situación?

—Sí, abu.

—¿Va a venirse a vivir aquí? —Aza niega con la cabeza y, con el movimiento, un par de lágrimas ruedan por sus mejillas—. ¿Te vas a Barcelona?

La mesa entera contiene el aliento, yo incluida. Jamás he pensado en esa posibilidad, pero Azahara niega de inmediato con la cabeza.

—No... no podría. Mi vida está aquí, pero la suya está allí, así que... —La voz se le rasga.

—Encontraréis la solución —dice su abuela—. Ese niño necesitará un padre.

—Y lo tendrá, solo que lejos. Podrá verlo siempre que pueda y...

—Eso no es un padre. Los niños necesitan un padre.

—No siempre —interrumpe Mario—. Yo no lo tuve la mayor parte del tiempo.

—Tú nos tenías a nosotros —insiste la abu Rosario.

—Y el bebé de Azahara nos tendrá a nosotros —sigue Mario—. Si Nil quiere implicarse, bien, nadie le quitará el puesto. Pero, si no, ese niño o esa niña tendrá todo el amor del mundo, del mismo modo que lo tuve yo.

Sus palabras hacen que Trinidad se eche a llorar y no me extraña, porque yo también me he emocionado. La abu Rosario guarda silencio, pasmada por primera vez desde que la conozco. Los padres de Azahara abrazan a su hija.

—Todo estará bien, pequeña —susurra su madre—. Todo irá muy bien.

Pero su voz es triste y es difícil imaginar que todo vaya a ir bien cuando tiene entre manos una situación tan delicada. La vida de Azahara es un caos que no envidio ni lo más mínimo. Aun así, cuando miro alrededor, lo único que puedo ver es apoyo en forma de tíos, tías, primos, hermanos y cuñadas. Todos tienen claro que la apoyarán y ayudarán en lo que necesite, aun cuando las cosas se compliquen.

De pronto, recuerdo que yo nunca he tenido algo así y siento que la envidia me corroe, lo que me hace sentir una persona horrible. ¿De verdad tengo envidia de Aza y todos sus problemas? Suspiro al darme cuenta de que no. No es envidia de su situación. Es envidia de la red de apoyo que tiene alrededor. Es la certeza de que no está sola lo que envidio. Saber que, por muy mal que hagas las cosas, siempre habrá alguien para ayudarte a levantarte. Justo cuando estoy a punto de permitir que ese pensamiento me carcoma, Mario se pega a mí y murmura cerca de mi oído:

—Cenamos y nos vamos. Quiero estar a solas contigo.

Lo miro y por primera vez no veo fanfarronería ni un propósito claro de convertir nuestra salida en una cita. Solo veo a un chico que necesita alejarse de toda esta intensidad. Una intensidad que también me sobrepasa a mí, por eso asiento desesperada. Desde ese mismo instante, los dos empezamos a contar el tiempo que nos falta para poder salir de esta casa.

Cenamos en familia, soportando la tensión que emana de Mario y las lágrimas de Aza, que no consigue reponerse cuando alguien de la familia la abraza y vuelve a empezar. Aunque algo me dice que llora por más motivos que, desde luego, no dirá esta noche. La abu intenta estar a todo y dar conversación a todo el mundo, pero, al final, cuando nos tomamos el postre y la abu me pregunta si quiero esperarme un poco para llevarme su receta, me descubro negando con la cabeza.

—En realidad, vendré mañana a por ella. Ahora necesito irme a descansar.

Sé que podría quedarme media hora con ella y me daría algunos ingredientes, pero, por raro que esto suene, no es mi prioridad.

Puede que haya venido aquí por unos motivos, pero me voy por otros bien distintos. Busco a Mario, me acerco a él y sonrío como puedo.

—¿Me llevas a casa?

No pasan ni treinta segundos antes de que nos hayamos despedido de todos y estemos subidos en su coche. Salimos de la finca, nos alejamos de la zona en la que viven. Antes de incorporarnos a la carretera que nos llevará a La Cala, Mario para el coche en el arcén, se desabrocha el cinturón y me envuelve en un abrazo que me sorprende, no solo por el gesto, sino por todo lo que este despierta en mí. Cuando se separa, sus ojos están tan serios que me asusto.

—Iba a decirte una frase de *Dumbo*, pero es que... es que no sé cómo hacerlo sin que pienses que estoy de broma.

—Mario...

—Quédate conmigo esta noche. No tiene que pasar nada, pero... quédate conmigo esta noche.

Trago saliva. Me gusta pensar que tengo la posibilidad de decir que no. Hay una voz en mi cabeza, en alguna parte, gritándome que no lo haga, pero descubro perpleja que es una voz muy tenue al lado de lo que me grita el resto del cuerpo.

Y es una voz insignificante al lado de lo que grita mi corazón.

14

Mario

Aparco en la calle de atrás de mi casa, lo que tiene toda la lógica, porque la parte de delante es la playa. Miro al frente intentando diseccionar y aclarar mis pensamientos, pero no lo consigo. No es nada raro. No lo he logrado desde que salimos de casa de mi abuela y el camino, a excepción de un par de intentos de Anastasia de comenzar una conversación, ha sido silencioso.

No es que no quiera hablar. Es que, por primera vez en mi vida, no me sale. No sé qué decir porque no dejo de pensar que mi madre tiene novio y me lo ha dicho como quien dice que tiene una bomba debajo del colchón y puede estallar en cualquier momento. Me duele, aunque lo niegue, porque llevo toda la vida intentando que no se dé cuenta de que echaba de menos a mi padre o haciéndole creer que casi no lo recuerdo, pese a que tengo memoria eidética y es obvio que sí lo recuerdo. Claro que lo recuerdo. Recuerdo sus ojos azules, su sonrisa ancha y enorme, sus manos fuertes y rasposas cuando me cogía en brazos. Lo recuerdo tanto que es un incordio, porque murió cuando yo tenía cinco años.

A menudo me he preguntado cómo será eso de no recordar las cosas con tanta nitidez. ¿Cómo será tener una cabeza normal? No hago la pregunta en alto, porque enseguida todos me sueltan eso de:

«Tienes una cabeza normal», pero la verdad es que no lo siento así. Que aprendiera a lidiar con ella para sacarle beneficio no significa que no haya estado jodido gran parte de mi vida por recordar cosas que la mayoría olvida con cierta facilidad.

Por ejemplo, recuerdo con sumo detalle el relleno de la tarta de mi séptimo cumpleaños. Lo recuerdo porque las nueces que había en la mezcla de chocolate y fresas me parecieron muy blancas. ¿Y quién más recordaría las nueces del relleno de la tarta de su séptimo cumpleaños? Es raro y no quiero recordarlo, pero lo hago. También recuerdo que, cuando mi padre murió, mi madre se pasó un tiempo poniéndose zapatos sin cordones. Decía que no tenía ganas ni de atárselos. Puede parecer una frase tonta, pero nunca nada me ha parecido tan triste como no querer hacer el esfuerzo de atarte los zapatos para caminar. Desde entonces, cada vez que le veo los cordones sueltos a alguien, recuerdo a mi madre y sus lágrimas. El modo en que mi mente asocia recuerdos con acciones me causa más daño que alegrías, al revés de lo que la gente piensa, pero no lo digo porque no quiero que me compadezcan o que piensen que, en realidad, soy más raro de lo que creen. Y ya creen que soy muy raro. No puedo ofenderme, es la verdad, pero a veces...

A veces me encantaría acostarme por las noches y no pensar en todos los recuerdos que pasean por ahí, sin control alguno. Es como esa película, *Del revés*. Ahí las emociones se encargan de gestionar los recuerdos y, los que ya son antiguos, se van eliminando. Desde que la vi, me imagino todos mis recuerdos haciendo trinchera contra mis emociones. No se van, no se dejan eliminar y no hay quien pueda con ellos. Por eso, cuando mis primos me gritaban que tengo la cabeza llena de paja, yo decía que no, que en realidad la tengo llena de bolas. Nunca expliqué la referencia. Creo que nunca querré hacerlo.

—¿Tan mal te sienta que tu madre salga con alguien?

Miro a Anastasia. Seguimos dentro del coche y no sé el tiempo que hace que hemos llegado, pero seguro que más de un par de minutos. Suspiro irritado y niego con la cabeza.

—No me sienta mal, es solo que es... raro. ¿No se te hace raro pensar en tus padres besando a otras personas?

—Se me hace raro incluso pensar en ellos besándose entre sí.

Se me escapa la risa y la miro. ¿Qué tiene esta chica que consigue que mi sonrisa se dispare hasta en los días jodidos?

—Así de mal se llevan, ¿eh?

Anastasia encoge los hombros y sé que no dirá mucho más del tema. Aquel día en la cafetería me contó lo que había ocurrido con su madre porque fui testigo. Para ser sincero, me sorprendió lo joven que parece su madre, claro que ha recurrido tantas veces a la cirugía estética que lo raro sería lo contrario. Aun así, Anastasia se parece mucho a ella. No se lo dije, claro, porque estaba tan afectada con la conversación que me temí que aquello la pusiera peor. Se derrumbó entre mis brazos, dejó que la sostuviera y abrazara y luego, después de unos minutos, alzó la cabeza y sonrió como si nada. Se metió en el baño y, al salir, tenía los labios perfectamente pintados, pese a que no se le había corrido mucho el maquillaje. No sé qué barra de labios usa esta mujer, pero a menudo me pregunto si saldría con mis besos. ¿Cuánto tendría que frotar para llegar a ver sus labios sin pintar? No es que me queje por verla maquillada, es solo que a veces me da la sensación de que Anastasia usa sus pelucas y su maquillaje para lo mismo que uso yo mis películas: esconderse. No se lo digo nunca, porque para eso tendría que estar listo para admitir mi parte y, siendo sincero, no lo estoy. Ni siquiera con ella, que es la mujer de mi vida.

—No es malo —me dice entonces—. Que tu madre conozca a alguien y sea feliz no es malo. Sé que debe de ser raro para ti, pero piensa en lo feliz que parecía una vez que pasó el trago inicial.

—Mmm. El tipo parece decente. Al menos viste bien.

—Desde luego.

—Y es amable.

—Sí.

—Y no echó a correr cuando lo amenacé, porque yo puedo dar mucho miedo. —Oigo un bufido salir de su boca y la miro elevando una ceja—. Puedo dar mucho miedo.

—Ajá.

—En serio que puedo.

—No lo dudo.

—Sí que lo dudas.

—Vale, sí, lo dudo. —Suelta una carcajada y se encoge de hombros—. Para mí eres como un gran oso de peluche, Mario, no puedo evitarlo.

Gruño. No quiero que me vea así. ¿Qué mujer podría enamorarse de un oso de peluche? Ninguna. Todas quieren al empotrador y luego ya, si eso, bien servidas de buenos polvos, buscan al oso para abrazarse y dormir. Yo quiero ser quien lo haga todo. Lo de servirla como merece y lo de abrazarla para que duerma. Por desgracia, ella no tiene entre sus prioridades ni una cosa, ni la otra.

—Algún día, princesa, vas a rogar que este oso baje al pilón y...

—Mario, estamos hablando de cosas serias.

—El sexo oral me parece de lo más serio que hay.

—Mario.

—No me imagino comiéndotelo todo y riéndome.

—¡Mario!

—Serio y placentero. Por eso lo digo.

—Dios mío, no te soporto.

—Qué va, me quieres un montón. —Ella bufa y yo me río, esta vez de verdad—. Vamos.

Abro la puerta y ella también, pero cuando hace amago de entrar en casa, la desvío hacia la calle que hay justo al lado, por donde se accede a la playa. Subimos los escalones que dan al paseo y, más allá, la arrastro hasta la arena y, de ahí, a la orilla.

—¿A dónde vamos?

—Quiero meter los pies en el agua.

—¿Ahora?

—Sí, ahora. —Me quito las zapatillas y los calcetines—. ¿Tú no?

—Pues no lo sé.

Hace una mueca adorable mientras mira sus sandalias de tacón alto. Dios, cómo me gustaría tumbarla en una cama y quitárselos despacio. Por desgracia, me tendrá que servir con verla hacerlo por su cuenta. Ella tarda un poco, pero al final se los quita apoyándose en mí. Cuando está descalza miro hacia abajo.

—Eres como un llaverito, de verdad.

—Ya hablamos acerca de este tema. De hecho, creo recordar que discutimos que no puedes llamarme llavero.

—Pero eres un llavero monísimo.

—¡Mario!

—Dame la mano.

—No.

—No seas niña. Dame la mano, Anastasia.

Ella resopla, pero obedece, me da la mano y juntos caminamos hacia la orilla. No me he molestado en remangarme el pantalón vaquero, detalle que ella me recuerda, pero no me importa. Dejo que el mar lo moje mientras siento el frío en los pies y la arena entre los dedos. Miro hacia la luna y sonrío un poco.

—Mi padre decía que podías saber cómo era un hombre por el tiempo que pasaba mirando la luna.

—¿En serio? —pregunta ella sorprendida.

Asiento.

—Se lo decía a mi madre y alguna que otra vez me lo dijo a mí. Tenía la teoría de que una persona que no es capaz de pararse al menos una vez en su vida a mirar a la luna, no era una persona de fiar. —Me río, no puedo evitarlo—. ¿Cómo va a ser de fiar alguien que tiene algo tan bonito delante y no se toma su tiempo para valorarlo?

Mi voz se ha convertido en un murmuro y me doy cuenta de que Anastasia está sumamente callada. La miro e, incluso en la oscuridad, puedo ver sus ojos emocionados.

—Debió de ser un gran hombre.

—Lo fue.

—¿Lo echas de menos?

—No lo sé. —Ella me mira sin entender—. No sé si echo de menos a mi padre o la imagen que me he ido formando de él. Ni siquiera sé si él aprobaría al Mario adulto, pero quería mucho al que fue niño y eso sí lo echo de menos.

—Me imagino que no debió de ser fácil crecer sin padre.

—En realidad, tuve más que la mayoría. —Anastasia eleva las cejas y me río—. Cada día del padre, mis tíos Jorge y Callum acudieron a mi cole, a veces los dos el mismo año, si no se ponían de acuerdo, y hablaban a mis compañeros de los padres de corazón. Los que no engendran, pero crían. —Carraspeo, emocionado—. Nunca podré agradecerles eso, pero...

—Pero no eran tu padre.

Una ola rompe más cerca de nosotros que las demás y el agua me llega hasta las rodillas. Anastasia exclama y la miro sonriendo, dando por hecho que a ella le ha llegado aún más arriba. Cojo su mano y entrelazo nuestros dedos, afianzando nuestro agarre.

—No eran mi padre —confieso en voz baja—. No se lo digo a nadie, porque sería como admitir que ellos no eran suficiente, y te juro que no es eso. —Trago saliva, me siento mal—. El desgraciado, Nil, sí que es el padre de Eric y Ona. Vive con ellos, los arropa cada noche, se ocupa de todas las tareas que conlleva su crianza. El hijo de Azahara, si él sigue en Barcelona, tendrá un padre ausente muchos días, y por mucho que yo lo lleve a la escuela, por mucho que lo abrace y por mucho que le prometa que lo quiero hasta el infinito, porque así será, no seré su padre. Y crecerá, mirará a sus hermanos Eric y Ona y se dará cuenta de que ellos sí lo tuvieron y... —La respiración se me entrecorta y Anastasia me abraza por el costado, lo cual me sorprende.

—¿Sabes una cosa, Mario? Es mejor eso que nada. Yo tuve un padre que vivía en mi casa y, a efectos prácticos, me ignoraba tanto que no sabía cuándo entraba o salía. Solo ejercía de padre cuando necesitaba lucir a su hija frente a clientes, amigos o rivales. —La miro sorprendido, no solo por sus palabras, sino por el resentimiento que crece en mí al saber esa parte de su vida—. Es mucho mejor no tener padre que tener un padre de mierda.

Me giro, con lo que la obligo a separarse de mí, pero ella sigue abrazándome por el costado. Le rodeo los hombros acercándola de nuevo a mí, esta vez de frente. Agacho la cabeza y beso su coronilla. En cualquier otro momento, le gastaría una broma por lo pequeña que es sin tacones a mi lado, pero ahora... ahora no puedo. Ahora solo necesito que este alivio que me han producido sus palabras se extienda un poco más y me deje dormir esta noche.

—Ven a casa a dormir conmigo —le vuelvo a pedir.

—Mario...

—Solo dormir. Sin besos, sin nada más. Solo dormir, como amigos.

Ella no alza la cabeza, pero tampoco se separa de mí. Rodea mi cintura con los brazos y, al final, después de una pausa que me parece eterna, mira hacia arriba, apoyando la barbilla en mi pecho y asiente. Un segundo más tarde sonríe y creo que es porque ha notado el modo en que mi corazón se ha acelerado.

—Solo dormir —susurra.

—Te lo prometo.

Volvemos a casa mojados, llenos de arena y yo, por mi parte, con un nerviosismo nada usual en mí. Vamos a ver, soy Mario de las Dunas, he traído chicas a esta casa un montón de veces. He hecho cosas con ellas que harían sonrojar a más de una actriz porno. Sin embargo, la perspectiva de dormir con Anastasia hace que se me acelere el pulso hasta el punto de sentirlo en mi respiración.

Es una completa locura.

—¿Quieres ducharte y ponerte un pijama? —le pregunto.

Ella asiente, acepta un pantalón de chándal mío y una sudadera que le quedará gigante y se mete en el baño para salir poco después con todo puesto. Y cuando digo todo, es todo. Sigue llevando la peluca, que hoy es verde, y sigue estando tan maquillada como cuando entró.

—Azahara tiene que tener algún potingue para quitarte eso.

—Oh, no voy a desmaquillarme.

—Perdona, ¿qué?

—Tengo mis razones.

—¿Y qué razones son esas? ¿Quieres dejarme un cuadro abstracto en las sábanas?

—No llevo tanto maquillaje, idiota. —La miro anonadado y ella se mordisquea el labio. Dios, cómo me pone que haga eso—. Es que... me sentiría... rara.

—¿Rara o cómoda?

—Rara. Como... desnuda. —Carraspea y mira hacia un lado, donde está mi armario—. Nunca he dormido sin maquillaje ni peluca con alguien que no sea Tash.

Entonces todas mis sospechas se confirman. Mi familia piensa que soy un raro porque escondo mis emociones en frases Disney, me paso horas viendo películas infantiles y, a veces, por la noche, me pillan leyendo cuentos para niños. No saben que es mi modo de huir de mi cabeza. La única manera de conseguir que no se adelante y me gane la partida pensando demasiado.

Anastasia no tiene ni cuentos ni películas ni frases. Ella tiene un puñado de pelucas y un maquillaje que le sirve para dejarle claro al mundo que pueden intentar acceder a ella, pero no lo conseguirán. Es su disfraz, su escondite, y aunque esa certeza me remueve por dentro, creo que nunca la he querido más de lo que la quiero ahora mismo. Me acerco a ella, acaricio las puntas de su peluca verde y sonrío.

—Está bien, princesa. Puedo esperar.

—¿A qué?

—A que estés lista para dejar caer todo esto.

Noto en su garganta el modo en que traga saliva.

—Eso es una tontería.

—Y ese día, yo también dejaré caer todas mis caretas y esto será brutal.

—Mario...

—Mientras tanto... «Lo nuestro no morirá...»

—¿Qué?

—«Lo vas a ver, es mejor saber...»

—¿Qué?

—«... que hay un amigo en mí».

—Oh, eso es muy bonito.

—Es de *Toy Story*.

—Debí suponerlo —dice apartándose de mí.

Me acerco riéndome, la abrazo por detrás y le beso el hombro, lo cual la pilla completamente desprevenida.

—Pero esto que voy a decir... esto no es de ninguna película: estoy loco por ti, Anastasia. Completa e irremediablemente loco.

Ella me mira por encima del hombro como si estuviera loco.

Yo me río y la suelto para ir a ducharme.

Bueno, ya lo entenderá algún día, supongo.

15

Anastasia

Esto ha sido una pésima idea. Lo tuve claro cuando entré aquí, aún más claro cuando me vestí con una sudadera que me queda enorme y un pantalón corto que, aunque me queda ancho, deja al descubierto que tengo las caderas más grandes de lo que me gustaría. Lo tengo clarísimo mientras estoy tumbada boca arriba en la cama, con él en la cama de al lado mirándome e intentando que la peluca no se mueva de su sitio. Un imposible, porque yo tengo bastante pelo, pero lo recojo con una red y, aunque anclo la peluca a él con ganchillos, con el roce contra el colchón voy a salir perdiendo.

—Ahora mismo estás tan tensa como una tabla y no entiendo por qué —murmura él con voz somnolienta—. Vas a ser la madre de mis hijos. Tienes que aprender a calmarte en mi presencia.

—Ay, por Dios, ya estamos...

—Es que es como tumbarse al lado de una virgen y... Un momento. —Se alza sobre un codo, totalmente despierto—. ¿Eres virgen?

—¿Qué? ¿Cómo voy a ser virgen, Mario?

—No sé, no sería tan raro, ¿no? Tash lo era.

—Tash llevaba encerrada años por culpa de su hermano. ¿Y por qué demonios sabes tú que Tash lo era? ¿Te lo contó Jorge? Menudo capullo.

—No me lo contó Jorge. Mi primo no haría eso. Me lo contó ella.

—¿Tash te contó que era virgen? ¿Con qué fin?

—La gente confía en mí porque saben que hay un amigo en mí.

—Como te pongas ahora a soltar chorradas Disney, Mario, me levanto y me voy.

—Vale, se le escapó.

—¿Se le escapó? ¿Cómo se le escapó?

—Pues del mismo modo que a ti se te escapó una vez que odias los tangas. No sé, a las mujeres se les escapan esas cosas en mi presencia. Tengo un don.

Abro la boca para negarlo, pero descubro, horrorizada, que tiene razón. Mario habla tanto, a tanta velocidad y metiendo tantos temas distintos en una misma conversación, que acabas aturrullada y soltando cosas que no pretendes soltar. Es un don, en efecto, pero no uno bueno.

—Bueno, da igual, el caso es que yo no lo soy.

—Pues menos mal.

Lo miro elevando una ceja, incapaz de contener mi curiosidad.

—¿Menos mal? ¿No se supone que a los hombres les gustan las mujeres vírgenes?

—Eso es muy antiguo. No te digo yo que a algún que otro troglodita no le guste, pero a mí me la pela tu pasado, Anastasia. Si tienes experiencia, mejor, porque yo también y así no tengo que enseñarte. Tampoco es que me molestara hacerlo, no me entiendas mal. El caso, princesa, es que, si puedo follarte, tanto me da que seas virgen como que no, lo que me importa es el resultado.

—Ibas medianamente bien hasta esa última frase.

—No me digas eso, que me vengo abajo.

Me río. Es inevitable. Cada día me digo que no le reiré tanto las gracias a Mario y cada día descubro que eso es imposible, porque Mario tiene algo que se cuela en mi sistema y no soy consciente de mis reacciones hasta que estoy expresándolas. Peligroso. Muy peligroso. Demasiado.

—Eh. —Sus ojos se vuelven serios mientras me acaricia la tripa—. Sea lo que sea, déjalo.

—¿Es una orden?

—¿Necesitas que lo sea?

Me muerdo el labio y niego con la cabeza, pero el hecho es que, por un instante, me imagino a Mario dándome órdenes y puede, solo puede, que mi cuerpo reaccione de un modo muy inapropiado.

—Vamos a dormir —murmuro.

Él asiente, cierra los ojos y se duerme, así, sin más, sorprendiéndome, como siempre. Su mano sigue en mi estómago y, pasados unos instantes, me planteo quitarla, pero no lo hago. Y no lo hago, no solo porque no me moleste, sino porque hay algo cálido y bonito en tenerla ahí, como si necesitara tocarme para mantenerse tranquilo. Es una tontería, pero es que algo me dice que el día de hoy ha sido difícil para él. Cuanto más lo conozco, más cuenta me doy del mundo interior que posee Mario. Puede parecer una tontería, porque eso es algo evidente, pero, en realidad, cuando consigo atravesar todas esas capas de inmadurez, frases de películas y canciones ridículas, descubro a un hombre que sufre, aunque intente hacer ver que no. A lo mejor su problema es que no expresa nada de lo que siente, pero yo no puedo juzgarlo por ello porque hago exactamente lo mismo. Y por un instante, mirándolo dormir y acariciando el dorso de sus dedos, me pregunto si no sería buena idea que nos expresáramos el uno con el otro, pero de inmediato recapacito. No, no sería buena idea. Sería un suicidio emocional, creo, y no estoy lista para algo así.

Cierro los ojos, obligándome a dormir, pero sobre todo me obligo a dejar de pensar.

Seis horas después no he conseguido pasar de un duermevela. Mi cuerpo sigue rígido, mi peluca sigue en su sitio, pero solo porque no he movido la cabeza ni un centímetro, lo que ha generado una tensión brutal en mis cervicales, así que me levanto con cuidado, cojo mi ropa de la silla de la habitación y salgo, no sin antes volver mis ojos hacia la cama. Mario duerme profundamente. No se ha movido en toda la noche, salvo cuando he retirado su mano de mi cuerpo y ha suspirado, como si de un quejido se tratara. Trago saliva ante las ansias que tengo de volver a la cama. Peor. Trago saliva ante la necesidad de quitarme la peluca y el maquillaje y tumbarme a su lado de verdad. Sin miedo, no solo a mostrarme al natural, sino a lo que él pueda ver.

Retengo un suspiro y salgo de una vez. Eso es imposible. Tener ese tipo de pensamientos solo es una señal de que debo alejarme de Mario. Atravieso el pasillo y veo a Azahara dormir en su cama, pues tiene la puerta abierta. No la he oído levantarse, así que imagino que por fin está descansando algo.

Llego a casa cinco minutos después. Es lo bueno que tiene vivir tan cerca de casa de los Dunas. Entro con sigilo, pensando que aún estarán durmiendo, puesto que no son ni las siete. Para mi desgracia, mi amiga todavía tiene noches en las que el insomnio la ataca de manera despiadada. Está en el sofá escribiendo algo en su portátil y, cuando me ve, se queda con los ojos abiertos como platos.

—¿De quién es esa ropa?

Que esa sea su primera pregunta da una idea de lo grande que ha sido la pillada y, en vez de afrontar esto como una mujer adulta, recorro el salón para ir a mi habitación y encerrarme. No tengo tanta suerte, claro, Tash viene detrás de mí. Lleva una camiseta de Jorge, pero eso no es raro, porque siempre duerme con la camiseta que él se pone la noche anterior cuando se ducha, lo que me deja muy claro cómo se produce el intercambio de prenda. Tiene el pelo suelto y está... preciosa. Ojerosa, sí, pero porque aún tiene días un poco malos debido a la muerte de Nikolai. El duelo lleva su tiempo y, aun así, se repone de esos días como nadie.

—Sia, te estoy hablando.

No hago caso, me quito la ropa de Mario como si picara y ella cierra la puerta de mi habitación mientras me ve quedarme en ropa interior y sentarme frente al tocador de segunda mano que compré cuando me mudé aquí. Era muy antiguo, pero lo pinté de color aguamarina y sustituí el espejo; ahora es algo así como mi santuario sagrado.

—Sia... —dice Tash desde mi cama con la paciencia bajo mínimos.

—Es de Mario.

Cojo con cuidado tónico especial para maquillaje resistente al agua, empapo un algodón y me lo paso por los labios. Enseguida empiezo a discernir mi color real de labios. Me pregunto qué pensaría Mario de mí si me viera sin maquillaje. No soy fea. No voy a ser hipócrita, porque sé que incluso con la cara lavada, tengo un rostro bonito, pero desde luego es no tan llamativo como con los labios pintados en colores intensos y la mirada intensificada por el *eyeliner* o las sombras. Quizá se desencantaría un poco. A lo mejor debería hacerlo solo para alejarlo y...

—¿Mario?

Tan sumida estoy en mis pensamientos que no me he dado cuenta de la perplejidad que muestra la cara de mi amiga.

—No es lo que piensas —le digo mirándola a través del espejo.

—Ni siquiera sé qué pienso, Sia. Me encantaría que me ilustraras un poco.

Cojo un algodón nuevo, aplico desmaquillante de ojos y me lo paso por un párpado mientras confieso como una condenada, porque se trata de Tash y, si hay alguien a quien no pueda ocultarle nada, es ella.

—Anoche estaba muy agobiado con todo lo de su madre, su nueva pareja y Azahara, así que fuimos a dar un paseo y me pidió que me quedara a dormir con él. Nada más.

—¿Nada más? ¿Mario no intentó nada más?

El modo en que pronuncia las palabras hace que me ponga a la defensiva de inmediato.

—Exacto, Tash. Mario no intentó nada. No es un enfermo, ¿sabes? Necesitaba que estuviera ahí para él como amiga y eso hice.

—Oh, cielo, no pretendía decir que sea un enfermo. Le tengo mucho cariño a Mario. —Su tono es tan arrepentido que me siento mal de inmediato, así que me giro hacia ella, pese a tener un ojo maquillado y otro no.

—Lo siento, me he puesto a la defensiva. —Ella me mira anonadada—. Es... está sufriendo, Tash. Puedo verlo. Lo puedo sentir. Puede que no lo parezca, porque siempre está de broma y tiene la etiqueta de chico despreocupado, pero dentro de él hay una fuerza que... Creo que tiene sentimientos tan profundos hacia todo en general que ni él mismo lo soporta.

Mi amiga me mira en silencio unos instantes, como pensando en mis palabras y, al final, sonríe un poco y asiente despacio, como si lo entendiera todo.

—Te ves reflejada en él.

—¿Qué? ¿Por qué dices eso?

Me giro de inmediato y me entretengo con la tarea de desmaquillarme el otro ojo, pero puedo ver a través del espejo que Tash no me quita la vista de encima. De hecho, se levanta y camina hacia mí, lo cual me pone el vello de punta. Todavía estoy preparándome para un enfrentamiento cuando sus dedos acarician mi frente con cuidado y tiran de la peluca. Me la quita con delicadeza y, después, tira de la redecilla que sostiene mi pelo real para dejarlo caer. Al hacerlo, mi cabello castaño, prácticamente negro, cae rozando mi mandíbula y enmarcando mi rostro, como si odiara estar aprisionado bajo distintos tipos de pelucas, por mucha calidad que tengan.

—Eres tan bonita... —susurra—. Y me gustaría tanto que algún día lo vieras...

—Lo veo —susurro.

—No. —Sonríe y me acaricia el pelo, alisándolo aún más—. No. Te miras así, tal como eres, y solo piensas en la niña que utilizaron para sus propios intereses. Tienes un rostro bellísimo, como el de una princesa, pero te esfuerzas en ocultarlo porque te recuerda que tu padre te trató como si lo fueras, pero solo delante de quienes a él le importaban. —Mis ojos se humedecen, pero mi amiga no cede—. Eres preciosa, no solo porque tu cara lo es, sino por la fuerza de tus sentimientos.

—¿Qué tiene que ver todo esto con Mario? —pregunto con la voz temblorosa, deseando volver a otro tema que, aun poniéndome nerviosa, no lo hace ni la mitad que este—. ¿Qué...?

—A veces pienso que a mí me encerraron en un hotel, pero no es ni la mitad de malo que lo que te hicieron a ti. Te obligaron a encerrarte en ti misma para que no pudieran llegar a ti y eso... eso es demasiado triste.

—No seas tonta. —Soy consciente de que mi voz suena tan rota que no voy a impedir que las lágrimas caigan por mis mejillas—. Solo soy una niña rica despreciada.

—Eres mucho más que eso, igual que Mario es mucho más que un chico inmaduro obsesionado con Disney. Siendo sincera, creo que encontraros ha sido lo mejor que podría pasaros a los dos.

La miro a través del espejo con la boca completamente abierta, pero mi amiga se agacha, me besa la mejilla y sale de la habitación. Me deja con el pulso acelerado, con mi imagen limpia y libre de disfraces en el espejo y con un millón de preguntas a las que no sé si quiero dar respuesta.

16

Azahara

Un mes después.

De vuelta en la sala de espera de la clínica de ginecología, apoyo la nuca en la pared y miro a mi alrededor. A un lado está Felipe; al otro, Mario y, enfrente, Jorge. Me dieron la cita por la tarde a última hora y, aunque insistí en que no hacía falta que vinieran, los tres se empeñaron en hacerlo. De hecho, se empeñó mucha más gente, pero me negué en redondo. No quiero por aquí a todos los Dunas dando vueltas. Quienes sí están son Sia, Camille y Tash. A ellas no podía decirles que no, y eso que Sia tiene cara de estar a punto de salir corriendo. A la revisión de las doce semanas no pudieron venir conmigo ninguno, salvo mi madre, porque era en la Seguridad Social y, por muy encantadores que sean, no iban a camelarse al personal para que les dejaran pasar. Esta es distinta. Es la de las dieciséis semanas, por lo privado, así que se han apuntado todos. Además, Mario ha arrastrado a Sia por petición mía. Es un día especial, a fin de cuentas, porque, si todo va bien, nos dirán si viene un niño o una niña.

Nil no está.

Intento que el dolor no me arda en la garganta. Anoche mismo me aseguró que vendría y que ya tenía el vuelo, pero estamos a escasos minutos de entrar y él simplemente no ha aparecido. Tampoco vino a la de la semana doce, aunque tenía razones muy coherentes. Eric cogió un virus que contagió a Ona y los dos estaban vomitando y con diarrea. Me sugirió que podía dejarlos con la vecina, pero no me parecía bien que lo hiciera en ese estado. Primero por la vecina, y segundo porque los niños, como es lógico, querían que fuera él quien los cuidara, del mismo modo que yo cuando era niña y estaba enferma solo quería a mis padres Así que le dije que era mejor que se quedara en Barcelona y, cuando no insistió demasiado, comprendí que en realidad era lo que deseaba. Por muy lógico que fuera, aquello dolió. No es que quiera que anteponga mis necesidades a las de Eric y Ona. Eso jamás. Pero admito que últimamente pienso más de lo que debería en que este bebé tampoco estará nunca al mismo nivel que sus hermanos. No quiero que esté por encima, pero tampoco por debajo y eso, por desgracia, es algo con lo que tendremos que lidiar.

No puedo culpar a Nil. Se preocupa por mí, me escribe todos los días y... bueno, a efectos prácticos, ya es un gran padre con el bebé, aunque sea en la lejanía. Yo no tenía dudas de que lo sería. También me pregunta cómo estoy yo e intenta hacerme reír, pero eso solo sirve para que mi corazón se rompa un poquito más cada vez, porque no estamos juntos ni vamos a estarlo. Sus intentos de acercarse a mí, aun en la distancia, duelen tanto como cuchillos en el alma. A veces pienso que es porque me quiere, pero luego recuerdo todo lo que hemos pasado y me repito que solo se porta así por el bebé.

—Eh. —La mano de mi hermano Felipe se posa en mi pierna de nuevo—. ¿Bien?

Asiento. Estoy bien. La verdad es que estoy mucho mejor de lo que estuve el primer trimestre. Dos días después de que Nil se marchara, ingresé en el hospital durante un par de días. Vomité tanto que al parecer me deshidraté un poco. Me pusieron suero y, a los dos días, viendo que todo estaba dentro de unos límites normales y mis vómitos se frenaban algo, me dieron el alta con la orden de tomarme las cosas con calma. No se lo conté a Nil. ¿Para qué? No había necesidad de preocuparlo. El problema es que empiezo a preguntarme cuántas cosas le ocultaré para que no se preocupe a lo largo de mi vida y, por ende, de la vida del bebé.

—¿Crees que estará bien? —le pregunto a nadie en particular. De verdad, necesito desesperadamente dejar de darle vueltas al mismo tema una y otra vez.

Mi familia parece entenderlo al instante, porque todos asienten y empiezan a hablar pisándose los unos a los otros.

—Yo sigo pensando que es niña —dice Mario—. Si es niña, quiero elegir el nombre. Podemos ponerle, por ejemplo, Ariel.

—No voy a ponerle Ariel a mi hija —contesto riendo.

—Pues Mérida. Mérida es un nombre precioso.

Me río, pero Sia chasquea la lengua y lo mira con desaprobación.

—No tiene por qué ser un nombre Disney, ¿verdad?

—El tuyo lo es, así que no puedes opinar.

—No lo eligieron por ser de Disney, Mario. De hecho, Anastasia no es de Disney.

—Da igual, para mí lo es. Princesa Anastasia.

—Oh, entonces ¿quieres que la niña de Aza tenga un día a un chico como tú merodeando cerca?

Oh, Dios, esa ha sido muy muy buena. Mario la mira con la boca abierta, luego se centra en mí y frunce el ceño.

—Espero, de corazón, que lo que llevas dentro sea un niño.

Suelto una carcajada imposible de contener y me tapo de inmediato la boca, porque no quiero que nos llamen la atención. A mi lado, Jorge se ríe entre dientes y Felipe niega con la cabeza.

—Incorregible —susurra.

Me río, pero justo en ese instante, la enfermera hace acto de presencia y me sonríe.

—Te toca, Azahara.

Me levanto nerviosa y me acaricio la incipiente tripa en un gesto instintivo. Siempre me pasa que, justo antes de que me hagan una eco, me pongo supernerviosa por si de pronto hubiera algo mal. Es como si necesitara tocar mi barriga para transmitir calma al bebé. O a mí misma. Inspiro aire, lo suelto despacio y entro en la consulta. El ginecólogo ya nos conoce, porque es imposible olvidar a esta panda, así que tan solo saluda e indica a los demás dónde deben colocarse para no molestar.

—¿Cómo has estado? —pregunta mientras se pone guantes y nos acercamos a la camilla.

—Ahora bien, la verdad, ya no tengo tantos vómitos, pero el mes pasado ingresé en el hospital un par de días por deshidratación.

—Vale, ahora miraré la documentación. ¿Has traído el informe? —Asiento y él me señala la camilla—. Túmbate, por favor. —Lo hago y él empieza a tocar los botones del ecógrafo—. Chicos, chicas, podéis acercaros. Es mejor si os ponéis cerca de su cabeza, así podréis ver al bebé en el televisor. —Señala la pantalla colgada justo frente a mí y todos obedecen.

Me río, porque se han apiñado de modo que no sobre nadie. Felipe con Camille delante, Jorge con Tash delante y Mario con Sia delante, aunque esta sigue teniendo cara de horror. Veo el modo en que mi primo pasa un brazo por delante de ella, abrazando sus hombros, y se me encoge el estómago un poco. Estos dos tienen una historia tremenda entre manos, todos lo sabemos, aunque aún no nos hayamos lanzado a comentarlo.

—¿Te puedes alzar el jersey, Azahara? —pregunta el médico.

Asiento de inmediato, me lo levanto y bajo la cinturilla del pantalón lo justo para dejar mi abdomen al aire. Sonrío, no es muy grande, pero perdí peso con los vómitos, así que la tripa se marca bastante, sobre todo cuando estoy de pie. Es como tener un pequeño globo en el vientre.

El ginecólogo echa el gel sobre mi piel y procuro no sobresaltarme, pero estamos a final de octubre y ya no hace tanta gracia sentirlo como en verano.

—¿Lista? —pregunta.

—Impaciente —confieso con una risa nerviosa.

Él sonríe, pero justo cuando va a colocar el ecógrafo en mi tripa, la puerta se abre y la enfermera nos mira a todos.

—Azahara, disculpa, pero fuera hay un chico que dice que es el padre del bebé. —Mi corazón se acelera tanto que la miro fijamente, sin pestañear—. Nil Ferrer. ¿Lo conoces? No deja de insistir y...

—Sí —susurro—. Sí, es el padre.

La habitación está tan silenciosa que nadie diría que dentro somos ocho personas.

—¿Quieres que pase? —El tono cauteloso de la enfermera me hace reaccionar de inmediato.

Imagino que aquí se han encontrado con infinidad de casos y tipos de relaciones, así que asiento de inmediato. Él me lo prometió, pero no he sabido nada de él en todo el día y no pensé que... Da igual. Eso ahora da igual.

—Sí, sí, que entre.

La enfermera se marcha con una sonrisa, el médico se detiene, esperando a que pase, y mi primo Mario, que no puede vivir sin cagarla, habla:

—¿Entonces el bebé se apellidará Ferrer? Me gustaba más «Sin apellido».

No puedo evitar reírme, pese a oír la colleja que alguien le da. No me giro, porque en ese momento la puerta se abre y Nil entra con la respiración agitada y los ojos buscando algo. Buscándome a mí. Lleva un vaquero gastado con un roto enorme en la rodilla, unas zapatillas Adidas y una sudadera negra con capucha. Tiene ojeras, pero está guapísimo. Dios, él siempre está guapísimo, aunque me duela reconocerlo. Sé que lo pienso de manera objetiva, pero sobre todo lo pienso como mujer enamorada que lo anhela más de lo que ha anhelado nunca nada.

Sus ojos se centran en mí, o más bien en mi tripa. La mira fijamente sin dar un paso hacia adelante, como si no pudiera creer que de verdad haya crecido. Y no me extraña, porque no le he enviado ninguna foto. No sabía si era correcto dada nuestra situación y pensé que... no sé. No quería agobiarlo. Cuando sus ojos se centran en mí, me doy cuenta de que ha sido un error. Hay tantos sentimientos en ellos, tanto arrepentimiento, que quiero decirle que no pasa nada. No ha hecho nada mal. No ha podido estar y yo no pienso reclamárselo. No jugaré la carta de madre despechada con él. No le exigiré nada. Me mantendré firme en eso, aunque por dentro me rompa.

—Hola —susurro, reconozco que mi voz no sale firme del todo—. Has venido.

—Sí. —Se acerca con paso lento y las manos en movimiento,

como si no supiera qué hacer con ellas. Al final, se las mete hasta el fondo de los bolsillos y carraspea—. ¿Quieres que esté o...?

—Sí, claro.

Miro a mi alrededor, intentando buscarle un hueco, y al final es mi hermano Felipe el que se mueve junto a Camille y señala el suyo, justo al lado de mi cabeza.

—Ponte aquí —dice con voz grave—. Tienes que mirar a la pantalla.

—Tenemos —corrige Mario—. Yo no pienso salir de aquí.

El modo en que mira a Nil es tan duro que estoy tentada de pedirle que se calme, pero creo que lo mejor es dejarlo estar. Ya estoy bastante tensa y esto es lo suficiente incómodo como para añadir una discusión familiar. Además, sé que solo está dolido porque me adora y me sobreprotege demasiado.

—Bien, Azahara, vamos a ver qué tenemos por aquí.

Esta vez, el médico deposita el ecógrafo en mi estómago y doy un respingo, por la frialdad al expandir el gel. Nil coge mi mano de inmediato y, cuando lo miro, me doy cuenta de que lo ha debido de hacer por inercia, porque sus ojos siguen clavados en mi tripa. Su mano, de hecho, está helada. Me concentro en la pantalla y, pasados unos segundos, veo al bebé con tanta nitidez que ahogo una exclamación.

—¡Fíjate! —exclama Mario—. Pero ¡si ha crecido un montón!

Todos se muestran de acuerdo entre risas y bromas varias. El ginecólogo empieza a explicarnos dónde están sus manitas y sus pies, aunque es innecesario porque se ve a la perfección. Pasados unos segundos, sonríe en mi dirección.

—¿Quieres saber lo que es? —Asiento de inmediato—. ¿Y el papá?

Mira a Nil, que observa la pantalla. Cuando desvía sus ojos hacia el médico, lo hace con una mirada que me pone el vello de punta.

—Ya lo he visto —susurra con voz grave antes de mirarme y sonreír, apretando mi mano.

—¿Lo has visto? —pregunto. Él solo asiente y vuelve a sonreír.

Eso bastaría para que yo le devuelva la sonrisa, pero es que no es un gesto alegre. Nil está... tenso. No está mal, pero no es él mismo.

—Entonces tal vez quieras decírselo tú —dice el médico.

Él asiente y me aprieta la mano de nuevo.

—Es un niño, Aza. —Su voz se agrava más, si es posible—. Vamos a tener un niño.

Lo miro embobada justo antes de que el médico lo confirme, mostrándome los genitales del bebé y explicándome que, en efecto, es un niño.

—Pues menos mal que no me calenté mucho la cabeza buscando nombres de princesa —murmura Mario.

Todos se ríen, pero yo no puedo dejar de mirar a Nil, que pasea sus ojos de la pantalla a mi vientre con determinación. Casi diría que con obsesión. Al final, para mi sorpresa, carraspea y mira al médico.

—¿Necesita que salgamos para explorarla?

—¿Explorarla? —pregunta el ginecólogo.

—El pecho.

—Oh, no es necesario. En estas consultas solo hacemos la ecografía para ver al bebé. Es algo rutinario.

—Pero tiene que explorarla.

—Nil... —susurro.

—Eh... No es lo que suele hacerse.

—¿Puede hacerlo? Lo pagaremos, por supuesto.

—Nil... —repito.

—Aza, tiene que explorarte. —Me mira de tal modo que la realidad me golpea. El dolor ocupa de tal modo su rostro que es como si me golpearan la garganta, cortándome la respiración. Nil intenta controlarse, pero su voz sale rasgada cuando habla—. Tienes que dejar que te exploren. No te pediré nada nunca más, pero, por favor, deja que te exploren...

Para mi absoluta consternación sus ojos se aguan y él mira al suelo, carraspeando repetidas veces. A mi alrededor el ambiente se torna serio y, al final, es Mario quien habla, sorprendiéndome.

—Creo que es buena idea, Aza. —Me da unas palmaditas en el hombro desde atrás—. Saldremos y así podrá explorarte. Será un minuto y seguro que al doctor no le importa.

—No es lo que suele hacerse, pero si quieres, Azahara, no hay problema —me dice el médico.

Asiento, pero no lo miro. Estoy demasiado ocupada mirando a Nil que, al parecer, sigue encontrando el suelo fascinante. Su mano continúa sobre la mía y está más fría, si eso era posible. Entiendo entonces que no es frío ni falta de ilusión. Es miedo. Terror por que me pase lo mismo que a su madre. Y yo, que pensaba que un corazón no podía romperse más, siento que se resquebraja ante la certeza de que este embarazo está suponiendo un infierno emocional para Nil. Le aprieto la mano con fuerza y, cuando hace amago de salir de la habitación, lo retengo.

—Quédate —le pido.

Él traga saliva, pero en su asentimiento puedo ver el alivio que siente al poder quedarse. Nos quedamos a solas con el médico, que me pide que me siente y me quite la camiseta y el sujetador mientras él se marcha para observar mi historial y darnos un poco de privacidad.

—Todo está bien —le susurro a Nil—. Me exploro con asiduidad y no hay nada raro.

Él vuelve a asentir, pero su mirada está lejos. Puede que en una consulta del pasado, junto a su madre, mientras le decían que había algo mal y empezaba un camino que acabaría con ella muerta y él convirtiéndose en padre de sus hermanos.

El ginecólogo vuelve y palpa mis pechos en distintas posiciones, para que me quede tranquila, pero sobre todo para que Nil se quede tranquilo. En cuanto acaba la exploración, le asegura que todo es absolutamente normal y él, que no ha dicho ni una palabra en todo este tiempo, asiente.

—Muchas gracias —susurra.

—No hay problema —contesta el médico con una sonrisa. Creo que se ha dado cuenta de la situación, porque su paciencia y tacto han sido exquisitos.

Me visto ante la mirada de Nil, que sigue clavada en mi torso, no de un modo morboso ni físico, sino... tenso. Como si intentara convencerse a sí mismo de que todo está bien. Quiero sacarlo de ese estado, pero no sé cómo, así que al final solo enlazo sus dedos con los míos y lo arrastro hasta el escritorio del ginecólogo, donde me hace algunas preguntas.

—Vale, veo que el ingreso no fue grave. Te pusieron solo suero, ¿no?

—¿Qué ingreso? —pregunta Nil.

—Oh, no es nada. —Maldigo por dentro que el médico haya sacado este tema justo ahora—. Estuve un par de días en el hospital por los vómitos. Nada grave.

—¿Por qué no me lo dijiste?

—No era grave —repito.

—Pero estuviste ingresada en el hospital. Yo tendría que saberlo. Yo tendría que... que... Tendría que saberlo, Aza.

No es enfado lo que destila su voz. Es impotencia, tristeza y rabia. Lo entiendo, pero no hay nada que yo pueda hacer contra eso.

—Ya estoy bien, de verdad.

Se le nota tanto que traga saliva que veo que la nuez le sube y le baja en la garganta. Al final, nos despedimos del médico, salimos y sonrío, intentando que se anime.

—Sabes que quiero ponerle «de las Dunas» como segundo nombre, ¿verdad?

—¿Al bebé? —pregunta, todavía sumido en sus pensamientos.

—Ajá. No puedo fallarle a mi abuela. Estoy dispuesta a hacer concesiones. Si quieres, elige tú el primer nombre. Imagino que tendrás algunas preferencias y, teniendo en cuenta los de Eric y Ona, serán en catalán. No tengo nada en contra, pero...

—¿Vas a dejarme elegir? —Su confusión es casi adorable.

—Eres su padre.

—Pero tú... ¿puedo elegir de verdad?

—Siempre que te parezca bien que el segundo nombre sea «de las Dunas», creo que lo correcto es que tú elijas el primero, sí.

Nil me mira completamente ido. Como si no supiera de qué demonios hablo. Al final, como si hubiera despertado de un sueño extravagante, suelta el aire a trompicones y una sonrisa se forma en su rostro. Dios, qué guapo es y cuánto lo quiero. Y cuánto odio no poder confiar en él ni estar con él y que esté tan lejos y...

—Voy a pensarlo bien —dice sonriendo—. Conseguiré que no sea demasiado traumático. No sé cómo, pero lo conseguiré.

—Se llamará «de las Dunas Ferrer Donovan». Creo que nadie va a librar a este pequeño de tener un nombre traumático.

Esta vez sí, su risa estalla fuerte y poderosa y algo increíblemente cálido se expande por mi pecho al oírlo. Nil me abraza por los hombros, como ha hecho tantas veces en el pasado, y me besa la frente en un gesto que me hace desear más.

—Lo conseguiré. —repite.

—Ya me informarás de tus progresos —susurro con una pequeña sonrisa mientras nos dirigimos a mi familia, que espera sonriendo en distintos grados—. ¿Cuándo vuelves a Barcelona? ¿Tienes dónde dormir?

—Puedes quedarte en casa, si quieres. Así te ahorras el hotel. —Esa voz, por increíble que parezca, procede de Mario, que de inmediato puntualiza—. Pero no con Aza. Eso lo tienes prohibido.

Me río, porque hay tantas cosas mal en esa frase que no sabría por dónde empezar a corregirlo. Aun así, que le ofrezca nuestra casa significa que él también ha visto lo mismo que yo ahí dentro. Él también se ha dado cuenta de que, a menudo, una mala acción no convierte a alguien en una mala persona y Nil, desde luego, está muy lejos de ser malo.

—En realidad, con respecto a eso... —dice Nil, sacándome de mis pensamientos—. Solo necesito que alguien me lleve a casa de la abu.

—¿A casa de la abu? —pregunto confusa.

—Sí. Bueno, teniendo en cuenta que ahora vivo allí, a lo mejor debería decir «a mi casa». A ella le gustaría más y...

—¿Qué? ¿Cómo? ¿Qué...?

Él me mira y esta vez su sonrisa ocupa toda su cara y me recuerda al Nil picarón del inicio de nuestra relación. Aquel que me tomaba el pelo y jugaba a volverme loca.

—Ah, sí. Puede que se me haya pasado decirte que desde hoy mismo Eric, Ona y yo vivimos con tu abu, así que... —Su sonrisa de niño malo se acentúa y encoge los hombros con un poco de esa chulería que hizo que perdiera la cabeza por él—. ¿Sorpresa?

17

Nil

Hay momentos en la vida en que tienes que tomar decisiones importantes. Pueden ser laborales, personales o de índole emocional. No todo el mundo las sentirá con el mismo grado, pero creo que todos los seres humanos, en algún punto de su vida, saben reconocer uno de estos momentos. Yo lo supe, sobre todo, cuando me di cuenta de que iba a cambiar mi vida para siempre, decidiera lo que decidiese. Después de saber que Azahara estaba embarazada, mi mundo se tambaleó, pero no fue ahí donde me percaté de la magnitud de todo lo ocurrido.

Fue en un momento mucho más simple. El día que me perdí la ecografía de las doce semanas. Sé que no fue mi culpa, siendo objetivos, porque los niños se pusieron enfermos y todo se complicó, pero de algún modo, fue como abrir una ventana al futuro. Esa sería mi vida si permanecía en Barcelona. Tendría un hijo en Málaga que nunca sería igual de importante que Eric y Ona porque no estaba físicamente a su lado y, por mucho que se diga, eso es vital para que la implicación funcione. Fui consciente, sentado en mi sofá de madrugada, de que el bebé ni siquiera había nacido y yo ya le había fallado de un millón de formas distintas. No lo hice bien cuando me despedí de Aza, cuando ella ya lo sabía. No lo hice bien desapareciendo después y lo rematé faltando a la primera cita médica importante. Ahora, sabiendo que además Azahara estuvo ingresada, solo puedo constatar lo que ya sabía: seguir en Barcelona solo serviría para hacerme sentir miserable cada día de mi vida.

Además, maldita sea, no quiero estar en Barcelona. Nunca he querido. Y aquel enfado... aquel empeño en volver con Eric y Ona no fue más que un intento de demostrarme a mí mismo que podía seguir haciendo las cosas solo. Que yo era suficiente. Tan empeñado estaba en demostrarlo que no me di cuenta de que, en realidad, nadie decía lo contrario, solo que ahora tenía la oportunidad de tener más.

Tenía. Pasado. Ahora no tengo la oportunidad. Sé bien que esta decisión no cambia que Azahara no confía en mí y lo asumo, pero ahora al menos podré dormir con la conciencia tranquila. Aquella madrugada, la de las doce semanas, después de pasar la noche en vela, desperté a los niños por la mañana, los llevé al cole y, cuando volvieron, los senté y les pregunté si seguían pensando que querían estar en Málaga. Ellos gritaron de emoción, pero yo me esforcé por contener mis propias emociones y hacerles ver que, una vez diéramos el paso, sería definitivo.

—No volveremos aquí. No podréis ver ni a Jan ni a Luna ni a ninguno de vuestros amigos, salvo si alguna vez venimos de visita, pero nuestra vida estará allí. Estaremos allí siempre.

No sé si lo hice bien al hacer tanto hincapié, pero necesitaba que ellos comprendieran la magnitud de una decisión así. Sin embargo, hicieron de nuevo eso que tanto les gusta: dejarme con la boca abierta. Prometieron que estaban deseando volver a vivir en Málaga para siempre. En los días siguientes, preguntaron hasta el cansancio cada mañana si ese día volveríamos a Málaga. Cada día. Ha sido un mes agotador, pero no podía hacer las cosas más rápido. Tuve que gestionar el cambio de matrículas del colegio y me encontré con el primer gran escollo: empadronamiento. No podía empadronarme en casa de Azahara, porque me parecía que era imponerle mi presencia y sé que no puedo vivir con ella ahora, pero tenía que vivir en La Cala para que los niños fueran a ese cole. Al final, opté por pedir ayuda a quien seguramente menos lo esperaba. Callum no me cogió el teléfono de buena gana y no puedo culparlo por ello, pero en cuanto le conté mis intenciones, se puso manos a la obra y me prometió encontrarme vivienda cuanto antes. Por desgracia, al parecer no es tan fácil encontrar un piso con un mínimo de dos habitaciones y un precio razonable en La Cala. Al ser tan pequeña, o todo está carísimo o no tiene los básicos que necesitamos. Al final, a la desesperada, él me recomendó que empadronara a los niños con Natasha y Jorge y que yo me fuera a vivir a su casa. Luego ya, con calma, podría buscar un piso en condiciones. A mí aquello se me hizo una bola enorme. No podía irme a vivir a casa de Callum. Ni siquiera imaginaba la cara que pondría Azahara, pero sería... No podía. Se lo dije, y entonces él hizo girar la historia contándoselo todo a la abu Rosario. Ahí se acabaron las tonterías. Ella me llamó por teléfono el tercer día después de mi decisión de dejar Barcelona y me ordenó, sin medias tintas, vivir en su casa y empadronar a los niños con Natasha y Jorge para que pudieran ir al cole de La Cala. Yo seguía con reticencias, pero entonces esa misma tarde me llamaron Jorge y Natasha por videollamada y yo me di cuenta del alcance de los Dunas. Si se les mete algo en la cabeza, no hay Dios que los haga cambiar de idea. Lo supe aquella tarde, mientras los miraba por la pantalla y me aseguraban que no había ningún problema.

—De hecho, deberías vivir aquí —dijo Jorge—. Estarás a cinco minutos de Aza, los niños podrán ir al colegio y...

—No, no puedo hacerle eso a Azahara —respondí en tono firme—. Ya es bastante irme a casa de su abuela. No quiero que piense que la traicionáis o...

—¡No pensará eso! —exclamó Tash—. Ella no es así. Y cuando solucionéis vuestros problemas...

—No los vamos a solucionar —volví a interrumpir.

—Bueno, no nos adelantemos. De momento, empadronaos aquí —terció Jorge—. El resto se irá viendo.

Y así fue. Empecé a andar todos los pasos uno a uno sin querer agobiarme ni permitirme pensar mucho en lo que estaba haciendo. Reconozco que alguna noche me sentí abrumado, no por la decisión en sí, sino por cómo se lo tomaría ella. Quizá sería mejor decírselo, pero sabía que, tal como está nuestra relación, insistiría en que no pretendía obligarme a vivir en Málaga.

Es ahora cuando comprendo sus palabras y su miedo a que yo pensara que quería arrastrarme. Es ahora cuando más me arrepiento de haberla acusado de algo parecido. No puedo borrar lo que dije, aunque no lo sintiera, pero puedo intentar demostrarle que la quiero y no pienso desaparecer nunca más. Para ella es difícil creerme y no la culpo, pero al final, si no consigo convencerla, al menos estaré al lado del bebé y ejerceré de padre en la misma medida que lo he hecho con Eric y Ona. No tendrá un padre ausente. No permitiré que eso ocurra.

Por otro lado, reconozco que me hubiera gustado que nuestra llegada fuera más tranquila. Fui retrasándolo todo intentando, a la desesperada, alquilar el piso de Barcelona y, al final, hemos aterrizado hoy mismo. El piso sigue sin alquilar, pero lo he dejado en manos de una inmobiliaria que según Aina es de fiar. También ella le irá echando un ojo de vez en cuando mientras tanto. Llevamos una semana mandando ropa y objetos personales a casa de la abu y, cuando por fin hemos entrado en su casa, apenas he tenido tiempo de abrazarla, darle las gracias y coger prestado el coche de Callum para venir a la clínica. He llegado tarde, lo que seguramente no me hará ganar puntos con Aza, y cuando he visto su vientre abultado, el miedo me ha golpeado con tanta fuerza que todas mis emociones se han tambaleado. Todas.

De pronto, solo podía pensar en mi madre y en el modo en que detectaron su cáncer. No podía ni mirar a la pantalla donde aparecería mi bebé porque lo único que podía pensar era: «Que no se muera. Por favor, que Azahara no se muera». Tan intenso ha sido, que cuando he visto que se trataba de un niño, apenas he podido procesarlo. Se lo he dicho a Aza, pero lo único que de verdad me urgía era que el ginecólogo revisara sus pechos. Puede parecer una estupidez, pero sabía que no iba a disfrutar de ver al bebé hasta que supiera que ella está bien. La confirmación de que todo está en orden me ha aliviado tanto que me han temblado las rodillas. Aun así, sé que cuando volvamos a la próxima revisión me volveré a sentir igual. Imagino que tendré que trabajar por mi cuenta en el modo de gestionarlo para que no afecte a nadie más, pero ahora mismo lo único que me importa es que el bebé está bien y Aza también.

Bueno, eso y la cara de pasmo con la que me está mirando. Reconozco que siento cierta satisfacción al haberla sorprendido, claro que me cuido mucho de no mostrarlo. No soy tan tonto como para no saber que ahora mismo estoy haciendo equilibrios sobre la cuerda más fina del mundo, metafóricamente hablando.

—Pero, pero, pero... —Azahara no es capaz de decir nada más. Joder, su confusión es tan adorable...

Ella al completo es tan adorable que no puedo dejar de mirarla. Ni a ella ni a su pequeño vientre hinchado. Un hijo. Nuestro hijo. Creo que es la primera vez que siento la noticia como algo real y precioso. La primera vez que me permito soñar con ese bebé sin pensar que estaré a más de mil kilómetros de distancia.

—Es algo muy largo de explicar —murmuro—. Si quieres, podemos dar un paseo mientras te lo cuento.

Ella mira a sus primos, que a su vez nos miran impresionados. Bueno, todos menos Jorge y Tash, que se mantienen en un discreto segundo plano a conciencia. Me imagino que no quieren dejar claro todavía que ya lo sabían, porque eso solo liaría más las cosas.

—Pero...

Sonrío, porque de verdad que su confusión es adorable y quizá no debería disfrutar tanto con ella. Me atrevo a cogerle la mano y enlazar nuestros dedos, aunque sepa que, de algún modo, perdí este derecho el día que me marché y la ignoré durante una semana.

—Vamos, Aza. Deja que te lo explique.

No sé si son mis palabras, la forma en que la miro o el hecho de que, de todas maneras, tenemos que salir de la clínica, pero lo cierto es que Azahara asiente, se aferra a mi mano y deja que la guíe hacia la calle.

—¿Quieres que te lleve a La Cala? Podemos pasear por la senda del litoral y así estarás cerca de casa —pregunto.

—¿Llevarme? ¿Cómo? No tienes coche.

—Tengo el de tu padre. —Eso la hace boquear—. Mucha información, lo sé. Te prometo que todo tiene explicación.

Asiente, incapaz de responder, y nos despedimos de su familia. Mario sigue mirándonos serio, pero Sia tira de su mano y se lo lleva hacia el paseo marítimo.

—¿Me invitas a cenar?

Él se muestra un tanto reticente, pero al final se deja llevar por ella. No me extraña. Creo que esa chica sería capaz de convencer a Mario de abandonar para siempre las películas Disney si se lo propusiera, pero me guardo esa opinión para mí porque es evidente que ahí está pasando algo.

—¡Nos apuntamos! —exclama Tash antes de tirar de Jorge—. ¿Sí?

—A tus órdenes —murmura este antes de guiñarnos un ojo e ir tras los primeros.

—Pues no vamos a ser los únicos sin cenar fuera —dice Camille—. ¡Eh, esperad!

Felipe le echa un brazo sobre los hombros a su chica y se marcha sin mirarme siquiera. No sé qué pensará él de toda esta situación, pero que no me haya amenazado me parece un triunfo suficiente.

—Ven, tengo el coche aparcado por aquí.

—Los niños... ¿están con mi abu? —Asiento—. ¿Y puedo... puedo verlos? —Me sorprende que su voz suene temblorosa—. Si tú quieres, claro.

Es curioso el modo en que nuestras acciones afectan a las personas que queremos. Le negué a Azahara hablar con ellos una semana y ahora siente que ni siquiera tiene derecho a verlos. Puede que yo no sea una mala persona, pero soy el responsable de provocar una inseguridad en ella que antes no existía. Supongo que es otra de las cosas urgentes que solucionar, pero, por desgracia, no sé cuál es el modo rápido de hacerlo. Maldita sea, es posible que no haya un modo rápido. Creo que solo me queda reafirmarla una y otra vez hasta que, con el tiempo, comprenda que jamás osaré alejarla de ellos de nuevo.

—Podemos ir a casa de tu abu. Estarán a punto de irse a dormir, porque mañana empiezan el colegio, pero están tan nerviosos que seguramente la abu no lo consiga.

—Mi abu puede conseguir lo que se proponga —dice ella con una pequeña sonrisa antes de suspirar—. ¿Saben lo del embarazo?

—No —admito—. Pensé que te gustaría que se lo dijéramos juntos.

Ella me mira de un modo... especial. Como si me agradeciera esa decisión.

—Entonces es mejor que los vea mañana. —Entrecierro los ojos y señala su tripa—. Ya están nerviosos por comenzar las clases, no necesitáis pasar la noche en vela con más noticias importantes.

Trago saliva. El modo en que es capaz de anteponer a Eric y a Ona a sus propias necesidades me sigue sobrepasando tanto o más que el primer día. Joder, me encantaría abrazarla ahora mismo, pero sé que es imposible por el momento, así que me limito a asentir, carraspeando para librarme de la emoción.

—¿Querrás acompañarnos al cole?

El impacto, la sorpresa de nuevo, el agradecimiento llegando a sus ojos en forma de lágrimas que le cuesta contener. Se gira para que no la vea y doy un paso atrás, dándole espacio.

—Me encantaría —susurra—, pero creo que es mejor que los lleves tú para que no se pongan nerviosos en exceso. Puedo recogerlos, si no te molesta.

—Me encantaría.

Me mira sobre su hombro y me muerdo el labio. Es tan bonita, joder, tan increíblemente bonita por dentro y por fuera que no me explico cómo conseguí que se enamorara de mí.

—No sé qué más decir. No... no entiendo nada.

Sonrío sin separar los labios, cojo su mano de nuevo, en un gesto atrevido pero esperanzado, y la guío hacia donde tengo el coche aparcado en silencio. Entramos, yo tras el volante y ella en el lugar del copiloto.

El camino hasta La Cala es silencioso, aunque corto. Cuando aparco detrás de su casa, lo único que puedo pensar es que dos minutos de silencio al lado de Azahara son más reconfortantes que días enteros en el bullicio de Barcelona. Es una chica capaz de hacer que el mundo cobre sentido en medio del silencio, es una chica por la que vale la pena hacer las maletas y recorrer cuantos kilómetros sean necesarios. Solo lamento no haber podido verlo antes.

—¿Podemos cambiar el paseo por una infusión? —pregunta—. Y necesito hacer pis. Cada vez hago más pis y más seguido.

Me río, la sigo hasta la casa y me rasco la nuca distraído mientras respondo:

—Me temo que será así, sí. Creo que se pone más interesante cuando el bebé empieza a patear.

—No puedo esperar —dice con ironía antes de pararse y mirarme—. En realidad, no puedo esperar, pero ya me entiendes.

Me río, sí, la entiendo. Entramos en casa y dejo que vaya al baño.

—¿Preparo mientras el agua?

—Como si estuvieras en tu casa.

Se va al baño y me quedo en la cocina pensando en el verano que he pasado aquí. Llegué a sentirme como en casa de verdad. Y luego, ante la idea de perderlo todo...

No, no es hora de pensar en eso. Estoy aquí, voy a hacer las cosas bien esta vez y eso es lo único que importa. Hiervo agua para los dos y, cuando Azahara sale del baño, le pregunto qué le apetece para tomar lo mismo.

—Hay cerveza en la nevera, no tienes que tomar una infusión. Sé que las odias.

Pillado.

—Me estoy solidarizando contigo. Si tú no bebes, yo tampoco.

—Eso es una tontería. Si el preñado fueras tú, yo me tomaría un café diario y una cerveza o dos... o las que quisiera.

Me río. No me sorprende. No es muy de gestos grandilocuentes, mi Azahara. Azahara, a secas. Sin posesivo de ningún tipo.

Cojo un botellín, me siento junto a ella y su manzanilla en el sofá y le cuento todo lo ocurrido en este último mes. Todo. La noticia a los niños, el traslado, el intento de alquilar el piso de Barcelona y el modo en que su familia se involucró conmigo, aun cuando no lo merezco.

—No quiero que te enfades con ellos, de verdad, porque...

—No estoy enfadada con ellos —dice emocionada—. Orgullosa, sí, pero enfadada no. No podría.

—Pero me han ayudado.

—Sí. Es lo que hace la familia, Nil. Ayuda, sostiene. Me alegro de que los tengas, aun cuando nosotros no... —Las palabras mueren en su boca y no acaba la frase—. Ya sabes.

Asiento. Sí, por desgracia, lo sé.

—Sé que todo esto no cambia nada el hecho de que no confías en mí.

—Yo te agradezco al máximo que lo hayas hecho, porque el bebé podrá tener a su padre y a sus hermanos cerca —murmura—. Demuestra lo que yo ya sabía: eres un padre maravilloso. Lo que has hecho por él es…

—Por los dos. —Aza me mira sorprendida—. Sé que no me crees, quizá estés convenciéndote de que hago esto por el bebé, sobre todo teniendo en cuenta cómo nos despedimos la última vez, pero no es así. No del todo. He venido aquí por él, pero también por ti. Quiero recuperarte, Aza. Quiero ser el padre de tu bebé y quiero ser el cabrón que tenga la suerte de amanecer a tu lado cada día. No más mentiras ni evasivas. Debes saber que voy a intentar que vuelvas conmigo.

—Nil…

—No tienes que quererme de vuelta, pero es que te quiero tanto, joder. Te quiero, Azahara de las Dunas, y voy a demostrártelo. No haré numeritos, prometido. Nada de agobiarte o hacerte sentir sobrepasada.

—¿Entonces…?

—Voy a hacer algo que no he hecho hasta ahora: voy a estar aquí para ti. Siempre. Voy a demostrarte que, además de buen padre, puedo ser digno de ti.

—Nil…

Su voz se rasga, sus ojos se aguan y la mirada que me dedica me parte en dos, pero aun así sonrío, le beso la frente y me levanto, alejándome de ella con pesar.

—Me voy a dormir. Mañana te veo en la puerta del cole, a la salida. Quiero que le digamos a Eric y a Ona que van a ser hermanos mayores.

Asiente, se la ve abrumada. Yo aprovecho para salir de la casa y soltar en un suspiro el nerviosismo que he retenido durante todo el día.

Está hecho. He tomado decisiones, he actuado en consecuencia y le he dejado claro a Azahara cuáles son mis intenciones.

Ahora solo tengo que concentrarme en no cagarla y demostrarle que puedo estar a la altura. Bufo con ironía y me rasco la nuca.

Fácil, ¿no?

18

Mario

Remuevo el café de mi taza mientras Anastasia me mira con los ojos entrecerrados.

—No deberías —me advierte.

—Estoy muy cansado y tengo que estudiar.

Ella mira el café tan mal que me río, porque es como si fuera su enemigo número uno. Sé que no es normal pedir café después de cenar, pero de verdad que estoy agotado y necesito rendir esta noche. A nuestro alrededor, mis primos, Camille y Tash discuten cuánto tardarán Nil y Aza en reconciliarse ahora que, al parecer, él vivirá aquí.

—Entonces ¿lo sabías? —le pregunta Felipe a Jorge en un momento dado.

Este asiente y yo lo miro mal. No voy a darle una patada por debajo de la mesa porque eso ya lo hice al inicio de la cena y me devolvió una el doble de fuerte. Si le doy otra, igual acabo llorando. No quiero que mi futura esposa piense que se quedó con el peor Dunas.

—Es un gran paso el que ha dado —dice Tash—. Hacer las maletas y mudarse con los niños solo para estar cerca de ella...

—Del bebé —la corrijo—. Se ha mudado para estar cerca del bebé. Cuando el bebé no existía, él tenía muy claro que no pensaba mover un dedo por ella.

—No creo que eso sea así. Nil adora a Azahara —tercia Camille.

—Si Nil adorara a Azahara, no la habría dejado hecha mierda antes de largarse a Barcelona.

—No creo que...

—No estabas allí, Jorge —le aclaro—. Así que lo que tú creas, tanto da, ¿no te parece?

Me sobresalto al sentir la mano de Anastasia en mi pierna, por debajo de la mesa. La miro, pero ella no me devuelve la mirada. Sin embargo, aprieta su mano, dejándome claro que es hora de parar un poco con todo esto.

Quizá tiene razón. Estoy empeñado en odiar a Nil y no reconocer que lo que ha hecho es algo importante. El problema es que no consigo fiarme de que el amor sea su motivación principal. Claro que, al menos, ahora no será un padre ausente. Eso siempre es bueno. Por mucho que nosotros intentáramos ejercer de padre del pequeño de Azahara, llegaría el día en que diferenciaría y, al menos por dentro, se daría cuenta de que no lo somos. Sobre todo si Felipe, Jorge o yo mismo tenemos hijos. El pequeño nos adoraría y nosotros lo adoraríamos, pero él siempre vería que, en el fondo, no tenía un padre al cien por cien. Eso puede causar un dolor tan hondo y lacerante que acabaría con una parte de él. A la larga, destruiría su inocencia. Bien lo sé, por desgracia.

Doy un sorbo a mi taza de café. Desde luego, es un tema sobre el que meditar largo y tendido, pero como la mesa ha caído en una tensión nada habitual entre nosotros, me aclaro la garganta y zanjo el tema:

—Al menos ahora podemos consentir a Eric y a Ona a nuestro antojo. ¿Quién se apunta mañana a acompañarlos al cole?

—No sé si es buena idea que vayáis todos, teniendo en cuenta que estarán nerviosos —comenta Anastasia.

—Tonterías —murmuro—. Además, no digas «vayáis», porque tú también vienes. Tenemos que estar allí para que se sientan arropados. Es más, tenemos que ir para que el resto vea que tienen que tener mucho cuidado con lo que hacen.

—Ah, pues eso es verdad. —Jorge se encoge de hombros cuando su chica lo mira sorprendida—. Esos niños no son unos niños cualesquiera: ya son Dunas.

—Me va a gustar tener pequeñas mentes moldeables a mi alrededor —sigue Felipe haciéndonos sonreír. Al menos Jorge y yo sonreímos.

—Oh, Dios mío —susurra Camille con voz un tanto resignada—. Estoy teniendo una visión de mi futuro como madre y no sé cómo sentirme al respecto.

—Peor aún —interviene Tash—. Estás teniendo una visión de nuestro futuro con estos como padres.

Felipe y Jorge, lejos de ofenderse, se ríen.

—Menos mal que a ti no te parece mal que moldeemos a nuestros hijos a la imagen y semejanza de los Dunas —le digo a Anastasia.

Ella, que estaba dando un sorbo a su infusión, se atraganta y me mira con los ojos como platos.

—Eso es porque no tengo intención de...

—Ya lo discutiremos en otro momento. Vamos a ponerlo en el montón de las discusiones de convivencia típicas de enamorados.

—¿Qué montón es ese? —pregunta Tash divertida.

—Ya sabes. ¿Queremos darle teta o biberón? ¿Nos gustaría tener un parto natural o queremos contar con epidural y toda la parafernalia? ¿Vamos a...?

—No vamos a hacer nada de nada —me corta Anastasia—, pero, en el improbable caso de que así fuera, sería yo quien decidiría todo eso.

—¿Y eso por qué?

—¡Porque sería mi cuerpo!

—Tu cuerpo va a poder hacer poco sin mi esperma.

—No quiero seguir oyendo esta conversación —sentencia Felipe.

—Yo tampoco me siento cómoda —le da la razón Camille.

—Yo creo que me gustaría probar el parto sin epidural —dice Tash.

—¡Se supone que tú eres mi mejor amiga! —exclama Anastasia—. ¿Puedes dejar el tema, por favor?

—Lo he dejado. Estoy hablando de mí, no de ti. —Se gira y mira a mi primo, que tiene esa sonrisa de idiota enamorado. Ya sabéis, esa que pongo yo cuando miro a Anastasia, aunque esté un poco encabronada como ahora—. ¿Tú qué opinas?

—¿Quieres parir sin epidural? Bien. ¿Quieres epidural? Perseguiré a todo el equipo médico hasta que te la pongan. Tus deseos son órdenes para mí.

—Dios, dais mucho asco —exclama Felipe antes de mirar a Camille—. Yo también conseguiría drogas para ti, *Sióg*.

—No me cabe la menor duda, querido.

La sonrisa de mi primo es tan ancha que me río entre dientes.

—¿Ves? —le comento a Anastasia—. «Es un ciclo sin fin que lo envuelve todo.»

—¡*El Rey León*! —suelta Tash entusiasmada.

—Ya tardaba el gilipollas en hacer de las suyas —susurra Jorge.

—Yo me voy a mi casa. —Anastasia se levanta y yo lo hago con ella—. Sola —aclara.

—Te acompaño.

—Quiero estar sola.

—Yo no.

Ella se para y me mira, como hace tantas veces. Creo que en estos momentos me escruta en busca de algún signo que le indique que estoy de broma. No es así. Ya debería saber que pocas veces hablo en broma, aunque todos piensen que sí. Al final se da cuenta, porque asiente y nos despedimos de mi familia después de que deje mi parte para pagar la cena y el café que me acabo de un solo trago.

—Deberías estudiar de día y dormir de noche, como la gente normal —dice ella cuando salimos del restaurante.

—Estudio mejor de noche. No hay ruido, ni chicas vomitando, ni llamadas telefónicas o notificaciones de móvil constantes.

—Mmm, eso es cierto, aunque Aza ya no vomita tanto.

—Cierto. ¿Has hablado con tu madre últimamente?

Se tensa de inmediato. He aprendido con el tiempo que hay temas que tienen este efecto en ella, pero me niego a esquivarlos. Quiero que se dé cuenta de que puede contar conmigo no solo para tomar un café o salir de paseo, sino para desahogarse, si es que lo necesita.

—Me ha llamado un par de veces —admite—. Sigue insistiendo en que vaya a cenar con ella y mi padre.

—¿Y qué opinas al respecto?

Guarda silencio mientras llegamos al coche y, cuando entramos, suspira y contesta, pero sin mirarme:

—Me da miedo que sea una trampa.

—¿Qué tipo de trampa? —pregunto. Ella se encoge de hombros, pero no responde, así que coloco mi dedo índice bajo su barbilla y hago que gire la cabeza para mirarme—. ¿Qué tipo de trampa?

—No lo sé, pero no es normal que me inviten. Quieren algo, estoy segura. A lo mejor convencerme de que deje la cafetería y...

—No vas a dejar tu negocio. Es tuyo, has luchado por él, lo has levantado y funciona bien. Sería absurdo negarse a reconocer que ganaste esa batalla.

—En realidad, a ojos de mi padre, es posible que no la haya ganado. Para él ganar solo implica recibir un montón de dinero a cambio y, aunque la cafetería va bien, no me ha hecho ni me hará rica.

—No necesitas ser rica. Necesitas ser feliz.

Anastasia me mira completamente inmóvil unos instantes.

—A veces siento que me conoces tan bien...

—Eso es porque te conozco muy bien —le suelto con las cejas alzadas—. Igual que tú a mí.

—No sé...

—Sabes que adoro las películas de Disney.

—Sí, pero...

—Y sabes que las uso para no pensar en la mierda que me carcome. —Nunca lo he dicho tan claro como ahora, pero de todas formas Anastasia asiente—. Sabes de mí más que la mayoría de las personas.

—¿Y eso no te hace sentir...?

—¿Expuesto y acojonado? —digo. Ella suelta el aire, sorprendida—. Mucho, pero es lo que hay. Supe que no sería fácil desde el momento en que me enamoré de ti.

—Mario...

—¿Sabes que el tal Alonso pretende vivir con mi madre?

Anastasia me mira en silencio un instante, quizá asimilando el cambio de conversación. Es brusco, lo reconozco, pero prefiero mil veces un cambio brusco a soportar otra vez la conversación de que no vamos a ser nada en el futuro, porque estoy empezando a pensar que eso es cierto y hoy, justo hoy, no quiero enfrentarme a la realidad. Sé que tengo que asimilar esto en algún momento, que debería dejar de pensar que ella se despertará un día deseándome o sintiendo que me quiere como a nadie más en el mundo. Cada día que pasa y me mira como si solo fuera... alguien más, tengo claro que eso no pasará, pero no puedo cortar los últimos hilos que sostienen mi esperanza. Pronto, pero aún no.

—Me llamó tu madre ayer —confiesa—. Está preocupada por ti.

—No entiendo por qué.

—¿No? —pregunta con sorna—. No te has tomado muy bien su relación.

—Eso es mentira. He aceptado delante de todos al tal Alonso.

—Deja de llamarlo el tal Alonso. Se llama Alonso, es un hecho. Y ya de paso, deja de ir a su casa a tirar papel higiénico en su fachada. Es infantil, grosero y...

—Yo no he sido.

—¡Mario, a mí no me mientas! —exclama ofendida—. Tu madre está preocupada por ti. Piensa que a lo mejor es hora de volver al psicólogo.

—¿Por tirarle un poco de papel higiénico en la fachada? A lo mejor el que tiene que ir es él, si esto le parece tan grave.

—Mario...

—Se acuestan, ¿sabes? De verdad, princesa. Se acuestan como me gusta a mí, pero es que es mi madre.

—Es una mujer.

—También, pero es mi madre.

—Pero es...

—Y el tal Alonso algo quiere. Su dinero.

—¿Qué dinero, joder? —pregunta exasperada—. Sinceramente, Mario, quiero mucho a tu madre, pero aparte de la casa construida en terreno de tu abuela y su sueldo, no es que tenga grandes bienes.

—Eso el tal Alonso no lo sabe.

—¡Que dejes de llamarlo el tal Alonso! ¡Y claro que lo sabe! Trabaja con tu tío Callum. Esa es otra. ¿Crees que él no habría advertido a tu madre si de verdad hubiera algo malo en Alonso? Es un hombre educado, bueno y guapísimo que se ha fijado en ella y...

—Eh, eh, eh, para ahí. ¿Cómo que guapísimo? Mira, lo de educado pase. Lo de bueno... psss, pues, hombre, a ver... Si a no ser un asesino ni un ladrón ni un político ahora se le puede llamar bueno, yo soy un santo. Pero ¿lo de guapísimo? Eso no te lo perdono. —Anastasia se ríe y yo arranco, enfadado—. Soy más guapo que él.

—Oh, Dios. *Diélat iz mují slaná.*

—Tus muelas, por si acaso.

Su risa se intensifica y me da unas palmaditas en el brazo mientras conduzco.

—Significa: «Hacer un elefante de una mosca». Algo así como ahogarse en un vaso de agua.

—No estoy haciendo ni una cosa ni la otra.

—Por supuesto que sí. Creo que el problema es que estás celoso.

—¿De quién?

—De Alonso. Su relación se está asentando, va a vivir con tu madre y eso te hace sentir que pierdes tu puesto. Si tu madre está distraída echando un buen polvo y rehaciendo su vida, ¿cómo va a ocuparse de mimarte en exceso?

—No me mima en exceso.

—Por supuesto que sí. Negar que tu madre te mima en exceso es como negar que la mía no me quiere.

Aprieto el volante con las dos manos, porque las ganas de parar en el arcén y abrazarla son insoportables, pero la seguridad vial está por encima de todo. Sin embargo, no respondo. No porque esté molesto por todo esto de Alonso. Debo admitir que voy a terminar teniéndole cierto respeto, aunque solo sea por el mensaje que me mandó felicitándome por mi creatividad al tirarle el puto papel higiénico. Otro me habría tachado de niñato inmaduro y, aunque me cueste admitirlo, habría tenido toda la razón. Pero no es eso lo que me hace cerrar la boca, sino la necesidad de coser todas esas heridas abiertas de Anastasia. Todavía me sorprende la fuerza con la que me ataca el dolor cuando es ella la que sufre. Joder, me cambiaría por ella mil veces y soportaría toda esa carga solo para ver sus ojos libres del tormento que le causa el rechazo de sus padres.

Cuando aparcamos detrás de su casa, apago el motor y me giro en el asiento, mirándola de frente.

—Eres, con toda probabilidad, la mujer más especial que he conocido y conoceré nunca. Trabajadora, honrada, una amiga increíble y una persona digna de todo el amor del mundo. Si tus padres no lo ven es porque son unos desgraciados que no se merecen ni el aire que respiran, no porque tú no lo merezcas, ¿de acuerdo? Si no te quieren, peor para ellos, porque yo sé lo que es quererte y no lo cambiaría por nada del mundo, Anastasia.

Sus lágrimas me pillan tan desprevenido como su abrazo, pero la rodeo de inmediato. En medio de la noche, después de una tarde caótica y unos días llenos de cambios, vuelvo a sentir que nada importa más que esto.

Nada importa más que estar para ella, aunque eso acabe por destruirme en algún momento.

19

Anastasia

El día siguiente a mi ridículo con Mario, estoy en la cafetería por la mañana cuando lo veo entrar con aire distraído y los ojos puestos en su móvil. ¿Qué hace aquí? Dios, no quiero verlo. No después de que anoche me pasara unos buenos cinco minutos sollozando sobre su pecho. Pasé tanta vergüenza cuando conseguí separarme de él y, al mismo tiempo, me sentía tan bien, que salí del coche a trompicones, asustada por la inmensidad de mis sentimientos. Fue como una avalancha de la que no pude escapar, por más que corrí. Cuando llegué a mi habitación y cerré la puerta, apoyándome en ella, mis emociones seguían a flor de piel y todas gritaban que querían ir con Mario. Querían prolongar el abrazo y querían... Yo quería...

Cierro los ojos un segundo y los abro de inmediato, soltando aire despacio y concentrándome en los cafés que estoy sirviendo. No puedo seguir pensando en eso.

—Faltaste hoy, Anastasia.

El modo en que pronuncia mi nombre hace que el vello de mi nuca se erice, pero me esfuerzo por disimular y le respondo:

—Hola a ti también, Mario.

Está serio conmigo y eso en él no es normal. Trago saliva e intento que no vea lo mucho que me afecta.

—Eric y Ona han entrado al cole mientras los vigilábamos escondidos en la esquina de la calle, porque Azahara nos ha amenazado con cortarnos partes importantes del cuerpo si hacíamos notar nuestra presencia y los poníamos nerviosos. Ella dice que es mejor que nos vean a la salida, cuando ya puedan estar con nosotros, pero luego hemos tenido que sostenerla para que no saliera corriendo a abrazarlos en cuanto Nil ha llegado con ellos. —Suspira—. En fin, ha sido bonito y caótico, y tú no estabas.

La acusación es tan clara que me pongo a la defensiva de inmediato.

—Te dije que no estaría.

—Son los hijos de Nil. Vale que él es un capullo, pero los niños son geniales. Y son familia.

—Son familia tuya, no mía.

—Tú eres mi familia también. —No respondo y, para mi sorpresa, él no salta con una broma o una de sus puyas—. En fin, me he saltado el día de clases porque quiero ir luego, a la salida, de modo que voy a sentarme en una mesa a estudiar. ¿Puedes decirle a alguien que me traiga un café? No quiero molestarte, teniendo en cuenta lo ocupada que estás.

No espera una respuesta, se da la vuelta y se va al fondo, como siempre, mientras yo lo miro con la boca abierta y me debato entre el arrepentimiento y la indignación. ¡Yo avisé que no pensaba ir! ¿Quién es él para hacerme sentir mal por algo que yo ya avisé? No tiene ningún derecho y pienso dejárselo muy claro en cuanto sirva a los clientes que están esperando sus cafés. Patino hasta ellos, les sirvo y, cuando me giro dispuesta a ir a hablar con Mario, me quedo un tanto perpleja, porque no está solo. Hay una chica frente a él, en el sofá.

Una chica a la que Mario sonríe con familiaridad. Es evidente que se conocen de antes por el modo en que charlan y, cuando ella suelta una carcajada que llega hasta mis oídos sin problemas, siento un lengüetazo de fuego en mi interior para el que no estoy lista en absoluto. Voy de inmediato tras la barra, al lugar en el que sé que le es difícil verme. Yo, en cambio, puedo observarlo sin demasiados problemas. Afino el oído, pero es absurdo, la *jukebox* está encendida y Queen canta «I want to break free» a través de los altavoces. Una de mis canciones favoritas y yo aquí, con instintos asesinos sin venir a cuento. De verdad que a veces soy tan incapaz de comprender mis propios sentimientos que me detesto.

—¿Vas a servir a Mario? —pregunta María a mi lado.

Él me ha pedido que le mande a alguien con retintín y, de pronto, me convenzo de que debo hacerlo yo. Tengo que demostrarle que soy la madura de los dos y no voy a enfadarme porque hoy haya decidido ser más niñato de lo que es habitual. Ignoro por completo la vocecita que me dice que Mario podrá ser un poco infantil, pero nunca se ha comportado como un niñato conmigo. No de un modo malo, al menos.

Sirvo el café como le gusta y lo coloco sobre una bandeja. Luego me acerco a la mesa patinando y llego justo a tiempo para oír a la chica reírse mientras habla.

—Te juro que pensé que iba a darme algo. Esta vez ha estado cerca. ¡Oh! —exclama al verme depositar el café en la mesa—. Genial, así aprovecho y pido. ¿Puedes traerme una Coca-Cola Zero? ¿Y tenéis tarta de zanahoria casera? Probé una hace poco con una amiga y estaba buenísima.

Tiene el pelo del mismo tono que el sol. Es un dorado precioso. No lleva ni una gota de maquillaje, así que parece tan joven como es.

Tiene unas pecas preciosas en la nariz y unos ojos castaños dulces y amables. Me debería resultar adorable en su conjunto, puesto que, además de preciosa, ha sido amable y educada. Sin embargo, la detesto en el acto, lo que hace que yo misma me sienta impactada por la sorpresa de mis sentimientos. No soy una mujer celosa, ni muchísimo menos. Aun en el caso de que lo fuera, no debería sentir celos de esta chica solo porque esté con Mario cuando yo he dejado muy claro que no quiero nada con él.

—Sí que tenemos tarta de zanahoria —me obligo a responder con una sonrisa—. Te traeré un buen trozo. ¿Queréis compartirla?

No miro a Mario, solo a ella, que sí lo mira con una sonrisa absolutamente preciosa. Dios, cuánto la odio.

—¿Qué me dices? ¿Quieres un poco? Invito yo.

—Si invitas tú no puedo negarme —oigo que dice él—. Gracias, Anastasia.

No lo miro. Me giro sobre mis patines y camino hacia la barra pensando que no lo hago porque su voz sonaba educada y... nada más. No sé qué pasa. Me tiemblan las manos y no debería, pero Mario parece tan frío e indiferente... Él no es así conmigo y, de inmediato, me maldigo por haber faltado esta mañana al cole. En realidad, estaba despierta y lista para ir, pero mis inseguridades han ganado la batalla. De pronto he empezado a pensar que no pintaba nada allí. No era familia, aunque Mario asegure que sí. Cuando Tash me preguntó si nos marchábamos, alegué un repentino dolor de cabeza. Ella me miró con comprensión, sabiendo perfectamente que mentía, pero como siempre, respetó mi decisión y se marchó sin mí.

No pensé que tendría consecuencias.

Es raro, porque me doy cuenta de que de verdad he sido egoísta en algunos aspectos, sobre todo con Mario. He dado por sentado su actitud hacia mí. He creído que su paciencia sería inagotable y que no se iría solo porque... no parecía dispuesto a hacerlo. Es la primera vez que he sentido que alguien se quedaría a mi lado pese a todas mis partes malas y ahora, por absurdo que parezca, empiezo a pensar que se ha cansado de mi actitud. No quiero adoptar una postura derrotista y dejarme llevar por el desánimo. El victimismo ni siquiera entra en mis planes, pero no puedo evitar pensar que voy a echar de menos que Mario se preocupe por mí y...

—¿Se lo llevo yo?

A mi lado, María parece percatarse del torbellino de emociones que revolotea en mi cabeza. Eso me parece aún peor que todo lo demás, porque significa que no estoy disimulando tan bien como creía. Carraspeo, dispuesta a recuperar la compostura, y niego con la cabeza.

—Yo me ocupo.

—No me importa, Sia.

—Lo sé, pero es mi... mesa.

Frunzo el ceño mientras patino hacia ellos. ¿He estado a punto de decir «es mi Mario»? ¿Desde cuándo uso yo el posesivo con nadie? Me parece algo más que fuera de lugar incluso en personas enamoradas y, de pronto, aquí estoy.

—Aquí tenéis, chicos. —Compongo mi mejor sonrisa y, mientras sirvo, me percato de que la chica no es de las que guardan silencio cuando los camareros se acercan.

—Vamos, Mario. ¿Qué te cuesta? No es como si no lo hubieras hecho antes.

Las ganas de preguntar qué se supone que ha hecho antes me pueden, pero me muerdo la lengua literalmente para no abrir la boca y servir todo.

—Lo pensaré.

—Sabes que al final siempre me ocupo de que seas el más beneficiado de los dos.

—Carla... —Mario ríe en voz baja e íntima.

Ríe. En. Voz. Baja. E. Íntima.

Bien. ¿Acabo de imaginarme arrancándole la cabeza a la tal Carla? Sí, acabo de imaginarme arrancándole la cabeza a la tal Carla. ¿Y por qué no dejo de llamarla la tal Carla? Ahora entiendo a Mario cuando se pone así con Alonso. Vuelo hacia la barra. Pasados diez minutos, la chica pide otro trozo de tarta, lo sirvo en el plato y le digo a María que se ocupe.

—Pero has dicho que era tu mesa y...

—María, por favor. Está siendo un martes muy lunes y necesito que hagas esto por mí.

Ella se apiada de mí en el acto y yo me siento patética. La tal Carla se va después de un rato más que a mí me parece tan largo como un siglo, con sus vaqueros desgastados y sencillos, su jersey mostaza y su cara limpia de maquillaje, porque ella no necesita esconderse de... Aprieto los dientes. Bueno, es evidente que no necesita esconderse de nada.

Me miro en el espejo que hay detrás de las copas, al lado de la máquina de café. Mi pintalabios hoy es de un marrón intenso, casi tétrico, y llevo una peluca rubia en contraste porque nunca uso un tono que pueda parecerse al mío. Observo mis pestañas rizadas y pintadas, mi *eyeliner* perfectamente marcado y me repito a mí misma que me maquillo, en parte, porque me gusta. Es parte de lo que soy.

Que también use los productos para crear algún tipo de barrera emocional no es tan importante. Esta soy yo y está bien: yo estoy bien así. No soy menos válida por ser así ni...

—Anastasia.

Su voz me hace cerrar los ojos un segundo. Solo un segundo para recuperarme del tsunami que supone que me hable cuando me siento tan vulnerable. Inspiro por la nariz, sin darme cuenta de que él también puede verme a través del espejo. Me giro y veo a Mario más serio que nunca. Trago saliva y hago el esfuerzo de mi vida por sonreír. Sé cómo mantener el tipo. Aprendí a hacerlo casi al mismo tiempo que a caminar. Lo hice durante toda mi vida, hasta que rompí con todo. El problema es que nunca pensé que tendría que usarlo con él.

—¿Necesitas algo más? —pregunto. Él me mira fijamente y no habla, lo que solo contribuye a que mis nervios se incrementen—. ¿Mario?

—Trabajos.

—¿Trabajos?

—A veces hago trabajos de la universidad a algunas personas.

Boqueo un poco, sorprendida.

—¿Qué?

—Le he hecho varios trabajos a Carla y quiere que le haga otro, pero me he negado.

Mario se mete detrás de la barra y avanza hacia mí. Miro alrededor de inmediato, pero nadie más parece ver esto raro. Quizá tiene que ver que la hora fuerte del desayuno ha pasado. En la cafetería hay poca gente y María se encarga con celeridad de todo. Si ella ve algo raro en que Mario se cuele detrás de la barra y camine hacia mí como si yo fuera un animal herido y asustado, no dice nada.

—¿Le haces trabajos?

—Necesito un trabajo un poco más honrado, pero este me permite tener más tiempo para estudiar y para ti.

—¿Para mí?

—Voy a abrazarte, Anastasia.

No contesto. Su cuerpo se cierne sobre el mío, es tan alto que en cuanto me rodea con sus brazos me siento como si nada malo pudiera llegar hasta mí con él haciendo de barrera. Eso es peligroso, lo sé, y da miedo, pero hoy he sentido que podía perderlo. Hoy de verdad he sentido que podía perder a Mario de las Dunas y yo, que tan ansiosa estaba por perderlo de vista, me he sentido tan desolada que ahora solo puedo apoyar la frente en su pecho y rodear su cuerpo con cierto rendimiento y un miedo que me araña desde dentro, porque esto es malo. Necesitar a Mario así... es malísimo. No sé bien por qué, pero estoy segura.

—Estoy bien —miento y es tan evidente que hasta mi voz tiembla.

—Lo sé —susurra y casi puedo sentir su sonrisa sobre mi cabeza cuando la besa.

—Pero no te alejes aún.

—Nunca.

Cierro los ojos e inspiro su olor. Colonia infantil. Sonrío, es surrealista y, al mismo tiempo, creo que esto es precisamente lo que lo hace tan especial. Esto es Mario de las Dunas en esencia y el alivio es tal que estoy a punto de echarme a llorar. No entiendo qué me pasa, pero sé que no quiero alejarme de él. No todavía.

—No estaba celosa —susurro tan bajo que no sé si me oye.

—Claro que no —concuerda él—. No tendrías por qué.

—Es una chica preciosa.

—Supongo.

—Podrías salir con ella.

—Podría, pero no quiero salir con ella. —Me separa de su cuerpo y me obliga a mirarlo a los ojos, aun cuando no sé si estoy lista para enfrentarme a esto—. Quiero salir contigo y no estás lista, eso lo entiendo, pero supongo que puedo esperar un poco a que lo estés.

Ahora es cuando le digo que no lo voy a estar nunca. Que debería buscar una chica de su edad, aunque en realidad nos llevemos pocos años. Que tendría que salir con una Carla. Una chica dulce, sin complicaciones ni cargas pasadas y demasiados fantasmas a los que enfrentarse. Debería hacerlo, porque es lo que hago siempre, pero no puedo. No sé qué va a pasar de ahora en adelante, pero sé que mentir a Mario ya no es una opción.

—No sé si algún día voy a estar lista.

—Yo sé que sí.

—¿Cómo? —pregunto. Él me mira sin entender—. ¿Cómo sabes que estaré lista? ¿Cómo eres capaz de confiar en mí si yo no dejo de pensar que estoy tan rota que es imposible arreglarme?

—Tú no estás rota, Anastasia. —Su voz suena tan seria que me tenso—. Solo necesitas tiempo y da la casualidad de que tengo una jodida vida para esperarte.

—Es injusto para ti.

—Yo decidiré lo que es injusto para mí, si no te importa. —Me besa la frente con decisión y se aleja de mí, aunque el movimiento hace que lo eche de menos de inmediato—. Tengo que irme. Quiero comprar un par de juguetes para Eric y Ona antes de ir a la puerta del cole a recogerlos. Ya nos vemos, princesa.

—Pero yo... —empiezo. Se para a medio camino de la puerta y me mira con una sonrisa tan suficiente que estoy a punto de no acabar la frase. El problema es que quiero hacerlo. Por primera vez, quiero ser yo quien dé los pasos hacia él, aun sin saber cuál será el resultado—. ¿Puedo acompañarte?

Mario no responde de inmediato, lo que me pone los nervios a flor de piel. Pero cuando responde es tan... Mario, que siento ganas de reír a carcajadas y estrangularlo al mismo tiempo. Saca el móvil de su bolsillo, activa la cámara y nos graba a los dos mientras sonríe a la pantalla.

—Acabo de conseguir que vuestra abuela me suplique que la acompañe a dar un paseo. Este es un gran día, chicos. Estáis un paso más cerca de ser una realidad.

—¡No he suplicado nada! —me quejo—. Y tienes que esperar a que me quite los patines.

—Ah, sí, recordad esto cuando la abuela diga que no podéis patinar porque os abriréis la cabeza y moriréis en el acto: ella lo hace todo el día. Tooodo el día.

Bufo, pero mientras aviso a María de que se queda sola el resto de la mañana, no puedo evitar que las ganas de sonreír pujen desde dentro, pisoteando al miedo, la inseguridad y todos mis fantasmas. Eso que tan aterrador me parece Por lo general, hoy solo me hace pensar en que, después de todo, si un chico como él puede esperar tanto por mí, es que quizá sí hay un sitio bonito en el mundo para alguien como yo.

20

Mario

Miro la muñeca en miniatura de Vaiana y sonrío, no por la muñeca, que es preciosa y le encantará a Ona, sino porque, a mi lado, otra princesa observa un sonajero de bebés con tanta concentración que es como si estuviera enfrentándose a la fabricación de una nave espacial ella sola.

—El bebé lo mueve, hace ruido y se ríe. Simple, como los bebés.

Sus ojos se clavan en mí llenos de una confusión que me hace desear besarla como nunca antes. No por el hecho de que no entienda una mierda de niños en sí, que eso es lo de menos, sino porque Anastasia ha dado, por fin, un paso hacia mí. Cuando estaba a punto de tirar la toalla. No miento, porque pensaba que de verdad había entrado en la *friendzone* y no iba a salir de ella ni con un milagro que se diera de golpe en La Cala. Esta mañana, cuando no ha venido al cole para ver a Eric y a Ona, me he sentido dolido. Ni yo entiendo bien por qué me ha molestado tanto. Supongo que, en el fondo, siempre he mantenido la esperanza de que ella quería ser parte de mi familia y no se integraba más por timidez; esta mañana he sentido que no, que en realidad no le interesamos. Que yo no le intereso. Joder, cómo pica eso.

El caso es que he ido a la cafetería porque soy un tanto masoquista. Quería dejarle claro que estaba molesto con ella y también quería verla porque soy... bueno, eso, masoquista. O gilipollas. Las dos definiciones me encajan bien. Lo que no esperaba era la rigidez que ha adoptado cuando ha visto a Carla conmigo. Eran celos. Joder, reconozco los celos cuando los veo porque los he tenido, aunque no sean sanos y mantenga el pensamiento de que, en realidad, hay que intentar eliminarlos para que las relaciones no sean tóxicas. En la teoría me lo sé bien, pero en la práctica he tenido ganas de matar a más de uno que se ha insinuado en la cafetería sin mucho disimulo. Así de imperfecto soy, no me jacto, pero tampoco pienso pedir perdón.

El caso es que, hasta ahora, el imperfecto era yo. Yo era el que sufría celos si veía la posibilidad de que ella saliera con otro. Yo era el que la cagaba, el que hablaba de más y el que reaccionaba de manera desmesurada a cosas que no tenían importancia para el resto. Hoy no. Hoy ha sido ella y, aunque odio que sufra, me gusta haber podido ver que no es tan indiferente como quiere hacer creer. Porque quiere, de eso estoy seguro.

El problema de Anastasia, ahora que lo analizo en profundidad, no es que no me desee, es que no quiere desearme. Ni a mí ni a nadie. Está centrada en su trabajo y eso está bien, y es más que respetable, pero no puedo esperar más. No soy perfecto, estoy lejos de serlo. Quiero casarme con ella, tener cinco hijos como mínimo y que los sábados por la noche los podamos acostar para ver tranquilos y como personas adultas alguna peli de Disney, pero eso no quiere decir que pueda estar toda mi vida esperando por ella. No es justo para mí ni para ella, ya puestos. Si no quiere estar conmigo, tampoco voy a pasarme la vida convenciéndola o presionándola.

—Eso lo dices porque para ti es fácil.

Centro mi atención en ella, porque no entiendo bien a qué viene esa frase.

—¿El qué es fácil?

—Los bebés. Dices que son simples porque te resulta fácil tratar con ellos, igual que con Eric y Ona, pero yo nunca sé cómo hacerlo.

—Eso no es cierto.

—Necesité que me avisaran de que dejara de tirarles palos para que fueran a por ellos porque no eran perros.

Me río, recordando varias escenas de lo más interesantes de este verano.

—Lo sé, era yo quien te avisaba, pero era gracioso. —Ella me mira mal y a mí se me intensifica la risa—. Corrían peor que muchos perros, todo hay que decirlo. Son mis sobrinos y los adoro, pero esa niña tiene la misma coordinación que yo borracho intentando achicar agua de una barca inflable pinchada.

—Dios mío, eres tan enrevesado incluso para hacer comparaciones...

—A ti te gusto así.

Anastasia sonríe. Atención: SONRÍE. A mí, por algo que he dicho. No pone los ojos en blanco ni bufa ni resopla ni murmura que soy un idiota. Sonríe. Saco mi móvil, claro, es que yo estas cosas tengo que inmortalizarlas. Activo la cámara de vídeo y la enfoco.

—Que sepáis, chicos, que vuestra abuela acaba de confesarme su profundo amor.

—Mario, eso es mentira —dice ella.

—Bueno, ha sonreído cuando he afirmado que a ella le gusto, es casi lo mismo. —Ella se ríe y yo me vengo arriba—. ¿Veis? Dios, es tan bonito... estáis a un paso de ser una realidad.

—Vale, para que sean una realidad, primero tendríamos que tener hijos y criarlos; luego, ellos tendrían que tener hijos y, después, estaríamos cerca, así que no estamos a un paso de nada. Segundo, deja eso y ponte las pilas eligiendo algo porque vamos a llegar tarde. Y tercero, deja de sonreír así.

—Así ¿cómo?

—Como si hubieras escalado el Everest.

—Princesa, me siento así.

—¡Mario!

—¿Te estás ruborizando? Dios mío, es que yo pensaba que ya no podías ser más bonita, y vas y te ruborizas.

—¡Mario! —Se ríe y me da la espalda—. Eres un idiota.

—Corto, chicos, porque intuyo que estoy cerca de conseguir un primer beso y no quiero que seáis testigos de eso. Del segundo a lo mejor sí. —La oigo reír mientras se aleja y yo devuelvo el teléfono a mi bolsillo—. ¿Y mi beso? —pregunto en alto, haciendo que la dependienta me mire.

—Chist —dice ella—. No me hagas pasar vergüenza.

Me acerco riendo, paso un brazo sobre sus hombros, le beso la mejilla y, cuando se sujeta a mi costado, pegándose más a mí, me quedo como una estatua. Ella, que se da cuenta, mira hacia arriba y sonríe con altanería.

—¿Tú puedes besarme y yo no puedo abrazarte?

—Tanto como quieras —susurro, porque de verdad no me sale un tono de voz normal.

—Creo que quiero mucho —confiesa. Trago saliva y Anastasia sonríe, saca su móvil del bolsillo trasero de su pantalón y, ante mi estupefacción, activa la cámara de vídeo—. Chicos, acabo de dejar a vuestro abuelo sin palabras. Recordad esto: por mucho que él hable, yo siempre puedo hacerlo mejor. —Corta la grabación, le da al icono de compartir y me lo envía por WhatsApp antes de mirarme con una sonrisa entre chulesca y nerviosa—. Por si quieres meterlo en tu infinita carpeta. —La miro embobado y su sonrisa se borra poco a poco—. ¿Qué ocurre?

—Es que... joder, Anastasia, qué increíble va a ser compartir mi vida contigo. —Eso parece dejarla sin palabras a ella, así que me acercó, rozo nuestras narices y trago saliva para controlarme—. Aquí no, porque no quiero que nuestro primer beso sea aquí, pero... pronto. Muy muy muy pronto, princesa.

Me separo de ella, elijo un juguete al azar para Eric y me voy al mostrador a pagar, porque si me quedo cerca de ella juro que no me aguanto. No sé cuál es su reacción, porque me cuido mucho de no mirarla. Cuando salimos a la calle y comenzamos a caminar, Anastasia busca mi mano y entrelaza nuestros dedos, así que me cuesta un jodido mundo no parar y besarla ahora.

Nota mental: hacer gratis el trabajo de Carla solo porque gracias a ella estamos como estamos, aun sin ser consciente.

No hago ningún comentario. Los pasos que está dando hoy pueden parecer pequeños, pero han requerido una cantidad de valor enorme de su parte. Paseamos hasta la puerta del colegio, donde nos encontramos con Felipe, Camille, Jorge y Tash, que también han comprado regalos, porque llevan bolsas parecidas a las nuestras.

—Esto va a parecer la cabalgata de Reyes —digo a modo de saludo.

—Hola, preciosa —le dice Tash a Anastasia—. ¿Cómo tú por aquí?

A nadie le pasa inadvertido que estamos cogidos de la mano, pero ninguno de ellos hace comentario alguno. Solo por eso los quiero infinitamente más, porque todos sabemos que yo no habría mantenido la bocaza cerrada.

—Esta mañana me perdí la entrada y me parecía imperdonable perderme también la salida. Además, yo he elegido el sonajero que le regalaremos a Aza para el bebé.

—Sí, cierto, no le ha costado casi nada —digo riéndome—. Hemos comprado una Vaiana para Ona y un Aquaman para Eric. A lo mejor deberíamos coger también unos colores.

—A lo mejor deberíais intentar no mimarlos en exceso para que sigan siendo niños simpáticos y agradecidos. —Reconozco la voz de Nil a mis espaldas y, cuando me giro, lo veo sonriéndome—. Pero te agradezco mucho que quieras recibirlos a lo grande, pese a no poder verme a mí.

—Bueno, eso de venirte de sorpresa ha sido un punto a favor. A mí es que las sorpresas a lo grande me molan, pero vaya, que tampoco te vengas muy arriba porque te he puesto a prueba.

—Mario... —La voz de Azahara, a su lado, es un aviso.

—Y estoy aplicando mi filosofía de vida.

—¿Y qué filosofía es esa? —pregunta Nil con una sonrisa torcida.

—«Debes entender ese equilibrio y respetar a todas las criaturas, desde la pequeña hormiga hasta el veloz antílope.»

Se hace un silencio interrumpido solo por los niños que se oyen de fondo.

—Mario —me advierte Camille—. Referencias, querido.

—Es de *El Rey León* —le explico y me vuelvo hacia Nil—. Pero vaya, que lo importante es que entre la hormiga y el antílope tú, ahora mismo, eres una cucaracha. Ya veremos lo que escalas.

—¡Mario! —protesta Azahara.

A mi lado, Jorge se ríe. Cuando nuestra prima lo mira mal, alza las manos en señal de excusa.

—Es que es gilipollas, pero con gracia, ¿qué quieres que le haga si me da risa?

Sonrío orgulloso de mí mismo, pero cuando veo que Aza de verdad está tensa y nerviosa, me acerco a acariciar su tripa y le beso la mejilla sin soltar la mano de Anastasia en ningún momento.

—¿Cómo ha pasado la mañana el pequeño Dunas? —Lo pregunto porque me interesa, pero también para calmarla. No falla, porque de inmediato sonríe y se acaricia la barriga.

—Bien, todo genial. Hemos dado un paseo y eso...

Mira a Nil de reojo y no pregunto, pero en el «y eso» supongo que entra tanto que ni las palabras pueden abarcarlo. Hablaré con Aza acerca de todo esto en algún momento, pero ahora lo que importa es que Eric y Ona están a punto de salir y ella está tan nerviosa que incluso tiembla.

—Se pondrán como locos cuando te vean —le asegura Nil.

Ella asiente, pero se retuerce las manos sobre la tripa con tanto ahínco que me compadezco un poco. No puedo imaginar lo nerviosa que debe de sentirse ante la perspectiva de reencontrarse con ellos y, además, contarles que van a ser hermanos mayores. Nosotros, por nuestro lado, los dejaremos solos en cuanto los saludemos y les demos los regalos. Tanto como me gusta meterme en todo, entiendo que necesitan hacer esto los cuatro a solas. El día que yo me declare, tampoco quiero mucha gente a mi alrededor porque, si me da por usar frases Disney bonitas y Camille me exige referencias, la declaración no va a quedar tan vistosa. Aunque quizá debería pensar frases propias. Tendría más mérito, pero a lo mejor no son tan bonitas. Ya tengo otro dilema en mi vida, si es que no salgo de uno y me meto en otro.

—¿Qué piensas? —inquiere Anastasia, al darse cuenta de que me he desconectado un poco de la escena.

—Nada que tengas que saber por ahora.

—¿Por qué no?

—Porque es algo referente al momento en que te pida que nos casemos.

Anastasia se atraganta, no sé con qué, puede que con su propia saliva, y Camille y Tash me miran mal.

—Has conseguido que venga aquí cogiéndote la mano y ya te pones a hablar de boda —comenta Camille—. Es que te pasas de lanzado, Mario.

—Perdona que te diga, pero es ella la que me ha traído de la mano, no yo.

—Ah, ¿sí? —pregunta Tash a su amiga con una ceja elevada que quiere decir mucho más de lo que en realidad ha dicho.

—Eh... bueno... yo... ¡Uy! ¡La sirena!

—Salvada por la campana, literalmente —dice Felipe sonriendo.

Anastasia se ríe, supercontenta de haberse escaqueado, pero por la mirada que su amiga le dedica, yo diría que esta noche van a tener conversación de chicas. Dios, ojalá pudiera colarme.

—Me encantaría poder verte todo el rato por un agujerito en tu habitación.

—Mario, cielo, hay una línea muy fina entre lo romántico y lo acosador. No la cruces.

Todos se ríen y yo la miro muy serio. Sí, eso ha sido un poquito raro. Cuando tiene razón, la tiene.

Nos centramos en los niños que salen corriendo en distintas direcciones del colegio. ¿Toda esta gente vive en La Cala? Y yo pensando que tenía que tener mínimo cinco niños para ayudar a dar vida al pueblo. Pero ¿dónde se meten por la tarde? Será que, al verlos desperdigados por la playa, no parecen tantos. Distingo dos cabezas rubias entre la multitud, no porque sean las únicas, sino porque, a diferencia del resto, no corren ni gritan. Me concentro en Eric y Ona, que no parecen tristes ni enfadados, pero sí un poco descolocados y perdidos. Van agarrados de la mano y recuerdo todas las veces que yo entré y salí del colegio agarrado de algunos de mis primos.

—¡Eh, chicos! —exclama Nil, pasando una mano por la parte baja de la espalda de Aza y adelantándola a todos nosotros, para exponerla y que la vean bien.

Mi prima no puede decir nada, pero no hace falta. Eric y Ona sueltan tal grito de alegría que basta con que ella se agache y abra los brazos para que echen a correr desesperados por llegar a ella. De hecho, si no fuera porque Nil frena el impacto un poco, la habrían tirado al suelo con el ímpetu que manejan. Por fortuna él estaba atento, porque yo no podía dejar de mirar la escena sin hacer nada. Acabo de darme cuenta así, de pronto, de que Azahara está embarazada, pero no ha necesitado parir para descubrir el amor de madre.

Hay lágrimas, como las suyas y las derramadas por esos niños, que demuestran que el amor por los hijos no siempre nace de la sangre compartida. A veces, los hijos te los pone la vida por delante cuando ya han sido gestados por otras mujeres. A veces, a los hijos los encuentras en el camino y basta un verano para crear un lazo que ya nada ni nadie puede romper.

21

Azahara

Abrazada a Eric y a Ona por fin, mientras cierro los ojos y aspiro el olor a colonia infantil que desprenden, solo puedo pensar en la mañana tan surrealista que hemos pasado. En realidad, surrealista ha sido todo desde ayer. Pero hoy cuando he abierto los ojos y he sido consciente de que, en efecto, Eric y Ona vivirán aquí y estarán en el cole que hay a solo dos minutos caminando de casa, me ha embargado tal emoción que me he echado a llorar como una tonta. Supongo que las hormonas no ayudan nada en la tarea de intentar asimilar bombazos como este. Del hecho de que Nil estuviera guapísimo cuando fui a ver a los peques a escondidas ni hablamos. Los niños no me vieron y entraron al cole con cara de susto, pero animados en todo momento por Nil. Este, en cambio, sí reparó en mí en cuanto los pequeños entraron. Vino hacia donde estaba y me pidió pasar la mañana conmigo. No podía hablar, así que asentí y empecé a caminar hacia el paseo de la playa.

No miento si digo que hemos estado al menos una hora paseando sin decir nada importante, salvo alguna que otra palabra de cordialidad. Ha sido al volver, al entrar en casa y sentarme un poco para descansar, cuando él me ha mirado de esa forma que hace que mi mundo se tambalee y me ha preguntado cómo estoy. Hemos hablado del embarazo, pero en el fondo creo que quería saber algo más. No estoy segura. Ese es el principal problema. Con Nil nunca estoy segura de nada y, sin embargo, lo quiero como creo que no querré a ningún otro hombre nunca. No es una exageración, sino la certeza de que no volveré a sentir este tipo de amor que siento por él. Podría enamorarme de nuevo, supongo, pero sería distinto, y no quiero algo distinto. Quiero esto, aun con todo lo que duele, y eso es un problema.

El resto de la mañana no hemos hablado de nada relevante, porque mis nervios por recoger a Eric y a Ona eran tantos que apenas he conseguido mantener una conversación. Por eso y porque lo esquivo. Lo esquivo porque mirarlo es dar por hecho que no somos nada, pero estuvimos a punto de serlo todo. Él se da cuenta; si algo caracteriza a Nil es lo deprisa que va su mente, a veces demasiado. Sabe que no puede presionarme porque estoy bailando en una cuerda demasiado fina y a nivel emocional no puedo permitirme hacer mucho más que esto. Cuando por fin ha llegado la hora de volver al cole, me ha sonreído, ha estirado su mano hacia mí y ha asentido, como diciéndome sin palabras que lo entendía y, aun así, estaba bien. Las ganas de llorar ha sido tantas y tan profundas que me he tomado un segundo más para cerrar los ojos y recuperarme. Al abrirlos, ahí seguía, lo que me ha hecho que pensara que ojalá hubiera sido así siempre. Ojalá se hubiera preocupado de seguir ahí para mí. No parece tanto y, aun así, no lo consiguió...

—Todo estará bien —ha susurrado.

He sonreído, pese a la lágrima que se me ha escapado del ojo derecho, y he asentido porque de verdad quería y quiero creer eso.

Ahora, abrazada a Eric y a Ona, qué fácil resulta convencerse. Sí, todo irá bien, porque ellos ahora están aquí, podrán disfrutar del bebé y, lo que es casi mejor, el bebé conocerá a sus maravillosos hermanos. Tendrá dos referentes toda la vida, como tuve yo a mis hermanos y a mis primos. Aprenderá a caminar cogido de sus manos y, cuando aún se tambalee, inestable y tembloroso, ellos le instarán a correr para alcanzarlos. Serán los creadores de sus primeras metas y aspiraciones: ser como ellos. Qué bonito es saber que mi niño se empapará de la dulzura de Eric y la alegría de Ona. Qué increíble es la sensación de saber que, pase lo que pase, él no estará solo. Tiene dos hermanos y eso... eso es como tener el mundo entre los brazos.

Siento el sollozo de uno de los dos y me separo de ellos. Eric intenta esconderse, porque no es fácil para él demostrar sus sentimientos, tan profundos como son. Ona le acaricia el brazo y me sonríe.

—Es que te ha echado mucho de menos.

Me río, porque llorar no ayudaría, y asiento. Beso la cabeza rubia de Eric, que sigue haciendo lo posible por recuperarse con la cara enterrada en mi cuello.

—Y yo a él y a ti.

—¡Ahora estaremos juntos siempre porque vivimos aquí! Ya puedo ser Vaiana todo el año. Ahora sí, ahora se me va a poner un pelo de Vaiana «emprisionante».

Me río y miro a Nil, que se ríe a su vez entre dientes a un paso de distancia.

—Es su nueva palabra favorita.

Su voz suena ronca, lo que demuestra lo importante que es esto para él. Quizá por eso, o quizá porque necesito que los cuatro creemos algún tipo de lazo hoy mismo, aunque no seamos pareja, estiro mi mano y busco la suya, que me sujeta de inmediato. Tiro de él para que se agache y nos abrace, y lo hace. Nos envuelve a los tres con una facilidad que me hace recordar que yo solía pensar que Nil tenía la medida justa para abarcarnos a todos el resto de nuestra vida. Supongo que, cuando el bebé nazca, ocupará mi sitio. Y está bien, saber que lo tendrá en la misma medida que a mí es motivo suficiente para celebrar, aunque una parte de mí no deje de sangrar a nivel emocional.

—Algún día voy a pedirte unos hijos igualitos —dice Mario, que está abrazando a Sia mientras esta se ríe.

¿Se ríe? ¿Nada de regaños y exclamaciones? Eso es nuevo.

—No, imposible, antes voy yo —replica Camille.

—¿Y eso por qué?

—Porque llevamos más tiempo juntos. Tenemos que tener hijos antes. ¿A que sí? —pregunta a mi hermano.

—Me parece bien.

—Entonces ¿se supone que tengo que esperar que vosotros tengáis hijos, luego Jorge y Tash y luego yo? —plantea Mario.

—Es el orden natural de las cosas —afirma Jorge—. Además, nosotros somos pareja, vosotros...

Todas las miradas se centran en Sia, incluida la de Mario. Tanto es así, que aprovecho para levantarme, porque Eric está más tranquilo y las piernas me duelen una barbaridad. El problema es que me cuesta hacerlo con dignidad debido al tiempo que he pasado agachada. Por fortuna, Nil se da cuenta y me ayuda a levantarme con disimulo.

—Eh... ¡Tengo un regalo para vosotros! —exclama Sia arrancándole una bolsa a Mario y acercándose a nosotros tan rápido que me apiado de ella y su nerviosismo—. No son palos.

—¿Qué? ¿Palos? —pregunta Eric.

—Nada, nada —murmura ella sonriendo e ignorando la carcajada de Mario.

Los niños abren sus regalos y, de pronto, todo se vuelve un caos, porque Felipe, Camille, Jorge y Tash también les han comprado regalos y los pocos niños que quedan por la puerta del cole se han acercado, como si esto fuera un gran cumpleaños.

—Me parece que lo de integrarlos sin llamar mucho la atención no va a darse —le susurro a Nil, que mira entre divertido y nervioso el modo en que abren los regalos.

—Han sido días de muchos nervios, creo que debo dejarlos disfrutar de esto, ¿no?

—¿Me lo estás preguntando?

Nil me mira y sus ojos me cautivan. No es nuevo. Suele pasarme con Nil. Entonces habla y olvido sus ojos e, incluso, mi propio nombre.

—Me gustaría que participaras en las decisiones que incumban a Eric y a Ona. Sé que ellos no son tuyos, pero van a ser los hermanos del bebé y... yo... bueno... —Su balbuceo es tan notorio que lo abrazo de inmediato, emocionada. No quiero que diga más, porque no quiero que haya más testigos de algo tan íntimo y bonito. Quiero que cada una de esas palabras me correspondan solo a mí, por egoísta que suene—. Aza, yo...

—Como una familia —murmuro con voz ronca—. Aunque no estemos juntos. Como una familia rara y caótica, pero familia, al fin y al cabo.

Sus brazos rodean mi cintura y me estrechan contra él. Su olor, Dios, su olor me hace sentir tan en casa que parece magia.

—Las familias raras y caóticas son lo mío, nena —murmura en mi oído.

Me río y beso su pecho por inercia, porque es lo que tengo junto a mí. Él se tensa, pero entonces una mano se enreda en mi pelo y no me importa que estemos rodeados, que puedan mirarnos o que esto no sea apropiado teniendo en cuenta que la ruptura me está desbaratando por días. Es posible que me arrepienta de este gesto, pero ahora mismo, besar cualquier parte de él y abrazarlo es reconstruir las piezas de un puzle que me da tanta paz como me quita.

Nuestro momento acaba cuando Eric y Ona nos llaman para enseñarnos su colección de nuevos juguetes.

—¿Sabéis qué deberíamos hacer? —pregunta Jorge—. Deberíamos ir a la casa grande. Me consta que la abu está loca por saber cómo ha ido el primer día de cole y seguro que hay comida rica. Si no, pedimos algo. ¿Qué os parece?

—¿No tenéis trabajo? —pregunta Nil separándose de mí a desgana.

—Trabajamos en casa —dice Camille señalando a mi hermano y a ella misma.

—Ídem —sigue Jorge.

—Me he saltado las clases hoy —añade Mario.

Todos miramos a Sia, porque la cafetería está abierta, pero ella encoge los hombros y sonríe.

—Tengo a María y he decidido tomarme un rato libre hasta esta tarde. Algo bueno tenía que tener ser la jefa.

—¡Esa es mi chica! —exclama Mario haciéndola reír.

Sí, está claro que ahí ha pasado algo gordo y ha sido hoy mismo, pero los chicos se vuelven locos por repartirnos en coches. Cuando quiero darme cuenta, estoy en el coche de mi padre con Eric y Ona detrás.

—Tu padre está siendo increíblemente generoso con nosotros. Me presta el coche siempre que lo necesite para llevar a Eric y a Ona al cole y...

El tono de Nil es un tanto avergonzado, así que le pongo una mano sobre la suya, que está en la palanca de cambios, y me cercioro de sonreír abiertamente y con confianza.

—Para eso está la familia, Nil.

Él asiente y carraspea, no sé si está emocionado, incómodo o las dos cosas. Cuando arranca, la tensión del ambiente desaparece y es sustituida por la conversación de Eric y Ona, que no dejan de hablar de todo lo que piensan hacer ahora que viven aquí.

—Papá dice que me voy a apuntar a clases de pintura —me dice Eric.

—¡Eso es genial! Me encantará ver cómo aprendes.

Apenas he acabado la frase cuando me llegan unos papeles por el hueco de los asientos delanteros. Miro y veo la manita de Eric sosteniéndolos.

—Los hice cuando nos fuimos de aquí.

Su susurro avergonzado me enternece tanto que deseo poder bajar del coche para abrazarlo, pero en su lugar sonrío, cojo los papeles y los pongo en mi regazo para mirarlos con detenimiento. Lo que veo me deja a cuadros. Son dibujos infantiles, sí, pero aun así tienen un nivel de detalle que me deja asombrada. Joder, dibuja muy bien para su edad. Miro a Nil, que sonríe con tal orgullo que hasta a mí se me infla el pecho, sobre todo al percatarme de que en la mayoría de dibujos estoy yo con el pelo rizado y sonriendo.

—Eric, cariño, son preciosos —susurro con la voz tomada.

—Cada vez que me acordaba de ti hacía uno, así que tengo muchos.

Miro hacia atrás, pero él está mirando por la ventanilla. No es un niño que se abra con facilidad, así que imagino que no quiere mirarme para no avergonzarse o arrepentirse de expresar sus emociones abiertamente. Miro de inmediato hacia delante para darle espacio y observo a Nil, que sigue sonriendo.

—¿Tú sabías esto?

—¿Que es un artista en potencia? Sí. ¿Que te había echado de menos hasta este punto? —susurra antes de negar con la cabeza—. No. Eso no.

Hay cierto arrepentimiento en su tono de voz. Al igual que he hecho con Eric, decido mirar por mi propia ventanilla para darle espacio y que no malinterprete mis gestos o piense que voy a hacerle algún tipo de reclamación.

—¡Yo no he hecho dibujos, pero he llorado cada día para verte! ¡Cada día! Que te lo diga papá, que le dolía un montón la cabeza.

Nil y yo estallamos en carcajadas con las palabras de Ona.

—No tengo que preguntar, cielo, me lo creo.

—He llorado un montón y me ha castigado un montón. Menos mal que ya estamos aquí, porque antes todo estaba muy mal.

Me río, pero en realidad, en sus palabras vislumbro tanta verdad que es emocionante, aunque dé un poco de miedo saber que estamos cambiando la vida de dos pequeños para siempre. Intento serenarme y pensar que esto es para mejor, que tendrán una gran vida y lo haremos bien con ellos, pero pongo una mano en mi tripa y reflexiono el resto del camino acerca de nuestro papel como padres. Hace un año que conozco a Nil, ambos somos responsables, pero ¿estamos capacitados para hacer que tres niños se conviertan en adultos responsables, buenos y empáticos? Dios, no lo sé, y el tema me preocupa tanto que no me extraña sentir una mano en mi muslo. Miro a Nil, que sonríe y aprieta con suavidad.

—Todo irá de maravilla —susurra, aprovechando que los niños están distraídos.

—Deberíamos contarle lo de... —Señalo mi barriga y asiente.

—En cuanto encontremos el momento oportuno.

Asiento. Sí. Hemos tenido demasiadas emociones fuertes e impactantes en los últimos días. Lo mejor es que encontremos un hueco para estar tranquilos y poder contarles que van a ser hermanos mayores con calma, para darles tiempo a aceptar la noticia.

Llegamos a casa, bajamos del coche y, al entrar en el patio, vemos a toda la familia reunida. Apenas he saludado cuando mi abuela se acerca a mí y me acaricia la tripa, haciendo que la tela de la camiseta se pegue y se haga evidente mi estado.

—¿Cómo está hoy mi pequeño Dunas? ¿Contento de ver a sus hermanos ya aquí?

Me quedo completamente en blanco. Miro a Eric y a Ona, que nos observan con cara de confusión hasta que el niño se adelanta y pone una mano en mi barriga.

—¿Vas a tener un bebé?

Miro a Nil de inmediato. El corazón me late a mil por hora y maldigo por no habérselo contado antes a los pequeños.

¿Hablarlo con calma y dándoles tiempo? ¡En esta familia nada se hace con calma! ¿En qué demonios estábamos pensando al creer que en el núcleo Dunas se podría hacer algo relajado por una vez en la vida? ¿Y ahora qué?

22

Anastasia

Me quedo como una estatua mirando a los niños y a Azahara. Yo no entiendo mucho de críos, pero me parece que la abu acaba de meter la pata hasta el fondo, a juzgar por la pregunta de Eric y la cara de pánico de Azahara. Nil, en cambio, está sospechosamente tranquilo. De hecho, es él quien se acuclilla frente a los niños y llama su atención.

—Queríamos contároslo con un poco más de tiempo, pero sí. Azahara va a tener un bebé. Vais a tener un hermanito.

—¿Vamos a tener una hermanita? —pregunta Ona con los ojos como platos y una sonrisa pícara.

—Un hermanito, cariño.

—¿Y no puede ser hermanita? ¡Ya tengo un hermanito!

Nil se ríe y Azahara, por fin, reacciona. Se agacha también y le coge la mano a Ona.

—Me temo que eso no lo elijo yo. Nos ha tocado un niño, pero vamos a quererlo igual, ¿no?

—Las niñas son mejores.

—Bueno, pero solo hay una Vaiana y eso sería un problema, ¿no crees?

—Ah, claro, eso sí. ¡Mejor un niño!

—¿Y qué pasa si el niño quiere ser Vaiana? —pregunta Mario a mi lado.

Algunos ponen los ojos en blanco, pero a mí se me escapa la sonrisa. Solo él podría pensar en esas cosas. Además, me fascina el modo en que normaliza que un niño pueda querer vestirse de princesa Disney sin que eso ponga en entredicho su masculinidad.

—Bueno, si el niño quiere disfrazarse de Vaiana, lo hará —afirma Nil—, pero el caso es que es mejor tener un hermanito que una hermanita. —Hace hincapié en las palabras para que entienda que Ona debe quedarse contenta y conforme. Mario lo entiende, porque no dice nada más.

El que tampoco dice nada es Eric, que mira muy serio a Aza. Casi no pestañea y, cuando lo hace, su mirada se torna acuosa.

—¿Vas a dejar de quererme ahora que vas a tener un niño tuyo?

—¿Qué? No, Dios, Eric, por supuesto que no. —Lo abraza con fuerza y le besa el pelo dorado con insistencia, como si quisiera borrar sus inseguridades a besos—. Te quiero tanto como a él. Eric, yo no voy a dejar de quererte nunca.

—Pero ¿y cuando nazca?

—Será igual. Lo querré muchísimo, como a ti, y espero que tú también lo quieras, porque estoy segura de que él va a adorarte.

—Eh, colega —dice Nil con suavidad—. Nadie es más importante que nadie aquí. No quiero a Ona más que a ti, ¿verdad?

—Verdad —susurra Eric.

—Pues yo creo que un poquito más sí me quieres.

—Pues crees mal —replica Nil con tono risueño—. Os quiero hasta el infinito, igual que quiero al hermanito, aunque no haya nacido. —Mira a Azahara y, aunque las palabras no salen de su boca, todos la incluimos en esa afirmación, porque hay miradas capaces de superar en significado a cualquier palabra existente.

Eric parece conformarse, porque sonríe y se abraza de nuevo a Azahara, que se ha quedado tan temblorosa que, cuando la abu sugiere que se siente, no lo piensa ni un poquito.

—Joder, espero que cuando tú estés embarazada no vivas tantas emociones. Ese niño va a nacer siendo un saco de estrés —murmura Mario junto a mí.

—Deja de hablar de cuando yo esté embarazada, ¿quieres? Estás obligándome a imaginarlo.

—¿Y eso es malo porque...?

—Por muchas razones. Principalmente que tú y yo ni siquiera estamos muy definidos aún.

—Porque tú no quieres. Yo te tengo definida desde hace tiempo ya. Anastasia Ivanovna Kuznetsova: autónoma, amiga, amante, esposa y madre.

—Dios, Mario, dicho así suena a lo que se pone en las coronas de flores de los difuntos.

—Qué macabra eres, joder, Anastasia.

Se va hacia la zona de barbacoa simulando tener escalofríos y yo suelto una carcajada. Me acerco a Tash y Camille, que están sentadas juntas hablando de ir esta noche al cine.

—¿Te apuntas? Noche de chicas, a excepción de Aza, que ya vemos que estará ocupada. Vamos a ver la peli más romántica que haya en cartelera.

—Dios, no —digo—. No me van nada esas cursiladas.

—Cierto, en tu relación, es Mario quien las disfruta —responde Tash.

—Creo que tampoco le van. —Apenas he respondido cuando me doy cuenta de que he asumido que hay una relación, así que carraspeo y me quito una pelusa inexistente del hombro—. Si queréis quedar para maquillarnos, hacernos tatuajes, piercings o cenar, contad conmigo.

—¿No has quedado con Mario?

—¿Y por qué iba a quedar con Mario, Camille?

—Oh, Dios, ¿te he molestado? No quería molestarte. Dios, perdón.

—Camille, ¿recuerdas cuando me hiciste prometer que te avisaría si empezabas a acordarte de Dios más de la cuenta? —pregunta Tash.

—Sí.

—Pues te aviso.

—Oh —exclama con dulzura antes de caer en la cuenta—. ¡Oh! Ay, Dios. ¡Oh! Dios, lo siento. ¡Ay!

Tash y yo nos reímos a carcajadas, porque Camille es el ser más adorable que hemos conocido nunca. Tanto es así que acabamos atrayendo la atención de Trinidad, la madre de Mario, que se acerca a nosotras con una jarra de vino y varios vasos para servirnos.

—¿Quién quiere?

—Es más fácil preguntar quién no quiere, acabarías antes —dice Camille extendiendo su vaso.

—En realidad yo quiero, pero no debería. Después de comer vuelvo a la cafetería.

—Oh, cierto —repone Trinidad—. A veces se me olvida que no tenemos que celebrarlo todo como si viviéramos en un domingo perpetuo.

Me río y miro a mi alrededor. En esta casa hay piscina y es enorme, pero no está dotada del lujo de la piscina que tenía en mi antigua casa. Hay casas grandes, pero no son opulentas, como sí lo era donde yo vivía. Comen juntos a menudo y siempre parece haber mil personas por aquí, pero no es como cuando yo vivía con mis padres. Me doy cuenta entonces de que no son los hechos los que marcan la condición de las personas. Yo no era una niña infeliz porque mi casa estuviera llena de gente. Era una niña infeliz porque estaba llena de la gente incorrecta. Aquí, rodeada de los Dunas, solo puedo pensar en lo relajada que me siento. En que soy yo misma y, aun así, me aceptan. A la abu no le pesa mi pelo, hoy morado, ni mi maquillaje fuerte y llamativo, ni mi ropa extravagante. A ella solo le importa que esté aquí y esté bien. Es así como debería ser, lo que me lleva a pensar en mi madre, en su visita y en el par de intentos de comunicación que ha tenido conmigo desde entonces. No debería ir a su casa a cenar. No quiero. No me interesa hablar con mi padre y es evidente que a él no le interesa hablar conmigo o habría venido a verme él mismo. Puede que esté enfermo, pero algo me dice que sigue siendo el mismo ser materialista y despreciable de siempre. Aun así, cuando pienso en no atender a la invitación y desobedecer, una especie de miedo y culpabilidad se apoderan de mí. Trago saliva, cojo el vaso de Tash y le doy un sorbo al vino para intentar calmarme. Ella no me lo reprocha, al revés. Cuando la miro, veo en su gesto que se ha dado cuenta de que estoy viviendo uno de esos momentos en los que todo se vuelve demasiado intenso.

—Recuerda que los días malos también pasan —me dice con suavidad.

—Y que estamos aquí, contigo —añade Camille, lo cual me sorprende. La miro con una pequeña sonrisa que me devuelve de inmediato.

—¿Todavía te resulta difícil estar lejos de Irlanda? —pregunto con curiosidad.

Camille lo dejó todo para venirse después de darse cuenta de que, en realidad, donde quería estar era aquí, con Felipe. Su madre la siguió de sorpresa y, puesto que es su única familia, ya lo tiene todo aquí, pero aun así hay algo que me empuja a pensar que ella puede echar de menos aquello. Quizá porque, a veces, me pregunto si no me habría ido mejor viviendo en Rusia, de donde soy. Luego pienso en mi cafetería, en el clima, en la gente de aquí y se me pasa, pero a veces, el sentimiento de no pertenecer a ningún sitio al cien por cien me atrapa.

—No me resulta difícil estar lejos de Irlanda, pero todavía tengo días malos. Es normal. He aprendido a convivir con el conocimiento de que no todos los días de mi vida van a ser bonitos.

—Entiendo de qué va —murmura Tash—. Algunos días la muerte de Nikolai me pesa tanto como si estuviera nadando con piedras atadas en los tobillos, pero es parte de la vida. No existe la felicidad perpetua. No creo que haya nadie que sea completamente feliz todos los días del año.

—Pues métete en Instagram y verás —le digo risueña.

—Uy, a mí es que las distopías no me van mucho.

Nos reímos y justo nos llaman para comer, así que nos sentamos alrededor de la mesa. A un lado tengo a Tash y al otro a Alma, la hermana de Azahara y Felipe, que solo se lleva un año con Mario. Este llega justo cuando todos se han sentado y le da un toque a su prima.

—Tienes que dejar que me siente ahí.

—¿Y eso por qué?

—Porque quiero estar con Anastasia.

Alma lo mira con la comisura de la boca elevada, intentando disimular una sonrisa, y yo pongo los ojos en blanco, porque estos dos viven para picarse.

—Ya, pues va a ser que no. Me apetece estar justo aquí.

—Mario, siéntate que vamos a empezar a comer —dice la abu Rosario.

—Es que no puedo.

—¿Por qué?

—Porque Alma no me da mi sitio.

—Ay, de verdad, no puedo con la tontería esta. Toda la vida igual, que si me han quitado mi sitio, qué si me han cogido mi botella de agua. Siéntate en otro sitio y punto, no seas crío.

Mario frunce el ceño, porque no está acostumbrado a que la abu le regañe, y eso que hace méritos casi a diario. Pero se conforma y se sienta al lado de Felipe, que lo recibe con una sonrisa y metiéndole una patata en la boca, lo cual le cabrea en el acto. Me río, porque sí que puede ser muy infantil. Aun así, cuando todos están comiendo, cojo mi móvil con disimulo, puesto que la abu los tiene terminantemente prohibidos durante la comida, y, por debajo de la mesa, le escribo un whatsapp a Mario.

Anastasia

Si quieres, puedes invitarme a cenar. Te dejo sentarte a mi lado.

En principio pensé que no lo leería, pero en cuanto le suena el móvil lo veo sacárselo del bolsillo con disimulo. Cuando sonríe mirando la pantalla, algo brinca dentro de mí. Trago saliva, desde esta mañana mi situación con Mario ha dado un giro de 180 grados.

Aunque estoy haciendo algo que quiero y por primera vez siento que no estoy reprimiéndome, no puedo evitar tensarme ante la idea de que, ahora que estoy mostrándome más receptiva, él recule. Intento no seguir esa línea de pensamiento, pero lo único que lo impide es la vibración que noto entre las manos a causa de mi teléfono.

Mario

Solo si puedo elegir el sitio.

No respondo, porque no quiero que la abuela me riña, así que lo miro y asiento levemente. Su sonrisa despierta un maldito huracán en mi interior. De verdad, lo de este chico no es normal.

La comida transcurre como todas las comidas en esta familia: con una cantidad ingente de alimentos, gritos, alboroto y muchas risas. Al final, cuando decido marcharme, son casi las cinco.

—Te llevo yo —dice Trinidad—. He quedado con Alonso para dar un paseo.

—El tal Alonso no ha venido a comer —dice Mario.

Lo miro mal, porque pensé que habíamos superado la fase de «el tal Alonso», pero su madre sonríe y encoge los hombros.

—Es una reunión familiar.

—Si está contigo, ahora es de la familia, ¿no? —Trinidad se queda en silencio, un tanto emocionada, y Mario, que se percata, suspira—. Es lo que tú quieres y soy muy feliz por ti, aunque no lo demuestre cada día.

La madre de Mario asiente, pero no dice nada, porque creo que se echaría a llorar si hablara. La abu le pide a Mario que se quede porque tiene que arreglarle un mueble del salón.

—¿Arreglar, Mario? —suelta Alma—. Si acaso lo romperá más.

—De eso nada —responde la abu—. Tu primo será un inútil para muchas cosas, pero es un manitas con los muebles.

—Y así, queridos niños, es como se consigue halagar e insultar a alguien al mismo tiempo —le dice Mario a Ona y Eric en tono sarcástico. Aunque ellos no lo entienden muy bien, se ríen porque sienten adoración absoluta por él.

Y no me extraña, porque creo que empiezo a entender todas las razones por las que, cada vez que Mario les habla, el mundo les parece un lugar más bonito.

Me marcho con Trinidad, que me habla durante todo el camino de lo bien que le va con Alonso salvo cuando para el coche frente a la cafetería, que carraspea y me pide que aguarde un segundo.

—¿Ves bien a Mario? —pregunta un tanto insegura.

Parece nerviosa y me doy cuenta de que, en realidad, para ella es vital que su hijo acepte su relación.

—Sí, Trini, de verdad. Está bien con Alonso, es solo que es... Mario. Tú lo conoces mejor que nadie.

Se ríe un poco y asiente.

—Sí, pero hay partes de él a las que no consigo acceder y parece que tú sí. —La miro sin saber qué decir, pero ella se corrige de inmediato—. No es una acusación ni muchísimo menos. De hecho, me alegra mucho que Mario pueda confiar en alguien, sobre todo si es alguien con un corazón tan bueno como el tuyo.

—No soy tan buena —murmuro—. Y Mario no confía tanto en mí, aunque todos penséis que...

—Te quiere, Sia. —Trago saliva, porque la rotundidad de su frase deja poco lugar a un «pero»—. Me doy cuenta de que mi hijo te quiere mucho, cada vez más, y he percibido cierto cambio en ti en los últimos días, pero no sé si es cosa mía o... —Se da cuenta de que estoy mirando por la ventana sin parar y carraspea—. Lo siento mucho, no es asunto mío.

La Sia del pasado le habría dicho que, en efecto, no lo es. Habría actuado en consecuencia a sus palabras y habría salido del coche sin dar más explicaciones. Pero por mucho que me guste ser una mujer independiente, estoy aprendiendo que hay veces en que dar explicaciones no es malo. No si con eso se consigue aclarar alguna situación aunque sea un poco. Además, puede parecer raro que hable de esto con la madre de Mario, pero fue precisamente ella la que empezó a hablarme de temas privados, como su relación con Alonso.

—Esta mañana vino una chica a buscar a Mario a la cafetería... —Le cuento todo el episodio con la tal Carla y, cuando acabo, suelto un suspiro y me froto la frente—. No sé qué estoy haciendo. Intento dejarme llevar, pero tengo el pánico atravesado en la garganta. ¿Y si en realidad lo que siento no es algo romántico? Los amigos también pueden sentir celos, ¿no?

—¿Quieres un consejo, aunque sea de la madre del chico con el que tienes el dilema?

—Por favor —susurro un tanto avergonzada por pedirlo.

Ella sonríe, me pone una mano sobre la mía con dulzura y la aprieta, reconfortándome en el acto.

—No quedes con mi hijo esta noche. —Sus palabras me sorprenden—. Date un par de días para echarlo de menos y mide la intensidad de esos sentimientos. A menudo, las personas descubrimos más de nosotras mismas cuando perdemos algo que cuando estamos disfrutándolo. Ya sabes, valoras lo que tienes cuando lo pierdes.

—No quiero perder a Mario, eso lo sé.

—Pero no sabes de qué modo quieres tenerlo en tu vida, por eso creo que debes darte unos días. Valora si esa intensidad unida a lo de esta mañana es suficiente para seguir adelante o, por el contrario, solo es cariño de amiga lo que sientes y lo de esta mañana ha sido un pequeño lapsus.

Es un consejo que no esperaba, pero, por otro lado, creo que es un buen consejo. Aun así, cuando un coche para detrás de nosotras, dejando claro que Trini tiene que arrancar y marcharse, le hago una última pregunta:

—Tú crees que lo echaré mucho de menos, ¿verdad?

Su sonrisa es tan cercana que me derrito un poco.

—Por lo general los fuegos se ven mucho más grandes desde fuera que desde dentro.

Con esa respuesta, el corazón tembloroso y la cabeza llena de sentimientos vestidos de confusión salgo del coche, le escribo un mensaje a Mario y pospongo la cena para dentro de unos días alegando tener una terrible migraña.

Su mensaje de vuelta no se hace esperar.

Mario

Al miedo ahora lo llaman
migrañas...

No respondo al mensaje. Y, en realidad, eso ya es respuesta más que suficiente.

23

Mario

—Quasimodo es el pagafantas más famoso de la historia.

Eric y Ona me miran sin entender. Estamos viendo *El jorobado de Notre Dame*, pero mi ánimo no es el mejor, la verdad. Estamos a domingo. ¡Domingo! Y no sé nada de Anastasia desde el martes, cuando una supuesta migraña le impidió cenar conmigo. Podría haber ido a la cafetería al día siguiente, pero me jodió mucho que me mintiera, porque es evidente que lo que sufre no son migrañas y menos después del episodio con Carla. Decidí que yo también tenía mi orgullo y que no la buscaría. Esta vez no. Sería ella la que vendría a mí. Eso lo decidí el martes. El miércoles no le hice mucho caso al hecho de que no hubiera venido, el jueves me intenté convencer de que seguro que tenía mucho trabajo. El viernes, como soy un puto crack del autoengaño, me dije que estaría tan avergonzada por ignorarme que no sabría bien cómo acercarse. Ayer me fui de fiesta con un par de amigos de la universidad, en plan niñato, y cuando se me presentó la oportunidad de echar un polvo, me vine a casa, porque soy... soy... Soy Quasimodo, que si no folla con Esmeralda no quiere follar. ¡Qué triste, joder, qué triste!

—¿Qué es un pagafantas? —pregunta el niño.

—Pues verás...

—Un pagafantas es una persona que paga refrescos porque le encantan —dice Nil entrando en el salón e interrumpiéndonos—. ¿Podemos hablar, Mario?

Me señala la cocina y yo me encojo de hombros. Me levanto y lo sigo.

—Yo no lo definiría así.

—Pues es exactamente así —repone él mirándome muy serio—. Hay términos que es mejor explicar bien, para no llevar a confusiones, sobre todo de cara a hacer nuevas amistades en el colegio.

Mira este... ¡Se creerá que voy a animar yo al niño a decirle a alguien «pagafantas»! Me callo porque bastante tiene el desgraciado con lo suyo. Ahora es desgraciado, no porque yo lo insulte, sino porque se le nota amargadísimo. Más que yo. ¡Y ya es decir! Le está costando la vida que Azahara confíe en él, o eso cree, porque yo, que conozco a mi prima, sé que está derretida y deseando lanzarse a sus brazos. Entiendo que no lo haga de buenas a primeras, pero la verdad es que la situación con Nil y los niños se está volviendo un tanto insostenible y lo confirmo cuando él carraspea y sé que va a pedirme el coche de nuevo.

—Oye, ¿mañana vas a la facultad?

—Puedo irme temprano en el bus —contesto a las claras, porque por muy cabrón que yo pueda parecer, en el fondo soy un buenazo.

—Me sabe fatal, pero Callum necesita el coche mañana y tengo que cambiar las sillas de los niños hoy mismo para poder traerlos al cole y...

—Lo que tienes que hacer, Nil sin apellidos, es dejarte de tonterías ya, coger los bártulos, venirte a vivir aquí de una vez por todas y así estarás a tres minutos a pie del cole. Que no es que a mí me importe prestarte el coche, pero si de todas formas pasáis el día aquí, no comprendo muy bien que sigáis durmiendo en casa de la abu.

Nil mira hacia el salón, donde los niños siguen embobados con la película, y hacia el pasillo, porque Aza está lavándose el pelo en el baño. Al final, se rasca la nuca en un gesto avergonzado.

—No quiero presionar a Aza, Mario. Ya es bastante que quiera pasar el día con nosotros.

—¿Es así como piensas reconquistarla? ¿Dejando que ella lo haga todo? —pregunto, incapaz de contenerme.

—¿A qué te refieres?

—Pasas las tardes con ella, te has venido de Barcelona por ella, pero lo único que haces es estar a su lado sin dar una muestra clara de querer volver a tener una relación.

—Eso no es cierto. Hago todo lo posible por hacerle ver que estoy aquí y que esta vez no pienso irme a ningún lado.

—Estaría bien que, en esa demostración, incluyeras un poco de flirteo.

—No sé si ella está lista para eso.

—¿Y entonces? ¿Vas a esperar a que dé el primer paso ella? —Me mira muy serio y alzo las manos en señal de defensa—. Dios me libre de opinar mal de las mujeres que lo hacen, porque me encanta, pero creo que precisamente en vuestro caso, lo que ella necesita es que tú demuestres de todas las maneras posibles que te has venido por el bebé, pero también por ella. Te aseguro que, por mucho que creas que lo haces bien, a día de hoy es posible que mi prima piense que solo estás aquí por el hijo que vais a tener.

—Eso no es cierto.

—Eso lo sabes tú, no ella.

—Se lo dije. Le dije que quería que estuviéramos juntos.

—Decirlo y demostrarlo son cosas distintas. Tú has dicho muchas cosas desde que os conocisteis, pero hacer... has hecho menos.

Me mira completamente desconcertado y debo admitir que me da pena, pero es que estoy en un modo tan rencoroso con la vida en general y la gente en particular por no luchar por lo que quiere, que no he podido hacer esto de un modo más suave.

—¿Y qué hago? ¿Le digo que quiero venirme aquí a vivir con ella?

—¿Quieres venirte a vivir aquí?

Nos giramos de inmediato hacia la entrada de la cocina, que hemos perdido de vista al ritmo que intensificábamos la conversación. Nos encontramos con Azahara vestida con un albornoz y una toalla que te envuelve el pelo a modo de turbante.

—Eh... —duda Nil ante su pregunta.

Debería irme. Sé que debería, pero no voy a hacerlo porque mi vena cotilla supera por mucho a mi vena prudente, así que me hago el tonto remoloneando y haciendo como que limpio una mota de polvo inexistente de la barra de la cocina.

—Has dicho eso —insiste Azahara.

—Sí, pero no quería molestarte. No quiero que te sientas presionada ni...

—No me siento presionada. Podéis vivir aquí.

El modo tan natural de decirlo me hace elevar las cejas. Uy, ¿y esto? Miro a Nil, que está tan pasmado como yo.

—¿No te importa?

—Claro que no. Puedes dormir en la habitación grande con los niños, yo dormiré con Mario o en la ratonera.

La ratonera es la habitación pequeña de una sola cama individual, pero lo importante no es eso. Lo importante es que tanto Nil como yo pensábamos que lo estaba invitando a vivir aquí, en su cama, con ella. Se ve que mi prima no va tan rápido. Yo la entiendo, pero por otro lado, estoy hasta los huevos de gente lenta. Y esto no lo digo por Anastasia, porque eso no entra en la categoría de lentitud. Anastasia entra en la categoría de lo congelado por arte de magia. Si fuera más lenta, iría hacia atrás. En fin...

—Oh...

—¿Tú tienes algún inconveniente, Mario? —pregunta mi prima, ignorando la evidente sorpresa de Nil.

—A mí, mientras no me quitéis mi cama, me parece bien. De hecho, es lo más fácil para los niños. Además, así, cuando nazca el bebé, estarán bajo el mismo techo que sus hermanos, es lo justo.

Los dos se quedan cortados, así que me toca tomar el control de la situación. ¿Quién iba a decirnos que llegaría un día en que todo lo importante de esta casa recaería sobre mí? Tengo que contarles esto a Felipe y a Jorge, para que dejen de llamarme niño. Es evidente que me he convertido en el pilar más importante de esta casa, modestia aparte.

—Bueno, pues vamos a la casa grande, Nil. Haces las maletas, te traes lo necesario para mañana ir al cole y ya trasladarás el resto con calma.

—¿De verdad no te importa? —pregunta Nil mirando a mi prima Aza.

—Está bien, de verdad. Ve, yo me quedo con los peques.

Salimos de casa con Nil más callado de lo habitual. Tanto es así que, en cuanto entramos en el coche y arranco, decido intervenir, otra vez.

—Aprovecha esta oportunidad, Nil. Deja de mostrarte inseguro y apocado, tío. Está loca por ti, joder. Haz que recuerde todos los motivos por los que no puede vivir sin ti.

—¿Lo crees de verdad?

—¿El qué?

—Que puedo lanzarme a reconquistarla como si fuera la primera vez que nos vemos y no tuviéramos una historia a nuestras espaldas.

—Vais a tener un hijo, no te estoy diciendo que hagas como si no la conocieras. Te estoy diciendo que, precisamente porque la conoces, deberías dejar de adoptar una postura fácil.

—Mi postura es de todo menos fácil.

—Tu postura es fácil de la hostia. Es más fácil que la tabla del cero. Te quedas ahí, poniendo carita de niño bueno porque sabes que entona bien con tus tatuajes, tus ojos azules y ese no sé cuá que destilas.

—Se dice *«je ne sais quoi»*. —Lo miro mal por corregirme y aclara—: Es francés.

Freno el coche en seco sin importarme que detrás venga otro y me esté pitando de muy malas maneras.

—Como me corrijas otra vez, te mando a tomar por culo del coche. ¿A que eso no he tenido que decirlo en francés para que lo entiendas? —Su silencio, unido al cabreo desmesurado del coche de atrás, me hacen retomar el camino—. Como iba diciendo: te limitas a poner cara del gatito de Shrek porque es lo fácil. Lo difícil es arremangarte y empezar a conquistarla. Asumir que hay una posibilidad de que te rechace una y otra vez. Pero claro, entonces tendrías que tener claro que puede ser que tu orgullo salga herido y no sé yo si estás listo para eso.

—No temo que mi orgullo salga herido. Solo no quiero hacerle daño.

—Se lo estás haciendo.

—¿Eso crees?

—Sin que seas consciente, pero la mantienes en un limbo emocional. Te lo vuelvo a repetir: ella piensa que solo estás aquí por el bebé.

—Pero ¡no es así!

—¡Pues demuéstralo, joder! Es que me desesperas tanto que ni se me ocurren frases Disney que decirte. En serio, es alucinante.

—Y si sale mal, ¿qué hago?

—«La culpa de lo que ha pasado..., ¡échasela al cerdo!»

—¿Eh?

—Anda, mira, pues sí que se me ocurría alguna —contesto orgulloso.

Para rematar, no le doy la referencia, porque bastante cansado me tiene como para tener que explicarle que es una frase de *Vaiana*. Además, con la de veces que Ona la ha visto, él tiene que saberlo, pero está tan ensimismado en lo suyo con mi prima que ni caso me hace. ¿Y de qué me sorprendo? A mí no me hace caso nadie. Y esto tampoco va con segundas intenciones. O sí, pero no pienso admitirlo en voz alta nunca.

Cuando regresamos a casa, tenemos tres maletas llenas hasta los topes, porque se ve que a Nil le cuesta un poco captar el significado de «coge lo que necesites para mañana y el resto ya lo haremos con calma». Tanto es así, que se nos ha echado la noche encima. Entramos en casa cargados y nos encontramos con que Eric y Ona ya están dormidos.

—Los duché, les di la cena y los acosté temprano. Mañana tienen cole y deberían empezar a tener ciertos horarios de sueño.

—¿Cómo has conseguido que se duerman solos? —pregunta Nil fascinado.

—Oh, no lo he conseguido. Me he tumbado con ellos, les he leído un cuento y no he salido hasta que han estado dormidos profundamente. La verdad es que ha sido fácil, se nota que alguien los ha cansado mucho. —Me mira divertida y yo me encojo los hombros.

—Es lo que tiene jugar al pillapilla en la playa, que cansa mucho. Lo raro es que no se durmieran viendo la peli.

Mi prima sonríe, pero no dice nada. Nil tampoco dice nada y, cuando me doy cuenta del motivo de tanto silencio, se forma una situación un tanto extraña. Están mirándose con una tensión alucinante y creo que sobro, pero no sé cómo salir de la escena sin romper el momento. Creo que mantienen una de esas conversaciones silenciosas en las que se dice mucho sin palabras. Los dos sonríen, así que supongo que no va mal la cosa, pero en serio, yo debería largarme de aquí.

Por fortuna, el timbre de la puerta nos saca a todos de la pausa dramática en la que nos habíamos sumergido. Bueno, ellos se habían metido, yo estaba ahí de sujetavelas, que se ve que es para lo único que de verdad sirvo.

—¡Ya voy yo! —digo loco de contento de poder quitarme del medio. Con suerte es Felipe y puedo contarle mi teoría acerca de ser el pilar más importante de la casa.

Abro la puerta listo para mi diatriba. Mala suerte es que la que está en el umbral sea Anastasia con un vestido sesentero rosa, un moño de esos que tanto le gustan en una peluca rosa y una sonrisa que me pone el estómago del revés. Peor suerte es que me haya quedado completamente en blanco así, de pronto. Llevo esperando por ella casi una semana. Me he prometido cientos de recompensas si no iba a arrastrarme ante ella y, aun así, he tenido que recurrir al deporte, las películas, los estudios y mi propia familia para no llamarla y preguntarle qué cojones he hecho yo para merecer este distanciamiento. Me he sentido solo, triste, un poco ridículo y, por último, bastante cabreado. Y ahora, que por fin está aquí, no tengo ni idea de qué se supone que tengo que decir.

Porque tengo que decir algo, ¿no?

24

Anastasia

Pensaba que estaría en pijama. No sé, me lo imaginaba con su pantalón de *El Rey León* y alguna camiseta de esas desgastadas que se pone para estar en casa. No contaba con un Mario con los vaqueros que mejor le sientan y un jersey que le queda como un maldito guante. Está guapísimo. Me parece más alto, más tonificado, con unos ojos aún más bonitos, y eso que ya los recordaba bonitos, y las pecas que hay bajo estos hoy parecen brillar con luz propia. Dios, lo he echado tanto de menos que creo que podría llorar de alivio por tenerlo frente a mí por fin.

Para ser franca, nunca pensé que me tomaría tan en serio el consejo de Trinidad. Quería estar tranquila un par de días, alejarme y reflexionar, pero cuando quise darme cuenta, el trabajo me había absorbido, los sentimientos trepaban por mí como una enredadera, echando raíces y mostrándome cosas que no había visto hasta entonces. Fue difícil estar lejos de él, pero fue fácil permitirme a mí misma arrastrarme por la marea emocional que vino a por mí. Era eso lo que buscaba, ¿cómo iba a interrumpir ese proceso justo a la mitad? Necesitaba tiempo para echarlo de menos y saber qué tipo de cariño siento por Mario. Ahora, desde la experiencia, puedo decir que a las veinticuatro horas ya tenía la respuesta, pero los otros cuatro días han sido una reafirmación cada vez más grande de que lo que siento por Mario no es amistad. Nunca podría serlo. Puede que me engañara pensando que es demasiado infantil para mí, que no necesito un hombre en este momento de mi vida o que me da pánico confiar en alguien a un nivel tan íntimo, pero lo cierto es que, después de todos estos días, lo que más me ha sorprendido es descubrir que todo eso ya lo hacía. Confío en Mario desde hace mucho, aunque también me saque de mis casillas. Me acostumbré a sus bromas, a sus abrazos y a sus besos en las mejillas hasta el punto de pensar que habían estado ahí siempre y, cuando me han faltado, he sentido que el aire se espesaba hasta hacerse casi irrespirable. He experimentado lo que es echar de menos hasta que te duele el cuerpo físicamente: las manos en concreto, por apretármelas para no llamarlo. Las piernas por todas las veces que he salido a caminar con los auriculares puestos y me he obligado a ir en dirección contraria a su casa. Los labios por todas las veces que me los he mordido al imaginar cómo sería besarlo. Besarlo de verdad, porque quiero hacerlo y no porque él lo espere o lo desee. Besarlo porque he descubierto que, en realidad, no sé cómo he soportado todo este tiempo sin hacerlo. Y cuando por fin lo tuve todo claro, me tocó luchar contra el miedo y la posibilidad de salir herida.

He sido en menos de una semana una cobarde, una luchadora y una valiente, o eso me gusta pensar. Fui cobarde cuando decidí que lo mejor que podía hacer con mis sentimientos era... nada. La nada más absoluta. Dejar que todo pasara y las aguas volvieran a su cauce por arte de magia. Pensé de verdad que podría conseguirlo. Volver a ser la de antes. Aquello duró poco. En cuestión de horas comprendí que no volveré a ser la de antes y, lo que es más sorprendente, tampoco quería. Quiero ser la Anastasia que se enfrenta al mundo del mismo modo que lo hizo cuando dejó la comodidad de una familia adinerada para empezar a vivir por su cuenta. Quiero lanzarme y descubrir a dónde puede llevarme esto que siento. No contaba con una relación en estos momentos, es cierto, pero creo que es hora de cambiar el pensamiento de que una relación puede privarme de cumplir mis sueños o metas. No, eso solo pasa si las relaciones son como la que mantengo yo con mis padres. Cuando creces pensando que la toxicidad es lo normal en una relación, ocurre que, cuando encuentras algo bueno, sano y puro, lo rechazas por miedo a volver a caer en ese bucle en el que siempre das, pero rara vez recibes. Debí saber desde un inicio que Mario jamás sería como mis padres. Si algo caracteriza a Mario de las Dunas es que no hay dobles intenciones con él. Es tan transparente como el agua y es por eso, precisamente, por lo que no he podido resistirme más. Quiero su franqueza, honestidad y locura a mi lado cada día. Y quiero más. Quiero sus besos, sus abrazos y su intimidad de un modo casi desesperante. Lo quiero todo, pero no sé cómo decírselo sin que parezca que soy una niña caprichosa que solo quiere tener un juguete nuevo entre sus manos.

Y luego está el hecho de que mi madre me haya llamado varias veces a lo largo del día para presionarme con el tema de la comida. No he cogido el teléfono hasta esta noche, cuando ya había cerrado la cafetería. Ha insistido tanto en que vaya que he acabado por aceptar comer mañana con ella y mi padre, ya que es mi día libre. Y al colgar el teléfono he sabido, por instinto, que debía venir aquí, pese a que sea de noche. Ha sido la señal de que ya no podía esperar más. No es que pretenda que Mario calme mis nervios, sé que no podrá, porque no voy a calmarme hasta que no salga mañana de allí, pero necesito un abrazo y no hay nadie en el mundo que pueda aliviarme tanto como lo haría él. Ni siquiera Tash. Y eso... Dios, eso sí que da miedo.

—¡Sia! —exclama Azahara, posicionándose al lado de Mario—. ¿Qué tal? Pasa. ¿Has cenado?

Miro a Mario, que sigue sin reaccionar. Parece molesto, pero ¿acaso puedo culparlo? Durante todos estos días me he limitado a estudiarme a mí misma sin pensar que él estaba en el otro lado de esta situación, puede que confundido, porque mi explicación fue nula y, aun así, ha comprendido que necesitaba espacio. Eso es lo mejor de Mario. Puede parecer avasallador, intenso y desmedido, pero sabe muy bien cuándo mantenerse al margen.

—Me encantaría cenar algo —le respondo a Azahara.

La sorpresa se hace hueco en la cara de Mario. Supongo que esperaba que, como siempre, rechazara la invitación por cortesía y me mostrara impaciente por volver a casa. No es así, no lo será más, si de mí depende. Esta vez voy a esforzarme por demostrarle que quiero estar a su lado, aunque él no quiera. Dios, espero que eso nunca llegue a pasar. No me había dado cuenta hasta ahora de la ansiedad que me provoca la idea de ser rechazada por él.

—Vamos —dice Aza interrumpiendo mis pensamientos—. Tengo ensalada y filetes de pollo para todos.

—¿Quieres un vino o una cerveza? —me pregunta Nil.

—¿Vino blanco?

—Justo estaba pensando en tomar yo también una copa. ¿Seguís guardando las botellas donde siempre? —pregunta Nil. Azahara asiente y él coge la botella mientras yo me siento junto a la barra de la cocina—. Además, igual va siendo hora de hacer un brindis. —Nil mira la botella mientras la abre, así que no se percata de la intensidad de la mirada de Azahara, pero yo sí.

—¿Un brindis? —pregunto.

—Por mi vuelta definitiva a La Cala, por mi futuro hijo... —Mira a Azahara, le guiña un ojo y sonríe de un modo que incluso a mí me acelera un poco—. Por la madre de mi hijo.

Vale, ¿qué está pasando aquí? Miro a Mario de inmediato, pero él sigue mirándome como si tuviera un ejército de monos en la cara, así que supongo que no va a ofrecerme ninguna explicación al porqué de este comportamiento de Nil. En realidad, tampoco la necesito, porque me basta con ver el modo en que Aza se ha alterado para imaginar que estos dos están, por fin, en vías de reconciliación. ¡O eso espero! Me parecería una pena que dos personas que se quieren tanto no se den otra oportunidad.

—¿Qué haces aquí, Anastasia?

La pregunta de Mario es tan seria que salgo de mis pensamientos de golpe. Lo miro tragando saliva, tensa y nerviosa, porque no contaba con hacer esto con público, pero supongo que puedo dar un adelanto pese a eso. De hecho, supongo que eso les da más valor a mis palabras. Ahora solo tengo que tener la valentía de soltarlas de una vez.

—Me preguntaba si te apetecería dar un paseo conmigo luego... a solas.

El silencio es tan tenso que casi puedo verlo, Mario me mira como si me hubiesen abierto el cerebro e implantado otro y, al final, asiente un poco y carraspea.

—Vale. Sí, supongo que puedo dar un paseo. Y también supongo que puedo tomar una copa de vino, porque necesito que mi cerebro se reactive.

—Uy, eso sí que es raro. El chico más listo de la familia casi sin palabras —dice Azahara—. Ojalá pudiera brindar por ti y tu gran poder, Sia. Lo haré con zumo de manzana, que es mi vino de preñada.

Nil se ríe entre dientes, le sirve un poco en una copa. Cuando todos estamos servidos, Nil alza la suya y de verdad hace un brindis por su vuelta, por su hijo, por Azahara y por mi don para dejar a Mario sin palabras. ¡Y Mario no protesta! Sí, sin duda he logrado dejarlo sin palabras.

La cena, pese a todo, es bastante relajada. Me cuentan que Nil y los niños vivirán aquí desde hoy y me alegro muchísimo por ellos, porque creo que es lo que necesitan para salir hacia delante con esta situación que viven. En cuanto acabamos, Aza se excusa para irse a dormir, porque está agotada, y Nil hace lo propio. Cuando los veo marcharse a ambos en direcciones opuestas por el pasillo, miro a Mario.

—¿No duermen juntos?

—No están en ese punto, al parecer. A ver si Nil se espabila y dejar de hacer el gilipollas de una vez.

—Bueno... no es fácil dejar de hacer el gilipollas. Yo lo sé bien. —Su mirada me hace sonreír—. ¿Quieres dar ese paseo?

—Hace frío a estas horas.

—¿Y?

—Y llevas un vestido demasiado veraniego.

—Puedes dejarme una sudadera.

Eso, en cualquier otro momento, habría conseguido que Mario sonriera, sacara su móvil para hacer un vídeo o, simplemente, me declarara su amor eterno (otra vez). Pero en esta ocasión solo asiente, se levanta y va a su dormitorio, de donde sale poco después con una sudadera negra que me pongo antes de abandonar la casa. Puede que esto sea la Costa del Sol, pero estamos a finales de octubre y, en la playa, hace bastante frío de noche, así que agradezco mucho la sudadera, aunque me quede casi igual de larga que mi vestido.

—¿Cómo has estado esta semana? —pregunto en un intento de iniciar una conversación.

Él me mira con las cejas elevadas.

—Divinamente. —Noto el sarcasmo de inmediato—. Ya sabes, he dado paseos en mi deportivo, he ido a mi negocio multimillonario y he vuelto a casa con mi esposa y mis cinco hijos.

—Entiendo.

—Sería una novedad —dice. Yo lo miro dolida, pero no tengo tiempo de defenderme—. Eso ha sido pasarse. Perdona, me he pasado, pero es que estoy cabreado.

—Eso veo.

—Tengo derecho, ¿no? Casi una semana, Anastasia. Una puta semana sin saber de ti. Un minuto íbamos a ir a cenar y al siguiente...

—No pretendo que lo entiendas, pero tampoco puedo justificarme, porque necesitaba estos días a solas.

—¿Para qué?

Vamos paseando por las tablas del paseo del litoral, pero la oscuridad, pese a las farolas, es tal que estamos en penumbra, cosa que agradezco, porque sería mucho más complicado abrirme a plena luz del día.

—Quería saber hasta qué punto era capaz de echarte de menos y de qué modo —admito. Su silencio me pone tan nerviosa que sigo hablando—: Necesitaba saber si lo que sentí al verte con Carla fue puntual, como amiga, o si la rabia y el dolor que sentí al imaginar que estabas con otra chica eran un motivo de algo más. Puede que parezca una respuesta fácil, pero créeme, me ha costado lo mío llegar a una conclusión.

—¿Has llegado a una conclusión? —pregunta en tono sorprendido y cauteloso.

Asiento, mirando hacia el mar, porque mirarlo a él es demasiado difícil.

—Sí. —Observo las olas romper en la orilla y me doy cuenta de que, en realidad, estoy tomando la vía fácil de nuevo, así que me paro en seco. Cuando lo miro, me encuentro con que está tan desconcertado que resultaría gracioso, de no ser por que el miedo se me está atorando de mala manera en la garganta—. He llegado a la conclusión de que no quiero estar sin ti. Más aún. No quiero estar sin ti, Mario de las Dunas. Quiero dejarme llevar, esta vez de verdad, y descubrir hasta dónde podemos llegar juntos. Sigo pensando que soy nefasta para las relaciones personales, pero ahora mismo me siento del mismo modo que me sentí el día antes de dejar la casa de mis padres: si no me lanzo e intento hacer lo que siento, me arrepentiré el resto de mi vida, y con eso sí que no puedo vivir.

Puede que sea de noche, estemos en la playa y la iluminación no sea perfecta, pero nada de eso impide que me fije en la forma en que Mario me mira, como si estuviera frente a un fantasma y no pudiera creer lo que ve.

¿Y acaso puedo culparlo?

25

Mario

La esperanza es un sentimiento curioso. Puede marchitarse después de intentar algo durante meses sin resultado, incluso años de intentar no decaer, pero bastan algunas palabras en la dirección correcta para que vuelva a brotar con una fuerza abrumadora. Ahora mismo, mirando a Anastasia abrirse como nunca antes lo ha hecho, mi esperanza está tan desbocada que me pregunto cuántas posibilidades hay de que me dé un infarto de alegría. ¿Alguien se muere de un infarto alegre o solo de los que vienen provocados por disgustos? ¿Y por qué no consigo decir algo coherente? Ella me mira como si acabara de lanzarme la pregunta más importante del mundo y yo fuera el único con la respuesta adecuada. De hecho, en un aspecto emocional, es así.

—Si no quieres seguir adelante, está bien, Mario. No hay ningún problema y...

—¿Que no quiero? ¿Eso crees?

—He estado muchos días desaparecida —dice encogiendo los hombros—. Es posible que, del mismo modo que yo he tenido algunas revelaciones, las hayas tenido tú también, aunque los resultados sean opuestos a los que he obtenido yo.

—Estoy loco por ti —susurro—. No podría dejar de estarlo en una semana. Si fuera tan fácil, créeme que lo habría hecho mucho antes, porque no es fácil estar enamorado de una mujer como tú. —Pese a la oscuridad, puedo ver el dolor que le infligen mis palabras y, aunque me odio un poco por eso, decido ser franco—. No es fácil porque dueles de un modo especial, Anastasia, no porque no lo merezcas. Dueles como duelen los anhelos importantes, como echar de menos el abrazo de un ser querido que murió hace mucho. Igual de imposible, aunque tú estés viva. Es difícil querer a alguien que está completamente fuera de tu alcance.

Odio que la voz me suene más grave de lo normal, pero dejo de pensarlo cuando los brazos de Anastasia me rodean por la cintura y su mejilla se pega a mi pecho. La manera en que me abraza es tan jodidamente dulce que creo que podría quedarme aquí un siglo. Cuando yo la rodeo con mis propios brazos, pegándola más a mí, si es que eso es posible, todo lo que queda del enfado que he tenido durante días es humo y un leve recuerdo que desaparecerá en unos días.

—Entiendo los motivos por los que te has ido, pero no lo hagas más, Anastasia —susurro sobre su cabeza, sin mirarla a la cara, porque no sé si sería capaz de confesar mirándola a los ojos—. No sé si puedo soportar volver a pensar en la posibilidad de perderte.

—No me vas a perder. —Su voz suena temblorosa y, cuando mira hacia arriba, a mis ojos, me doy cuenta de que los suyos están cargados de lágrimas contenidas—. No quería hacerte daño, Mario, te lo prometo.

—Lo sé.

—Han sido días muy duros para mí. Todos menos el primero.

—¿Y por qué el primero no? —pregunto sonriendo.

—Oh, bueno, no tenía ni idea de todo lo que iba a descubrir y seguía un poquito empeñada en que solo podíamos ser amigos.

—¿Y ahora? ¿Sigues pensando eso? —Reconozco que, mientras suelto las preguntas, tengo el corazón en la puta garganta.

—No. —Sonríe de un modo que me hace pensar que si esto fuera una peli, me temblarían las malditas rodillas—. Ahora comprendo que nosotros nunca podremos ser amigos al uso.

—¿No he estado en la *friendzone*?

—¿Tú? ¿En la *friendzone*? Querido, tú reventarías la *friendzone* a patadas. No está hecha para ti.

Me río, un tanto perplejo ante la realidad de tenerla abrazada a mí, sonriendo y, pese a la tensión del momento, parece relajada entre mis brazos.

—Es un alivio tremendo saberlo, la verdad. Yo ya pensaba que...

No puedo decir más. Ella desenreda sus brazos de mi cuerpo, se alza sobre sus pies, acaricia mi nuca y me lleva hacia su boca. Apenas roza mis labios... es más un gesto demostrativo que un beso en sí, pero es que son los labios de Anastasia, joder; por mínimo que sea el roce, es suficiente para que yo sienta que el mundo por fin cobra un poco de sentido. Ella roza nuestras narices, sonríe y, cuando hace amago de soltarme, soy yo quien la sujeta por la cintura.

—Me toca.

No digo más, tampoco hace falta, a juzgar por su sonrisa. No voy a conformarme con un roce de labios y los dos lo sabemos. Acaricio su mejilla con una mano mientras la acerco a mí por la espalda con la otra. Enredo mis dedos en los pelos de su nuca y la beso como llevo deseando hacerlo desde hace un siglo. Me empapo de su perfume, porque no sé si Anastasia usa perfume, pero sé que cada vez que se acerca me lleva a pensar que la primavera viene con ella. Se la mete en los bolsillos para que yo la sienta a su lado, estoy seguro. Sus labios son tan suaves como las cremas de sus pasteles y saber que estoy llenando mi propia boca de carmín rosado solo sirve para hacer presente en todo momento que es ella. Que Anastasia me está devolviendo el mejor beso de mi vida y yo podría llegar a la luna de un salto, si me lo propusiera. El modo en que se deja llevar, aun cuando abro más su boca y busco su lengua con la mía, es tan intenso y seductor que acabo por gemir en su boca mucho antes de que nuestras lenguas se enreden. Cuando lo hacen, apenas me quedan pensamientos coherentes ni comparaciones ni metáforas. Solo me queda ella, su boca, el sonido de las olas rompiendo de fondo y la seguridad de que haré lo que sea necesario para ganarme este derecho cada día de mi vida. El derecho y el puñetero honor de ser quien bese sus labios.

No dejo de besarla hasta que a ambos nos cuesta respirar y me veo obligado a parar. Incluso así, apoyo mi frente en la suya y me aseguro de quedarme cerca, muy cerca de ella.

—Joder, soñar con besarte ya era bueno. Besarte es...

—Más —susurra ella alzándose sobre sus puntillas.

Me río antes de darle mi boca de nuevo, pero no lo hago por la situación, sino a causa de la incredulidad, porque parece tan necesitada como yo y es... precioso. Es muy muy bonito sentir que esta vez no soy yo a quien el anhelo le corroe desde dentro. La beso, moviéndola con suavidad hasta llevarla hacia la barandilla de madera. No es un gran punto de apoyo, pero es suficiente para que ambos encontremos algo de equilibrio. Anastasia está tan entregada que gime en mi boca. Gime. En. Mi. Boca. Joder, si no hiperventilo ahora mismo es de puro milagro. Dejo su boca para recorrer su mandíbula con mis labios, sin avasallarla, pero sin dejar de hacerlo, porque es tan bueno tener acceso a su cuello... a ella, que apenas puedo contener las ganas de explorarla enterita con mis manos y labios. Mi boca encuentra el hueco de su clavícula, lo lamo con suavidad y cuando se contorsiona, sujetando mi nuca, buscando más proximidad conmigo y perdiendo un poco el equilibrio, sé que es hora de parar, no porque me apetezca una mierda, sino porque, llegados a este punto, no voy a permitir que las prisas nos roben un montón de primeras veces que tienen que ser espectaculares, o dejo de llamarme Mario de las Dunas.

—Mario... —gime en protesta cuando me separo de ella.

—Un segundo. Un solo segundo para recuperar un poco de cordura.

—¿Cordura? ¿Tú?

Su insinuación, el modo en que sonríe... Joder, estoy perdidísimo con esta mujer. Aun así, me río, intentando que mi respiración deje de estar acelerada, pero orgulloso de que la suya esté peor.

—«Todo es posible, incluso lo imposible.»

—Eso es de una película, estoy segura —dice entrecerrando los ojos.

Me río y asiento.

—*Mary Poppins.*

—¿Estás pensando en *Mary Poppins* mientras nos besamos por primera vez?

Suelto una carcajada y las ganas de abrazarla me pueden, pero me contengo a tiempo. Si lo hago, acabaré subiéndola a la barandilla, colándome entre sus piernas y... No. No puedo hacerlo. No todavía.

—No pienso en ella. Solo... me vienen sus palabras a la mente.

—Me encantaría saber cómo funciona tu cabeza —susurra ella, no como un insulto, sino con curiosidad—. Debe de ser fascinante.

—Lo es: el noventa por ciento de lo que ocurre en ella tiene que ver contigo. —Su sonrisa satisfecha hace que la mía se ensanche más—. Es que eres tan jodidamente bonita...

—Te agradezco el cumplido, pero estoy segurísima de que no piensas en mí el noventa por ciento del tiempo.

—Casi.

—Tienes demasiadas cosas en esa cabeza.

—Nunca se aprende demasiado acerca de nada. ¿Damos un paseo?

—¿Quieres caminar? —pregunta irónica—. ¿No prefieres...?

—Oh, sí, claro que prefiero, pero no quiero acabar perdiendo la cabeza en mitad del paseo la primera noche que salimos de manera oficial. —Ella me mira sorprendida y mi sonrisa se borra de un plumazo—. Porque salimos de manera oficial, ¿no?

—Eh...

—Entiendo.

Es raro que el dolor me traspase así, pero es que de verdad pensaba que por fin veríamos la luz y lo haríamos juntos. Doy un paso atrás por instinto, intentando aclarar la situación antes de entregarme a lo que siento, pero entonces la cara de Anastasia cambia por completo y deja de mostrar sorpresa para mostrar... dolor.

—¿Te vas?

—No —susurro—. No, solo... supongo que aún tenemos conversaciones pendientes.

—Quiero estar contigo, Mario.

—Ajá.

—No, no digas «ajá» como si fuera mentira. Quiero estar contigo. Si me he quedado un poco parada es solo porque pensé que iríamos un poco más lento y me he sorprendido, nada más.

—¿Necesitas que vayamos más lento? Hace meses que nos conocemos, estoy loco por ti y, con lo que me has dicho, pensaba que...

—Quiero estar contigo —afirma mientras se acerca y me abraza por la cintura, pese a que mis brazos sigan colgando a mis lados—. Y sí, me gustaría tener una relación, pero mis días han sido muy movidos, Mario, no me culpes por sorprenderme e intentar asimilar las cosas. Mi cabeza no es tan rápida como la tuya. Yo no soy tan rápida, aunque me encantaría serlo.

Trago saliva, intentando que el alivio se vaya por el mismo conducto por el que entró la decepción.

—¿Entonces?

—Ayúdame —susurra—. Me da miedo dar un paso en falso y que te enfades o te alejes. Lo cierto es que no tengo ni idea de cómo mantener una relación íntima sana con un hombre. Y si tengo que tomar como referencia la que tienen mis padres... Bueno, digamos que me bastaría con ponerme un vestido bonito y sonreír a tus amigos para estar de buenas contigo. Todo lo demás daría igual.

—No es así —le aseguro—. No quiero estar contigo porque me apetezca que todo el mundo sepa que tengo una novia jodidamente guapa, lista y emprendedora. No funciona así. Quiero estar contigo porque te quiero y estar orgulloso de ti frente a la gente que conozco solo es una parte de eso que siento. La otra parte, la mejor, implica la intimidad de poder estar contigo del modo que he soñado durante meses; poder abrazarte, tocarte, besarte... —El modo en que su mirada se intensifica hace que me lance del todo—. Poder meterme entre tus piernas sabiendo que estamos en esto juntos. Que hay más que un acto físico y placentero. Si quisiera eso, sería fácil, pero no es lo que quiero. Quiero lo difícil, lo comprometido y lo que implica esfuerzo.

—Es raro que, siendo el chico, digas esas cosas.

—No, no es raro, es sensato y lo normal si no eres un capullo. —Enmarco sus mejillas entre mis manos y la miro fijamente—. Estoy enamorado de ti, Anastasia, y quiero que estemos juntos en serio. Nada de jueguecitos, salvo los que impliquen orgasmos: ahí podemos jugar tanto como quieras. Si no estás lista, lo entiendo, pero es lo que quiero y no sería justo decirte otra cosa.

—Siento que voy tarde contigo. Siempre, como si fuera detrás, cada vez que parece que te alcanzo, me doy cuenta de que estás mucho más arriba.

—No es así —murmuro—. No, joder, no es eso. Puedes ir a ritmo de caracol, si quieres, pero no me pidas que me prive de contarte cómo me siento yo.

—No haría eso. Pero no parece muy justo para ti que yo no sepa cómo hacer esto. Soy como un bebé aprendiendo a caminar mientras tú haces maratones.

—Aprender a caminar es mejor que gatear.

Anastasia sonríe de un modo que hace que quiera besarla de nuevo, pero no lo hago, porque estamos en algo importante y necesito que, por una vez, las palabras les ganen a los hechos. Que todo quede claro antes de soltar mis emociones como si fueran globos atados. Como la jodida casa de *Up*, solo que impulsada por sentimientos.

—Solo sé que, cuando me voy a la cama por la noche, te quiero allí. Más aún: cuando me despierto, sigo queriendo que estés allí, conmigo. No tengo ni idea de cómo hacer esto. Crecí en una casa donde mis sentimientos se usaban para hacer negocio o para hacerme chantaje emocional. Cuando salí de allí me cerré a nivel emocional al mundo, menos a Tash. No me la he jugado emocionalmente por nadie, pero si voy a hacerlo..., si voy a dejarme llevar una sola vez en la vida, quiero que sea contigo y por esto nuestro.

Y así, ¿cómo no voy a caer rendido ante ella?

26

Anastasia

La sonrisa que Mario esboza ante mis palabras es suficiente para que algo arda dentro de mí. Prende con fuerza en mi pecho y tiene toda la pinta de quedarse aquí mucho tiempo, como este chico.

—Algún día, Anastasia, tu cama y la mía serán la misma. Estará, a poder ser, en una torre rollo Disney, pero mientras tanto, me encantaría acompañarte a casa, o a donde tú quieras.

Me río, me acerco a él y me pinzo el labio.

—¿Me besas antes un poquito?

—Joder, sí, claro que sí. Como si quieres estar toda la maldita noche aquí, en el paseo.

La risa que empieza a brotar en mi garganta se corta cuando sus labios se estampan en los míos. Tan intenso, tan dulce al mismo tiempo, tan emocional que me dan ganas de reír y llorar al mismo tiempo. Tan tan tan Mario de las Dunas que no comprendo cómo he aguantado la tentación tantos meses.

No sé el tiempo que pasamos besándonos. Puede que sean minutos, tal vez horas. Dios, incluso podrían ser días y me daría igual... Me quedaría aquí toda la vida, donde todo es fácil y no existen mayores complicaciones. Donde su cuerpo excitado y entregado junto al mío es lo único que importa. Por desgracia, la vida real está sujeta a eso que llaman tiempo y, en algún momento, Mario se separa de mí para acompañarme a casa. Que lo haga entrelazando sus dedos a los míos, como ya hemos hecho otras veces, da una nota igual y, a la vez, distinta a todo esto, porque ahora esta no es la única caricia suya que he sentido y me muero por sentir más. Cuando llegamos, porque estamos a pocos minutos de casa, me apoya en el quicio del portón del jardín y me besa una vez más.

—Entra en casa, Anastasia, acuéstate y sueña bonito.

—Creo que será difícil dormir después de esto...

Si las sonrisas iluminaran, Mario dejaría sin luz a La Cala esta noche.

—Podrás. Yo velaré tus sueños desde mi cama y mañana, si quieres, pasamos el día juntos.

—¿Y tus clases?

—En comparación con algunos compañeros, tengo un altísimo porcentaje de asistencia, no te preocupes.

Me río, porque sé que faltar otro día a clase no hará que eche a perder la carrera ni se atrasará demasiado, pero aun así arrugo la nariz y niego con la cabeza.

—Mañana, por desgracia, tengo un plan mucho menos atractivo que estar contigo. —Eleva una ceja a modo de interrogación—. Voy a comer con mis padres. No he podido posponerlo más, aunque me hubiese encantado.

Eso hace que su gesto se vuelva mucho más serio y su mano, que está apoyada en mi cintura, se apriete un poco sin que se dé cuenta. Y ser consciente del modo en que mi vida trastorna sus emociones es bonito, pero da miedo, porque nada me gustaría más que estar a la altura de lo que él me da sin pedir nada a cambio.

—¿Estás bien?

—Lo estaré cuando salga. Podemos quedar al salir, si es que consigo hacerlo sin volverme loca. —Mario me mira fijamente sin decir nada—. ¿Qué?

—Déjame ir contigo. —Lo miro con la boca abierta—. No te dejaré en ridículo, te lo prometo. Solo quiero estar contigo. Que sientas que no estás sola. No tienes que hacerlo sola, Anastasia. A no ser que quieras.

—No quiero —admito en voz baja—. No quiero, pero tampoco quiero arrastrarte a su mundo. Ellos no son buenas personas, Mario. Puede que mi padre haya estado enfermo, pero eso no cambiará su modo de ser. Él ve la vida de una manera...

—No me importa él. No me importa lo más mínimo, ni tu madre tampoco, ya que estamos. Me importas tú. Quiero ir para estar contigo, al margen de lo que ellos puedan pensar de mí.

—Te infravalorarían. Para ellos todo el que no tenga su nivel de vida...

—Tengo una relación con su hija. Pueden infravalorarme cuanto quieran, pero en fortuna, gano yo, aunque estén podridos de pasta.

Las lágrimas que acuden a mis ojos solo son una demostración de lo que Mario es capaz de provocar en mí. Me alzo de mis puntillas buscando su boca y, cuando sus labios se estrellan contra los míos, me doy cuenta de que, en efecto, siento el sabor salado de las lágrimas en nuestros labios. Me separo avergonzada, pero Mario enmarca mis mejillas entre sus manos y besa los surcos que dejan mis lágrimas.

—No llores, Anastasia. Te prometo que no le hablaré a tu padre de mis planes de hacerte mi esposa y madre de cinco hijos. —Suelto una carcajada, cuando todavía no me he repuesto, y él se ríe entre dientes—. Eso está mejor.

Se aleja un paso de mí, saca el móvil de su bolsillo y, aunque sé lo que va a hacer, esta vez no pongo los ojos en blanco. Ni siquiera protesto, porque no puedo dejar de sonreír. Cuando él activa la cámara y la pone a grabar, me mantengo a conciencia dentro del plano.

—Es una gran noche, chicos. Vuestra abuela por fin ha aceptado ser mi novia. No es que estéis un paso más cerca de ser una realidad, es que ahora, soñar con vosotros ya no parece tan tonto.

Lo abrazo, cierro los ojos un instante y me pierdo en su olor antes de mirar a cámara sonriendo.

—No hagas eso.

—¿El qué? ¿Hablarles a nuestros nietos?

—Decirles que es tonto soñar con ellos. No queremos gastarnos la pensión en psicólogos, ¿verdad?

Mario deja de mirar a cámara para mirarme a mí, abrazada por el costado como me tiene. En sus ojos veo tanto amor que me pregunto cómo es posible que vaya por el mundo tan a descubierto y el dolor no lo alcance. Cuando me besa sin dejar de grabar, solo puedo desear que, pase lo que pase mañana, nada pueda nunca dañar a Mario de las Dunas. Más aún, que yo no pueda hacerle daño nunca, porque no habría nada que odiara más que eso.

—Chicos, no quisiera importunar vuestra escena, pero Jorge os está espiando por el videoportero.

Nos sobresaltamos al oír a Tash, que nos mira un tanto avergonzada desde el porche de la casa.

—¡Chivata! —grita Jorge desde dentro—. Pero ¡brindo por ti, primito!

Mario suelta una carcajada, me besa la frente y da un paso atrás.

—Ve a dormir, princesa, mañana te veo.

Se marcha mordiéndose el labio, conteniendo las ganas de entrar conmigo, y no puedo culparlo porque creo que, si la decisión fuera mía, lo habría hecho pasar. Dios, ¿lo habría hecho pasar?

—Amiga, dime, ¿no son las nubes preciosas desde aquí arriba?

La voz de Tash me trae de vuelta de mis pensamientos. La miro acercándose a mí, sonriendo con una dulzura que me toca por dentro, como siempre. Cuando pasa un brazo por encima de mis hombros, asiento y me río.

—Lo son, pero mejor dime tú: ¿se va el miedo a caer desde tan alto?

—Nunca. Es parte de lo bonito del vuelo.

—¿Bonito, el miedo?

—El miedo, bien manejado, es impulsor de sueños, Sia.

—No sé si estoy de acuerdo —replico mientras entramos en casa abrazadas.

—Desde que estoy con Jorge, a menudo tengo miedo de que todo acabe, y eso me lleva a disfrutar del presente como nunca antes. Porque así, si acaba, al menos me quedarán los recuerdos. ¿Es un pensamiento estúpido?

—No lo es —dice el propio Jorge, que nos espera en la puerta y recibe a su chica separándola de mí y besándola en los labios—, pero aun así esto no acabará nunca.

Sonríen y entro en casa por mi cuenta, dejándolos con su momento de intimidad y pensando en las palabras de mi amiga. Sí, definitivamente creo que tiene parte de razón. Quizá por eso y pese al miedo, me doy una ducha rápida y me vuelvo a poner la sudadera de

Mario, solo que esta vez, debajo, solo llevo mi ropa interior. Cuando me tumbo en la cama, me hago un selfi, aprovechando que aún no me he desmaquillado, donde se ve mi cara y hasta la zona de mis pechos, más o menos, y se lo envío.

Anastasia
Gracias por el pijama.
Buenas noches 😇

Su respuesta no se hace esperar.

Mario
Dime que debajo no llevas nada
y déjame toda la noche en vela.

Me río, tecleo la respuesta y la envío a toda prisa.

Anastasia
¿Tú qué crees?

Mario
Creo que estoy a punto de tener
un infarto. También creo que estás
jodidamente preciosa, aunque todavía
no te hayas desmaquillado ni
quitado esa peluca. Un selfi a cara
lavada sería de agradecer.

Anastasia

¿Quieres ver cómo soy sin maquillaje para saber si todavía estás a tiempo de salir corriendo?

Mario

Quiero saber cómo eres sin esconderte. Jamás saldría corriendo de ti.

La seriedad que se intuye, incluso por escrito, hace que mi sonrisa se borre un poco.

Anastasia

No vas a verme sin maquillar en una foto.

Mario

¿Y en persona?

Anastasia

Puede que algún día.

Mario

¿Cuándo?

Anastasia
Cuando tú también
dejes de esconderte.

Mario
Yo no me escondo.

Anastasia
Claro que no.
Buenas noches, querido.
Intentaré soñar bonito.
Intentaré soñar contigo 😘

Mario
Buenas noches, princesa.
Yo no tengo que intentarlo,
ya tengo práctica en soñar contigo ❤

Suelto el móvil preguntándome cómo es posible que unos simples mensajes puedan dejarme temblorosa. Cierro los ojos, me concentro en Mario, en lo vivido esta noche e intento, por todos los medios, no pensar que mañana voy a juntar en una comida lo mejor y lo peor de mi vida.

27

Nil

Ona corre por mi lado en dirección a la cocina a tal velocidad que es un milagro que, al girar, no derrape como los coches de carrera.

—¿Quieres, por favor, no correr como las locas? —le pido mientras la persigo con el cepillo en una mano y una goma de pelo en la otra—. No es de discusión, Ona, tienes que llevar coleta y punto.

—¡No! ¡No quiero y punto!

Se esconde detrás de Azahara, que intenta ocultar una sonrisa bebiendo de su taza de café descafeinado. Dios, necesito café bueno, de ese que te despierta y te reactiva. He hecho una jarra pensando que Aza solo tomaba descafeinado, pero resulta que puede tomar una taza de café al día y, claro, ahora los dos tenemos que gastar esta mierda para ir a lo bueno de verdad, porque no vamos a tirarlo y Mario se ha ido muy temprano a la universidad, porque tiene intención de regresar antes para ir a una comida con Sia. Eso nos ha dejado a Aza y a mí solos con los niños y, aunque en principio lo agradecí, ahora que no tengo cafeína en el cuerpo, la niña está rebelde y tenemos un noventa y cinco por ciento de probabilidades de llegar tarde al cole, agradecería que él la convenciera, porque siempre parece tener la palabra adecuada para que Ona haga caso.

—Bueno, no voy a discutir más —le digo—. Te tienes que peinar. Si no quieres que lo haga yo, lo hará Eric, pero no vas a ir con el pelo suelto.

—A mí me gusta.

—¡Que no puedes, Ona! —grita Eric fuera de sí—. ¡Pórtate bien de una vez!

Ona mira a su hermano, que la observa serio y enfadado, y se echa a llorar. Si hay algo que Ona no soporte en esta vida es que Eric se enfade con ella. Él, que lo sabe, se acerca de inmediato y la abraza con cuidado.

—Venga, ya está, no llores. Solo péinate, ¿vale?

—Papá me tira... —dice ella entre pucheros y sollozos.

Contengo un suspiro de frustración. Juro por Dios que intento por todos los medios que no tenga tirones, pero es que esa niña hace nidos con su pelo de noche. ¡Yo no tengo la culpa! Aun así, me siento fatal cuando dice esas cosas. Será chantaje emocional, no lo sé, pero me sabe muy mal que todas las mañanas tengamos una guerra para peinarla, por mucho que me dijeran en el otro cole las otras madres que era normal. Al final, se ve que Azahara se apiada de mí, porque viene hacia donde estoy, me quita el cepillo, la gomilla y se va hacia donde está Ona.

—Vamos a ver, tienes dos opciones: la primera es que dejes que te haga una coleta.

—¿Y la segunda?

—La segunda es que cojamos la máquina de afeitar de papá y te afeitemos la cabeza. ¿No quieres peinarte? Vale, pues te cortamos el pelo y asunto arreglado.

Ona abre la boca tanto que creo que le llegará al suelo y yo estoy a punto de decirle que igual eso es pasarse, pero entonces la niña cuadra los hombros, se aleja de su hermano y asiente.

—Creo que prefiero peinarme.

—Eso suponía yo —dice Azahara con una sonrisa angelical.

Dios, la adoro. La adoro muchísimo. Quizá porque tengo la impresión de que, si yo hubiera usado ese truco, el drama habría sido infinitamente mayor. Al final, conseguimos peinar a Ona y salir de casa justo cuando oímos el timbre a lo lejos. Genial, sí, vamos tarde. Acelero el paso con Ona en brazos mientras Aza y Eric, que van cogidos de la mano, hacen lo mismo. Los dejamos en el cole cuando aún hay niños entrando, menos mal, porque no quiero que, encima de ser los nuevos, tengan fama de tardones. Cuando Aza y yo nos quedamos solos por fin, estoy tan cansado que deseo poder irme a la cama de nuevo.

—Nunca más haré descafeinado por las mañanas —murmuro mientras nos giramos para caminar hacia casa.

Su risa, desenfadada y relajada, me llega a lo más hondo. En realidad, jamás imaginé que llevaría tan bien tenernos viviendo en su casa. Sí, solo llevamos una noche, pero ya pasamos un verano aquí y sé que la convivencia no es difícil entre nosotros cuando la situación es normal. Ese es el problema, que pensaba que no era normal, pero Aza actúa como si no pasara nada. Hoy, al despertar y verla, ella ha actuado como si no hubiera ocurrido nada y, por un momento, ha sido como volver atrás, a cualquier día del verano pasado, con ella sonriendo y peinando niños y conmigo embobado mirándola. No es igual, claro. Entre otras cosas, Aza está embarazada de nuestro hijo y su tripa empieza a abultarse, sobre todo por la tarde, cuando el cansancio se va acumulando. Pero, en esencia, esta sigue siendo Azahara, la mujer de mi vida, y eso sí que no va a cambiar nunca.

—En realidad, es bonito que tuvieras el detalle de tomar descafeinado por mí. Yo no lo habría hecho al revés.

—¿En serio? —pregunto risueño.

—¿Privarme de café para que tú no sufras? No. Me lo bebería en el baño, como mucho, para que no me vieras, pero la cafeína es algo demasiado importante en mi vida. —Me río y ella se contagia—. En serio, una de las primeras cosas que busqué del embarazo era si podía tomar café y si podía hacerlo luego dando el pecho. De haber encontrado una respuesta negativa mi embarazo sería mucho más difícil, no solo para mí. Soportarme sin cafeína es algo difícil.

—Oh, te conozco sin cafeína. Todavía recuerdo el día aquel que Jorge gastó el café y estuviste enfurruñada hasta que fue al súper a por más.

—¡Es que de buena mañana no se hace eso! Puedes gastar el papel higiénico, la verdura. Puedes gastar hasta el agua caliente de la ducha, pero el café no se toca.

Nos reímos y, cuando llegamos a casa, me paro un momento a observar el mar. Las olas se mueven un tanto revueltas hoy, la espuma que forman en la orilla casi parece un manto de burbujas. Es jodidamente bonito y me llena el pecho de algo que no sé explicar muy bien, pero me da serenidad, que es lo que importa. Pensé que Azahara entraría, pero se queda a mi lado y, pasados unos instantes, me pone una mano en el hombro.

—¿Estás bien?

La miro, un tanto sorprendido de que haya iniciado algún tipo de contacto físico conmigo, por mínimo que sea.

—Vivo en una casa frente al mar —susurro.

—Ajá.

—Creo que no he sido consciente hasta ahora. Vivo de verdad en una jodida casa frente al mar.

La mirada de Azahara se dulcifica, creo que al recordar todas las veces que, viviendo lejos, le conté lo mucho que me gustaría esto. El modo en que lo dejé ir todo por el retrete por miedo me corroe las entrañas, pero ella sonríe y, así, hasta los errores que he cometido parecen menos graves.

—¿Eres feliz?

—Soy feliz, pero porque estoy contigo. También lo sería en mitad del monte, siempre que tú estuvieras en la misma casa que yo.

La sorpresa que refleja su cara es un indicio más de que a lo mejor Mario tenía razón y he optado por la opción fácil: jurar que solo respetaba sus deseos cuando en realidad estaba dejándome llevar para no enfrentarme a un posible rechazo. No quiero estar en la misma casa que Azahara solo porque vaya a tener un hijo mío y podamos ser compañeros de casa. Quiero estar en la misma casa que ella porque la quiero y porque quiero compartir su cama y su cuerpo cada maldita noche. Porque una de las cosas que más echo de menos es tenerla abrazada a mi pecho mientras jugueteo con su pelo, pero igual decirle todo eso de golpe es demasiado, así que me limito a coger un rizo rebelde que ha escapado de su moño deshecho y a meterlo tras su oreja con suavidad. El modo en que se estremece cuando las yemas de mis dedos rozan su cuello me hace tragar saliva.

—Es bonito teneros de vuelta, Nil sin apellidos.

Las palabras salen de su boca en forma de susurro, como si no quisiera decirlas, pero, aun así, no pudiera evitarlo. Sonrío, lleno de una dicha incomparable. Una dicha que solo siento a su lado. Por desgracia, no fui capaz de ver todo esto antes.

—Dime una cosa. —Trago saliva, incapaz de seguir, y ella me mira con tal intensidad que me siento como si me acabaran de disparar siete balas.

—¿Sí? —pregunta animándome a seguir.

Sigo, no porque sea valiente, porque he demostrado ya lo cobarde que puedo llegar a ser. Lo hago porque ella merece que le dé todo lo que tengo. Esta vez sin reservas.

—Dime una cosa —repito—. ¿Me sigues queriendo?

Veo la respuesta antes de que la diga. Está en sus ojos, en su expresión, en el leve temblor que se apodera de ella.

—Más de lo que pensé que pudiera querer nunca a nadie —dice con voz temblorosa antes de que sus ojos se carguen de lágrimas.

—Pero no basta con el amor, ¿verdad?

Azahara inspira, intentando calmarse, pero cuando habla su voz sigue tomada y rota por el dolor.

—El amor carente de confianza y armado de miedo no parece un buen amor.

—¿Tienes miedo de mí?

—No, de ti, no. Tengo miedo de lo que me haces sentir.

—El miedo es mal consejero. Te lo dice alguien que lo ha perdido todo por miedo.

—No lo has perdido todo. Tienes a Eric, a Ona y al bebé.

—Tú también los tienes. —Las lágrimas que caen de sus ojos me parten en dos—. Los tienes, Aza. Son tuyos.

—Eric y Ona...

—Son tuyos, no te alejaré de ellos nunca más.

—Si algún día te enfadas o quieres volver a Barcelona o...

—Quiero que los adoptes.

Sus ojos se abren como platos y juro que casi puedo percibir el mar en sus pupilas. Es como una marea embravecida y majestuosa. Joder, la quiero tanto que creo que la tristeza podría matarme si volviera a alejarme de ella.

—¿Qué?

—No es una treta para que tú y yo estemos juntos —le aseguro—. Aunque nada me gustaría más, porque creo que podríamos ser una gran familia todos juntos. Esto no es una estrategia, Azahara. No hay trampa ni cartón. Quiero que seas su tutora legal, igual que yo, aunque no estemos juntos. Quiero que lo hagas porque así los dos tendremos los mismos derechos y las mismas obligaciones legales con los tres. Son hermanos, deben estar juntos y merecen que sus padres se vuelquen en la misma medida con todos. Si no quieres estar conmigo, vale, lo haremos como los padres separados, pero no voy a alejarte de ellos nunca más. Conviértete en su tutora, en su madre, y no solo en la mujer que va a tener a su hermano.

Ella me mira como si me hubiera vuelto completamente loco, pero creo que nunca he estado más cuerdo ni seguro de algo. No es un impulso, es algo que he meditado mucho y así se lo hago saber, aunque la voz me tiemble por la importancia de lo que estoy pidiendo.

—Te estoy ofreciendo la mitad de lo que más me importa en la vida porque te quiero, pero sobre todo porque ya no puedo pensar en una vida en la que tú no seas la madre de Eric y Ona. ¿Qué me dices, Azahara de las Dunas?

28

Anastasia

Mientras nos acercamos a la urbanización de lujo en la que viven mis padres, siento que la garganta se me cierra cada vez más y más. Intento atender a Mario, que me está contando todas las novedades de Aza y Nil, pero lo cierto es que estoy tan nerviosa que lo oigo a medias.

—Te lo juro, princesa, estoy deseando que me confieses tu amor para irme a vivir contigo y que se queden con su caos en casa.

—Ajá.

—¿Ajá? ¿Nada de poner los ojos en blanco? ¿Ni amenazas? —Mario se ríe, pero cuando se da cuenta de que yo no lo sigo, apoya una mano en mi muslo—. Irá bien, Anastasia.

—No lo sabes, no tienes ni idea de lo tóxicos y malas personas que son.

—Bueno, no voy a hacer amistades con ellos. Solo voy para estar contigo, así que pueden ser tan tóxicos como quieran, porque vamos a demostrarles lo bien que te va sin su ayuda y luego vamos a irnos con la cabeza bien alta.

—Vale, me parece buen plan —admito en un susurro.

—Eso es. Y ¿quién sabe? A lo mejor a raíz de la enfermedad, tu padre pretende dejarte un montón de millones. Es que imagínate el braguetazo que yo daría, ¿eh? —Suelto una carcajada, porque sé que todo eso que dice no es más que fanfarronería para hacerme reír. Y le funciona, vaya si le funciona—. ¿Crees que tu padre tendrá un castillo en Rusia?

—¡No!

—¿Ni siquiera uno pequeñito? Joder, sería un sueño. Una novia rusa que se llama Anastasia y un castillo allí. Casi casi como la peli.

—Idiota —digo riéndome.

—¿Y una abuela olvidada que por casualidad sea reina y...?

—¡No, Mario! No soy de la realeza, por mucho que eso te joda las ilusiones de vivir tu propio cuento Disney.

Su chasqueo de lengua me hace reír de nuevo. Cuando el coche se para frente al portón gris de la que fue mi casa, siento que al menos el nudo de nervios se ha aflojado un poco. Bendito Mario de las Dunas.

Toco el botón del portero automático y el portón se abre casi de inmediato. Nos adentramos entonces en los jardines de la casa. Vamos subiendo la colina, pues la casa está en la cima, y me concentro en el modo en que Mario lo inspecciona todo. Los altos árboles, el lago artificial que queda a la derecha, donde un pato se da un baño ajeno al hecho de que, en realidad, él también está cautivo aquí. Todo, desde los animales hasta la decoración, forma parte del atrezo. Yo misma formaba parte del maldito decorado de la casa del gran Sergey. Estar aquí me revuelve el estómago de tal forma que estoy a punto de pedirle a Mario que dé la vuelta en la glorieta que hay justo frente a la casa y volvamos a la seguridad de nuestras vidas, donde todo esto queda tan lejano que me cuesta recordar que una vez, no hace tanto, pertenecí a este mundo. Él, que debe de intuirlo, para el coche con suavidad. Antes de que uno de los trabajadores de mi padre nos reciba, me coge la mano y se la lleva a los labios.

—No tienes nada que demostrar, Anastasia. Eres una mujer fuerte, valiente y empoderada. Recuérdalo. No estás aquí porque lo necesites, sino porque él te necesita a ti.

Trago saliva. Joder, qué fácil es engancharse a Mario. Asiento, porque no me salen las palabras, y salgo del coche para subir los cuatro escalones que llevan a la gran puerta blindada de entrada. No sale nadie a recibirnos, como yo esperaba, y casi mejor, porque eso siempre me hace sentir mal. Aprieto el timbre que hay a la derecha, incrustado en un mármol carísimo, y espero paciente a que nos abran la puerta. Lo hace Ana, la mujer que ha cuidado de esta casa desde hace tantos años que ya no puedo recordarlo.

—¡Señorita, qué alegría volver a tenerla en casa!

Su sonrisa es tan sincera que tengo la seguridad de que nadie más sentirá este tipo de alegría al verme aquí. No mis padres, desde luego. Y aunque así fuera, probablemente no lo expresarían, así que para el caso...

—¿Cómo estás, Ana?

—Muy bien, señorita. Contenta de tenerla en casa. Está guapísima, por cierto.

Le sonrío agradecida por el comentario, porque sé que mis padres nunca permitirían este tipo de confianzas con el servicio de la casa. A menudo me pregunto cómo debe de ser trabajar para ellos y siempre llego a la misma conclusión: no es fácil, pero al final no deja de ser un trabajo. Cero implicación emocional. Mis padres no son malos jefes, no tratan mal al personal. Solo lo tratan... con indiferencia. Como si en realidad no existieran, pero eso lo hacen incluso con su hija, así que supongo que no se sienten muy ofendidos por eso.

Reparo mentalmente en lo que me he puesto esta misma mañana. Vestido azul marino con lunares blancos, con manga francesa y ceñido hasta la cintura, donde empieza el vuelo. Tacones rosas, a juego con la peluca corta que llevo, y una diadema blanca a juego con los lunares. No es un atuendo llamativo, quitando el estilo sesentero, pero el pelo rosa bastará para sacar de quicio a mi padre, aunque el maquillaje sea en tonos naturales y rosados. Habría estado más segura con una barra de labios rojo cereza, pero supongo que no quería hacer ver que esto era una guerra, aunque lo sea. Mario, a mi lado, viste un vaquero negro, a juego con la camiseta y una chaqueta de tweed con la que está guapísimo. Claro que se trata de Mario y estaría guapo hasta vistiendo un chándal hecho de estiércol, no tengo ninguna duda. Me río de mi propia ocurrencia y, cuando me mira con una ceja elevada carraspeo, y le sonrío a Ana.

—Mis padres están esperándonos para comer.

—Sí, señorita, están en el salón grande.

—Muchísimas gracias.

Ella se marcha y yo me dirijo hacia la derecha mientras Mario se coloca a mi lado y acompasa mis pasos.

—¿El salón grande? ¿Cuántos salones hay?

—Tres. Este es el más frío e impersonal de todos.

Si nota el resentimiento en mi voz, no dice nada. A lo mejor está flipando demasiado con las molduras de oro y la opulencia en su estado más auténtico. De verdad, ya no es porque tenga dinero, es que creo que todo es excesivo y... chabacano. Seguramente, que yo piense así sea solo otro motivo de que nos llevemos tan mal.

Entramos en el salón y vemos a mis padres sentados, cada uno en un extremo de la larguísima mesa que preside la estancia. Tiene capacidad para unos veinte comensales, pero las tres vajillas que hay colocadas sobre el tablero están dispuestas en los extremos y el centro, con tanta distancia de los unos a los otros que creo que en el hueco que hay entre dos sillas cabría media familia Dunas.

—Nastia, querida. —En favor de mi madre hay que decir que se levanta y me dedica una de sus falsas sonrisas supuestamente dulces mientras se acerca a mí con los brazos extendidos para cogerme las manos—. ¿Cómo estás?

Acepto que me sujete las manos y hago el esfuerzo de mi vida por sonreír. No quiero mostrar amargura. No he venido a discutir, aunque las ganas me ardan en la garganta. Vengo en son de paz y actúo en consecuencia.

—Muy bien, gracias. Estás muy guapa.

No es mentira. Mi madre, sin operar, ya era guapísima. Limó lo que consideraba que era desigual o afeaba su rostro, así que ahora es casi como una muñeca de porcelana. Es tan guapa que pasaría muchísimo antes por mi hermana que por mi madre. No es que me importe, porque cada quien hace con su cuerpo lo que considera, pero me hubiese encantado que trabajara más en su interior y su autoestima que en su físico. O, al menos, que lo hiciera en la misma medida. Claro que, para eso, debería tener algo de amor propio, y es evidente que ella carece de eso.

—Tú también estás preciosa, ¿verdad, querido?

«Querido» es mi padre, que viste un traje negro hecho a medida que le hace parecer atractivo e imponente a partes iguales. Justo lo que él quiere. Lo peor es que, por mucho que odie admitirlo, tengo muchos rasgos físicos suyos. Es un hombre guapo, pero ahí casi acaban sus virtudes. Bueno, no, tiene un inmenso talento para los negocios y es inteligente como pocos, eso hay que admitirlo. Pero, ahí sí, ahí definitivamente acaban sus virtudes.

—Nastia —dice a modo de saludo—. Llegas tarde.

Trago saliva, no porque me imponga su reproche, porque es algo que esperaba, sino para obligar a las palabras que tengo en la base de la garganta a deslizarse hacia abajo y no hacia mi boca.

—Había mucho tráfico.

—Creo recordar que teníamos disponible a uno de los chóferes.

—Preferíamos venir en nuestro coche. Por cierto, él es Mario, espero que no os importe que venga conmigo.

—Por supuesto que no —responde mi madre de inmediato—. Avisaré para que pongan otro plato en la mesa.

Se va hacia la puerta y, apenas la ha abierto para avisar a quien hay detrás de ella de su cometido, mi padre dedica tal mirada de escrutinio a Mario que me siento tentada de ponerme frente a él y taparle la vista. Claro que, aún con tacones, solo le llego hasta los hombros, así que serviría de más bien poco.

—En fin, será mejor que nos sentemos.

Noto la tensión de Mario, que ni siquiera ha dicho una palabra aún. Tampoco es que le hayan hablado directamente, así que lo entiendo. Para empeorar las cosas, le ponen su vajilla frente a mí, pero en una mesa tan ancha es como si estuviera a dos kilómetros de distancia. Mis padres están cada uno a un extremo y yo siento, como cuando era niña, que voy a tener que gritar para hacerme oír por ambos.

—Mamá me dijo que has estado enfermo.

—No ha tenido importancia.

—Según me dijo ella, fue un infarto.

—La gente sufre infartos todo el tiempo. —Su acento es tan marcado que resulta duro y frío, algo de lo que se aprovecha a menudo—. Hace falta más que un infarto para acabar conmigo.

Oigo un bufido, pero no sé si es mío o de Mario. Cuando lo miro, tiene los ojos clavados en mí y podría jurar que intenta controlar su propia rabia, pero no se ha movido, así que supongo que he sido yo.

—Me alegro, entonces —comento, porque no sé qué más decir.

El servicio entra con el primer plato de inmediato. Mientras nos sirven algo a lo que no podría poner nombre, pero que es minúsculo y puede que tenga un precio desorbitado, no puedo dejar de recordar las barbacoas en casa de los Dunas, donde los platos se arremolinan sobre la mesa y las conversaciones son tantas y tan ruidosas que es complicado centrarse solo en una. Dios, cómo me gustaría irme de aquí.

—Justo le he hablado a papá estos días de lo bien que va tu negocio, Nastia —dice mi madre en un intento de entablar conversación.

Bueno, lo dice por eso y porque ella lo de comer no lo lleva bien desde nunca. Siempre fue otro punto de discordancia, porque yo tengo bastantes caderas en comparación con ella y eso era algo que, simplemente, no le entraba en la cabeza. Si ella come como un pajarito, ¿por qué yo no? Recuerdo las veces que criticó mis caderas e incluso me sugirió cirugía, cuando apenas era una adolescente. Solo por eso me como mi plato casi de un bocado.

—Va muy bien. Cada día tengo más clientes y casi todos vuelven, así que me quedo con eso.

—Es bueno que te quedes con eso, porque los números hablan de un crecimiento lento —dice mi padre.

Que haya investigado la situación económica de mi empresa no me sorprende lo más mínimo. Me decepcionaría que no lo hiciera, tratándose de él.

—No es un negocio pensado para hacerme millonaria, sino para hacerme feliz.

—Claro, porque ser las dos cosas es muy malo, ¿no?

—No lo sé, dímelo tú, que tan feliz pareces.

Si hay algo que lleve mal Sergey es que ironicen con su vida, así que cuando observo el modo en que la vena de su cuello se hincha, solo puedo sentir orgullo de mí misma. Por supuesto, él no se rinde con tanta facilidad. Es un digno rival, eso siempre lo he tenido claro.

—Hace dos días vino Yuri de visita, ¿sabes? Le va muy bien. El sector automovilístico de lujo siempre está al alza y se nota. Ha sido muy inteligente eligiendo dónde invertir su dinero.

Trago saliva, porque no esperaba que fuera directamente a la yugular. Miro a Mario, que nos observa en silencio, sin tocar su plato y sin comprender una sola palabra.

Yuri es hijo de uno de los muchos socios de mi padre. Un socio más rico que él, más importante que él y más intimidante que él. Un socio que se empeñó, en su día, en que su hijo y yo nos casáramos. El modo en que mi padre jugó con mis sentimientos, pasando de pronto tiempo conmigo y llevándome a más fiestas de las habituales, me hizo pensar que había decidido, por fin, a ejercer su paternidad conmigo. Era mentira. Solo quería utilizarme y cerrar un trato, un trato vital. El problema es que se trataba de mí y de mi vida, así que me rebelé y, el resto, como suele decirse, es historia.

Mario sabe algo por encima, pero no en detalle, porque conozco su temperamento y no quería que estallara. Ahora solo deseo que este tema no avance, porque no voy a permitirle jugar con los sentimientos que aquello provocó.

—Me alegro por él. ¿Estas flores son del jardín trasero?

Mi madre me dice que sí y mi padre está a punto de retomar el tema de Yuri, lo sé, pero entonces el servicio llega con el segundo plato, salvándome. La hora que sigue a esa es tan tensa que siento como si me hubiera tragado una bolsa de piedras. Llegar al postre me está pareciendo imposible y, vista la actitud de mi padre, me queda claro que, en efecto, mi madre mentía y mi padre solo pretende hacerme sentir mal y engatusarme para que vuelva al redil. Soporto las insinuaciones, los insultos velados y su despecho hasta que decide dejar de irse por las ramas y ataca de frente, como el perro rabioso que es.

—Yuri está interesado en verte. Me ha dejado muy claro que, si tú quisieras, podríais salir a cenar algún día.

—Papá, no voy a salir con Yuri.

—Una cena no te haría daño, Nastia. Son solo contactos.

—No, no lo son y los dos lo sabemos.

—Bueno, quizá descubras que tiene para ofrecer mucho más de lo que esperas. A lo mejor incluso consiga quitarte de la cabeza la idea de seguir jugando a las cocinitas en un local de mala muerte.

Cada una de sus palabras es una daga en el corazón, pero alzo la barbilla para dejarle claro que no voy a permitir que sus palabras me afecten.

—Me encanta mi local de mala muerte, me encanta mi vida y me encanta mi novio, así que deja de insinuar que debería salir con otro hombre, porque es una ofensa para el que ya está en mi vida.

No miro a Mario. No quiero saber su opinión con respecto a todo esto y estoy tan aterrada de ofenderlo de alguna forma, de exponerlo así al veneno de mi familia, que solo puedo mirar a mi padre con odio. Pero él, en cambio, se limita a sonreír con frialdad, alzar las cejas y señalar hacia el lugar en el que está sentado Mario.

—Voy a dar por hecho que ni siquiera tú has sido tan estúpida como para salir con alguien que ni siquiera ha acabado sus estudios. Ya no hablemos de sus ingresos o los de su familia. Descienden de pescadores, Nastia. ¿Qué crees que puede ofrecerte? No es que merezcas mucho, dado tu comportamiento últimamente, pero sí algo más que eso.

El asco se mezcla con la ira en mi interior. Quiero gritarle, quiero que se calle de una vez y quiero irme de aquí más de lo que he querido nunca hacer algo, pero estoy tan paralizada por el modo en que es capaz de dañarme que no hago nada de eso. Me quedo aquí, bloqueada, incapaz de abrir la boca y observando el modo en que sonríe, sabedor de que ha vuelto a ganar y que me ha pisoteado como a la hormiga que me considera. Ni más ni menos.

Lo peor de todo ni siquiera es eso. Lo peor de todo es que no soporto pensar en lo que puede pasar si Mario se ofende. Quizá incluso piense que no merece la pena estar conmigo después de esto. ¿Cómo iba a querer? Mi padre acaba de insultarlo a él, a su familia, a sus raíces y yo estoy aquí, quieta, mirándolo fijamente y sin actuar porque... ¿Por qué? ¿Por qué demonios me afecta así? ¿Por qué sigo permitiendo que sus palabras calen en mí y me desangren a nivel emocional? ¿Por qué no puedo enfrentarme a él de una vez por todas?

29

Mario

Una cosa que suelen decir de mí es que soy excesivo cuando se meten con mi familia. Yo tampoco lo entendía hasta hoy. Vaya si lo estoy entendiendo hoy. Lo entiendo, sobre todo, porque estoy valorando cuánto me merece la pena pasarme lo que me resta de vida en la cárcel por matar a pellizcos al desgraciado este que le ha tocado a Anastasia por padre. Lo peor no es eso, no, lo peor es que, a pesar de lo que ha dicho de mi familia, que ya me parece motivo suficiente para colgarlo por los huevos en uno de esos árboles caros que tiene ahí fuera plantados, lo que más me duele de todo es lo hondo que acaba de herir a Anastasia. No hace falta que hable, no puede y lo veo. Ha sido como ver en directo un cañón disparar a un barco y que este se hunda en cuestión de segundos. La ha destrozado de tal forma que me extraña que no haya estallado en añicos. Está ahí quieta, como una estatua, sin mover un ápice de su cuerpo. Podría parecer que su actitud es fría, pero su cara... Su cara habla del dolor a un nivel tan profundo que solo quiero arrasar con el cabrón de su padre, insultar a su madre, que es lo más florero que he visto en mi vida, y luego sacarla de aquí para siempre. No consigo comprender de dónde ha sacado Anastasia su integridad con estos dos mequetrefes como padres, pero cuando ella me mira, con el terror dibujado en sus ojos, lo único que quiero es prenderle fuego a esta puta mansión.

Por eso me cuesta tanto, tanto, tantísimo contenerme y actuar del modo correcto. Por mucho que yo quiera arrasar con todo, no tengo derecho a hacerlo. No, a no ser que ella quiera. Puede que yo sea un tío obsesionado con Disney, según los que me conocen, pero eso no significa que no comprenda que hay batallas que no puedo librar yo si ella no quiere. Así que al final decido actuar en consecuencia con mis pensamientos, aunque mis instintos me digan otra cosa.

—¿Quieres hablar, quieres que hable yo o quieres que nos vayamos ya?

A ella los ojos se le llenan de lágrimas y a mí las ganas de cometer una masacre me comen desde dentro. Pero entonces sonríe y algo hace clic, recordándome que lo que siento por ella es más importante que el odio que pueda embargarme. Y que, joder, la quiero mucho, así que, pese a lo mal que me siento, consigo devolverle la sonrisa. Eso, de algún modo, rompe la contención de Anastasia.

—Di lo que quieras, Mario, porque vamos a irnos de aquí para siempre y lo mínimo que mereces es desahogarte.

—Te quiero —susurro sonriendo, y luego, en un segundo, puede que menos, doy un palmetazo en la mesa y señalo a su padre—. Tú, controlador de pacotilla, eres lo peor que hay en el mundo. Eres peor que la peor villana de Disney. Eres como un cóctel de La reina de corazones, Maléfica, Lady Tremaine y Gothel. ¡Y Gothel tuvo a Rapunzel secuestrada en una torre toda la puñetera vida, tío, superar eso tiene mérito! —Oigo una risita, miro al otro lado de la mesa y veo a Anastasia mirándome con... ¿ilusión? No sé con qué cojones me mira, pero sonríe, y eso es suficiente para venirme todavía más arriba—. A mí me importa una mierda que digas que mi familia viene de pescadores como si eso fuera malo, porque siento tanto orgullo de mis raíces que minarme la moral es casi imposible, pero que trates así a tu única hija solo por el puto dinero... es lo más asqueroso que he visto nunca. Te merecerás esta mansión, tus negocios y a tu mujer, pero en tu puta vida te has merecido a Anastasia. Y tú... —Me giro hacia su madre y niego con la cabeza—. Que una madre sea capaz de permitir este trato hacia su hija es lo más triste que he visto en mucho tiempo. Por ti ni siquiera siento rabia, sino pena, porque tienes la vida más patética que le he visto a nadie jamás. Te limitas a ser su muñeca, vestirte con ropa cara, operarte para permanecer aceptable a sus ojos y, a cambio, todo lo que recibes es... dinero. Solo dinero. Dios, es muy triste. Y ahora, encima, tienes prohibida la entrada en la cafetería de tu hija. —Miro a Anastasia, que se ríe entre dientes y asiente, sorbiéndose la nariz y limpiándose las mejillas de lágrimas—. Pues eso, prohibidísimo entrar al local de mi novia. Hale, ya no tengo más que decir. Bueno, sí, como buen hijo de pescador solo diré una cosa: que os folle un pez polla por donde menos os guste.

La carcajada de Anastasia es la campanada que necesito para rodear la mesa, ofrecerle mi mano y, en cuanto la coge, salir de esta mierda de casa a la que no pienso volver en la vida. Mira que, mientras conducía hacia aquí, pensaba en lo bonita que es, pero ya me dirás tú para qué iba yo a querer volver a una casa en la que lo material está por encima de las personas. Prefiero mil veces quedarme en mi casa compartida con mis cuatro millones de familiares, que igual no son tantos, pero a veces lo parecen.

Salimos de la casa, entramos en el coche y conduzco en silencio, con Anastasia aferrada a mi mano, que suelta solo cuando tengo que cambiar de marcha. Una vez fuera de la finca, paro el motor y la miro.

—¿Estás enfadada conmigo?

Ella me mira como si me hubiera vuelto loco, pero lo cierto es que todavía no sé qué opina de todo esto. No ha dicho gran cosa desde que su padre mencionó que debería casarse con el mierda ese de los coches de lujo.

—¡No! No, Mario, ¿por qué iba a estarlo?

—Porque tu padre pensará que, encima de quedarte con un mequetrefe que no tiene ingresos fijos, está como una puta cabra y habla de personajes de dibujos animados, y...

No puedo seguir hablando, porque los labios de Anastasia se estampan sobre los míos y lo único en que puedo pensar es en lo bonito que es tenerla aquí, conmigo, y lo rápido que podría acostumbrarme a que sus besos sean una constante en mi vida. Enredo mi mano en su nuca y la otra en su mejilla, le devuelvo el beso, porque estaría loco para no hacerlo. En algún momento el gesto se vuelve desesperado, Anastasia está tensa, le cuesta respirar y, cuando quiero darme cuenta, noto algo mojado en su mejilla. Me separo y, al ver sus lágrimas, la miro confuso.

—Princesa...

—Pensé que ibas a enfadarte. Creí que te enfadarías porque cuando él me habla así yo no puedo contestar y ha dicho algo horrible de ti y de tu familia. Tendrías todo el derecho a odiarme por no defenderte y...

—No te odio —la interrumpo con un susurro, con el corazón roto por lo evidente que es su sufrimiento—. ¿Cómo iba a odiarte? Tú no tienes la culpa de que él sepa cuáles son los botones que tiene que tocar para anularte. Es de primero de manipulador, Anastasia, y no es culpa tuya.

—Pero ha dicho...

—Da igual lo que haya dicho. A mí lo que más me duele es que consiga hacerte daño de este modo. Si hubiese sabido que así es como te manipula, jamás te habría aconsejado venir. Soy yo el que siente haberte animado a entablar contacto con ellos. Me advertiste de lo malas personas que eran, pero no imaginé hasta qué punto.

—Nunca aceptarán que quiera hacer mi vida a mi manera. Ni mi negocio ni a mí misma como persona individual.

—No necesitas su aceptación. —Sus lágrimas aumentan y, con ellas, mis caricias—. Escúchame, Anastasia, no necesitas que ellos te acepten. Tú no necesitas la aprobación de nadie, ni siquiera la mía. «Tú eres buena, tú eres lista, tú eres importante.»

Sus lágrimas, lejos de detenerse, se desatan del todo.

—Esa no es de Disney, es de *Criadas y señoras.*

—Puedo dejar de ser míster Disney cuando la situación lo requiere.

Esta vez sí, por fin, su sonrisa se abre paso en su cara y siento tal alivio que hasta me mareo un poco.

—Eres lo mejor que me ha pasado en la vida, Mario de las Dunas.

—Me alegro, pero viendo cómo y con quién has crecido..., no lo tenía muy complicado para superarlo. —Anastasia suelta una carcajada y yo beso sus labios por un instante—. ¿Nos vamos? —Asiente y vuelvo a besarla, solo por el placer de sentir que, por fin, soy el privilegiado que puede calmarla con besos y caricias—. ¿A dónde quieres ir?

Ella me mira fijamente antes de hablar y romper mi mundo en pedazos. O subirme a la cima de él. No lo tengo muy claro.

—Llévame a donde sea que estemos solos y pueda creer que solo existimos tú y yo en el mundo.

Asiento, me saco el móvil del bolsillo y busco la canción de *Enredados* «Por fin ya veo la luz». Lo conecto a la radio del coche y pongo el volumen al máximo. Anastasia me mira como si estuviera loco, pero acaricio su oreja con el índice y le guiño un ojo.

—Escucha, princesa. Escucha bien.

Luego, ante su mirada perpleja y con el corazón dividido entre el resto de la rabia y el amor que siento por ella, empiezo a cantar a voz en grito mientras conduzco hacia La Cala.

De pronto hoy siento que estoy
allí donde soñé
y por fin ya veo la luz.
Ya la niebla se ha marchado
y por fin ya veo la luz
y ahora el cielo es más azul.
Es tan bello y tan real.
Para mí el mundo ha cambiado.
Esta vez todo es tan distinto
al mirarte a ti.

En un momento dado, cuando la miro de soslayo, veo que está llorando, pero sonríe. Cuando alza mi mano para besarme el dorso y la vuelve a colocar sobre la palanca de cambios con sus dedos entrelazados en los míos, siento que esta canción nunca volverá a ser la misma. Esta será nuestra canción siempre, lo sé, y estoy seguro de que ella también lo sabe. Quizá por eso pongo aún más empeño en cantarla y, para cuando llegamos a Fuengirola y aparco, siento la garganta un tanto irritada. Salimos del coche y, cuando Anastasia se da cuenta de que vamos en dirección de su cafetería, me mira interrogante.

—¿Por qué vamos allí? Está cerrada.

—Quiero que estés ahí hoy. Ahora.

—¿Por qué?

—Porque tengo la sensación de que, a lo mejor, con las palabras de tu padre, has olvidado que esto —digo señalando su negocio— lo has hecho tú solita. Puede que no te haga rica, o puede que sí, no se sabe, pero lo importante es que te has demostrado que puedes hacerlo, aunque a veces lo olvides por culpa de gente que no te merece. Por eso pienso recordártelo cada vez que ocurra. Te traeré aquí tantas veces como sea necesario y te haré mirar tu creación. Esto sí eres tú. Esto sí es tu esencia. El lugar del que venimos solo es el sitio que te vio crecer, pero tu alma... Tu alma al completo está aquí, Anastasia.

Ella me mira con tanta intensidad que creo que me quedo sin respiración.

—No, Mario de las Dunas. Mi alma no está aquí al completo. No puede, porque una parte de ella está en ti, aunque me haya costado verlo.

Así es como confirmo la teoría no probada de que uno puede seguir viviendo con el corazón completamente fundido.

30

Azahara

Una de las cosas que no te dicen acerca del embarazo es que empiezas a vivir «a veces».

A veces estoy tan feliz que no puedo creérmelo. Estoy creando vida, voy a tener un hijo del hombre al que más quiero y es posible que quiera más en mi vida. Él se ha venido a vivir aquí y mi bebé tendrá a sus hermanos y a su padre cerca. Mi pelo está más fuerte y brillante que nunca y no tengo que esforzarme para que luzca precioso.

A veces estoy tan triste que solo quiero acurrucarme y llorar. Las pintitas de mi cara no han desaparecido del todo. El hombre de mi vida vive conmigo, pero solo somos compañeros de casa y, cuando pienso que puede llegar un día en que rehaga su vida, siento instintos asesinos nada agradables.

A veces quisiera parar el tiempo en las caricias que dedico a mi incipiente tripa.

A veces solo quiero que esto acabe ya y el bebé nazca para poder verle la cara y librarme de la incertidumbre de no saber si todo saldrá bien.

A veces pienso que no hay nada más bonito.

A veces pienso en el parto y me tienta pedir por escrito que me den la epidural para ponérmela en mi casa a la más mínima contracción, como el que se toma un antiinflamatorio.

A veces. A veces. A veces. Vivo entre aguas, como olas contradictorias que se mecen a placer. Quizá por eso, ante las palabras de Nil, siento un tsunami alzarse. Los bandos se mezclan y me quedo tan impresionada que no sé cómo actuar. No sé cómo reaccionar y me quedo quieta, pero no porque no me importe, sino porque por dentro me remuevo tanto que estoy a punto de vomitar. ¿Adoptar a Eric y a Ona? ¿De verdad quiere que yo adopte a las personas que Nil más quiere en el mundo?

—Si los adopto y tú conoces a alguien en el futuro, ellos tendrían que estar conmigo la mitad del tiempo. ¿Es que no te importa?

—Me importa —dice con voz ronca—. Me importa del mismo modo que solo me importan dos cosas más en el mundo: tú y nuestro hijo. No me crees cuando te digo que no estoy aquí solo por el bebé, entonces hagámoslo así, Aza.

—Pero si rehaces tu vida...

—Que no voy a rehacer mi vida, joder. Que eres tú o nadie, ¿es que no entiendes que lo tengo tan claro que me cuesta respirar al pensar que no podré estar contigo nunca más? Que, si no es contigo, no quiero que sea con nadie.

—Eso dices ahora, pero en un futuro...

—En un futuro tendré tres hijos por los que preocuparme, dos a los que seguir adaptando a esta nueva vida, un trabajo y a toda tu inmensa familia dándome la tabarra de una u otra manera. Créeme, en mis planes no entra rehacer nada, ni ahora ni en un futuro. —Me quedo en silencio, no porque quiera, sino porque estoy intentando recuperar mi respiración. Al parecer, Nil entiende otra cosa—. Está bien, nena, no tienes que decidirte ahora. Quizá te estoy pidiendo demasiado. Eric y Ona son míos y...

—Y míos —susurro con la voz cargada de emoción—. También quiero que sean míos, pero tengo miedo.

—¿De qué? —pregunta ansioso, sujetándome la cintura y haciéndome sentir un maldito mar de emociones.

—De que les hagamos daño con esto. Solo quiero que sean felices.

—Son felices, Azahara. Estamos aquí, contigo. Somos felices los tres solo por eso, aunque decírtelo me haga parecer un cabrón, porque estás embarazada, sensible y parece que te presiono para que entiendas hasta qué punto te necesitamos, pero es que no decírtelo me corroe por dentro y...

Esta vez, la que no le deja hablar soy yo, que me pongo de puntillas y me acerco a él, enlazando los brazos detrás de su nuca y cediendo, después de mucho tiempo, al impulso de abrazarlo y acercarme a sus labios. Nil baja la cabeza de inmediato y sus manos, que estaban en mi cintura, rodean mi cuerpo enseguida, estrechando nuestro abrazo y dejando nuestros cuerpos totalmente pegados en apenas un segundo.

Su nariz roza la mía y siento su respiración estrellándose en mi cara, acelerando mi pulso muy por encima de lo recomendable.

—¿Si pudieras elegir entre ser solo el padre del bebé o ser también mi chico? ¿Qué...?

—Me cortaría un brazo por ser tu chico —dice antes de que pueda acabar la pregunta, apretando más nuestro abrazo—. Joder, Azahara, me cortaría los dos y hasta las piernas si con eso consigo que vuelvas conmigo.

Me río, pero mis ojos se llenan de lágrimas. Supongo que estoy de nuevo en uno de esos «a veces».

—Creo que no hará falta tanto —le aseguro cuando una lágrima se escapa de mi ojo izquierdo.

—¿No? —pregunta limpiando mi mejilla un segundo, tan cerca de mí que siento que podría irme a vivir al azul de sus ojos y quedarme ahí para siempre, a salvo de todo lo feo que tiene el mundo.

—No —respondo.

Entonces Nil hace eso que tan loca me vuelve. Se muerde el labio como cuando tiene tantas ganas de estar conmigo que apenas puede contenerse y mis sentimientos estallan, como si se tratara de una maldita bomba. De pronto solo puedo pensar en esos labios sobre los míos, por eso tiro más de su nuca y hago que se acerque. Por eso gimo cuando Nil gime y, cuando sus labios rozan los míos, en un acto tentativo, siento que me fundo como la mantequilla sobre el pan caliente.

—Joder, cuánto te echaba de menos —susurra sobre mis labios, haciendo que el movimiento cosquillee en mi boca.

Lo abrazo con más fuerza, y eso que pensaba que ya no sería posible. Me recreo en su olor, en el modo en que sus manos se clavan en mi piel, con firmeza y, al mismo tiempo con una dulzura que me sobrecoge. Me empapo de Nil como hacía tiempo que no me permitía hacer y, por un instante, dejo de pensar en todos los «contras» de esta relación. Ignoro que sigo sintiendo terror ante una nueva estampida y me pregunto cómo de loca debería estar para lanzarme del todo y permitirle entrar en cada rincón de mi vida de nuevo. ¿Cómo sería pensar en un futuro en el que Nil y yo estemos juntos con nuestros hijos sin que el miedo a perderlo todo me aceche por cada esquina? ¿Sería posible?

—Madre mía, qué rachita llevo...

Me suelto de inmediato de Nil al oír las palabras de mi primo Jorge, que está justo a nuestro lado. Dios, está tan cerca que no entiendo cómo han llegado él y Tash sin que los oigamos.

—No seas malo —le dice su chica con una pequeña sonrisa.

—No lo soy, es solo que parece que tengo una flor en el culo para interrumpir escenas bonitas.

—¿Qué? —pregunto desconcertada, intentando adaptarme al hecho de que he besado a Nil, y él me ha besado. Todavía, si me esfuerzo, puedo sentir la presión de sus labios sobre los míos.

—Nada, míster Disney, que estos días está que se sale también, claro que no tanto como Nil, ¿eh, campeón?

Le da unas palmadas en el hombro con una sonrisa, pero ni el gesto ni la sonrisa son verdaderos.

—Solo estábamos... —murmura Nil, pero no puede acabar la frase porque mi primo lo corta.

—Oh, se ve bien lo que estabais haciendo, tranquilo.

—Jorge... —susurra Tash.

—Tranquila, Tasha, yo no soy mi primo Mario. —Besa a su novia brevemente en los labios y, por un instante, pienso que la tensión ha pasado, pero entonces vuelve a mirar a Nil de un modo tan intenso que me estremezco—. Yo no soy tan desmedido como Mario, ni tengo los músculos de Felipe, pero si le haces daño por tercera vez, ellos dos van a ser el menor de tus problemas en comparación conmigo.

—¡Jorge! —exclama su novia.

—Y ahora, voy a entrar a buscar café, porque se nos ha terminado. Que podría ir al supermercado, pero es que esta sigue siendo mi casa, porque lo dice la abu, que esta casa es la casa de los Dunas, así que, con permiso...

Se cuelan en casa por la cara mientras nosotros nos quedamos mirándolos boquiabiertos. Desde luego, hay que empezar a poner unas normas. No puede ser que aquí entre todo el mundo con su propia llave como si esto fuera comunitario. Voy a tener un bebé, por Dios, ¿qué pasará cuando esté durmiendo y se pongan a hacer ruido? Los conozco, mi familia tiene muchas virtudes, pero el silencio no es una de ellas. Cuando consigo salir de mis pensamientos, miro a Nil, que me observa como si intentara descifrar qué demonios estoy pensando.

—Perdónalo, ya sabes cómo son de intensos por aquí y...

—No tengo nada que perdonar. Al revés, agradezco que sean así. Protegen tus sentimientos de mí porque fallé no una, sino dos veces.

—Todos fallamos en algún momento —murmuro sin mucha convicción.

Él asiente, pero puedo ver lo mal que se siente.

—¿Sabes lo peor? Construir una relación basada en la confianza lleva meses. A nosotros nos costó mucho, hace más de un año que nos conocemos y, sin embargo, me lo cargué todo en un par de actos rápidos e impulsivos. Me merezco que no confíes en mí, pero eso no significa que vaya a dejar que olvides todo lo bueno que tuvimos. Todo lo que podemos ser juntos.

Sonrío, porque me encanta ver a Nil tan convencido de sus planes, pero también porque, aunque lo haya intentado resistir, las puertas de la esperanza se están abriendo a un ritmo vertiginoso.

—En realidad, ese beso ha sido un buen comienzo.

Nil se ríe, se acerca a mí con soltura y seguridad, de ese modo que hace que me tiemblen las rodillas. Me acaricia el costado, levantando un mundo de sensaciones en mi pecho.

—¿Quieres otro?

—No me importaría...

—¿Qué está pasando aquí?

Me sobresalto al oír a Felipe y lo miro, junto a Camille, ambos en ropa deportiva y escrutándonos con intensidad.

—Pero ¿es que no puede tener una un momento de intimidad en esta casa? —protesto exasperada.

—Estás en la puerta de la casa, joder. Ponte detrás de un seto, por lo menos. ¿Ahora tengo yo la culpa de que tú seas igual de discreta que un tanga fosforito?

—¿Un tanga fosforito? ¿Eso existe? —pregunta Camille.

—Seguro que sí. ¿Quieres uno?

—No me importaría probarlo.

—Podemos apagar la luz y ver qué pasa.

—O podemos...

—¡No quiero oír vuestros planes de follar con ropa interior fosforita! —chillo—. ¡Por el amor de Dios, fuera de aquí!

Mi hermano Felipe hace amago de hablar, pero Camille lo corta tirando de su mano y pasando a nuestro lado con rapidez.

—Son las hormonas. —Oigo que murmura.

—A la mala hostia la llamamos «hormonas» ahora —gruñe mi hermano.

—¡Os he oído! —grito mientras se alejan por el paseo litoral.

—¡Me parece bien, no lo he dicho como si fuera un secreto! —vocifera mi hermano de vuelta, dejándome claro que a él no le avergüenza nada ni nadie.

Resoplo y, cuando pienso que no puedo pasar más vergüenza, oigo la risa de Nil a mi lado. Me giro y lo encuentro aguantándose las carcajadas a duras penas. Paso del amor al odio en un instante. Sí, aquí viene otro «a veces».

—¿Estás de acuerdo con él?

—¿Qué? No, joder. Bueno, sí que tienes mala hostia, pero yo te quiero así, con ese genio de mil demonios que sueles cargar.

—Si lo que quieres es recuperarme, déjame decirte, Nil sin apellidos, que esa no es la manera.

—Oh, por supuesto que quiero recuperarte, Azahara de las Dunas Donovan Cruz, pero eso no hará que me calle algunas verdades, como que tienes un genio de mil demonios. —Hago amago de protestar, pero él se cierne sobre mí, pasando las manos por mi trasero y pegándome a su cuerpo con una seguridad que me hace temblar de emoción—. También tienes un pelo de ensueño, unos ojos que vuelven loco, la mejor personalidad del mundo y una boca por la que mataría sin dudarlo ni un segundo.

—Mmm, supongo que eso compensa, ¿no?

—Oh, sí, mucho. —Sonríe de lado y siento cómo se me aflojan las rodillas—. Aza.

—¿Mmm?

—Voy a besarte de nuevo.

—Oh.

—Sí, «oh».

Sus labios se estampan en los míos y juraría que siento su risa, incluso con los ojos cerrados y mi boca ocupada por la suya. Su lengua pide paso casi de inmediato, como si tuviera urgencia por colarse en mi boca. Me doy cuenta, entonces, de que Nil está jugando otra mano y, sin lugar a duda, está ganándola. Dios, en realidad, creo que desde que ha decidido empezar a jugar esta partida en serio, yo voy perdiendo por goleada. Claro que, cuando me muerde el labio inferior y me aprieta más contra su cuerpo, recordándome las ideas increíbles que se le ocurren, no puedo evitar reflexionar acerca de lo mucho que, en realidad, estoy ganando.

—¿Desde cuándo no hay edulcorante natural en esta casa? —pregunta Jorge a gritos elevando mi frustración a límites infinitos—. Tenéis dos hijos, uno en camino y la despensa llena de azúcar. ¡Menudo ejemplo!

—¡Que te calles la maldita boca, Jorge de las Dunas! —grito rompiendo el beso.

Oigo dos carcajadas al mismo tiempo, la de mi primo, que está asomado a la ventana, y la de Nil. Es entonces cuando constato, una vez más, lo enamorada que estoy. Tengo ganas de matar a mi primo y, sin embargo, la risa de Nil tiene un efecto sanador en mí que no se compara con ninguna medicina que haya probado antes.

Dios, cómo quiero a este chico, qué asustada estoy y cuánto deseo que esto salga bien de una vez por todas.

31

Anastasia

Entramos en la cafetería al ritmo de una canción que no me sé, pero tiene toda la pinta de ser de Disney. Por eso en cuanto Mario cierra la puerta, mientras sigue cantando a voz en grito, yo me acerco a la *jukebox* y elijo una canción que resuene por encima de sus gritos. Me gusta Mario. Me encanta. Me pone a mil solo mirarlo, pensar en besarlo hace que me acelere y, a nivel emocional, ha llegado a mí de una forma que no había conseguido casi nadie, pero canta mal. Ya está, no pasa nada, no podía ser perfecto. Aun así, como no quiero herir sus sentimientos, me giro con una sonrisa y señalo los altavoces, por donde empiezan a sonar los acordes de «Put your head on my shoulder», de Paul Anka.

—¿Bailas conmigo?

La sonrisa que Mario me dedica bastaría para iluminar Fuengirola al completo. Diablos, la sonrisa de ese chico iluminaría el planeta Tierra si se lo propusiera. Se acerca a mí con paso lento y seguro, sabiendo que esta vez soy yo la de los nervios anticipatorios. Él ya no tiene que pensar si me tomaré o no a broma sus insinuaciones, porque ha quedado claro que en realidad sus insinuaciones consiguen que me vuelva de gelatina.

—Me encanta mi repertorio Disney, princesa, pero esta canción... Esta canción es muy tú.

—¿Muy yo?

—El estilo, no lo sé. Supongo que es de esas canciones que suenan en el lugar menos esperado y hacen que vaya hacia ti, aunque no estés. Siempre voy hacia ti, Anastasia.

—Es bueno saberlo —digo mientras me rodea la cintura con uno de sus brazos y me dedica una sonrisa preciosa—. Oh, tienes el ego por las nubes, ¿verdad, De las Dunas?

—Ni te lo imaginas, preciosa.

Me río, consciente de que esto solo dará más alas a que se crezca, pero es que no me importa. Después de la comida con mis padres, de sentirme tan mal y tan poquita cosa, estar aquí, con él, entre sus brazos y sabiendo que no está enfadado conmigo me hace sentir... importante. Tan importante como para que, incluso cuando me quedo bloqueada, él sepa verme y darme mi espacio. Mario puede parecer infantil, inmaduro y, a menudo, un bocazas, pero nunca, en toda mi vida, he sentido que de verdad tenía una relación igualitaria con alguien. No como con él, donde dar no supone sentir que no recibo nada. Cuando estoy a su lado no me siento menos importante ni creo que deba llevar todo el peso de las responsabilidades. Por fin hay alguien con quien compartirlas, igual que las alegrías. Por fin hay un hombre capaz de ponerse a mi lado y caminar conmigo, sin querer librar mis batallas para ser el héroe, sino apoyándome en mi lucha sin descanso. Me da mi espacio, apoya mis causas y, por mucho que fanfarronee acerca de encontrar a su princesa de cuento, solo quiere la parte bonita de eso; la parte en la que encuentra a una mujer que pueda aceptarlo tal como es, o eso quiero pensar.

—¿En qué piensas? —pregunta mientras nos mecemos al ritmo de la música y el atardecer nos va engullendo desde la poca luz que entra entre las persianas cerradas.

—En ti, en lo perfecto que pareces para mí —admito—. Y en lo mucho que me ha costado darme cuenta.

—Eres un poco lenta de procesamiento, no pasa nada. Yo soy demasiado rápido. —Le pellizco el bíceps y se ríe, pero se acerca más a mí, bajando su cabeza hasta que su nariz roza la mía—. Puede que hayas recorrido un camino más largo que el mío, pero estamos en el mismo cruce ahora y eso es lo único que me importa siempre que quieras elegir una dirección conmigo.

—De la mano —susurro.

—Siempre, princesa.

La canción acaba y, casi de inmediato, los acordes de «Be my baby» de The Ronettes llenan la cafetería. No me extraña en absoluto que Mario me suelte y se marque un solo, porque no conoce la vergüenza propia ni ajena, pero no puedo evitar reírme cuando empieza a cantar moviendo las caderas. Pese a todo, debo reconocer que, cuando me guiña un ojo y me dedica esa sonrisa torcida de chico travieso, no puedo evitar morderme el labio y preguntarme si siempre me sentiré de este modo cuando él haga eso. ¿Me saltará el corazón dentro del pecho como si quisiera salirse y, al mismo tiempo, detenerse para siempre? ¿Sentiré la adrenalina poseer mi cuerpo de este modo cuando el tiempo pase? ¿Podría cansarme de sus eternas sonrisas, incluso cuando no me apetezca sonreír?

La respuesta me llega de su mano, cuando me la sujeta para tirar de mí hacia su cuerpo y hacerme bailar por toda la cafetería girando a tal velocidad que, al llegar al otro extremo, el mareo es considerable. Aun así, no protesto, porque este tipo de mareo es del bueno, del que me hace reír a carcajadas y no duele, sino todo lo contrario.

—Eres mi cura... —digo sin pensar—. Curas mi alma, Mario. Es tan... grandioso.

Él se detiene en seco y me mira tan profundamente que siento que puede ver cada sentimiento que destilo. No aparto la mirada, no porque no me importe, sino porque me importa demasiado y quiero que lo vea. Y lo ve, lo sé porque me lleva con suavidad hasta una de las mesas, donde me apoya para besarme con tal dulzura que siento ganas de llorar y de reír a carcajadas al mismo tiempo. No habla, es una de esas pocas ocasiones en las que lo veo quedarse sin palabras y, pasados unos instantes, los pocos hilos que sujetaban mi cordura se desprenden y me dejan desnuda de escudos, lista para darle todo lo que quiera.

Y no me arrepentiré. Es algo de lo que estoy condenadamente segura. Puede que mañana me sienta mal por todo lo de mis padres, eso sí lo sé, y le daré mil vueltas, me recriminaré muchas cosas y se me ocurrirán mil frases que podría haber dicho, pero de esta parte, de este momento con Mario, no me arrepentiré. Por eso me elevo sobre mis puntillas y hago el amago de subirme en la mesa. No lo consigo, pero Mario, que es un chico listo, me sujeta por la cintura y me sube sin ningún tipo de esfuerzo. Acaricio sus mejillas separándolo de mí un instante. Cuando abro las piernas y lo insto a meterse entre ellas, apenas contengo un gemido al notar la prueba de su deseo presionando con fuerza.

Sus manos viajan por mi espalda, acariciando mi columna vertebral y buscando puntos estratégicos de esos que me erizan la piel. Cuando lo consigue, sonríe, pero continúa sin hablar. Cuando sus labios abandonan mi boca en busca de mi cuello, lo único que puedo hacer es cerrar los ojos, echar la cabeza hacia atrás y darle acceso a cada parte que ansíe de mi cuerpo. Siento su lengua en la base de mi cuello y gimo cuando sus dientes rozan mi piel. Soy tan blanca que puede que eso, junto al roce de su barba, sirva para que mi escote luzca colorado un par de días, pero no me importa. Ahora mismo lo único que me importa es que siga besándome a placer y no deje de acariciarme, sobre todo cuando una de sus manos viaja por mi muslo en dirección a la rodilla y, de ahí, asciende por debajo del vestido. Mario gime cuando se da cuenta de que las medias son de liguero; yo gimo cuando me doy cuenta del rumbo que llevan sus dedos. Nos separamos un instante para mirarnos a los ojos, pero en realidad ninguno de los dos ve nada. La razón se extinguió entre nosotros hace ya muchos minutos, en algún momento entre música antigua y el baile de promesas que hemos realizado. Ahora solo nos quedan los cuerpos anhelantes y la certeza de que necesitamos más. Mucho más. Por eso me subo la falda sin pudor, busco su mano y lo ayudo a subir, hasta que llega a mis ingles. Mario mira abajo, a la unión de mis piernas, y ahoga un gemido cuando se da cuenta de que sus dedos están rozando mi parte más íntima. Lo veo cerrar los ojos, apretar la mandíbula y contenerse, pero no entiendo bien por qué.

—Quiero que sea especial —dice con voz espesa cuando por fin consigue mirarme—. No quiero que pienses que aprovecho la más mínima oportunidad para tocarte o estar contigo.

—No lo haces, estoy segura.

—Estás sensible por todo lo que hemos vivido hoy.

—Estoy segura de querer darte mi cuerpo, al margen de eso.

—No quiero que te arrepientas. Y no quiero solo tu cuerpo, Anastasia.

—No hay modo de arrepentirme, salvo si no me tocas ahora mismo, y te prometo que no es solo mi cuerpo lo que te estoy ofreciendo.

Sus ojos, de un azul que por lo general me recuerda el mar de La Cala, se oscurecen hasta el punto de estremecerme. Sus dedos esquivan la barrera de la ropa interior con firmeza, como si lo hubiera hecho un millón de veces y sus dientes se muerden el labio inferior cuando llega a mi clítoris y gimo contorsionándome y buscando más.

—Cuando pienso que no puedo quererte más... —susurra.

Sus palabras elevan mi ego, no solo por lo que significan, sino por el modo en que suena, tan necesitado como yo, aunque sea quien esté recibiendo la caricia. Sus dedos exploran mi intimidad con dulzura, pero sin perder ni un ápice de seguridad. Su boca vuela a la mía cuando la reclamo y su otra mano, hasta ahora libre sobre la mesa, se posa sobre mi nuca para así moverme a placer. Se podrán decir muchas cosas de Mario de las Dunas, pero nunca nadie, jamás, podrá decir que no sabe cómo dar placer a una mujer. Jadear, suplicar más y retorcerme en busca de sus dedos parece tan natural que, en algún momento, en medio de una nube de placer, me doy cuenta de que no dejo de repetir su nombre entre susurros desesperados. Cuando la cima se abre ante mí y puedo vislumbrarla al fin, ni siquiera soy capaz de centrarme en nada salvo en él, que ha separado sus labios de mí para mirarme.

—Vamos, princesa, córrete para mí.

Esas palabras en el pasado me habrían hecho darle un sermón, pero ahora... Dios, ahora me desatan como si de una tormenta se tratara. La electricidad comienza en mis talones y se extiende rápido por mis piernas, subiendo por mi columna vertebral y haciendo estallar mi cabeza en miles de pedazos mientras mi cuerpo lo busca. Es muy posible que de mis labios salga su nombre en el grito más placentero que he dado nunca. Cierro los ojos del mismo modo que los cierro ante un estornudo, consciente de que no seré capaz de soportar algo tan intenso de otra forma, pero incluso privada de visión, puedo sentir a Mario aquí, conmigo. Su olor, sus dedos ágiles y dulces calmando mi centro, su voz susurrando palabras que pretenden traerme de vuelta, pese a que no entienda mucho. Cuando por fin abro los ojos, la sonrisa más bonita que he visto nunca en nadie.

No es arrogante.

No es inmadura.

No es infantil ni egoísta.

Es la sonrisa de un hombre que ha cumplido un sueño y me siento tan agradecida por tenerlo aquí, conmigo, que de pronto entiendo algo vital: todo lo que la vida me negó un día, me lo está dando en personas por las que merece la pena no solo estar aquí, sino levantarse cada mañana.

Por eso me recoloco la ropa, me bajo de la mesa, me alzo sobre mis puntillas, aún temblorosa, y enlazo mis brazos detrás del cuello de Mario, que no duda en rodear mi cuerpo con los suyos.

—Sé que te ha costado, que no he sido fácil y que todavía nos queda mucho camino por delante, pero gracias, Mario, muchísimas gracias.

—¿Por el orgasmo?

Niego con la cabeza con una risa entrecortada con las lágrimas que ni siquiera me he dado cuenta de que estaba soltando.

—Por recordarme que merece la pena vivir de ilusiones. En realidad, por convertirte, junto a este negocio, en todas mis ilusiones.

Es entonces cuando descubro, gracias a Mario de las Dunas, que hay miradas capaces de desatar tormentas.

—Te prometo, Anastasia, que no voy a fallarte nunca. Puede que no sea perfecto, pero esto pienso cumplirlo al cien por cien.

Trago saliva, acaricio su mentón y lo beso con suavidad en los labios.

—Ven a casa conmigo. Demuéstrame con hechos y no solo palabras, cuánto te importo. Deja que te lo demuestre yo también.

El beso que recibo apenas acabo de hablar es toda la respuesta que necesito.

Mañana mis monstruos vendrán a por mí, estoy segura, pero esta noche solo estamos él y yo. Esta noche nada puede romper la burbuja de intensidad, placer y amor que hemos creado.

Esta noche somos invencibles.

32

Mario

Es una suerte que, al llegar a casa de Anastasia, mi primo y Natasha estén ya en su habitación, porque estoy segurísimo de que en mi cara se detecta, a simple viste, lo alucinado que estoy. Es preciosa. Joder, es preciosa toda ella. El modo en que se entrega, se contorsiona y gime mi nombre hará que me estalle la puta cabeza en cualquier momento. Sus labios llenos de carmín, sus ojos pintados, el modo en que se esconde del mundo y, al mismo tiempo, alza la barbilla para obligarse a sentirse orgullosa... Es grandiosa y, por alguna razón que no acabo de entender, quiere estar conmigo.

Llevo toda la vida soñando con encontrar a mi princesa. Mis primos, mi madre, mis tíos y hasta mi abuela, todos en algún momento se han reído cada vez que lo decía, porque pensaban que, en el fondo, hablaba en broma. No era así. Yo de verdad quería una princesa de cuento. Cuando era pequeño me encantaba *La Sirenita*, su pelo rojo y el hecho de que viviera en el mar me fascinaba. Cuando mi padre murió, engullido por el mar, decidí que las princesas de agua no eran para mí y entonces empecé a soñar con encontrarme un día con una Cenicienta. Era un niño, obviamente, cuando fui creciendo medité acerca de eso de estar con una mujer que, en realidad, es una esclava, y entonces me decanté por Bella, porque está obsesionada con los libros y yo pensaba que entendería mi cabeza y no se reiría de mí por ser más listo que la media. No lo decía en voz alta, claro, pero lo pensaba cada día. Si yo tuviera una Bella, estudiaríamos durante horas y luego follaríamos durante muchas otras horas y seríamos felices siempre. Era adolescente, mis prioridades estaban bastante claras.

Ahora, siendo adulto y mirando a Anastasia, me doy cuenta de que, en realidad, mi princesa perfecta es justo así, aunque Disney no se haya atrevido a inventarla. Lleva pelucas de colores y se maquilla acorde a su vestimenta, que suele ser retro la mayoría de los días. Adora Batman y Spiderman por encima de cualquier princesa y se levanta cada mañana con la firme intención de no depender de absolutamente nadie para ser feliz, mucho menos de un hombre. Mi princesa perfecta no tiene película, pero tampoco le hace falta, porque está conmigo y eso es lo que de verdad importa.

—Estás muy callado —susurra ella desde el interior de la habitación, haciendo como que ordena unos frascos que hay sobre su tocador—. ¿Ya te estás arrepintiendo de haber venido?

Me acerco tan rápido a ella que no me extraña que se sobresalte. Rodeo su cintura desde atrás, pegándola a mi pecho y enlazando mis dedos sobre su estómago. Beso la base de su cuello y, cuando siento cómo se le acelera el pulso, sonrío junto a su oreja.

—Estoy pensando por dónde debería empezar a quitarte la ropa.

Anastasia se gira, sonriendo con un orgullo que me deja sin habla, sobre todo cuando empuja mi pecho y me lleva hacia la cama, sentándome en el borde.

—¿Quién te ha dicho que tú vas a quitarme la ropa y que no lo haré yo misma?

—Era una suposición, pero, desde luego, estoy más que abierto a los bailes eróticos.

Su risa llena la habitación y sus ojos casi refulgen. Joder, qué bonita es. Se gira, me mira por encima del hombro y me guiña un ojo.

—Basta con que bajes la cremallera. Puedo ocuparme del resto.

Obedezco, porque haría cualquier cosa que ella me pidiera. Cuando bajo la cremallera y descubro el encaje de su sujetador, mi corazón se desboca un poquito más, si cabe. Su cintura es estrecha, siempre me he preguntado si usaba algún tipo de corsé, pero ahora veo que no. Sus caderas, en cambio, son más bien anchas. Joder, es que es perfecta. Describirla sin desvariar durante horas sería imposible. Beso la base de su columna vertebral y siento el modo en que se estremece. Lo siento literalmente, porque me estremezco con ella. Por eso, cuando se aleja, estoy a punto de suplicarle que no lo haga. Que se quede conmigo un poco más.

—Ten paciencia... —susurra sin mirarme, como si supiera lo que estoy pensando.

La veo manejar su teléfono móvil y enlazarlo con el altavoz que hay en la habitación. En apenas unos segundos, Frankie Vallie empieza a cantar «Can't take my eyes off you» mientras yo me derrito. Es tan ella que me cuesta respirar. Deja caer el vestido por sus hombros y se queda ante mí como una jodida diosa de encaje negro y curvas. Su peluca rosa parece brillar esta noche más que de costumbre y el modo en que sonríe bastaría para que yo cometiera unas cuantas locuras en nombre del amor. En su nombre.

—Ven aquí, princesa —suplico, más que susurro.

Ella lo hace, se cuela entre mis piernas abiertas y deja sus pechos a la altura de mi boca. Demasiado irresistible.

—Te toca.

Anastasia me despoja de la ropa que llevo en la parte superior en apenas unos segundos. Cuando quiero darme cuenta, estoy quitándome los zapatos y los calcetines. Cuando voy a levantarme para hacer lo mismo con el pantalón, ella me empuja sobre la cama. Se pone a cuatro patas a mi lado y me lo desabrocha. Joder, si no estallo antes de quitarme la ropa interior, va a ser de milagro. Me lo quita todo, dejándome desnudo, excitado como nunca antes en mi vida y con la ansiedad por las nubes.

—Ven aquí —le pido de nuevo, tirando de su mano con intención de tumbarla. Sin embargo, se resiste. Se sube sobre mi cuerpo y agarra mi erección con una mano, dejándome claro quién va a llevar el mando esta noche—. No pienso quejarme por esto —gruño—, pero quiero tu boca, Anastasia. Dame tu boca, joder.

Me la da, creo que es consciente de mi desesperación, porque sus labios se mueven sobre mí al mismo ritmo que su mano lo hace sobre mi erección. Mis manos, en cambio, acarician sus pechos con la devoción que merecen. Sus pezones se endurecen a mi tacto con tanta rapidez que mi ego se pone por las nubes, pero no es nada comparable a lo que siento cuando Anastasia rompe nuestro beso y se alza un poco, ofreciéndome lamerla. Le desabrocho el sujetador a toda prisa y dejo su cuerpo desnudo, a excepción de las braguitas y las medias. Sus pezones son rosados, en perfecta armonía con su pálida piel. Lamo uno de ellos y, por el modo en que aprieta su mano sobre mí, sé lo mucho que le gusta. Joder, si seguimos así, esto va a durar muy poco.

—Anastasia... —gimo.

—¿Sí? —pregunta ella en lo que pretende ser un tono indiferente. Sin embargo, el modo en que respira y se mueve la delata.

—Oh, joder. Más.

—¿Más rápido? ¿Más lento? ¿Más intenso? —pregunta en tono jocoso.

Abandono sus pezones un solo instante para mirarla a los ojos.

—Más de todo lo que quieras darme, pero más.

Ella se separa de mí, baja por mi cuerpo. Cuando sus labios se cierran alrededor de mi erección, lo único que puedo hacer es suplicar internamente no correrme ahora. Joder, no quiero correrme ahora, pero tener su boca sobre mí es demasiado. La separo en apenas unos segundos y me siento para besarla. Hago amago de tumbarla sobre el colchón, pero se resiste. Me separo de ella para mirarla a los ojos y sonríe.

—Yo arriba.

Elevo las cejas y alzo las manos, sonriendo como pocas veces en mi vida.

—No me verás quejarme, princesa.

Ella saca un condón de su mesilla de noche y me lo pone en apenas unos instantes, luego se sube sobre mis caderas, agarra mi erección nuevamente y, sin quitarse las braguitas, se acaricia con ella a placer. Sentir sus labios vaginales en mi glande, unido a la tela rozándome por los laterales, es una sensación tan increíble que tengo que apretar los dientes para no correrme. Ella, que no es tonta y debe de intuirlo, se deja de juegos, aparta del todo la tela y empieza a bajar. Sé que la cosa se pone seria cuando su gemido reverbera en mi cuerpo gracias a nuestra unión corporal. Creo que gruño su nombre, aunque no estoy seguro. En realidad, ahora mismo podría estar gritando y no estaría seguro porque me siento como si estuviera en una nebulosa de placer, amor y triunfo que va a durarme, como mínimo, una semana.

Anastasia mueve sus caderas con suavidad, sin prisa, sabiendo que tenemos toda la noche para disfrutar de nuestros cuerpos. Sus ojos parecen brillar, su sonrisa no la abandona en ningún momento y, no sé qué ve en mi rostro, pero le gusta. Le encanta, a juzgar por el modo en que me besa y se mueve sobre mí. Yo solo espero que vea un poco de este amor que me tiene desbordado desde poco después de conocerla. Muevo las caderas alzándolas y acompasándome a su movimiento, haciendo más intensa la penetración y consiguiendo que su cuerpo tiemble como lo ha hecho el mío durante toda la noche. Me siento, incapaz de no abrazarla cuando mi cuerpo me pide más contacto. Más roce. Más de ella. Más. Todo, joder. Busco su boca y, aunque me la da, noto el modo en que intenta controlar sus emociones, lo que no sé cómo me hace sentir, porque hace ya tiempo que las mías se desbordaron. Aun así, me entrego al máximo, porque no sé hacerlo de otra forma y, cuando siento el final cerca, llevo un par de dedos a su clítoris para que ella llegue antes. Ella tiene que llegar antes, me niego a correrme antes de que haya alcanzado al menos dos orgasmos, contando el de la cafetería.

—Vamos, nena, dame otro —susurro.

Ella gime y cierra los ojos por respuesta. Sí, joder, justo así, entregada de verdad. Se mueve sobre mí y me aferro a sus caderas. Noto la tela de sus bragas en las palmas y estoy tan tentado de arrancárselas que es un milagro que consiga controlarme. No quiero ni una puta barrera entre nosotros, de ningún tipo y estoy a punto de decírselo, pero entonces se contorsiona, sus músculos vaginales se contraen, llevándome a la locura, y alcanza un orgasmo que la hace gritar y temblar entre mis brazos. Dios, es demasiado, la abrazo, besando la base de su garganta y su boca, cuando deja de estremecerse. Le doy unos segundos para recuperar la razón y, en cuanto sus ojos nublados se posan sobre mí, después de romper el beso, me aferro a sus caderas y, ahora sí, la muevo a placer. Ella se deja, sonriendo y besándome mientras busco mi propio placer. No tarda en llegar. En realidad, lo raro es que haya aguantado sin hacer el ridículo. El orgasmo se desata en mis entrañas y siento el placer esparcirse por mi cuerpo mientras me tenso y clavo mis dedos en su piel para que se quede quieta. Brutal, joder, increíble. Cierro los ojos, porque tengo miedo de que me estallen junto con el orgasmo. Cuando los abro, me encuentro con la sonrisa más bonita del mundo a pocos centímetros de mí. Intento devolvérsela, me acerco para besarla y entonces, como llevada por un vendaval, Anastasia se levanta y se excusa diciendo que tiene que ir al baño de inmediato.

—Me llevo esto —susurra con una sonrisa, quitándome el preservativo con cuidado.

Cuando la puerta del baño se cierra, me siento... extraño. Incompleto. Raro. Y me odio por ello, pero es que apenas he tenido tiempo de disfrutar las sensaciones que llegan después del orgasmo. Quería abrazarla, mecerme un poco más en su interior, besarla. Joder, no sé, quería postergar un poquito esas sensaciones y recrearme en el hecho de estar por fin con ella.

Me tumbo en la cama, aún con la respiración alterada, y me pregunto si es que he hecho algo mal. ¿No le ha gustado tanto como a mí? ¿Debería haberme preocupado más por los preliminares? ¿Y por qué demonios está en el baño cuando podría estar aquí, recuperando la compostura junto a mí? Me ha gustado acostarme con ella, me ha encantado, sería hipócrita decir otra cosa, pero quería... más. De ella lo quería todo y, de algún modo, siento que ha faltado algo. Ha faltado su entrega completa y, aunque no puedo culparla por ello, tampoco puedo negar el regusto agridulce que me ha dejado nuestra primera vez.

Intento quitármelo de la cabeza, miro hacia la puerta del baño pensando que saldrá en cualquier momento y la noche aún es larga, pero entonces me pregunto: ¿ella querrá que me vaya? La única vez que durmió conmigo fue en mi cama y se fue antes de que pudiera verla por la mañana. Mierda, no quiero irme y no sé cómo hacerlo para que no me eche así que, de pronto, tengo tantas ganas como miedo de que la puerta del baño se abra y vuelva.

«Tranquilo, Mario —me digo—. Todo irá bien. Hakuna Matata, tío.»

Miro el vestido de Anastasia en el suelo, junto a su sujetador, y sonrío. Puede que ella todavía sienta la necesidad de ocultar una parte de sí misma de mí, pero esto... esto solo es el principio.

33

Anastasia

Si no pueden verte, no pueden hacerte daño. Ha sido una constante en mi vida. Primero, cuando vivía con mis padres e intentaba, por todos los medios, pasar desapercibida. Luego, cuando me marché, fue una certeza para enfrentarme a un mundo que me resultaba ajeno, complicado y duro. Podrían ver mis vestidos extravagantes, mi maquillaje excesivo y mi pelo de colores, pero nunca me verían a mí. Nunca sabrían que, bajo capas de superficialidad y risas estudiadas, hay una mujer que sufre a menudo porque no sabe cuál es su lugar en el mundo, si es que lo tiene. Eso me ha motivado a levantarme cada día antes de lo que debería. Tener tiempo de maquillarme, como quien se coloca una máscara perfecta, mirarme al espejo y sonreír, porque entonces sí, una parte de mí quedaba inaccesible.

Con lo que no contaba era con enamorarme. Nunca imaginé que llegaría un día en que algo tan instintivo como el sexo pudiera llegar a ser agobiante, no porque haya ido mal, sino todo lo contrario. He sentido durante cada segundo que ha durado mi sesión de sexo con Mario que me lo daba todo, absolutamente todo. Sin reservas, sin esconderse. Se ha abierto en canal de un modo que me ha dejado aturdida, conmocionada. Yo también he querido dárselo todo, pero el miedo... el maldito miedo ha podido conmigo. No podía tumbarme en la cama, por si se me caía la peluca. No podía perder el control, por si se me corría el maquillaje. Y ahora, frente al espejo, sabiendo que está en la cama desnudo, exhausto y relajado después de haberlo dado todo, no puedo dejar de pensar que yo no lo he hecho. Otra vez Mario de las Dunas me ha demostrado por qué es tan especial. Otra vez me ha dado una lección de amor y otra vez he fallado.

Observo mis pechos, aún rojos por el roce de su barba y sus dientes. Los acaricio con suavidad para intentar devolverlos a su estado natural y miro mi tripa, tersa y serena después de haberse movido con rapidez en busca de oxígeno. Mis caderas anchas. Mis medias aún puestas. Mis braguitas, deformadas ya sobre mi piel por los tirones que ambos hemos dado. Y, por último, mi peluca rosa, mi maquillaje intacto y mis ojos brillantes, no por el placer, ya no, sino más bien por... el odio. El odio que siento por ser tan cobarde.

¿Y si me atreviera? ¿Y si, por una vez, yo pudiera hacer algo tan loco y valiente como mostrarme ante alguien sin disfraces? ¿Cómo sería dejar de esconderse? Las palabras de Tash acuden a mí, como si se hubieran tatuado en mis recuerdos.

«A veces pienso que a mí me encerraron en un hotel, pero no es ni la mitad de malo que lo que te hicieron a ti. Te obligaron a encerrarte en ti misma para que no pudieran llegar a ti y eso... eso es demasiado triste.»

Mis ojos se llenan de lágrimas ante el dolor que supone recordar aquello. Quiero hacerlo, de verdad que quiero confiar, pero el riesgo es tan alto...

Entonces, al recordar el modo en que Mario me mira siempre y no solo cuando estamos solos, pienso si sería capaz de mirarme igual sin todo esto que me acompaña a diario. Saco un algodón del cajón del lavabo y lo lleno de desmaquillante con dedos temblorosos. Pese a que hoy me puse tonos rosados y naturales, el algodón se vuelve negro debido al *eyeliner*, que se ha convertido en mi mejor amigo. Casi de inmediato empiezan a aparecer las rojeces propias de frotar la piel. Cuando he desmaquillado un ojo, me miro detenidamente. Así, sin pintura, casi puedo ver el miedo saludarme desde mis propios iris. Cierro los ojos un instante y pienso en Mario, que está en mi cama, seguro que esperando por mí. Trago saliva e impregno un algodón nuevo para desmaquillarme el otro ojo. No me miro más, me paso un algodón detrás de otro hasta que no queda ni una sola gota de pintura de ningún tipo. Quitarme el pintalabios hace que mis labios se muestren hinchados por el frote, pero sobre todo por los besos de Mario.

Me miro de nuevo, me llevo una mano temblorosa a la frente y tiro de la peluca con suavidad. Las horquillas saltan y la red que sostiene mi pelo real se desprende, como si hubiera estado esperando este momento para respirar por fin. Mi pelo natural enmarca mi rostro. Me llega hasta la barbilla, más o menos, y es prácticamente negro. En contraste con mi piel pálida y mis ojos claros es tan llamativo que trago saliva. No parezco una princesa. De hecho, ahora sí me parezco más a Maléfica. Y, aun así, me siento... bella. Me siento bella y valiente.

Valiente porque voy a dar este paso y enfrentar las consecuencias.

Valiente porque no voy a permitir que mi familia me quite también la posibilidad de ser feliz al lado de alguien con quien poder sentirme yo sin caretas y sin esconderme.

Valiente porque estoy aterrorizada, pero aun así pienso hacerlo.

Recojo el lavabo de algodones sucios, me lavo las manos con agua helada y me aclaro la garganta. Puedo hacerlo. Sé que puedo. Irá bien. Se trata de Mario. Tiene que ir bien porque pensar en la posibilidad… pensar mínimamente que puede ir mal hace que sienta cómo se resquebrajan partes vitales de mí.

Valiente, ahora me toca ser valiente.

—Mario —digo en voz alta, pero no tan alta como para que me oiga, porque no responde—. ¿Mario? —pregunto más alto.

—¿Sí? —contesta de inmediato.

Me apoyo en el pomo de la puerta y me muerdo el labio con fuerza. Con tanta que me pregunto si no me habré hecho sangre. Me paso la yema de los dedos y compruebo que no es así.

—¿Princesa? —pregunta él de nuevo.

Cierro los ojos, inspiro y me lanzo, de una vez por todas.

—Voy a salir, pero estoy desnuda.

Oigo su risa entrecortada, el ruido que hace mi cama cuando él se mueve y casi puedo sentir la expectación cuando giro el pomo. Intento controlar los latidos de mi corazón, pero fracaso de manera estrepitosa.

—Claro que estás desnuda, princesa, así es como te he dejado. O casi.

Observo las baldosas del suelo mientras la puerta se abre. Trago saliva una última vez y entonces, cuando doy un paso al frente y alzo la mirada, lo veo en mi cama, guapísimo y con los ojos más maravillosos que haya visto nunca puestos en mí. Intento recordar todos los motivos por los que debía ser valiente, pero su rostro muda tan rápido hacia la sorpresa y el asombro que me cuesta. Me cuesta un mundo y, aun así, me obligo a hablar, aunque mi voz sea tan inestable que me extraña no echarme a llorar en el acto.

—No me refería a la ropa.

34

Nil

Mario no imaginaría nunca lo agradecido que me siento de que esté teniendo una cita tan larga con Sia. Son las siete de la tarde, acabamos de llegar a casa después de estar toda la tarde en la playa, y no hay ni rastro de él, así que lo tenemos todo para nosotros. No es que me moleste Mario, pero cuando no está, puedo fingir a placer que somos una familia al uso. Me imagino que nuestro día a día es así: colegio, playa, juegos, duchas, cena y luego dormir todos juntos. Sé que hay partes que no se cumplirán, como la última, pero el simple hecho de haber pasado la tarde viendo a Eric y a Ona correr mientras Aza reía a carcajadas hace que el corazón se me infle de algo desconocido hasta el momento.

Lo viví en verano, sí, pero era distinto, porque ahí sentía cada día como si estuviera en el tiempo de descuento. Cada noche que nos dormíamos era un día menos para volver a casa y separarme de Aza. La presión fue pudiendo conmigo hasta acabar en... bueno, ya sabemos en qué acabó. Ahora, cuando la noche llega y es hora de dormir, lo único que pienso es que no es un día menos, sino uno más. Estamos donde queremos estar, donde necesitamos estar. Hace un año el dolor me trepaba por la garganta cada noche, aferrándose hasta el punto de no dejarme respirar. Ahora, después de meses de duelo, confusión y sentimientos contradictorios, puedo decir, por fin, que estoy listo para seguir adelante con todo lo que eso implica. He aceptado lo que la vida me ha dado por fin, pero admito que ha sido más fácil porque, entre todo lo malo que me tocó vivir, estaban ellos: Eric y Ona. Y luego, para rematar, llegó ella y todo cobró un sentido nuevo.

La he cagado, he sido un capullo a menudo y estoy bastante seguro de que, entre todos los tíos que hay en el mundo, me ha tocado a mí la jodida fortuna de ser el padre del hijo de Aza, pero ahora tengo que convencerla a ella de eso. De eso y de que mi amor nunca fue a menos. No la quise menos por ignorarla. Me porté mal, sí, pero ni siquiera en esos días dejé de quererla. Sé que es difícil de comprender, pero después de nuestro último acercamiento, espero que estemos por fin en el camino que lleva a la reconciliación definitiva.

—¿Puedo ver una peli? —pregunta Eric sentándose en el sofá.

—No, y levántate de ahí porque estás lleno de arena —respondo.

—El problema no es la arena, aquí estamos habituados a que todos los sillones y sofás la tengan. El problema es que es hora de ducharse y cenar para que podáis ir pronto a la cama —dice Aza.

—Yo no me quiero acostar ya —protesta Ona—. ¡Es muy pronto!

—No empieces, Ona —la advierto—. Es pronto, pero mientras te duchas, te vistes, cenas y te preparas para ir a la cama, ya será la hora.

—No, ¡quiero jugar!

—Llevas toda la tarde jugando —le recuerda Aza.

—¡Quiero jugar más!

La relajación que he logrado durante toda la tarde se va de golpe, ante el conocimiento de que está a punto de montar uno de sus dramas. En Barcelona sufríamos esto a la hora de volver del parque, pero claro, no es igual, porque desde la ventana del piso no veía el parque y desde la ventana del cuarto sí puede oír el mar.

—Ona, no empiec...

—Mamá Ola pasará lista pronto. ¿Quieres estar despierta cuando le llegue el turno de mirar aquí? —dice Aza.

—¿Mamá Ola? —pregunta Eric.

—Oh, sí, ¿no sabéis quién es?

Los niños niegan con la cabeza y Azahara oculta una sonrisa que puedo atisbar de refilón antes de comenzar a caminar hacia el dormitorio con ellos siguiéndola de cerca. Ha logrado captar su atención con una sola frase y, joder, cómo la quiero también por eso.

—Mamá Ola sale por las noches, cuando el sol se va y la luna se hace cargo del cielo. Ella deja el mar en calma, porque duerme a sus pequeñas olitas y las deja al cuidado de papá Ola mientras sale del mar.

—¿Sale del mar? —pregunta Ona con los ojos como platos.

—¡Claro! ¿Cómo, si no, iba a comprobar qué niños duermen y cuáles no? Atraviesa la arena de a poquito, por eso cuando los niños hacen castillos, al día siguiente no están. Se caen cuando pasa ella poniéndolo todo en orden para el día siguiente. Mamá Ola se asoma a las ventanas para asegurarse de que los niños duermen en paz y sueñan cosas bonitas. Cuando lo comprueba, vuelve al mar y se duerme a gustito y feliz de saber que todos estáis bien y mañana podrá disfrutar de nuevo de vosotros.

Ona la mira con la boca literalmente abierta de par en par, Eric se muestra mucho más escéptico, claro. Aun así, no dice nada porque es consciente de que su hermana ha quedado cautivada con la historia.

—Creo que es buena idea ducharme ya. Tengo muchas ganas de soñar cosas bonitas y tranquilas.

Me muerdo el labio para no sonreír mientras Aza le dedica una sonrisa dulce y maternal.

—Creo que es muy buena idea, Ona.

Así, sin más, logra que los niños cojan sus pijamas y vayan al baño, donde ambos se duchan solitos bajo mi vigilancia. Luego, mientras se están vistiendo, salgo del baño y voy a la cocina, donde la encuentro aliñando una ensalada. Se gira al oír mis pasos y sonríe.

—He pensado que los niños pueden comer un poco de tortilla con ensalada, si es que conseguimos que la prueben. Mi abuela solía...

Se interrumpe cuando mi cuerpo se cierne sobre su espalda al abrazarla. Acaricio su incipiente tripa y le beso el cuello. Debería ir más lento, quizá, pero doy por hecho que, tal como dice Mario, ella es capaz de determinar a qué ritmo quiere ir y, si no le parece bien, le bastará con alejarse un paso. En cambio, se gira entre mis brazos con una sonrisa sorprendida.

—¿A qué debo esto?

—Te quiero. Te quiero tanto, Azahara...

Sus ojos impactados y sus mejillas sonrosadas me dicen más que cualquier palabra del mundo.

—Ay, Nil...

—No busco que me digas lo mismo, solo quiero que entiendas que te quiero y que no lo olvides. No olvides eso, ni que estoy jodidamente agradecido a la vida por haberte puesto en nuestro camino. Y eso es una novedad, porque he estado mucho tiempo enfadado y dolido con ella.

—Te quiero —susurra erizando cada vello de mi cuerpo. Luego se alza de puntillas, para mirarme mejor a los ojos, y vuelve a repetirlo con la sonrisa más bonita del mundo—. Te quiero, no he dejado de quererte ni un minuto. Ese nunca ha sido mi problema.

—Lo sé.

—Pero creo que, por fin, estoy en vías de recuperar un poquito de esa confianza. He pensado en que firmes un contrato que me ceda todo tu dinero, a los niños y tu alma si vuelves a largarte y dejas de responder llamadas o mensajes. ¿Qué te parece?

Suelto una carcajada y beso su mejilla cerca, muy cerca de sus labios.

—Me parece bien. ¿Cuándo y dónde quieres que firme?

Ella se ríe, pero su pulso se ha acelerado. Justo cuando ha girado la cara para rozar mis labios, hemos oído los pasos de los niños en el pasillo y ambos nos hemos separado. Tenemos una situación delicada, lo sabemos y, aunque no lo hemos hablado, estoy segurísimo de que los dos queremos que los niños vayan poco a poco. Han sufrido una cantidad inmensa de cambios y no necesitan más, aunque a mí me piquen los labios por el leve contacto con ella y vaya a quedarme con ganas de muchísimo más.

Preveo, no sé por qué, que mamá Ola me pillará despierto y fantaseando esta noche.

La cena es divertida, es sorprendente que los niños coman bien y hasta que prueben un poco de tomate de la ensalada. El tema de la verdura nos cuesta, pero espero que poco a poco vayamos consiguiendo que se abran a nuevos sabores, sobre todo Eric, que se niega a probar prácticamente nada que sea verde.

A las nueve en punto, como un milagro divino, los tres estamos en la cama y ellos, además, están dormidos. No puedo dejar de mirar al techo e imaginar a Aza dormida en su habitación, sola, cuando yo la echo tanto de menos aquí. Sí, sé que somos tres, pero también lo éramos en verano y esta cama parecía hecha para nosotros.

Me pregunto, por primera vez, cómo irá el tema de dormir cuando el bebé nazca. No quiero que las malas noches sean solo suyas, pero si dormimos en habitaciones separadas, al final los niños acabarán creciendo con el conocimiento de que dos de ellos duermen con papá y uno con mamá. No sé si eso puede llevar a algún tipo de celos o problemas y no quiero pensarlo a fondo. Creo que estamos viviendo una etapa muy bonita y no merece la pena mancharla con pensamientos del futuro. Por otro lado, la incertidumbre de no saber si estaré tan unido a este nuevo bebé como a Eric y a Ona me carcome un poquito. Luego está el pánico que siento cada vez que pienso en el parto. Sé que no tiene que pasar nada, Aza sigue haciendo sus visitas rutinarias y en todas nos aseguran que el embarazo sigue su curso normal y tanto el bebé como la mamá están perfectos, pero si por mí fuera, siendo sincero, le haría una analítica semanal. Ella me miró como si estuviera loco cuando lo sugerí y entiendo que, al final, a la que pinchan es a ella, pero el que tiene el pánico atravesado en la garganta soy yo.

Tanto es así que no puedo decidirme por un nombre para el niño porque todo lo que quiero pensar es que nazca y los dos estén bien y sanos. Puede parecer que no tiene nada que ver, pero la realidad es que sí. No tiene lógica ni sentido, pero yo lo relaciono. En esas estoy pensando cuando oigo unos pasos en el pasillo y veo luz por debajo de la puerta. Miro a Eric y a Ona que siguen dormidos y me levanto con suavidad. Hay muchas posibilidades de que sea Mario, que ha vuelto a casa, pero no pierdo la esperanza de tener un momento a solas con Aza, con los niños dormidos y la posibilidad, si todo va bien, de robarle un beso o dos. O un millón, joder, si por mí fuera me pasaría la noche besándola.

La vida entera besándola.

Salgo de la cama con la esperanza rompiendo el techo y, cuando la veo salir del baño, casi me pongo a bailar de felicidad. Recupero la compostura, me apoyo sobre un hombro contra el quicio de su puerta y espero que llegue a mi altura para dedicarle la sonrisa que sé que la vuelve loca. Sí, soy un cabrón, ya, esto es jugar sucio, pero bueno, en el amor y en la guerra todo vale.

—¿Buscas algo, Nil sin apellidos?

—Estaba en la cama pensando y resulta que he caído en la cuenta de que has les dado un beso de buenas noches a Eric y a Ona, pero yo no me he llevado nada.

—Bueno, tú no eres tan adorable como ellos.

—¿No?

—Tienes otras virtudes, pero no resultas adorable.

—¿Y qué resulto?

—¿Así, a primera vista? Creído, sin duda. —Elevo una ceja y se ríe, orgullosa de picarme—. Y un poco chulo, también.

—Ah, qué bonito —digo con ironía.

—Y decididamente sexy.

—¿Decididamente sexy?

—Oh, lo sabes muy bien. No te hagas conmigo el chico que no sabe que está buenísimo, porque hace demasiado que nos conocemos, campeón. Vamos a tener un hijo, hay pocas cosas que yo no sepa ya de ti.

—Te equivocas. Hay cosas que no sabes.

—Oh, ¿sí? —pregunta en tono chulesco—. ¿Cuáles?

Me muevo un poco, decidido a acorralarla contra la pared del pasillo. Lo consigo, a juzgar por cómo pega la espalda a la pared. Sin embargo, me mira sonriendo y altiva, como retándome a seguir. Y pienso hacerlo, oh, sí, pienso llegar hasta donde haga falta con este tonteo. Primero, porque me encanta, y segundo, porque creo que a nuestra relación le viene bien recordar por qué somos tan jodidamente buenos juntos.

—No sabes, por ejemplo, las fantasías que he tenido con tu pelo suelto rozando mi cuerpo mientras haces cosas del todo indecentes conmigo.

El modo en que sus mejillas se ruborizan es tan increíble que me excito en el acto.

—En realidad, no me pilla por sorpresa. Sé que te encanta mi pelo.

—Y tus ojos.

—Y mis ojos.

—Y tu boca. Joder, me encanta tu boca —digo mirándole los labios.

Ella sonríe, pero está tan nerviosa que casi tiembla.

—Es una suerte, porque a mi boca le encantas tú.

Apenas ha acabado de susurrar las palabras cuando me apodero de su boca. La beso con mucha más intensidad que la última vez, pero es que las ganas empiezan a superarme y ella no se queda atrás, porque me abraza como si no quisiera soltarme nunca. Ojalá pudiera hacerle comprender que no tiene que hacerlo. Que esta vez estoy aquí, con ella, para siempre. Me empapo de su boca e intento demostrarle con besos lo que todavía no puede creer con palabras. La beso por un segundo o una hora, no sé, y solo me detengo cuando Ona protesta en sueños y me obligo a separarme de ella. Los dos tenemos la respiración entrecortada y la vista nublada de deseo, pero aun así doy un paso atrás y carraspeo, intentando librarme de la excitación lo justo para poder hablar.

—Descansa, preciosa, y no tardes en dormirte, no sea que mamá Ola te pille despierta.

Le guiño un ojo, me giro y vuelvo a mi habitación mareado, con las ganas rompiéndome los esquemas, pero con una sonrisa de felicidad que, intuyo, no se me va a borrar en días.

35

Mario

No sé cómo he conseguido bajar de la cama. Hace solo un segundo estaba tumbado mirando a la puerta del baño y ahora estoy de pie, intentando mantenerme firme y acercándome a ella a paso lento, tan lento que es como si no me moviera. Temo que recule y vuelva a encerrarse ahí dentro, donde yo no pueda alcanzarla ni verla a placer; donde no pueda recrearme en lo increíblemente preciosa que es sin peluca ni maquillaje ni ningún tipo de barrera. Su respiración está tan acelerada que su pecho sube y baja con fuerza, como si acabara de correr una maratón. Cuando por fin llego a donde está, aunque quiero calmarla porque odio que esto sea un suplicio para ella, solo me sale enmarcar su rostro entre mis manos y mirarla fijamente. Su piel es pálida, eso ya lo sabía, obvio, pero hay rojeces en sus mejillas que se ocultan con maquillaje y que es posible que a ella no le gusten. A mí me encantan. Me encantan porque me hacen ser consciente de que, lo que yo estoy viendo, no lo ha visto nadie antes. Puede que Tash sí lo haya visto, pero nadie más lo ha hecho, y menos un hombre. Y soy yo, ha decidido confiar en mí hasta el punto de mostrarse así, libre de caretas de ningún tipo. Su pelo es castaño oscuro, prácticamente negro, algo que ya intuía por el tono de sus cejas, pero visto así, de cerca, me hace pensar en las noches que he pasado en vela mirando al cielo desde la playa. Acaricio sus mejillas con los pulgares, apoyo mi frente en la de ella y hago lo posible por hablar en un tono de voz firme, aunque lo cierto es que me siento como si hubiera subido a la montaña rusa emocional más alta del mundo.

—Eres lo más bonito que he visto en mi puta vida y no te imaginas cuánto te quiero por esto, Anastasia.

Ella suelta el aire a trompicones, como si después de todo hubiera estado reteniendo una parte. Se deja caer contra mi cuerpo de un modo que hace que me derrita, porque esta entrega... yo no me merezco esto, estoy bastante seguro, pero aun así no pienso rechazarlo. Habría que estar loco para hacerlo.

—Mario... —dice con voz temblorosa.

—Preciosa, preciosa, preciosa —susurro mientras la llevo a la cama y la tumbo.

Soy consciente de que esta vez se deja guiar sin ningún problema. Me doy cuenta de que lo de antes no era un intento de dominar, sino de ocultarse. No quería que su peluca se cayera o su maquillaje se moviera, pero esto es distinto. Esta es una nueva primera vez para nosotros, estoy seguro, por eso la tumbo con delicadeza y me deleito en el modo en que su pelo se esparce contra el colchón, suelto y libre. Beso sus mejillas, su frente, su nariz y cada rojez que encuentro en su piel. Llego a sus labios y los beso con ahínco, intentando que comprenda lo agradecido que me siento de que me haya elegido. Al separarme y ver cómo me sonríe, creo que lo he conseguido, pero entonces me vienen a la mente las palabras que ella me ha dicho muchas veces: que yo también me escondo. Que yo también uso caretas. Y tiene razón. Para mi familia siempre seré el inmaduro obsesionado con Disney, pero no para Anastasia. Ella siempre supo que había mucho más.

—La película de la que menos referencias hago es *Bambi* —confieso entre beso y beso, lo cual hace que me mire extrañada. Suspiro con una sonrisa, pues comprendo su incertidumbre en un momento tan íntimo como este—. Recuerdo las frases porque tengo memoria fotográfica, pero no he vuelto a verla desde que era pequeño y la rompí en pedazos en las rocas, cuando mi padre murió. Me la regaló él, así que verla sin él era como traicionarlo.

—Mario... —susurra emocionada.

—Y aunque en verano voy a las rocas y salto desde ellas, nadie sabe que las odio. Odio esa zona de la playa y, cuando he saltado, una parte de mí siempre se ha preguntado cómo sería estamparse contra ellas. —El modo en que su gesto se vuelve preocupado hace que acaricie sus sienes—. No es que quiera hacerlo, pero me pregunto...

Guardo silencio, un tanto sobrepasado por estar abriéndome así; ella me acaricia la espalda desde la nuca hasta la base. Estamos completamente desnudos, abrazados y, aun así, no es esa la desnudez que importa; es la otra, la emocional. La que se está dejando ver en nuestros ojos. Ella ha dado el primer paso y yo no quiero ser menos.

—No tienes que contármelo solo porque yo me haya decidido a dejar que me veas.

—Quiero hacerlo.

—Pero...

—Me pregunto qué pensaría él mientras se ahogaba —digo de una vez—. Me pregunto cada día qué sintió mientras el agua entraba en su cuerpo. Cuánto sufrió. Si creyó en algún momento que sobreviviría. Me pregunto cómo debe de ser que se te llenen los pulmones de agua y saber que no vas a sobrevivir a esa tormenta. Y me pregunto si pensó en mí en esos momentos.

La voz se me quiebra un poco y miro a un lado, pero Anastasia enmarca mis mejillas y hace que me concentre en ella.

—No te escondas ahora.

—Odio esas malditas rocas —confieso de nuevo—. Las odio y solo salto desde ellas para que nadie en la familia sospeche hasta qué punto. Y odio la parte profunda del mar, por eso me meto con Jorge cuando surfea. Y odio como ni siquiera te imaginas que puedan navegar en una barca como si nada, cuando yo no he podido hacerlo desde que era niño, aunque haya inventado un millón de excusas distintas y me hayan creído.

—¿Por qué no dijiste la verdad?

—Porque mi familia habría sufrido por algo que no tiene arreglo. Habrían intentado animarme, apoyarme y, al final, cambiar ese pensamiento.

—¿Por qué me la cuentas a mí?

—Porque tú no vas a intentar cambiarlo. Entiendes la complejidad de los demonios internos. Tú no intentarías cambiarme, ni siquiera en nombre del amor, porque entiendes que a veces la salvación está en esconderse y no dejar que el resto del mundo llegue hasta ti.

Sus ojos se llenan de lágrimas al tiempo que asiente y enreda sus brazos detrás de mi nuca, haciéndome bajar para abrazarla. Nuestros cuerpos se rozan por completo y la sensación de estar en casa por fin es tan intensa que me cuesta pensar en un momento de mi vida en el que no tuviera como meta conseguir que esta chica estuviera conmigo.

—Te prometo que, aunque me saques de quicio, no intentaré cambiarte nunca —dice junto a mi oído—. Te prometo estar aquí para ti siempre, Mario. Si quieres, hasta puedo prometerte que este verano saltaremos juntos desde esas rocas.

—Suena bien.

—¿Sí?

Alzo mi cabeza de su cuello, la miro y sonrío.

—¿Querías que te dijera que prefiero que no te subas o te arriesgues? No, princesa. La verdad es que la idea de tenerte allí, a mi lado, me hace sentir menos odio. —Despejo el flequillo de su frente y me recreo en el verde de sus ojos un instante—. Joder, es que no sé cómo no te enamoras de ti misma todos los putos días al verte en un espejo.

Su risa es tan estruendosa que la siento en mi estómago, porque estoy encima de ella, lo que me hace pensar que es posible que esté aplastándola, pero cuando intento apartarme, ella enreda sus piernas en mis caderas y mi gemido llega antes que cualquier tipo de pensamiento.

—¿A dónde crees que vas? —pregunta con voz ronca.

—Te estoy aplastando.

—Quiero que me aplastes. De hecho, quiero que me aplastes aún más. —Alza las caderas y ahogo un jadeo. Mi excitación ya es tal que lo nota perfectamente entre sus piernas—. Antes echamos un polvo, un polvo muy bueno —admite con una sonrisa pícara—, pero ¿qué tal si ahora hacemos el amor por primera vez?

Podría haber usado otras palabras, pero ha elegido las mismas que he pensado yo hace un rato; solo por eso, siento deseos de hacer una jodida danza de la felicidad. No lo hago, claro, no estoy tan colgado. Lo que sí hago es besarla con suavidad y, después, bajar a su oído para murmurar:

—«Si alguna vez llega un día en el que no podamos estar juntos, guárdame en tu corazón. Estaré ahí para siempre.» —Siento el modo en que su cuerpo tiembla y beso su hombro—. Es de *Winnie The Pooh*. —Alzo la cabeza para mirarla y sus ojos vidriosos me remueven tanto como un golpe en las entrañas—. A lo mejor nunca voy a decirte algo inspirador y poético salido de mí, pero cada frase que te diga, sea mía, de una película, cuento, serie o canción, será real, porque estará dando nombre a lo que siento por ti y decirte que te quiero parece tan insignificante...

—No lo es. —Intenta no llorar, pero lo logra a medias—. No lo es, como tampoco lo es decirte que te estoy queriendo de un modo que me asusta como ninguna otra cosa me ha asustado antes, y abandoné a mi familia y toda mi vida para abrir un negocio sin tener mucha idea sobre él.

Sonrío, la beso y, aunque no se lo digo, me ocupo de demostrarle lo jodidamente feliz que me hacen sus palabras. Me entrego a su cuerpo y disfruto de ella como nunca soñé que podría hacerlo. Hacemos el amor por primera vez y llenamos esta cama y nuestras mentes de recuerdos que no se irán nunca. No lo digo solo por tener memoria fotográfica, sino porque estoy seguro de que, aun sin esta cualidad, yo sería incapaz de olvidar que una vez hubo una chica que consiguió removerme por dentro hasta el punto de querer desnudar mi alma y dejarle ver que mis demonios son más oscuros y grandes de lo que nadie imagina.

En realidad, jugar a ser un niño es lo único que me salva del adulto en el que me he convertido.

Una hora después, sudorosos, con los labios hinchados y algunos músculos doloridos, observo la manera en que Anastasia empieza a dormirse. Durante un segundo, me planteo la posibilidad de vestirme y volver a casa, pero entonces me mira, sonríe y se estira sobre mi pecho como una gata perezosa.

—¿Te quedas a dormir?

—Y a vivir si me invitas.

Su risa reverbera en mi pecho y, joder, qué bueno es.

—Me temo que eso es ir demasiado rápido, incluso para nosotros. Además, están Tash y Jorge. —Suspira satisfecha mientras enreda su pierna entre las mías y se acopla más a mí—. Es una verdadera suerte que las habitaciones estén insonorizadas.

Me río, acaricio su espalda y le beso la frente mientras pienso que, desde luego es una suerte. Sí, porque algo me dice que mi primo Jorge no estaría muy contento con la perspectiva de oírme follar durante horas con la mejor amiga de su novia. De hecho, probablemente me tocaría oír una charla o se cabrearía o me explicaría todos los motivos por los que tengo que ser más discreto. Una suerte, una verdadera suerte eso de la insonorización y, aun así...

—¿Puedo quedarme a desayunar?

—Supongo, ¿por qué lo preguntas?

—Creo que voy a hacer el desayuno para todos.

Anastasia gira su mejilla hacia arriba y siento el movimiento en el pectoral.

—Cariño, no te ofendas, pero cocinas fatal.

—Por eso, princesa, por eso. Va a ser una mañana muy divertida.

Anastasia se ríe, porque empieza a comprender de qué hablo. Yo me paso un brazo por detrás de la nuca y sonrío como un idiota mirando al techo. Tengo abrazada a mí a la mejor chica del mundo, acabo de tener una sesión de sexo increíble, voy a dormir con el amor de mi vida y las madres de mis muchos hijos y voy a empezar el día de mañana cabreando a Jorge por todo lo alto.

¿Acaso la vida no es maravillosa?

36

Anastasia

Me despierto con la espalda totalmente arqueada. No sé qué hora es, pero sé que acabo de tener el orgasmo más alucinante de mi vida ¡y estaba dormida! Miro hacia abajo, a Mario, que espera que me recupere entre mis piernas, con esa sonrisa de niño malo que me vuelve completamente loca. Dios, qué guapo está recién levantado. Tiene los ojos hinchados, pero, aun así, se intuye en ellos esa picardía que tanto me desquicia y enamora.

—Buenos días, princesa —susurra besando mi rodilla.

—Y tan buenos —ronroneo antes de incorporarme y tirar de él para que se tumbe—. ¿Me toca?

—Dios, ojalá —dice gimiendo mientras acaricio su erección—. No hay tiempo. Tengo que ir a casa a ducharme rápido y cambiarme antes de ir a la uni.

Miro el reloj sobre la mesilla, apenas son las seis y media. Elevo una ceja en dirección de Mario, que se ríe y se incorpora para besarme.

—Tienes mucho tiempo.

—No, si quiero ducharme en casa.

—Dúchate aquí, entonces.

—¿Y qué me pongo? Me encantan tus vestidos, pero creo que me mirarían raro en clase. Aunque nada superará el día que me planté vestido de Bella.

Agradezco no estar bebiendo nada, porque por poco me atraganto con mi propia saliva.

—¿Perdón? ¿Fuiste a la universidad vestido de Bella?

—Unos amigos apostaron públicamente a que no sería capaz. Gané trescientos euros —explica. Vale, esta vez sí que voy a atragantarme—. Había muchísima gente inocente que no me conocía en absoluto.

Me río a carcajadas y, cuando Mario se cuela entre mis piernas, tumbándome boca arriba sobre el colchón, acaricio sus brazos.

—Entonces, que yo me entere: ganas dinero a base de apuestas absurdas y hacer los trabajos de otros compañeros.

—En invierno. En verano trabajo en el chiringuito. Es mi plan a corto plazo.

—¿Y cuál es el que tienes a largo plazo?

—Montar una empresa, casarme contigo, tener cinco hijos, forrarme... —Intento quejarme, pero sale de la cama de golpe, descolocándome—. Lo que me recuerda que hay algo que no he hecho en demasiado tiempo. —Saca el móvil de su pantalón, que estaba tirado en el suelo, y enciende la cámara para mi absoluto bochorno. Me tapo con la sábana hasta el cuello, pese a que no me está enfocando a mí, sino a él—. ¡Buenos días, chicos! Es muy temprano por la mañana, pero tenía que contaros que anoche, por fin, la abuela decidió dar el paso y ahora somos una pareja formal y practicamos mucho para que, cuando llegue el momento de fabricar a vuestros padres, nos salga todo perfecto. Os grabaría a la abuela, pero no está muy decente y seguro que se enfadaría conmigo. Ya sabéis cómo es.

—¡Mario! —exclamo ofendida, pero él suelta una carcajada, apaga la cámara y me guiña un ojo, lo que hace que me derrita en el acto.

—No pienso grabarte sin tu careta, Anastasia, puedes estar tranquila.

Me quedo mirándolo con la boca abierta, porque no era eso lo que estaba pensando. Yo creí que no me grababa porque estoy desnuda, pero él se refería a mi maquillaje y mis pelucas. Me doy cuenta, una vez más, de lo mucho que he infravalorado a este chico solo porque desde fuera se le vea un poco inmaduro. Vale, de acuerdo, se le ve muy inmaduro, pero aun así consigue tener detalles, como este, que me descolocan y enamoran a partes iguales.

—Eres increíble —susurro—. Increíble de verdad, De las Dunas.

—Lo sé —dice sonriendo y haciéndome que ponga los ojos en blanco.

—¿Qué haces? —pregunto cuando veo que empieza a ponerse los pantalones.

—Me visto. Es necesario para poder irme a mi casa. Bueno, en realidad a mí me la pelaría irme desnudo, pero no queremos tener un altercado ya de buena mañana, ¿verdad?

No quiero que se vaya. Es absurdo, sé que solo va a la universidad y acabo de tener un orgasmo increíble, pero, aun así, si él no lo tiene conmigo, no me siento del todo satisfecha. Supongo que eso es una señal más de lo pillada que estoy por él. Me levanto del colchón, dejando caer la sábana, y me acerco a él completamente desnuda. Paso una de mis uñas pintadas por su pecho en dirección descendente y sonrío pagada de mí misma cuando su erección vuelve en apenas segundos.

—Ven a la ducha conmigo.

—Ay, princesa, me encantaría, pero...

—¿Acaso no tienes ropa de tu primo Jorge aquí? —replico elevando una ceja—. La abu dice que en la familia todo es de todos, ¿no?

Mario me mira completamente serio un segundo. Solo uno. Ese es el tiempo que tarda en mostrar una sonrisa torcida, alzarme en brazos, haciéndome soltar un gritito de sorpresa, y meterme en el baño.

—Como siempre, tienes toda la razón del mundo.

Me río, lo beso y dejo que nos meta a ambos en la ducha. La idea inicial era que él tuviera un orgasmo, pero en cuanto pega mi espalda a los azulejos y sus manos abarcan mis glúteos, sé que no será así. Lo sé por la forma en que su erección me busca y por las ansias que siento de tenerlo dentro.

—Tomo la píldora —susurro—. Y hace tanto que no me acuesto con nadie que ni siquiera lo recuerdo.

Él gime en mi boca, se separa de mí un poco y asiente.

—Siempre uso condón. No lo he hecho a pelo nunca.

—¿Nunca? —pregunto sorprendida, elevando una ceja.

—Nunca. Que me guste follar no significa que me guste ponerme en riesgo —dice. Yo sonrío, porque es tan propio de él hacer algo de un modo irresponsable y, aun así, parecer inmaduro...

—Puedes coger un condón, si quieres —sugiero.

—No quiero. Contigo no quiero ni una puta barrera de ningún tipo, porque hasta el piel con piel parece insuficiente cuando te toco.

Mi corazón se desborda con sus palabras. Me encantaría poder tener esa confianza para expresarme de esa manera, pero como no es así, lo que hago es demostrarle que me siento exactamente igual. Alzo mis caderas, buscándolo. Cuando Mario me penetra cierro los ojos y me abandono a una sensación que no he tenido nunca antes. La sensación de pertenencia, no a él, sino a esto nuestro. Es aquí donde debo estar, justo ahora, no existe un lugar mejor en el mundo y eso es tan importante y tan valioso que no puedo evitar emocionarme.

—¿Estás bien? —pregunta él, acariciándome con una mano mientras me sujeta contra la pared con la otra.

—Creo que te quiero —confieso.

Su sonrisa es lo más bonito que he visto en mucho mucho tiempo.

—Mi princesa... experta en llegar un poco tarde, pero a lo grande.

Me río, pero cuando sus labios cubren los míos y sus caderas se mueven, lo único que puedo pensar es que no quiero que esto acabe nunca. Y yo, que no soy creyente ni nunca he sentido necesidad de encomendarme a fuerzas divinas, me encuentro pidiéndole a Dios, el karma, la vida o el destino, que por favor esto no acabe nunca. Que Mario de las Dunas sea mi fortuna cada día durante el resto de mi vida.

Nos mecemos con intensidad y lentitud, como si tuviéramos todo el tiempo del mundo cuando en realidad no es así, pero por un instante conseguimos olvidar todo lo que nos rodea, salvo a nosotros mismos. Cuando el orgasmo me llega, lo hace de un modo delicioso, desde la planta de los pies hasta la nuca, estremeciendo cada parte de mí y haciéndome arquear más la espalda contra él, que baja sus labios hacia mis pechos para aumentar el placer. Tanto es así que, al acabar, lo siento temblar. La forma en que se derrama en mi interior es... No, para eso no hay palabras. Podría buscarlas, pero tardaría una eternidad. Al final, lo importante es que jamás he sentido algo así.

—Ahora lo entiendo.

—¿El qué? —pregunto entre beso y beso, mientras mis pies tocan el suelo y siento las piernas un tanto temblorosas.

—«No hay mayor verdad: la belleza está en el interior.» —Frunzo el ceño y él se ríe mientras me besa—. *La Bella y la Bestia*, pero da igual, lo importante es que tenía razón. La belleza está en el interior: en tu interior, Anastasia. Eres jodidamente increíble.

Miro hacia abajo, tan emocionada que no me explico cómo es posible que haya pasado de ponerme de los nervios con cada referencia a Disney a sentir que el corazón me late a un ritmo desorbitado. Mario sujeta mi barbilla y hace que lo mire a él. Está serio, más de lo que acostumbra, así que niego con la cabeza de inmediato.

—No pasa nada. Es solo que me gusta que me digas esas cosas, pero me siento un poco desbordada.

—¿Desbordada para bien o para mal?

—Para bien —digo de inmediato. Él parece escéptico, así que me pongo de puntillas. El problema es que, aun así, si él no baja un poco, no llego a su boca—. Ven aquí, soy un llaverito, ¿recuerdas? —Su risa vuelve, alegrándome como pocas cosas, y baja hasta mi boca para que pueda besarlo—. Que a veces me emocione no significa nada malo, solo que me haces sentir mucho y muy intenso. Es verdad que hasta ahora no me había sentido así, pero eso es... bueno, de verdad creo que es bueno, porque ahora entiendo que en la vida no todas las emociones son malas.

Mario me besa de vuelta, pegándome de nuevo a los azulejos, esta vez sin ninguna intención sexual.

—Si alguna vez soy demasiado intenso, avísame.

—Lo haré, pero no dejarás de serlo.

—Quizá no, pero al menos sabré que debería frenar un poco.

Nos reímos y, cuando abrimos el grifo y notamos el agua fría en nuestras cabezas, maldecimos un poco y salimos de la ducha a toda prisa. Me remuerde un poco la conciencia que estuviéramos tan absortos uno en el otro como para no cerrar el grifo, sobre todo cuando oímos un grito fuera y, pocos segundos después, alguien aporrea la puerta de mi dormitorio.

—Tash, cariño, ¿has gastado toda el agua caliente? —pregunta mi amiga.

Me muerdo el labio con cierta culpabilidad mientras Mario se ríe, se enrolla una toalla en la cintura y sale del baño antes de que yo pueda pararlo. Es una toalla pequeña, así que solo le tapa la entrepierna y le queda más bien ridícula, pero eso no impide que abra la puerta con una sonrisa de oreja a oreja, como si no pasara nada. Yo me apresuro a ponerme mi albornoz, liarme una toalla en la cabeza para que no se vea mi pelo y salir junto a él. No llevo maquillaje, pero a estas alturas, que Jorge me vea sin él tampoco me parece tan malo. Además, creo que no estará muy pendiente de mí estando Mario por aquí.

—Buenos días, primita. Se nos ha ido de las manos lo de ducharnos juntos, perdón.

—¡Tú! —El grito de Jorge justo antes de que aparezca frente a nuestra puerta es tan tremendo que me sobresalto.

Viene lleno de espuma, con una toalla mucho más decente que la de Mario enroscada en las caderas y cara de querer asesinar a alguien. A su primo, a ser posible.

—Hombre, primito. Me estaba acordando de ti porque digo: «Qué bonito sería que tuviera el detalle de hacerme el desayuno antes de ir a la uni».

Ahogo un jadeo, porque él me dijo que haría el desayuno, pero le resulta más divertido chinchar a Jorge. No hay nadie que desquicie tanto y tan bien como Mario, por muy enamorada que yo esté. Juro que puedo ver la vena de la frente de Jorge a punto de estallar.

—¡Te voy a matar!

—No deberías, porque la abu se enfadaría un montón. Ya no está para muchos trotes. No sé yo cómo aguantaría un asesinato entre nietos, la verdad. Lo mismo te la cargas del disgusto de rebote y menuda conciencia. No dormirías más en la vida, piénsalo.

Jorge gruñe como un perro, lo juro, y entonces Tash alza las manos.

—Bien, tengamos un poco de paz. —Intenta permanecer seria, pero lo cierto es que se está aguantando la risa—. Supongo que, desde ahora, será normal que vengas por aquí, Mario, pero tenemos que poner ciertas normas con respecto al agua que se gasta y el vestuario que vamos a llevar en zonas comunes. Por ejemplo, la toalla que lleva Jorge está bien, le tapa hasta las rodillas y, aunque es un atuendo íntimo, puede servir para salir en una urgencia. Eso que tú llevas ni siquiera se puede considerar toalla y casi estás desnudo.

—¿Y te gusta lo que ves? —pregunta, o más bien ronronea, Mario y se estirándose contra el marco de la puerta como un gato. Debería enfadarme, pero solo me sale reírme porque, joder, es muy Mario.

—¿Tú es que quieres cobrar de buena mañana? —Jorge contesta por su novia—. Es que no tenía bastante suplicio con aguantarte en la otra casa que ahora pretendes venir aquí a joder en esta.

—Además de verdad. Ni te imaginas lo que hemos jodido. —Me mira guiñándome un ojo. Aunque intento ponerme seria de verdad, lo juro, vuelvo a reírme—. Díselo, princesa. Diles lo que te ha hecho tu príncipe esta noche.

—Ay, Dios. —Tash se tapa la cara con las dos manos, a mí se me escapa una carcajada y Jorge da un paso adelante para estamparle un dedo en el pecho a su primo.

—Nada de insinuaciones sexuales frente a mi novia. Nada de pasearte medio en pelotas. ¡Y nada de gastar todo el maldito agua caliente!

—Deberían ponernos las placas solares pronto —sigue Tash—, pero mientras tanto, tenemos que ser responsables con el uso comunitario.

—Totalmente de acuerdo —le digo—. No volverá a pasar, de verdad, pero ahora, si nos disculpáis, tenemos que vestirnos. Mario tiene que ir a la uni y yo a trabajar.

—Cierto —conviene Mario justo antes de salir del dormitorio y dirigirse al de Tash y Jorge.

—¿A dónde cojones vas?

—Es que no tengo ropa, tío. No me imaginaba yo que la noche acabaría tan bien y ahora necesito algo para ir a la uni. ¿Me prestas la sudadera roja?

—No no no no, ni hablar.

—Sí sí sí, porque si no le digo a la abu que eres un rata de mierda. ¡Tienes que compartir! Lo dice la abu y, además, tú bien que vienes a casa a por café y comida y mierdas varias.

—Ahí tiene razón —admite Tash mientras los sigue por el pasillo.

Yo también los sigo y, por un instante, pienso en lo surrealista de esta escena. Tash va vestida con una camiseta de Jorge, este va goteando agua por toda la casa y su pelo sigue lleno de jabón, Mario lleva una toalla ridícula y yo estoy vestida con un albornoz y una toalla enrollada en el pelo. Somos un jodido circo, pero cuando entramos en la habitación y los veo pelear por la ropa de Jorge, me doy cuenta de que en realidad es un circo bonito. Estas personas, que ahora parecen odiarse, lo darían todo unas por otras si llegara a ser necesario. Estas personas muestran sus emociones, conviven con ellas aunque sea difícil y, al final del día, se tienen las unas a las otras. Y yo pertenezco aquí, a esta casa, a ellos, a Mario y a mis propias emociones, que en este momento, si pudieran hablar, me darían las gracias por simplemente dejarlas ser.

Que puede parecer poco, pero al final del día, resulta que lo es todo.

37

Mario

El 1 de noviembre, pese a ser día de entre semana, es la festividad de Todos los Santos, así que Anastasia cierra la cafetería y yo me libro de la universidad. Una suerte, porque así anoche pudimos dormir juntos y despertarnos hoy sin tantas prisas. No es como si estos días atrás no lo hubiéramos hecho. En realidad, desde nuestra primera vez, ha sido complicado separarnos. Tanto que hasta mi familia ha empezado a reírse de nosotros, y eso que llevamos muy poquitos días. Los suficientes, eso sí, para que mi abuela me llamara ayer y me hiciera prometer que hoy la llevaría a la comida familiar. Y yo, que me creo un valiente, no he dicho nada hasta ahora porque... no sé. No quería estropear la noche, pero el caso es que son las diez y Jorge acaba de avisarnos de que está haciendo churros para desayunar. Quitando el primer día, la verdad es que mi primo se ha alegrado por esto también. Odia un poco que le quite ropa y tal, pero bueno, son gajes de la familia, se tiene que aguantar y punto.

—Oye, princesa... —digo cuando la veo incorporarse gloriosamente desnuda para ir al baño.

Me mira por encima del hombro y me deleito en su rostro libre de maquillaje.

—¿Sí?

—Vienes hoy a comer a casa de mi abuela, ¿no?

Se levanta sin envolverse en la sábana, algo que me encanta de ella. No le importa lo más mínimo que la vea en su desnudez y es increíble, porque creo que es una muestra de la confianza que hemos logrado alcanzar.

—Sí, me invitó Tash ayer.

Frunzo el ceño de inmediato.

—¿Se me adelantó?

—Bueno... —Encoge los hombros como si no importara, pero el gesto es mucho más forzado de lo que debería—. Tú no decías nada y ella quería que estuviera.

—Yo también quiero que estés —digo. Ella me sonríe, pero no es una sonrisa sincera, lo que me dispara las alarmas—. Quiero que estés, Anastasia.

—No me has pedido que vaya.

—Lo estoy haciendo.

—Porque tienes que irte y estaría feo no ofrecerlo por cortesía.

La miro con la boca abierta. ¿De verdad piensa eso? Ella debe de interpretar otra cosa, porque un ligero rubor sube a sus mejillas y carraspea, incómoda.

—Lo entiendo, cielo. Es un día importante por aquí y es para la familia.

—Tú eres de la familia.

—Soy amiga de Tash, sí, pero...

Me muevo rápido, antes de que acabe la frase. Salgo del colchón y la rodeo con los brazos, alzándola y dejando su cara a mi altura.

—Eres de la familia por mí, no por Tash.

—Tú no...

—No sabía cómo pedírtelo —admito, lo cual le sorprende—. No quería agobiarte, que te sintieras presionada o pedirte más de lo que estés dispuesta a dar, pero quiero que vengas.

—No entiendo por qué debería sentirme así.

—Porque no quiero tener que esconder mis emociones. Si me apetece besarte, quiero hacerlo, aunque mi familia esté delante, lo que llevará a preguntas. Y cuando lo hagan: ¿qué tengo que decir? Porque sé lo que quiero decir, pero no sé si es lo mismo que quieres tú. —Ella me mira ligeramente confundida, así que decido aclarárselo—. Eres mi novia, me queda claro, pero ¿deben saber los demás que eres mi novia?

—¿A qué viene eso ahora?

Parece un poco enfadada, pero no me detengo. Esto es algo que tenemos que aclarar y, aunque me hubiera gustado hacerlo de otro modo, ya no hay más alternativas.

—Me refiero a que estos días te he llamado princesa, como siempre, y tú me has llamado «cariño», «cielo» e incluso, una vez, «vida». —Se ruboriza, pero la beso—. Me encanta, no te confundas. Lo que pasa es que no sé si seguirás haciéndolo cuando esté mi familia delante. O si quieres que lo haga yo. Porque no lo hemos hablado en realidad y me encantaría saber la respuesta.

—Podrías haberme preguntado estos días.

—Tenía miedo. —La sorpresa aumenta en su rostro, pero no me detengo. Ya no—. Es difícil estar con alguien como yo. Mi cabeza va demasiado rápido, soy intenso, desmedido y un friki de Disney. Acostarse conmigo es una cosa que gusta a muchas, pero estar... estar de verdad a mi lado, diciéndole a todo el mundo que no es solo sexo, es más complicado, soy consciente y...

Esta vez la que interrumpe la conversación con un beso es ella. Se aferra a mí con tanta fuerza que siento cierto ardor en la nuca.

—Me encanta estar contigo. Y sí, eres intenso, desmedido y un friki, pero aun así me encanta. Además, asumamos que yo tampoco es que sea la chica más normal del mundo. —Nos reímos nerviosos y entonces se muerde el labio—. Quiero estar contigo cada día, no solo por el sexo. Me gusta que vengas a la cafetería, que pasemos las noches juntos, poder contarte cosas que no he contado nunca a nadie y el modo en que me miras cuando crees que duermo. Si todo eso me lleva a decirle a la gente que eres mi chico, pues lo hago encantada, Mario. No voy a huir de esto. Ya no más.

La observo completamente embobado. Perfecta. Es jodidamente perfecta y quiere estar conmigo.

—Ahora sé por fin cómo se sintió la Cenicienta cuando le encajó el zapato —suelto. Su carcajada es tal que me contagia y acabamos los dos abrazados y riendo—. Te quiero.

—Te quiero —susurra de vuelta.

La beso, pensando en el tiempo que tenemos de celebrar este nuevo paso por todo lo alto. Justo entonces alguien toca en nuestra puerta con los nudillos y, un segundo después, la voz de mi primo resuena al otro lado:

—Oye, yo no voy a hacer churros toda la mañana. Si queréis, tenéis que salir ya. Si no, os dan por culo, porque no soy vuestro criado.

Me río, beso a Anastasia en la frente y la dejo ir al baño mientras yo abro la puerta completamente desnudo.

—¡Buenos días, primito!

—Pero vístete, joder, que podría haber estado con Tash —me dice con mala baba.

Me río, voy hacia el punto donde tengo el pantalón vaquero que me quité anoche y lo cojo.

—¿Me dejas un bóxer? —le pregunto a Jorge, que no duda en resoplar.

—¿Puedes dejar de robarme ropa?

—Tío, ni que te estuviera pidiendo que le pongas mi nombre a tu primogénito. ¡Aunque deberías! Es un puto bóxer, te lo devuelvo limpio mañana.

—¿Y por qué no dejas ropa interior aquí? Llevamos toda la semana con lo mismo, Mario —me dice mientras vamos hacia su dormitorio, él ya vestido y yo aún en pelotas y con el pantalón en la mano.

—Porque hasta hace dos minutos Anastasia no sabía cómo de serio es esto y, como comprenderás, asustarla trayendo ropa mía no es la mejor idea del mundo.

Mi primo se frena en seco, me mira y, para mi sorpresa, una sonrisa se abre paso en su cara.

—¿Y vais en serio ya? —Asiento también sonriendo y él se ríe aún más—. ¡Tío! Me alegro mucho. Te daría un abrazo, pero sigues en pelotas.

—No vaya a ser que tu masculinidad se resienta.

—Si a no querer restregarme con tu polla lo llamas masculinidad resentida, pues vale, no me importa.

Me río, porque ahí tiene razón. Me pongo el bóxer que me da y, cuando voy a ponerme mi pantalón encima, me estampa uno suyo en la cara.

—¿Y ahora?

—Ponte ropa limpia, anda.

—Perdona, esta ropa está limpia. Me la puse anoche antes de salir a cenar con ella.

—Oye, que si quieres ir con la ropa de ayer, bien, pero, si no, coge lo que sea, me da igual.

—¿Incluyendo la sudadera roja?

—Y dale.

—Es que lo mola todo. Tiene pelito por dentro y...

—Que sí, que te la pongas.

Se lo agradezco, abro el armario, me visto con una camiseta de manga corta y una sudadera y me pongo su vaquero antes de volver a la habitación de Anastasia.

—Ni se te ocurra encerrarte de nuevo. Si queréis churros...

—Que sí, que sí, que ya vamos.

Le dejo que vaya a la cocina y yo entro en el dormitorio de mi chica. Mi chica, joder, qué bien suena. La encuentro ya vestida con un vaquero lleno de rotos, unas Converse rojas, una camiseta con un extraterrestre maquillado que sorprendentemente es bonita —aunque no tanto como lo sería una de Rapunzel, por ejemplo—, la cazadora negra de cuero y, para mi sorpresa, su pelo natural recogido en un moño y adornado con un pañuelo a modo de turbante con estampado floral. Es muy de su estilo, pero no es el pañuelo lo que me deja perplejo.

—¿No usas peluca hoy? —Me siento un poco tonto al preguntarlo, porque ella ya se habrá dado cuenta de ello, obviamente.

Anastasia me mira a través del espejo, traga saliva tan visiblemente que siento el impulso de abrazarla, pero es que siento que, lo que tenga que decir, es demasiado importante y necesita hacerlo sola. Tiene los ojos a medio maquillar, pero aun así está preciosa.

—He pensado que estaría bien dejar respirar a mi pelo por un día. ¿Te gusta?

—Estás preciosa —susurro—. Siempre lo estás. —La abrazo desde atrás, esta vez sí, beso su cuello y vuelvo a buscar sus ojos en el espejo—. La valentía te queda como un guante, princesa.

La sonrisa que dedica me da un jodido chute de energía tan grande que creo que podría construir el castillo de Walt Disney en una sola tarde.

—Eso sí, jamás me verás salir a la calle sin maquillar. Es una cuestión de principios.

Me río, beso su mejilla pese a sus quejas y me separo para dejar que se pinte los labios de un rojo intenso.

—Me encantas también maquillada. En realidad, una de las cosas que más me pone es ver las marcas de tu pintalabios en mi...

—No sigas por ahí.

—Iba a decir en mi cuello. —Me mira elevando una ceja, escéptica, y me río—. Sí, en mi polla también me encanta.

—¡Mario!

Suelto una carcajada, salgo del baño y me dirijo hacia la puerta.

—No tardes, princesa. Hay churros y quiero ver cómo te los comes sin dejarles marca.

Salgo justo a tiempo de esquivar el neceser que tira contra la puerta y estoy segurísimo de que, aun habiendo cerrado la puerta, ella ha oído mi carcajada.

Cuando llego a la cocina, me encuentro con Tash subida en la isleta mientras mi primo, entre sus piernas, le come la boca de un modo del todo indecente. Podría volver por donde he venido y darles intimidad, pero siendo sincero, después de todo lo que ha montado mi primo Jorge desde que duermo aquí, lo menos que puedo hacer es dar un poquito por culo.

—Espero que esta cocina se desinfecte con lejía a diario, porque el día menos pensado amanecemos todos preñados.

Jorge se separa de inmediato y me mira mal; Tash se ríe, porque le caigo genial, eso se nota; y Anastasia hace su aparición justo en ese momento.

—¿De qué hablamos?

—¡De nada! —exclama mi primo antes de que el tema vaya a más—. ¿Cuántos churros quieres, Sia?

La observo divertido mientras ella entrecierra los ojos y niega con la cabeza.

—En realidad, prefiero una tostada.

—¿No vas a probarlos? Me han salido ricos. He usado menos aceite, así no chorrean.

—Cómete un churro, princesa, que no chorrean —le digo.

Su cara se pone tan roja, pese al maquillaje, que a duras penas me aguanto la risa.

—Bien pensado, sí, me voy a comer uno, porque intuyo que va a ser el único hoy.

Jorge la mira sin entender. Yo, por desgracia, la entiendo a la perfección.

—No seas mala —murmuro.

—Cariño, el día que yo sea mala, lo vas a saber. Créeme.

—Es una amenaza, eso lo pillo, y debería darme un poco de miedo, pero se me ha puesto durísima.

—¡Mario! —grita Jorge.

—Ay, Dios —jadea Tash.

Y Anastasia, que es la que debería enfadarse más, se ríe. ¡Se ríe! ¿Cómo no iba a ser la mujer de mi vida?

38

Anastasia

Yo sabía que Mario era intenso. Lo sabía, no puedo decir que no supiera dónde me estaba metiendo, pero admito que no me esperaba que, nada más llegar a casa de la abu bajara del coche de Jorge, donde hemos venido los cuatro, se fuera derecho hacia Alonso, el novio de su madre, y lo abrazara pillándolo completamente desprevenido.

—Quiero que sepas que te acepto porque soy muy feliz, porque mi futura mujer por fin ha aceptado ser mi novia y porque parece ser que no eres un cazafortunas. Incluso voy a dejar de llamarte el tal Alonso, porque soy una persona excelente.

Muchos en la familia se quedan con la boca abierta. Su madre le riñe de inmediato, porque, a ver, esas cosas no se deberían decir, y yo... yo me río, lo que hace que Tash, a mi lado, eleve una ceja.

—Quién te ha visto y quién te ve... —murmura.

¿Y para qué negarlo? Tiene razón. Hasta no hace mucho esa actitud habría bastado para hacerme rodar los ojos, pero me he hecho adicta a sus tonterías y ahora no puedo desengancharme. Es un problema y nadie debería meterse conmigo por eso. Tan metida estoy en mis pensamientos que no oigo a la abu hasta que suelta un grito que me hace mirarla de inmediato.

—¿De verdad estás con mi Mario? —me pregunta acercándose tan rápido, teniendo en cuenta que va con bastón, que me sorprende.

La familia entera se queda mirándonos y mi mente regresa a la conversación que hemos tenido esta mañana. Ver a Mario serio es raro, o puede parecer raro, porque lo cierto es que desde que estamos juntos he descubierto a un hombre que está obsesionado con Disney, sí, pero también lo está con estudiar, superarse y alcanzar infinidad de metas que requieren de un esfuerzo constante. Mario se levanta cada día con una serie de propósitos que cumplir y no para hasta lograrlos. ¿Es inmaduro? Sí, pero también es tenaz, consecuente, paciente y tiene un cerebro privilegiado, aunque muchas veces le hayan hecho ver que, precisamente por ese cerebro, las cosas le han venido dadas fácilmente. He descubierto también una parte vulnerable de él, sobre todo cuando se trata de hablar de su padre, pero también en momentos como el de esta mañana, cuando me dejó claro que no pasaba nada si me avergonzaba admitir que tenemos una relación. Explicarle en ese momento que casi se me ha partido el alma por él era inútil, así que me limité a besarlo y jurarle que no. Y ahora, que ha llegado el momento, observando el modo en que me mira, entre la ilusión y el miedo, no puedo más que reafirmarme en el pensamiento de que, si hay alguien en este mundo que merece que grite mi amor a los cuatro vientos, es Mario, que ha estado para mí incluso cuando no lo merecía. Por eso sonrío a la abu y encojo los hombros.

—Ay, abu, es que entre lo guapo que es y su insistencia, no he tenido muchas opciones.

La abu suelta una carcajada que acompaña toda la familia, incluida Trini, que le pasa un brazo a su hijo por la cintura y le besa el pecho para felicitarlo, como si el que se ha llevado el premio fuera él, cuando en realidad he sido yo.

—Sí que es guapo, ¿verdad? Se parece a su padre.

Veo el modo en que Mario traga saliva ante la sinceridad de su madre. Aún hoy, después de tantos años, es difícil para él ser consciente de que se parece a un hombre que lo quiso mucho y se fue demasiado pronto. Su madre también lo ve, por eso le da un respiro alejándose de él y viene hacia mí. Me abraza con un cariño que me emociona y me besa la mejilla.

—Yo siempre quise tener una hija, pero ni a conciencia me hubiera salido una mejor que tú.

Soportar las lágrimas se me vuelve difícil, por no decir imposible. La emoción se me atraganta a tal punto que Trinidad me aprieta más, como si supiera que necesito un minuto para calmarme.

—Bueno, venga, vamos a preparar la mesa, que tenemos mucho que celebrar —dice la abu.

Como si de un equipo de natación sincronizada se tratara, cada uno se pone a hacer algo mientras yo me quedo a solas con Mario, que me besa ignorando las bromas de sus primos a lo lejos.

—¿Bien? —pregunta.

Que se preocupe por mí después de todo es tan... increíble. Él es tan increíble que, con cada paso que damos, me convenzo más de que su llegada a mi vida es la forma que ha tenido el karma de compensarme por todo lo que he sufrido hasta ahora.

—Todo perfecto —susurro besándolo—. Has hecho muy bien en aceptar oficialmente a Alonso.

Él suspira, me pasa un brazo por los hombros y caminamos hacia la zona de la mesa, donde se hará la comida.

—Es buen tipo, pero mi padre era más guapo.

Me río y asiento. Lo cierto es que Alonso es bastante atractivo, pero no voy a decirle eso y estropear su ánimo. Nos sentamos alrededor de la mesa, yo con Mario a un lado y Tash al otro. Es entonces cuando mi amiga aprovecha para abrazarme por el costado y susurrarme al oído:

—No sabes lo feliz que estoy por ti. Ahora mis dos familias están juntas, por fin.

Y así, de la nada, las ganas de llorar me asaltan de nuevo. Carraspeo una, dos y hasta tres veces. Cuando por fin puedo mirar a mi amiga, lo que más me alegra de todo es ver en sus ojos un brillo de alegría. Diría que le ocurre desde que está con Jorge, pero lo cierto es que creo que empezó cuando se dio cuenta, durante su viaje, de que puede ser feliz pese a todo lo que ha sufrido. Jorge, por supuesto, ha tenido gran parte de culpa en esa felicidad, pero Tash empieza a librarse de la culpa con ayuda psicológica y mucho trabajo, porque no existen los milagros.

—Lo mismo digo —susurro tan bajo que nadie más puede oírnos—. Benditos Dunas, ¿no?

—Benditos Dunas —conviene ella entre risas.

—¿De qué habláis? —pregunta Mario—. Secretitos en reunión es de mala educación.

—Pues justo estábamos comentando tu gusto reciente por el nudismo en casa —responde Tash, provocando la risa de la familia y la cara de horror de Trini.

—Hijo, dime, por favor, que eso no es verdad.

—Va, mamá, las rusas son muy exageradas. Me he paseado desnudo un par de veces, pero, tranquila, que mi compañero de guerras estaba en reposo, porque Anastasia me deja exhausto y claro...

—Dios santo, cierra la boca. —No tengo que mirarme a un espejo para saber que estoy roja como un tomate.

—¿No quieres que mi familia sepa que me tienes bien contento, como debe ser?

—¿Qué...? Retira todo lo que te dije antes: te odio.

Su risa llega despreocupada y alta, como siempre. Aunque yo estoy roja, debo reconocer que el modo en que Mario se toma la vida es liberador. Se ríe de todo y, si sus palabras provocan vergüenza en alguien, se ríe aún más, como si encontrara cierto placer en poder hablar de temas que la mayoría de las personas jamás comentaría en voz alta.

—¿Por qué te deja exhausto? —La pregunta de Eric, que está sentado al otro lado de la mesa, hace que toda la familia se quede en silencio.

¡Y es una familia enorme!

Miro a Mario con los ojos abiertos como platos, sin saber por dónde va a salir, pero entonces él vuelve a sorprenderme. Ya debí de imaginar que algo así pasaría.

—Resulta que vuestra tía Anastasia es adicta a un juego de mayores que es muy muy aburrido para niños y me hace jugar cada noche hasta las tantas. A veces ni siquiera me deja dormir.

—¿Cómo se llama el juego? —pregunta Ona.

Nil se esconde detrás de su cerveza para aguantarse la risa, Azahara no se esconde: directamente se ríe por lo bajinis. El resto está intentando por todos los medios no hacer ruido para no perderse nada de lo que pueda decir Mario. De ser Felipe o Jorge, estarían pasando un apuro, pero estamos hablando de Mario y para ponerlo en un aprieto hace falta algo más que dos niños curiosos.

—En busca del orégano perdido.

—¿En busca del orégano perdido? —repite Eric.

—Eso mismo. Tiramos un puñado de orégano en la cama y gana el que consiga recolectar más por la noche.

Me mira guiñándome un ojo, pero no lo necesita, he entendido perfectamente que por orégano se refiere a orgasmos. El resto de la familia, a juzgar por las risas y bromitas, también lo está pillando. Eric y Ona, en su preciosa inocencia, solo lo miran muy serios hasta que él frunce el ceño y resopla.

—Vaya porquería de juego.

—Pues a tu padre le encanta y era un experto jugando a esto. Tanto que consiguió, de un puñado de orégano que Aza tuviera un...

—Vale, hora de cambiar de tema —dice Azahara.

—Lo malo es que ya no le dejan jugar —sigue Mario—. Ahora el orégano lo busca en la ducha, a juzgar por lo que tarda ahí dentro.

—Bien, sí, se acabó el tema —insiste Azahara que, a estas alturas, es la única que se mantiene seria, porque incluso Nil se está riendo a carcajadas. Cuando ella lo mira mal, él se encoge de hombros y se muerde el labio.

—Bueno, es que tiene razón.

—¡Nil! —exclama ella un poco ruborizada.

Él no se ruboriza. De hecho, le guiña un ojo de un modo que hace que yo me remueva un poquito. Miro a Tash y a Camille y confirmo que no soy la única. Es que normal que la haya dejado embarazada... Si solo en gestos consigue eso, qué no conseguirá quitándose la ropa.

—Yo no sé si estoy enterándome de algo —comenta la abu en un momento dado—. Lo que sí sé es que estoy un poco enfadada contigo, Luis.

Luis es Nil, que deja la risa para mirar a la abu muy serio.

—¿Por qué, abu?

—Porque tú me dejaste muy claro al venir aquí que ibas a reconquistar a mi nieta. ¿Sí o no?

—Te dije que es lo que quería, no que iba a conseguirlo.

—A mí también me lo dijo y a día de hoy lo único que ha hecho es dar paseos y mudarse, pero sin ser nada. —Callum, el padre de Azahara, niega con la cabeza—. Así, no. Yo cuando dije que conquistaría a mi mujer, no tardé nada.

—Uy, bueno, no fue tan fácil, pero no voy a quitarte la ilusión —dice la madre de Aza.

—Yo solo espero que no tenga que costarle lo que me costó a mí —añade Felipe, haciendo que Camille frunza el ceño.

—En realidad, yo volví solita.

—Porque tuve un gran gesto de amor. —Camille lo mira elevando las cejas y él se ríe—. Y porque eres increíblemente guapa, misericordiosa, paciente y...

—Felipe, querido, yo no jugaría a hacerle la pelota tanto. Como madre suya que soy, creo que la consientes demasiado —añade la madre de Camille.

—¡Mamá!

—Es verdad, hija.

—¡Bueno, vale ya! —grita la abu—. Al final, siempre me desviáis de lo importante.

—¿Y qué es lo importante, mamá? Estamos hablando en familia. Deja a Nil descansar, para un día de fiesta que tiene... —intenta calmarla su hija Rosario.

—Ni que lo tuviera yo a pico y pala. Lo único que quiero saber es cuándo se va a juntar con nuestra Azahara. El niño que viene necesita un padre —insiste la abu.

—Y lo va a tener. Viven juntos —replica Jorge.

—¡Necesita un padre y una madre juntos! Y estos dos también lo necesitan —dice la abu señalando a Eric y a Ona.

—Abu, por favor —murmura Aza.

—Niños, ¿vosotros queréis que vuestro padre y Azahara se den besos en la boca o no?

La familia se queda en silencio. Los niños lo meditan un poco y al final es la pequeña la que primero habla:

—Yo quiero que nunca más nos vayamos de la casa y que ellos se den besos, pero que yo pueda seguir durmiendo en la cama grande.

—Pero con Azahara —agrega entonces Eric—. Era más guay cuando ella también dormía con nosotros. Y también era guay cuando hacíamos fiesta de pijamas con Mario y papá y ella dormían juntos. Como si fueran unos padres normales.

Trago saliva con su última frase. Aunque la ha dicho bajando los ojos, deja ver sus deseos de un modo tan profundo que no me extraña que Aza se emocione hasta las lágrimas. Incluso la abu, que empezó esto de un modo mucho más ligero, cuando habla lo hace con voz ronca:

—Bueno, Enriquito, no te preocupes. Tú tienes que pensar que nosotros ya somos tu familia y eso no te lo va a quitar nadie.

Eric sonríe, Ona aplaude y Azahara parece respirar un poco. Nil, por su lado, no deja de mirarla, como si temiera que ella se llevara un disgusto. Y en esas estamos cuando Mario pone, como siempre, la puntilla final.

—¿Acaba de llamar Enriquito a Eric? —pregunta a la mesa en general—. En serio, chicos, espero que el nombre del nuevo bebé sea normal, porque los arreglos de la abu cada vez dan más miedo.

Las risas vuelven a la mesa y el ambiente se relaja de una vez por todas. Cualquiera diría que Mario suelta estas cosas sin más, pero yo, que empiezo a entender cómo funciona su cabeza, sé que lo ha hecho precisamente para que la tensión desapareciera. Por eso le beso en el hombro, le acaricio la pierna y sonrío como una tonta cuando me guiña un ojo y me besa los labios. El mejor hombre del mundo se llama Mario de las Dunas y resulta que es mi novio.

¿Se puede ser más afortunada?

39

Azahara

Estoy embarazada de diecisiete semanas. Algo más de cuatro meses, parece demasiado pronto para sentir algo, porque casi todo el mundo coincide en que el bebé no se deja notar hasta la semana veinte. Sin embargo, llevo todo el día sintiendo cierto burbujeo en mi interior. Cuando lo comento en voz alta, a la hora del postre, tanto mi madre, como mis tías y mi abuela coinciden en que esto que siento es el bebé.

—Cuando yo estaba embarazada del primero, sentía como si tuviera un pececillo coleando en la barriga —dice mi madre.

—Como palomitas explotando —asegura mi tía, la madre de Jorge.

—Yo sentí a Mario como si soltaran pompas de jabón en mi vientre.

—Pues yo, con la primera —añade mi abuela—, me acuerdo que pensaba que eran gases.

Nos reímos a carcajadas, porque en metáforas, hay que decir que mi abuela no es la más dulce. Aun así, me acaricio la tripa con una sonrisa extraña, ¿será verdad? Es una sensación parecida a eso que describen.

—¿Puedo tocar? —A mi lado, Nil me mira entre dudoso y cauto.

Recuerdo el modo en que me besó la última vez y de verdad siento que es muy irónico que a veces se muestre tan cohibido y otras... otras sea mi Nil de siempre. Creo que depende un poco de su confianza en sí mismo y lo mucho que oscila. Entiendo que no se lo he puesto fácil, así que le cojo la mano, la llevo a mi vientre y la meto por debajo del jersey para que note bien la piel.

—Aún no notarás nada.

—Lo sé —dice acariciando mi vientre con voz ronca—. Pero está aquí dentro, tú lo sientes y eso es suficiente.

Sonrío, incapaz de mostrarme arisca cuando me habla o toca de esa forma. Hace un rato, cuando mi abuela nos ha puesto en el compromiso de contar cómo nos va en nuestra relación, o no relación, lo único que podía pensar era que Eric y Ona no se merecen vivir confundidos, pero al mismo tiempo, yo tampoco merezco vivir en desconfianza. Ahora, mientras me acaricia sin importarle que los niños nos vean, lo que pienso es que, en realidad, él está dando pasos con los que nunca me atreví a soñar. Que quiera que adopte a los niños, que me acaricie frente a ellos, que deje claro en mi familia que quiere reconquistarme... son demasiadas cosas para pasarlas por alto. Diría que merece que me ponga a pensar seriamente en nosotros, pero para ser franca, no he dejado de hacer eso desde que volvió, así que sería un poco hipócrita. En realidad, creo que va siendo hora de tomar una decisión y, aunque la tengo clara, el miedo me atraviesa cada vez que intento empezar esa conversación.

Aprovecho que toda la familia parece entretenida hablando sobre una serie que no veo para charlar con Nil en cierta intimidad.

—Oye, ¿has pensado ya algún nombre?

Él sigue acariciando mi tripa y me mira con tanta dulzura que creo que podría derretirme y convertirme en un charco. Dios, qué guapo es, ¡y voy a tener un hijo suyo! No es que sea vital que su padre sea tan guapo, pero no voy a negar que fantaseo mucho con la cara de nuestro bebé. Sobre todo cuando miro a Eric y a Ona, que me parecen los niños más bonitos del mundo, y me pregunto si se parecerá a ellos o a mi familia.

—Tengo un par de ideas, pero no quiero decir nada aún.

—¿Eres consciente de que me tienes en ascuas?

—Bien, me encanta tenerte en ascuas —admite con una pequeña sonrisa.

—Eres malo.

—A veces, sí, la verdad. Aun así, no voy a decirte las posibilidades que barajo.

—Si es demasiado complicado de pronunciar, voy a negarme, lo sabes, ¿no?

—Lo intuía —contesta riendo—. No te preocupes, mami, intentaré que vuestro acento no sea un problema.

—¿Te estás metiendo con mi acento?

—Al revés, sabes bien que me vuelve loco.

—Porque soy adorable.

—Lo eres —afirma. Yo lo había dicho de broma, pero el modo en que él me mira mientras habla... ¿Cómo voy a resistirme a eso?—. También eres lo más bonito que veo cada día.

—Bueno, trabajas en casa, tampoco ves a tantas mujeres.

—Unas cuantas cada mañana en el cole —dice para picarme.

Lo consigue, las cosas como son. No me gusta ser celosa, pero cada vez que pienso en las madres del cole de Barcelona tratándolo como si fuera de todas y a la vez de ninguna siento que me enveneno un poco.

—¿Aquí también te mangonean?

—Nah. Bueno, lo intentan a veces, pero me manejo bien.

—Avísame si necesitas que te defienda algún día —contesto elevando una ceja.

—Puedes venir al colegio a marcar territorio siempre que quieras, nena.

Me río irremediablemente.

—Muchas gracias por el permiso, pero creo que prefiero no pelear con ninguna madre. Después de todo, entiendo que la vista es libre.

—Lo es.

—Y tú eres muy guapo.

—Lo soy. —Vuelvo a reírme—. Y cero vanidoso, como podrás comprobar.

—Ajá, por supuesto. —Suspiro y le acaricio los dedos por encima de los míos—. Tengo que hacer pis.

—Un cambio de conversación muy sutil —responde riéndose y retrepándose en su silla.

Me río con él, pero cuando me levanto, le guiño un ojo.

—Ya sabes que hablar de cosas sexys es lo mío, cielo.

Me marcho con su risa de fondo, como si todo volviera a ser normal entre nosotros. Y sería tan bonito...

¿Y posible? ¿Sería posible de verdad?

Salgo del baño, miro a Nil charlando con Eric y Ona y, de pronto, lo único que quiero es tenerlos para mí. Así que me acerco a ellos, acaricio la nuca de Nil, que me mira sorprendido, y sonrío.

—¿Nos vamos a casa?

Aún es por la tarde y es festivo, así que es raro que le proponga esto, pero aun así no duda ni un segundo a la hora de levantarse y preparar a los niños para marcharnos. Podría decir que quiero estar a solas con ellos, pero la verdad es que desde que Mario empezó a salir con Sia, el tiempo que pasa en casa es mínimo, así que es como si solo viviéramos nosotros cuatro en casa y Mario viniera de vez en cuando de visita. Casi como una familia normal. Casi, porque seguimos durmiendo separados.

Intento no pensar en ello. Nos marchamos a casa, nos duchamos todos y nos tiramos en el sofá a ver una peli, que es nuestro pasatiempo favorito. Sacamos un juego de mesa de los niños pasado un rato, jugamos con ellos y luego entramos en el ciclo de preparar cenas y acostarlos. Son ya las diez pasadas, cuando ellos están dormidos, la cocina recogida, Nil se despide para ir a dormir y a mí me carcome la ansiedad de una manera extraña.

—Descansa, preciosa. Mañana nos vemos.

Se marcha por el pasillo y, pese a que las ganas me siguen exigiendo que lo detenga y le confiese que quiero dar un paso más, me quedo mirando su espalda y pensando en el modo correcto de hacer las cosas.

Al final, tras quince minutos pensando en ello, decido que lo nuestro nunca ha sido pensar tanto. Me meto en mi dormitorio, abro el armario y algún conjunto de ropa interior sexy que me haga sentir más o menos cómoda. Me decanto por uno de sujetador y bragas de encaje rojos. Discreto no es, pero deja bastante claro qué pretendo, así que me lo pongo, me miro en el espejo y observo mi incipiente barriga. Se nota que estoy embarazada. Con ropa tienes que fijarte, pero así, desnuda, es más que evidente. Aun así, me descubro deseando que él me vea. Nerviosa, sí, pero ansiosa también.

No sé si esta es la manera correcta. Igual no. Tenemos una conversación pendiente, teóricamente, pero al final lo único que me importa es que quiero que vuelva aquí, a mi cama, conmigo, así que hago acopio de valor, me tumbo en la cama y cojo mi teléfono móvil.

Azahara

¿Estás despierto?

Envío el mensaje y me dedico a contar los latidos desproporcionados de mi corazón mientras él responde, si es que lo hace. Observo el modo en que los tics de mi mensaje se vuelven azules, avisando de que lo ha leído, y me descubro pensando cuándo debería empezar a preocuparme por tener un ataque al corazón.

Nil

—Sí. ¿Necesitas algo?

Azahara

En realidad, sí.

Ven, por favor.

Vale, está hecho. Suelto el móvil, miro al techo y procuro, por todos los medios, no hiperventilar mientras oigo cómo sale de su dormitorio y camina por el pasillo en dirección al mío. No toca en la puerta, supongo que es evidente que tiene permiso para entrar, pero cuando abre y me ve, la sonrisa que traía en la cara se congela y sus ojos se abren tanto que, incluso desde esta distancia, es como si todo el océano se hubiera concentrado en sus iris.

Su mirada se centra en mis piernas, primero, mi vientre, mi pecho y, al final, mi cara, enmarcada por el pelo suelto y una sonrisa que deseo que no resulte demasiado ansiosa.

—No es mi mejor momento físico, pero este atuendo define bastante bien lo que necesito, Nil sin apellidos.

40

Nil

Apenas he tenido tiempo de meterme en la cama cuando recibo el mensaje de Aza. Me levanto con cierto temor. Hoy el día ha sido bueno, pero en la comida he bromeado acerca del estado de nuestra relación sin pararme a pensar que quizá ella está sufriendo por todo esto. A fin de cuentas, es la que se llevó el palo conmigo. No sé, quizá quiere tener una charla ahora que los niños están dormidos. Esta mujer tiene muchas cosas buenas, muchísimas, pero una de las mejores es que se niega a discutir frente a Eric y a Ona. Da igual lo enfadada o molesta que esté, nunca, ni una sola vez, me ha dicho algo frente a los niños. Es increíble el modo en que respeta su presencia. Creo que por cosas como esa la quiero más, si es que eso es posible. No toma las decisiones que le afectan en función de sus sentimientos, sino que antepone los de los niños. Eso es algo que hago yo como hermano y padre, pero que lo haga ella es... Bueno, me deja sin palabras.

Abro la puerta del dormitorio pensando en todo esto y, quizá por eso, o porque no lo esperaba, me quedo de piedra al ver la realidad. Es como ver a una sirena envuelta en encaje rojo. Es... es brutal. Todo. Sus piernas, su vientre hinchado, sus pechos encerrados en el sujetador, su pelo... Su jodido pelo esparcido en la almohada. Y su sonrisa temblorosa, como si no supiera bien si esto es correcto o no.

Trago saliva y no hago el más mínimo esfuerzo por ocultar mi sorpresa. Los días en que escondía lo que sentía por Azahara han acabado en todos los sentidos. Ahora solo estoy yo, adorando a esta mujer mientras ella me deja claro lo que necesita y yo agradezco a la vida, el karma o algún dios, si es que existen, que tenga el corazón tan grande como para quererme en su vida después de cómo me porté.

—Eres... Estás...

Lo intento. Intento que las palabras salgan, pero se atascan en mi garganta, así que, al final, doy un paso detrás de otro y apoyo una rodilla en el colchón, dispuesto a tocarla. Acaricio el empeine de su pie, subo por sus piernas con las yemas de los dedos y trazo círculos en sus muslos. Paso el dedo sobre su cadera, salivando con el encaje que la cubre, y cuando llego a su vientre me echo hacia delante para dejar un beso distraído sobre él.

—Nil...

—Perfecta. —Mi susurro cubre el suyo al tiempo que mis labios se arrastran hasta el canalillo entre sus pechos—. Tan perfecta que me duele mirarte.

—No quiero que te duela.

—Es así. Siempre será así, Aza. Tú me dueles del mismo modo que me sanas. —Me estiro sobre ella con cuidado de no dejarme caer y le beso los labios—. Tú eres el amanecer y el atardecer dándose la mano. Eres todos mis principios y, de algún modo, el único final que quiero.

Sus ojos se llenan de lágrimas que estoy decidido a que no deje caer, por eso la beso con más profundidad, dejándole claro que ya no es tiempo de llorar. No puedo decir que nunca más provoque lágrimas en ella, pero desde luego, intentaré que no sean lágrimas de un pesar irreparable. Convertiré hacerla feliz en la misión de mi vida y algún día, con suerte, podré mirar atrás y sonreír al pensar que lo hice medianamente bien como pareja y padre de nuestros hijos.

—Te quiero tanto... —susurra ella entre beso y beso.

Siento que la tierra se abre en dos y de su grieta surgen las flores más coloridas, porque está aquí: estamos aquí. No ha sido fácil, ni bonito en ocasiones, pero hemos llegado y lo hemos hecho juntos, que es lo que importa.

—Te quiero —le digo de vuelta—. Te quiero como no querré nunca a ninguna otra. Te quiero así, justo así.

—¿Desnuda?

—Entregada. Con miedo, pero aun así entregada y, de alguna forma, al mismo tiempo, maravillosamente libre.

Sonríe y el mundo se hace un lugar más luminoso. Me besa, alza sus caderas buscándome y me entrego, porque no hacerlo es imposible. Bajo de la cama un segundo y, ante sus protestas, me desnudo por completo.

—Eres tan increíblemente atractivo —comenta con un suspiro que me hace reír.

—Se podría decir lo mismo y más de ti, preciosa.

—Yo estoy... —Se mira con una mueca y vuelvo a la cama de inmediato, sujetando su barbilla y haciendo que me mire.

—Llevas a mi hijo dentro. No podrías estar más bonita ni aunque quisieras.

Sus ojos se funden en algo que me derrite a mí y sus labios se alzan, buscando los míos. Nos besamos mientras el encaje desaparece de su cuerpo sin grandes gestos. Poco a poco, dejándola desnuda por completo y con su piel rozando la mía. Así, justo así, es como quiero estar toda mi puta vida. Le beso el cuello un segundo intentando controlarme para no arrasar con ella en apenas unos minutos. Bajo dejando un reguero de besos en sus pechos, costados y ombligo. Cuando llego más abajo, le abro las piernas y me sumerjo entre ellas con el único propósito de hacerle entender, también de un modo físico, hasta qué punto pienso entregarme a ella.

El orgasmo le llega apenas un par de minutos después, sorprendiéndonos a ambos. Observo maravillado cómo se contorsiona en busca del placer extremo y se deja llevar en oleadas de adrenalina, gimiendo mi nombre y buscándome con las manos. Vuelvo arriba y la abrazo mientras tiembla, convencido de que no hay nada mejor en el mundo, pero entonces ella lleva una mano a mi erección y me guía hacia su interior.

—Ahora, te quiero dentro ahora.

Obedezco, estaría loco para no hacerlo. Entro en su cuerpo y beso sus labios con devoción mientras mezo mis caderas. Siento que podría morir hoy mismo y lo haría feliz después de tenerla así, de sentirla así.

Nos miramos a los ojos durante unos segundos, pero parecen una eternidad. Nos besamos, no solo con los labios, y le hago todas las promesas que he estado guardándome durante demasiado tiempo.

—Para siempre —susurro al final, volviendo mis movimientos más intensos y certeros—. Esto es para siempre, Azahara de las Dunas Donovan Cruz.

Ella gime, alza más las caderas, en busca de mayor fricción. Cuando no lo consigue, me hace rodar en la cama hasta quedar sobre mí, moviéndose en círculos y llevándome a la puta locura.

—Para siempre, Nil sin apellidos.

Sonrío, me aferro a sus muslos y me deleito en la forma en que sus pechos se mueven al ritmo de su compás. Trago saliva porque, joder, esto es muy bueno y ella, demasiado perfecta. Su pelo baila a su alrededor, como si celebrara que por fin volvamos a estar así y su sonrisa serviría para frenar las guerras de todo el mundo.

Acaricio su clítoris deseando que se corra, porque sé que no aguantaré mucho más. Cuando ella se arquea hacia atrás, tensándose y apretando los músculos vaginales al alcanzar el orgasmo, sé que estoy completamente perdido. Me dejo llevar de un modo tan físico que me siento como cuando el mar te arrastra hasta la orilla. Como cuando intentas levantarte, pero una ola te golpea y te devuelve al agua una y otra vez. Cierro los ojos y pienso que estas oleadas de placer no acabarán nunca, pero lo hacen. Cuando abro los ojos, ella está sobre mí, acariciando mi torso, sonriendo aún y mordiéndose el labio de una forma que me hace tener un par de contracciones más.

—Eres guapo siempre, pero cuando alcanzas el orgasmo, me hipnotizas —susurra ella delineando con su dedo uno de mis tatuajes.

Me río, me alzo hasta sentarme, sin soltarla en ningún momento, y hago que enrede sus piernas en mi cintura. Con el movimiento salgo de ella, pero a ninguno de los dos parece importarnos demasiado. Nos mecemos en la cama durante lo que podría ser una eternidad. Beso sus párpados, sus mejillas, su frente, su nariz y sus labios. Luego vuelvo a empezar. Y al acabar, repito una vez más.

—Esta vez es de verdad, Aza —le digo en un momento dado—. Esta vez nada de juegos ni de dudas. Quiero que sea todo lo serio que se pueda.

Ella sonríe, me abraza y siento sus pechos, calientes y más grandes de lo normal debido al embarazo, apretarse contra mi torso.

—Esta vez es de verdad, pero dudo que sea serio. Y tampoco quiero que lo sea. Al revés, Nil. Quiero que haya risas, gritos y, a poder ser, muchos gemidos. Y si en algún momento la cosa se pone fea, seguiré aquí para ti. Como siempre, e intentaré que tu miedo no nos arrase de nuevo.

—Ya no hay miedo por nuestra relación. No queda ni uno, nena.

No le digo que el parto me sigue poniendo tenso, porque es algo que los dos sabemos. Aun así, no es ese tipo de miedo el que sentí antes, el que me hizo salir corriendo.

No. Salir corriendo ya no es una opción ni algo que me apetezca, aunque las cosas se pongan difíciles. Esta vez, cuando los problemas vengan, si vienen, cogeré su mano y dejaré que luchemos por esto juntos, como debería haber sido desde el principio.

Nos besamos durante minutos, o puede que sean horas, pero no nos levantamos de la cama hasta que ella me informa de que tiene que hacer pis. Me río, dejo que vaya y, cuando vuelve, la detengo con un gesto.

—Vamos a ducharnos —le propongo. Me mira interrogante y sonrío, besándola una vez llego hasta ella—. Quiero que vengas a dormir a la cama grande. Se acabó esto de la separación, Aza. Te quiero conmigo cada noche, sin reservas ni excusas.

—¿Y los niños?

—¿Qué pasa con ellos?

—¿Qué pensarán cuando despierten y me vean allí?

Sonrío, acaricio sus mejillas y beso su frente.

—Pensarán que volvemos a ser una familia. Ahora sí. Esta vez de verdad. Y lo celebrarán como se celebran las grandes cosas: con abrazos que recargan las pilas más que el mejor café del mundo.

Dicen que la ilusión no puede verse, pero es mentira: yo la veo en su sonrisa. La siento en el modo en que me abraza y me besa. Cuando la cojo en brazos para llevarla al baño, sé que esto es algo más que una ducha. Esto es una forma de sellar un millón de promesas que se reactivarán cada día en cuanto abramos los ojos.

La suelto cuando entramos en el baño, abro la ducha, regulo el agua y estiro la mano para que entre conmigo. En cuanto lo hace la llevo hacia los azulejos, la alzo contra ellos y la pongo a mi altura, para que pueda verme bien.

—Prometo serte fiel —susurro antes de besarla—. Prometo estar contigo en las buenas, pero sobre todo en las malas, respetarte y quererte cada día de mi vida.

Ella se emociona, me besa y sonríe.

—Prometo serte fiel, estar contigo en las buenas, pero sobre todo en las malas, respetarte y quererte cada día de mi vida.

Sonreímos, sabiendo que esto son más que simples palabras, nos besamos y, de un modo natural y sencillo acabamos haciendo el amor de nuevo, reconociendo entre gestos, abrazos y besos cuánta falta nos hemos hecho en todo este tiempo. No es un acto excesivo en nada: ni posturas ni gemidos ni gestos, pero es excesivo en amor y eso es lo que de verdad importa.

Al acabar, la enrollo en una toalla, la saco y, pese a sus protestas, porque quiere irse a la cama ya, hago que se seque el pelo bajo mi atenta mirada. Desnuda. Dios, la quiero desnuda todo el tiempo. Sé que no se puede, pero si se pudiera, no dudaría ni un segundo.

Solo cuando ha terminado y no hay riesgo de que acabe cogiendo un constipado, nos vamos a la habitación grande, donde Eric y Ona duermen a pierna suelta. Entramos cada uno por un lado, como ya hicimos meses atrás, la primera vez que dormimos juntos. Solo que, esta vez, mi mano no va a la suya, sino a su vientre, donde nuestro hijo crece ajeno a que, hubo un día, no hace mucho, en que su padre casi acaba con su familia.

—Para siempre —repito esta vez con voz ronca y somnolienta.

Aza sonríe, pero no coloca su mano sobre la mía, porque las tiene puestas en Eric y Ona y los mira con esa devoción que acabó de enamorarme. Cuando por fin sus ojos miran los míos, los veo emocionados. Esta vez no llora, solo asiente, lleva su mano a mi mejilla y la acaricia de un modo que consigue hacerme olvidar que la vida, a veces, tiene partes malas.

—Para siempre —susurra.

Cierro los ojos, pienso en el chico que se tuvo que hacer cargo de dos bebés cuando apenas comenzaba a darse cuenta de cómo era la vida y sonrío porque todas aquellas lágrimas, todo el esfuerzo y todo el sacrificio al final merecieron la pena. Pienso en todas las noches que se fue a la cama solo y aterrorizado por no estar haciéndolo bien y siento que el estómago se me aprieta en un nudo, pero esta vez lo disuelvo con la serenidad que da la experiencia.

Porque he crecido, he tropezado, he caído mil veces, pero todas me he levantado. Después de mucho andar, con ampollas en los pies y el corazón lleno de rasguños, por fin he visto el final del camino y, mira tú por dónde, está ocupado por la mejor familia del mundo y una casa a orillas del mar.

Al final va a resultar que la vida, después de todo, sí puede ser maravillosa.

41

Mario

Odio el invierno, odio la lluvia y odio el ambiente de la facultad los días previos a comenzar los exámenes. Estamos a mediados de noviembre y la gente ya está irritable, estresada y tiene la paciencia bajo mínimos. Yo soy una persona que necesita gente con paciencia a su alrededor porque soy dado a dejarlos sin energía y, si no tienen mucha, acaban por odiarme. Como resultado estos días apenas trato con mis amigos y compañeros. Es mucho mejor tenerme lejos y ellos lo saben. Por suerte, Anastasia no tiene ningún problema en tenerme cerca, ni siquiera cuando estudio. Sobre todo cuando estudio. Esa mujer tiene fijación con quitármelo todo en cuanto me ve con las gafas de leer puestas. No lo admite, pero sé que se pone a mil por hora y, oye, que tampoco es que tenga yo muchas quejas al respecto. De hecho, voy a confesar que abuso de las gafas y ahora me las pongo más que antes, que solo las usaba cuando ya tenía la vista muy cansada.

Nunca culpes a un hombre por usar las armas que le abren las puertas del paraíso una y otra vez.

Salgo de la universidad con la intención de ir a casa de mi abuela, donde está Anastasia consiguiendo el último ingrediente para las empanadillas. Ella no lo sabe, pero mi abuela tiene planeado darle todo su recetario sin exigirle más visitas hoy mismo. No es por nada, sino porque sabe que, estando conmigo, irá a verla a menudo. Me río, aunque esté solo, porque adoro a mi abuela y creo que los investigadores del mundo han perdido a un gran compañero. Mi abuela, si quisiera, convencería a Donald Trump de hacerse vegano y de luchar por el cambio climático, estoy seguro. Lo que pasa es que no quiere. A ella le va más lo de regar macetas y dar paseos por la playa, porque es una mujer que entiende las cosas importantes de la vida.

En esas estoy cuando, a solo unos pasos de mi coche, me fijo en que hay alguien apoyado sobre el capó. Me lleva un instante darme cuenta de que no es una persona cualquiera, sino el padre de Anastasia. De inmediato me pongo en alerta, porque no sé qué quiere, pero sé que no es algo bueno.

Estoy a punto de bufar, porque esto es como muy de película, ¿no? El padre que intenta amedrentar al novio de su hija... Solo que, en esta ocasión, Anastasia ya es mayorcita y este tío es un cabrón que lo más probable es que no haga las cosas porque se preocupe por ella, sino por puro egoísmo.

—Buenas tardes —saludo cuando llego a su altura.

Él me mira sin hablar durante seis segundos. Lo sé porque los cuento. Si esto es una táctica para ponerme nervioso, lo lleva claro. Me cruzo de brazos y me prohíbo a mí mismo sentir vergüenza por llevar una mochila colgada, cuando él justo me atacó por eso. Por otras cosas también, pero prefiero no recordar esa escena ahora mismo.

—Tenemos que hablar.

Al menos va al grano. Sería mucho peor que intentara tener una charla superflua que a ninguno de los dos nos interesa.

—Tú dirás.

—¿Hay un sitio más privado al que podamos ir por aquí?

—No.

Mentira. Cerca de aquí hay una cafetería con buen ambiente y zonas espaciadas, pero no pienso tomar nada con este tío.

—Por lo que veo, estudiar dos carreras no te ha hecho especialmente educado.

—Y, aun así, seguro que te gano —contesto sonriendo.

Se enfada, lo veo en sus ojos, pero me importa una mierda. Este tío hizo daño a la mujer que quiero y no va a tener ni siquiera una charla agradable conmigo, mucho menos cuando está claro que ha venido con algún tipo de intención oculta.

—Entonces ¿prefieres que esto sea a las malas?

—Depende. ¿Vas a apretar un botón que haga aparecer una furgoneta y me secuestre? —Su ceño fruncido me deja claro que tampoco tiene sentido del humor. Me río, solo por joder, y encojo los hombros y sigo—: Sí, va a ser a las malas. ¿Qué pasa?

Esta vez, el silencio dura ocho segundos, así que imagino que, o intenta pensar el modo de decir las cosas o solo quiere crear algún tipo de expectación. Al final mete una mano en su bolsillo, saca un sobre pequeño y me lo da.

—Ábrelo.

Elevo una ceja, pero lo hago porque reconozco que la curiosidad se ha adueñado de mí. Esperaba muchas cosas y, al mismo tiempo, ninguna, porque cuando estás en una situación tan surrealista, por muchas escenas de pelis que te vengan a la mente, la realidad siempre acaba superándolas. Así que, aunque me gustaría decir que no me sorprendo, sí lo hago. Extraigo el cheque y lo desdoblo ante la seria mirada de Sergey.

—Cincuenta mil euros. —No es una pregunta, lo digo como una afirmación.

Él asiente una sola vez, da un paso hacia mí, quedando a solo un palmo de distancia. Me habla con una voz tan dura y fría que, por un momento, sí siento que me recorre un escalofrío extraño por la columna.

—No le hagas daño al romper, no quiero eso, aunque pueda pensarlo. Ella merece más, los dos lo sabemos. Con eso tienes para acabar los estudios y mantenerte una larga temporada, en función de tu ritmo de vida.

—¿Mi ritmo de vida?

—No eres un chico que gaste demasiado, salvo todo lo que consumes en esa cafetería de mi hija. Si lo administras bien, tendrás para una buena temporada.

Tiemblo. Sé que tiemblo porque el puto cheque se mueve entre mis dedos, pero por dentro solo noto ira. Una ira que no había sentido desde que me dijeron que mi padre se había muerto en alta mar luchando contra algo tan invencible como la naturaleza desatada. Una ira que amenaza con arrasarlo todo. Una ira tan intensa que creo que podría estallar en pedazos si alguien me diera un toque de lo tenso que me siento.

—¿Esto es lo que vale tu hija, según tú? ¿cincuenta mil euros de mierda?

—Estoy dispuesto a negociar, pero no te daré más de setenta mil.

—Te lo vuelvo a repetir: ¿esto es lo que piensas que vale tu hija?

—No. Eso es mucho más de lo que vales tú.

Duele. Joder, intento que no, pero duele mucho y, aun así, no lo estoy matando. Me sorprende, porque las ganas son inmensas, pero sigo aquí, parado, sin hacer nada salvo mirarlo.

—Vete de aquí.

—Mira, chaval...

—Vete. De. Aquí.

Sergey no hace caso de mis palabras, apenas contenidas. No lo entiendo, tiene que estar como una puta cabra para pensar que estar aquí es seguro para él, pero el caso es que sigue frente a mí, al parecer impasible.

—¿Quieres pegarme? Adelante. Eso lo haría todo mucho más fácil. —Sonríe de un modo que me hiela la sangre—. Si me pones una mano encima, convertiré tu vida en tal ruina que preferirás estar muerto. —Aprieto los dientes, me siento impotente como pocas veces en mi vida—. Piénsalo bien, Mario. Esto no es una cuestión solo tuya. Estoy siendo muy generoso, porque te aseguro que, a las malas, puedo hacer que la vida de Nastia se complique de una manera que ninguno de vosotros imagina. Es mi hija y por ese motivo soy benevolente. Pensé que no iría demasiado lejos con esta absurdez de relación y esas estúpidas ideas de vivir de su negocio, pero tengo un límite y estáis empezando a rozarlo.

—Tú no puedes...

—Puedo. —Su voz es puro acero mientras da un paso más y queda tan cerca de mí que puedo oler su perfume—. Puedo y lo haré, porque mi paciencia se está agotando. Si de verdad quieres a mi hija, déjala. Estar con ella solo hará que su vida sea muchísimo peor. Puedes alejarte ahora y salir ganando —dice señalando el cheque—. O quedarte y ver lo que soy capaz de hacer.

Espera que le responda, pero no puedo decirle nada. Me guste o no, sus palabras me han tocado más de lo que debería y no quiero decir algo que pueda empeorarlo todo. Él, que no es tonto, sonríe de medio lado, da un paso atrás y, tal como ha venido, se va. Sin dejar huella, como si nunca hubiera estado aquí. Lo observo subir en un coche negro y caro. Minutos después, cuando ya se ha ido y siento que algunas gotas caen en mi cara debido a una llovizna traicionera, miro el cheque que aún tengo en la mano y trago saliva. A lo largo de mi vida, he sentido muchas emociones, pero no tenía ni idea de lo mucho que podía llegar a doler la impotencia.

42

Anastasia

Miro mi móvil de nuevo, aunque inmediatamente me reprendo. Estoy en un restaurante italiano que me encanta, en Fuengirola, acompañada de Camille, Tash y Aza. No ha sido fácil conseguir cuadrar nuestros horarios para tener una noche de chicas y me niego a arruinármela solo porque Mario me dijo a mediodía, con toda la lógica del mundo, que hoy no podía verme para poder estudiar. Es lo normal. Lo sé. Está a nada de empezar los exámenes y, cuando se pone a estudiar conmigo, por más que yo lo intente, acabo por quitárselo todo. Pero la culpa no es mía, sino suya por ser tan malditamente sexy, sobre todo con esas gafas redondas de leer que no sé qué tienen, pero me ponen a mil. El caso es que yo le dije que iría a casa de la abu y, aunque no me dijo nada, mantenía la esperanza de que fuera directo desde la universidad y pasáramos un rato juntos, pero hacia la hora de comer me mandó el famoso mensaje. Desde entonces, aunque no quiera, he estado pensando en lo mucho que me frustra no poder verlo.

Es solo un día. ¿Qué me pasa? No quiero ser el tipo de persona que echa de menos a su pareja si no la ve un maldito día, pero Mario tiene algo que engancha. Sí, literalmente soy adicta a Mario de las Dunas y es un asco, por mucho que él jure y perjure que le pasa lo mismo. De hecho, una vez le prometí que yo lo echaba más de menos y mandó a la puerta de la cafetería una banda de mariachis. No es un hombre al que cueste retar. Reconozco que me avergoncé como nunca en mi vida, luego me reí como pocas veces y, al final, decidí recompensarlo con una gran sesión de sexo por su gesto, que estaba a medias entre lo cursi y lo romántico.

—Nada, se ha vuelto a ir.

Miro a Tash, que se ríe de mí sin ningún disimulo mientras Camille y Aza la imitan.

—Perdón, era una cosa del trabajo.

—Oh, ¿ahora trabajas con mi primo, Sia? —pregunta Azahara, dejando claro que no me creen y me han pillado.

Me río, lejos de avergonzarme, y la miro con toda la intención del mundo.

—¿Tienes algo que decirme? Porque, hasta donde yo sé, desde que te has reconciliado de manera oficial con Nil, luces un cutis maravilloso.

—En efecto, ¿quién iba a decir que, aun con dos niños pequeños, encontraríamos tantas formas de acabar follando? —Un camarero que justo pasaba por nuestro lado se tropieza, pero Aza se ríe y le da un sorbo a su zumo de manzana—. Si pudiera fumarme un cigarrito después de cada sesión, sería mucho mejor, pero bueno, es lo que toca.

—Pero si tú no fumas... —dice Tash riendo.

—Ya, es que ha bastado que me prohíban cosas en el embarazo para que quiera hacerlas todas. ¿No puedo fumar? Quiero un cigarro. ¿No puedo beber? Dios, estoy deseando tomarme una copa de vino. ¿No puedo saltar de un avión? —Se queda pensativa y niega—. Bueno, eso me da igual, no lo haría ni aunque pudiera.

Nos reímos y guardo el móvil. Estas chicas se merecen toda mi atención y, total, sé que mi chico está en casa estudiando y echándome de menos. Puedo esperar un rato para preguntarle cómo lo lleva y, con suerte, tener una charla telefónica con él.

—¿Tenemos nombre del peque ya? —pregunta Camille.

—Aún no. Nil insiste en que quiere que sea una sorpresa. Si os digo la verdad, yo estoy acojonada. Le he prohibido que necesite una pronunciación intensa, porque, si no, a esta criatura no lo va a llamar nadie por su nombre, sino como les dé la gana.

Me río. Sí, es algo que aprendí rápido. En el sur, puedes llamarte como sea, que la gente va a adaptarlo a algo que les sea más sencillo pronunciar. Para muestra, la abu rebautizando a todo el que tiene un nombre mínimamente raro. En realidad, a mí me llama Anastasia, lo que es extraño, pero ella asegura que es un nombre difícil de olvidar y yo, por alguna razón, siento que se me hincha el pecho cada vez que me lo dice. Tash es Natalia; a Nil lo llama Luis; a Camille, Camila; y a Eric, Enriquito. Ella tiene para todos y, lo peor de todo, es que todos responden ya a sus nuevos nombres como si fuera lo normal.

—Seguro que elige uno aceptable que le guste a todo el mundo —afirma Tash—. Aunque, si te soy sincera, no sé yo si dejaría que Jorge eligiera el nombre de nuestro hijo.

—¿Tan mal gusto tiene? —replico divertida.

—No lo sé y prefiero no comprobarlo. Si algún día tenemos un hijo, dado que es muy probable que acabe teniendo de segundo nombre «de las Dunas», yo elegiré el primer nombre.

—Que es, exactamente, la razón por la que Nil elige el nombre de nuestro hijo —dice Aza.

—¿De verdad no os da apuro llamar a todos los niños de la familia «de las Dunas»? —pregunta Camille—. Yo no sé si estoy dispuesta a llegar a eso.

—Uy, pues le darías un disgusto a mi hermano —comenta Aza.

—¿Tú crees? Es muy relajado, no sé yo. —Camille intenta sonar firme, pero no lo consigue del todo.

—En realidad, creo que, al final, lo harías solo por no defraudar a la abu —interviene Tash.

—Mmm. Cierto. No me gustaría ponerla triste y romper la cadena. —Camille suspira dramáticamente y le da un trago a su copa—. Pues parece que vamos a tener «de las Dunas» para largo. ¿Tú qué dices, Sia? ¿Cómo organizaréis lo de poner nombre a vuestros hijos?

Me río, consciente de que ha sido una puya muy brusca incluso para Camille, que no suele andarse con rodeos.

—Mario quiere tener cinco, así que creo que tenemos para elegir unos él, otros yo y otros vosotras mismas, si queréis.

—O sea, que aceptas el plan de tener cinco hijos —dice mi mejor amiga—. Dios, es muy fuerte.

—Pero mucho —admito riéndome—. Quién me ha visto y quién me ve.

Nos reímos y atacamos la cena como si lleváramos un año sin comer. En serio, esa falacia que anda por ahí de que las mujeres comen poco no se cumple en este caso. Comemos como si nos fuera la vida en ello. Yo más. Camille es la que menos come y Tash, por primera vez desde que la conozco, come con ganas y alegría. Es maravilloso. Azahara come a lo bestia porque dice que se lo merece después de los meses de náuseas y los disgustos con Nil. Al parecer piensa que la pizza es parte de la recompensa que le debe la vida.

Mientras bromeamos, charlamos y brindamos, yo no dejo de pensar en Mario y en lo pillada que estoy. Más aún, no dejo de pensar en lo mucho que me gusta estar así de pillada. Tanto es así que, cuando nos marchamos a casa después de cenar, Aza y Camille por un lado y Tash y yo por otro, apenas puedo esperar a encerrarme en mi habitación para llamarlo.

Por fortuna, no hace falta, porque al llegar a casa lo veo sentado en el escalón y mi alegría al verlo es tal que no reparo en su cara hasta que ya lo he abrazado y besado.

—¿Todo bien? ¿Por qué no has entrado?

—Dentro estará mi primo y no tengo ganas de hablar con nadie, salvo contigo.

Es solo una frase y, dicha en cualquier otro momento, me habría hecho sonreír, pero su tono... hay algo en su tono que me hace entrecerrar los ojos.

—¿Qué ocurre?

Su mirada es tan oscura que me impacta no haberme dado cuenta antes de que algo ocurre.

—Tenemos que hablar, Anastasia.

Tash pasa a mi lado como un fantasma, intentando por todos los medios volverse invisible. Yo me quedo mirando a Mario con una mezcla de temor y curiosidad que acaba por vencerme.

—¿Qué ocurre?

Podría invitarlo a pasar. Quizá sería mejor que fuéramos a mi dormitorio y ahí, con calma, hablásemos. Pero tengo un presentimiento, un mal pálpito, y prefiero quedarme aquí, en la seguridad del exterior, oyendo el mar de fondo y con el cielo alumbrado de estrellas.

Mario se saca un sobre del bolsillo, me lo tiende y, mientras yo lo abro con manos temblorosas, habla.

—Tu padre ha venido a verme a la facultad. —Hace una pausa para que mire detenidamente el interior. Observo el cheque y veo la cantidad escrita en él, pero no soy capaz de procesar lo que esto significa—. Ese es el dinero que me ofrece a cambio de dejarte.

Lo miro de inmediato, con el corazón tan acelerado que siento los latidos en el pecho. Mario está serio, tan serio que las ganas de llorar me arrasan. No entiendo esto ni por qué me lo cuenta ni qué pretende. No entiendo nada, pero sé que algo dentro de mí se está resquebrajando demasiado rápido y el aire apenas consigue filtrarse en mi cuerpo. Me siento mareada, confundida y tan triste de golpe que siento deseos de tirarme al suelo y hacerme una bola insignificante. Él sigue sin hablar. De pronto, todo lo que he pensado hace un rato se difumina y solo queda en mí el miedo. Un miedo atroz que me lleva a pronunciar las siguientes palabras:

—¿Has aceptado?

Siento abrirse la brecha entre nosotros en el momento en que lo pregunto, pero necesito saberlo. Lo necesito porque de su respuesta depende que mi vida no se destroce como nunca antes.

43

Mario

¿De verdad piensa que sería capaz de hacerle algo así? ¿De verdad Anastasia tiene que preguntarme si he aceptado? Esto... esto ya es una puta mierda, porque no hay otra forma de definirlo, pero que justo me pregunte algo así demuestra que en realidad no confía tanto en mí como yo en ella. Intento no parecer tan dolido como me siento, pero es que esto me está superando. Me lleva superando todo el día. Fui incapaz de ir a verla a casa de mi abuela y luego a la cafetería. Llevo horas intentando mantener la cabeza fría, pero da igual las vueltas que le dé, porque siempre llego a la misma determinación: todo esto no me corresponde a mí.

He venido sabiendo que iba a cenar con las chicas. La he esperado el tiempo suficiente para no interrumpir su noche con esta enorme mierda que probablemente la amargue tanto como a mí. He intentado darle al menos ese último ratito de despreocupación con ellas, pero que ahora me pregunte... No, es que eso sí que me mata.

—No, Anastasia —digo con la voz mucho más grave de lo que me gustaría—. No he aceptado y, de hecho, he venido a contártelo todo porque tú eres la única que tiene algo que decidir. Puede que esté un tanto obsesionado con Disney, pero tengo bastante claro que no soy nadie para decidir por ti.

No sé qué esperaba, la verdad. Puede que alguna reacción más impetuosa o explosiva. Alguna lágrima, quizá, pero ya debí de imaginar que Anastasia me sorprendería una vez más. Que ella es una princesa, pero de las guerreras, de las que se levanta y lucha en vez de sentarse a esperar.

—Yo no puedo decidir si eliges el dinero o a mí.

—No se trata del dinero. Me importa una mierda el dinero de tu familia y tú deberías saberlo.

—No quería decir lo contrario.

—No, pero dudas.

—No es verdad.

—¡Claro que sí, joder! Estás ahí mirándome como si yo ya hubiera decidido traicionarte. Llevo todo el puto día intentando digerir esta mierda y pensando en el modo de decírtelo. Anastasia, no es fácil para mí venir y contarte que tu padre intenta chantajearme y me ha dejado muy claro lo que piensa hacer contigo elija o no el dinero. Es lo más difícil que he hecho en mi jodida existencia.

—¿Cómo que «lo que piensa hacerme»? —pregunta tambaleándose.

Suspiro frustrado y me paso una mano por el pelo intentando recapacitar y comprender que a ella acaba de caerle todo esto encima como un jarro de agua fría. Necesita un poco de tiempo para ir procesando los detalles. Yo llevo todo el día dándole vueltas y aun así me cuesta reponerme de este revés.

—Acepte el dinero o no, tu padre ha decidido que ya ha tenido suficiente paciencia, al parecer. No me dejará estar cerca de ti.

—Él no maneja mi vida.

—En realidad, sí. Me ha dejado entrever que, si seguimos juntos, acabará con tu nueva vida, empezando por tu negocio.

Es el golpe de gracia, aunque suene triste o irónico. Su rostro muda al terror absoluto y no puedo culparla por ello. Ha luchado por esa cafetería más que cualquier otra persona, porque lo ha hecho enfrentándose a todos los prejuicios que tenía cuando vivía con sus padres. Como hombre de familia humilde y clase media, creo que es muy fácil acostumbrarse a las mejoras. Cobrar más, ganar más, avanzar o subir escalones en la posición socioeconómica. Al revés, la cosa cambia. No puedo imaginar cómo de duro es tenerlo todo, crecer en una maldita mansión, aunque parezca una cárcel de oro, y dejarlo todo para arrancar de cero. Trabajar tan duro cuando nunca antes lo has hecho y enfrentarte, además, a la decepción y la incredulidad de tus padres. Es lo que le ha pasado a ella, ha tenido que aguantar a sus padres diciéndole que eso no es para ella, como si no fuera válida para trabajar o hubiera algún problema en ello. Se ha convertido en un motivo de vergüenza para su familia por hacer algo que, justamente, debería ser motivo de orgullo: salir adelante sola y sin ayuda.

Ha llorado lo indecible por la cafetería. No lo dice, pero no hace falta, lo sé. Igual que sé que el silencio que está dedicándome ahora dice más que cualquier palabra del mundo.

—No puedo... No puede... —Las lágrimas ruedan por sus mejillas—. No puede quitarme la cafetería.

—Los dos sabemos que sí puede —susurro—. No lo ha hecho porque pensaba que tú misma volverías a él, pero empieza a impacientarse y las alternativas parecen bastante claras, Anastasia. O la cafetería o yo.

Sus enormes ojos están tan abiertos y asustados que siento el impulso de abrazarla, pero me contengo porque, si lo hago, si la toco ahora, acabaré de romperme frente a ella y no puedo permitirme eso.

Pasados unos segundos que se hacen eternos, su voz suena tan rota como me siento yo por dentro.

—Mario...

Es mi nombre. Solo es mi nombre, pero hay tanto en el modo de pronunciarlo que no puedo evitar alzar una mano y dar un paso atrás, porque no puedo dejar que acabe. No puedo dejar que sus últimas palabras se queden para siempre conmigo de un modo tan doloroso.

—Está bien, Anastasia —digo con voz ronca—. Ya era hora de que la princesa luchara por sus sueños, sin importar lo que quiera el príncipe.

Ella no habla, sé bien que no puede, así que asiento una sola vez, me acerco con suavidad y beso su frente antes de dar un paso atrás y marcharme. Quedarme significaría implorar que me elija a mí y no puedo hacer eso.

No puedo cuando ella ya ha tenido que elegir tantas veces y siempre basándose en el sacrificio.

Esta vez la princesa gana y al príncipe le dan por culo, porque no todos los cuentos acaban con un beso.

Algunos acaban con la princesa cumpliendo sueños y realizándose como merece, que ya iba siendo hora.

44

Anastasia

Cuatro días después de mi ruptura con Mario estoy tirada en la cama, literalmente. Llevo cuatro días yendo a trabajar por inercia, durmiendo por inercia y con pastillas, comiendo por inercia..., viviendo por inercia. Hoy no he podido más. Hoy me he metido en la cama y, horas después, ya por la tarde, aquí sigo. La conversación que tuvimos me da vueltas y vueltas en la cabeza y no consigo llegar a un punto en el que pueda tomar una decisión al respecto que arregle algo. Siento que, haga lo que haga, pierdo una parte vital de mi vida. He luchado durante años por la cafetería. Dejé a mi familia para demostrarme a mí misma que podía valerme sin su ayuda y la cafetería representa todo por lo que luché. El sacrificio que realicé. Era, hasta hace solo unos días, mi mayor motivo de orgullo en la vida.

Después vino Mario y, con su llegada, alteró todos esos sentimientos. No me siento menos orgullosa ahora, pero descubrí que, además del trabajo, tenía espacio para dejar entrar a alguien. Para dejarlo entrar a él. Me di cuenta de que vivir a medias no es mejor ni más seguro que vivir al cien por cien, aun con los riesgos que eso conlleva. Me deshice de algunas máscaras para todo el mundo, como las pelucas, y dejé otras de cara al público, pero no ante él. Nunca ante él. Me desnudé del modo que más temía y resultó que él, lejos de echarse atrás, dio un paso al frente y me devolvió todo aquello en forma de amor, del amor más puro que he sentido hasta el momento. Me enseñó que la vida es algo más que el trabajo o el sacrificio constante. Me ayudó a ver que hay partes muy bonitas que tenemos que disfrutar a diario, porque el tiempo es lo único que no vuelve y, cuando se marcha, lo hace con todas las consecuencias.

Ahora que he perdido todo eso, me siento huérfana, triste y enfadada, no con él, sino con la vida. Y con mi padre. Dios, estoy tan enfadada con él que ni siquiera he ido a verlo para recriminarle nada. Según Tash, eso es aún mejor, porque estoy tratándolo con la indiferencia que no espera. No lo sé, yo solo sé que no me sale ir a tener una pelea con él, no porque no lo merezca, sino porque estoy harta de que intente manejar mi vida de un modo tan cruel y rastrero. Puede que me engendrara, pero la palabra «padre» le queda tan grande que ya ni siquiera lo siento como tal. Me siento huérfana, eso es. Huérfana de amor y huérfana de padre. Es muy triste, pero lo sería aún más si fuera a verlo y, pese a mis intentos, solo consiguiera frustración y negativas. No, no voy a darle la oportunidad de despreciarme una vez más.

Mi teléfono suena, arrancándome del letargo en el que estoy sumergida. Cuando miro la pantalla y veo que se trata de la madre de Mario, descuelgo enseguida, preocupada.

—¿Todo bien? —pregunto a modo de saludo.

—Eso quisiera saber yo. No consigo hablar con Mario, Sia. ¿Qué ocurre? Aza me ha dicho que no está durmiendo en casa, sino en Málaga, en el piso compartido de Carla. Lo llamo y llamo y no responde. Solo me ha enviado un mensaje diciéndome que está estudiando mucho para los exámenes, pero es muy raro en él. ¿Qué sabes tú?

Trago saliva por varias razones. La primera y más importante es el hecho de que Mario ni siquiera le haya dicho a su familia que hemos roto. La segunda es que haya sentido la necesidad de irse de La Cala. La tercera es, aunque me pese reconocerlo, saber que está en el piso de Carla, aquella chica con la que lo vi una vez en la cafetería. Sé que solo son amigos, pero aun así, no puedo evitar comparar y pensar que ella no tiene los problemas que tengo yo. Ella podría darle a Mario el amor sencillo y bonito que merece y...

—¿Sia?

Cierro los ojos y me concentro en la madre de Mario.

—No sé nada, Trinidad. Nosotros ya no estamos juntos.

—¿Qué? ¿Por qué?

—Porque yo...

La voz se me rompe irremediablemente. Por suerte o por desgracia, no necesito hablar más.

—Voy a tu casa.

La comunicación se corta antes de que yo pueda decir nada. Me tumbo en la cama y pienso en Mario, en el daño que le he hecho y en que, cada vez que pienso que es imposible sentir más dolor, me sorprendo notando cómo profundiza y arrasa con todo. Se está clavando en mis entrañas y no sé cómo acabará esto, pero tengo miedo y la tristeza es tal que amenaza con romperme en pedazos.

Apenas veinte minutos después oigo el timbre del portero y, un par de minutos más tarde, Tash entreabre la puerta.

—Nena, deberías salir.

—Es la madre de Mario, ¿verdad? —pregunto sin mirarla. Cuando Tash no contesta, la miro, y su cara de circunstancias me hace fruncir el ceño—. ¿No?

—Viene con la abu. También… —Carraspea, incómoda—. También han venido Felipe, Camille, Nil y Aza.

Abro los ojos como platos.

—Tiene que ser una broma.

—Ya me gustaría. Jorge está intentando contenerlos, pero quieren hablar contigo. —Mi cara de pánico debe de ser increíble, porque ella entra en la habitación y me acaricia la mejilla—. No creo que estén enfadados contigo. Solo parecen… ansiosos y sorprendidos.

—¿Ansiosos y sorprendidos?

—Todavía intento adaptarme a esto de tener una familia, ¿sabes? Pero sí, lo describiría así.

Sonrío, aunque por dentro me sienta fatal. Me alegra mucho que Tash tenga por fin la familia que merece, aunque ahora mismo estén aquí intentando lapidarme. Bueno, quizá eso es exagerado, pero desde luego no están aquí solo para darme besos y abrazos.

Hago acopio de valor, me levanto de la cama y me miro en el espejo. Tengo puesto un pijama de Batman que hace que mis caderas se vean tan grandes como son, porque no he querido ir a trabajar por primera vez en mi vida, no llevo peluca y tampoco estoy maquillada, pero supongo que nada de eso importa ahora mismo. Total, sin peluca ya me han visto y lo del maquillaje… Bueno, al final esconderse no ha servido de mucho, así que ¿para qué?

Salgo de la habitación con los ojos puestos en el suelo y pensando que ojalá supiera rezar. Rezaría para poder meterme bajo tierra y, a lo mejor, con un poco de suerte, se cumpliría y me libraría de esto.

—Santo Dios, ¿qué te ha pasado? —La voz de la abu me hace levantar la mirada.

Igual sí tendría que haberme maquillado, pero dudo que con los ojos tan hinchados hubiera servido de algo. Abro la boca para hablar, pero lo único que emito es una especie de graznido que acaba en un sollozo. Tash me cubre de inmediato, abrazándome y poniéndose delante de la familia.

—Solo está un poco cansada. —Oigo que dice Jorge.

—Conozco el cansancio, niño. Eso no es cansancio, eso es enfermedad. Natalia, quita, deja que me acerque. —Tash me aprieta más fuerte, pero la abu es mucha abu—. Venimos a ayudar, Natalia.

Mi amiga me aprieta más, tanto que me siento un poco asfixiada, pero al cabo de un segundo, afloja su agarre e, incomprensiblemente, se aparta. No lo entiendo. ¿A dónde va? Quiero volver a la habitación, llorar de nuevo a solas y dejar de exponerme ante tanta gente. Pero antes de poder siquiera plantear esa opción como factible, la abu ha cogido mi cara con las manos, dejando el bastón a un lado, y me mira con tal profundidad que mis lágrimas, en vez de detenerse, brotan más fuertes y rápidas que nunca.

—¿Qué te han hecho y quién ha sido?

—Ay, abu... —susurro con la voz rota.

—¿Ha sido mi nieto? ¿Te ha tratado mal? —Su voz de acero hace que abra desorbitadamente los ojos.

—¡No! No, Mario jamás me trataría mal.

—Eso quiero pensar, pero aquí estás. Si no ha sido él, ¿quién ha sido?

Miro por encima de su hombro a los Dunas y también a Camille y a Nil. Todos me miran con evidente preocupación, así que suspiro y hablo. Está claro que Mario no lo ha hecho y no tiene sentido ocultar lo ocurrido.

—Mi padre... —La voz se me rompe, pero me recompongo, no sé cómo, y sigo—: Ha sido mi padre, abu.

Les cuento todo lo ocurrido. La visita de mi padre a Mario, su respuesta, el modo en que vino a verme y, al final, la ruptura, si es que se le puede llamar así. Para cuando acabo, estoy sentada en el sofá con la abu a un lado, Trini al otro y todos los demás frente a nosotros, ya sea sentados o de pie, pero todos, absolutamente todos, tienen la misma cara de impotencia y odio.

—Me gustaría decir que no me da miedo mi padre, pero sé bien que no hace amenazas en vano —le aseguro a Trini—. Yo quiero estar con Mario, de verdad que quiero, pero la cafetería...

La voz se me vuelve a romper y cierro los ojos sobrepasada. Los abro al sentir unas manos acariciar mis mejillas. Es Trinidad y, aunque sus ojos también están emocionados, no deja de sonreír.

—Nadie puede culparte por elegirte a ti misma y a tus sueños, cielo. Ni siquiera yo, que adoro a mi hijo y me encantaría que no lo rozara ni el aire.

—Pero le he hecho daño.

—Pero no queriendo. Eres una víctima de tu padre, Anastasia. Mi hijo lo sabe, estoy segura.

—Me odiará.

—No podría.

—No querrá volver a verme.

Su silencio es una confirmación tan rotunda que siento que se me rompe más el corazón, si es que acaso era posible.

—Le dueles demasiado —acaba susurrando.

Todos guardamos silencio, porque no hay mucho más que decir. Miro por la ventana, ya se ha hecho de noche, pese a que solo son las siete de la tarde y yo no he hecho otra cosa más que llorar entre mis sábanas y lamentarme por todo lo que he perdido. Sé que tengo que cambiar de actitud, pero es que enfrentarme a mi vida después de Mario me apetece tanto como dejar que me arranquen la piel a tiras.

—Entonces ¿dónde está Mario? —pregunta Felipe.

—Con Carla —dice su madre—. Está en su piso, o eso me dijo.

—Voy a llamarla, tengo su número —asegura Aza—. Me lo dio después de una fiesta en la que coincidimos y Mario bebió un poco más de la cuenta. Quería que le asegurara que estaba bien cuando me lo llevé a casa.

—Ah, creo que recuerdo esa fiesta —comenta la abu con un suspiro—. Este muchacho...

Sonrío un poco, pero centro mi atención en Aza.

—¿Y para qué vas a llamarlo? Esto no tiene arreglo.

—Ha roto contigo y no le ha dicho nada a nadie. Tenga o no arreglo, es evidente que está mal.

No digo nada. Sobran las palabras, así que espero que ella haga la llamada. Coloca el altavoz cuando el teléfono da tono, algo que agradezco, porque si puedo oírlo, aunque sea de lejos, sabré cómo está. Al menos me servirá para torturarme.

—¿Sí? —contesta una voz al otro lado de la línea.

—Hola, Carla. Soy Azahara, la prima de Mario. ¿Te acuerdas de mí?

—Sí, claro, tengo tu número guardado. ¿Qué tal?

—Bien, oye, ¿podría hablar con mi primo?

—¿Con Mario?

—Sí, claro, está contigo, ¿no?

—No. —La tensión se adueña del salón y Carla, que aún a distancia debe de notarlo, sigue hablando—. O sea, estuvo hasta esta mañana, pero se marchó. Dijo que aquí no puede estudiar bien y que se iba a casa. ¿No está allí?

No sé qué contesta Aza, creo que alguna excusa para colgar rápido. No la escucho, porque no hay nada que suene más alto que los latidos desbocados de mi corazón.

—¿Dónde está Mario? —pregunto a nadie en particular.

Cuando nadie me responde, confirmo mis sospechas: esto es malo. Es muy malo.

45

Mario

Odio las malditas rocas. Las odio. Las odio tanto que no puedo ni verlas.

Entonces ¿por qué estoy aquí?

Me lo pregunto una y otra vez mientras observo el modo en que las olas rompen contra ellas furiosas. El cielo está encapotado y se prevé lluvia en cualquier momento. Pienso en Tash cuando la encontró mi primo justo aquí, hace casi un año, en medio de una tormenta. Hasta no hace mucho no podía ni imaginar qué la habría llevado a ese estado de enajenación mental. Había que estar loco para meterse en las rocas con semejante temporal, pero ahora ya no me lo pregunto.

A veces, cuando sientes que el dolor está tan alojado en ti, necesitas contrarrestarlo con algo más fuerte. Algo más doloroso o más peligroso. Una emoción que arrase con lo que sientes y te dé un poco de calma.

Por eso estoy aquí. Odio este sitio, pero justo por eso he venido: para que el odio ocupe mi cuerpo y le dé tregua al dolor. Para sentir algo más que la maldita pena por mí mismo que lleva inundándome cuatro días.

No he sabido nada de ella, pero el día siguiente a mi ruptura fui a la cafetería, aunque no entré. La vi allí, patinando, sirviendo mesas y sonriendo. Anastasia se las ingenió para sonreír, cuando yo apenas podía tenerme en pie y la odié un poco por ello. Luego me odié a mí mismo, porque justo consistía en esto, ¿no? En que ella siga viviendo su sueño, al margen de mí. Desde entonces no he vuelto a la cafetería.

No le he contado a nadie que ya no estamos juntos y me marché con Carla, pero sabía que no era una solución a largo plazo. Vive con tres chicas más y son dadas a organizar fiestas casi todos los días. En cualquier otro momento de mi vida eso no me habría importado, pero después de que ayer me emborrachase, decidí que había tenido suficiente, así que esta mañana me he levantado, he cogido la mochila con el par de mudas que había sacado de casa y me he venido aquí, a las rocas que tanto odio.

No sé cuántas horas he pasado aquí. Muchas. No ha venido nadie. He pasado gran parte del tiempo bajo el paseo de madera, aprovechando las rocas que hay y en las que podía sentarme. En realidad, no he llegado aquí, a las rocas mojadas por el mar, hasta que la noche ha caído y he estado seguro de que nadie me interrumpiría. No por nada, sino porque no quiero hablar. No quiero que nadie me diga que la vida es muy bonita, aunque la chica de mis sueños no pueda estar conmigo. No quiero ánimos de mierda ni palabras vacías que intentan consolar sin conseguirlo. Tuve suficiente de toda esa mierda cuando murió mi padre.

Todo el mundo me hablaba de las cosas bonitas de la vida y sé que lo hacían para ayudarme, porque era solo un niño, pero no era un niño cualquiera. Era superdotado. Por mucho que ahora lo denominen de otra forma, era un maldito superdotado y, por tanto, mi cabeza siempre iba por delante. Veía estúpidos esos intentos de animarme y pensaba que lo único que necesitaba era llorar y aprender a superarlo. Nunca lo dije porque, sorprendentemente, me importaban mucho las personas que me rodeaban y no quería herirlas. Valoraba el esfuerzo, pero no me ayudaban.

No tiene sentido pasar por eso de nuevo. Ya sé que Anastasia no está muerta, pero no está conmigo. Es otra persona a la que pierdo para siempre, así que, para el caso... es lo mismo. ¿Y qué van a decirme Nil y Aza, que están recién reconciliados? ¿Que no me rinda? ¿Y Felipe y Camille? ¿Y Jorge y Tash? Joder, es que, encima, en apenas dos años, estos cabrones han conseguido a los amores de sus vidas y a todos les ha salido bien, menos a mí. Ahora todos tienen pareja y yo estoy solo.

Antes, de niño, todos tenían hermanos y yo... estaba solo.

Sí, siempre tuve a mis primos, pero no era lo mismo. Por las noches, yo volvía a una casa en la que mi madre intentaba hacer de padre, madre y a veces de hermano para que no me sintiera mal. En las casas de mis primos siempre había bullicio, ruido e incluso discusiones. Inspiro hondo. Mi madre hizo tanto por mí que me siento como un desgraciado pensando esto. La quiero, la quiero más que a mí mismo y valoro todo lo que hizo por mí, pero ella no impidió que el dolor, en muchas ocasiones, llegara.

En algún momento volqué toda mi frustración en las pelis de Disney y empecé a soñar con tener mi propia familia. Una mujer, varios hijos: ruido de nuevo en casa.

Bien, eso ya se acabó. Es evidente que mi papel en la vida es estar más bien solo y va siendo hora de aceptarlo. De hecho, va siendo hora de enfrentar todos mis miedos. Por eso salgo de las rocas, me dirijo por la orilla hacia la zona en la que reposan las barcas y, sin mirar casi, elijo la primera que me encuentro y la arrastro hasta el agua, no sin esfuerzo. A lo mejor acabo en la cárcel por esto, pero ahora mismo no me importa. Tengo que hacerlo.

Navegar hasta el fondo, a la altura de las boyas, no me cuesta demasiado. Soy atlético y sé cómo funcionan las barcas, aunque no suba en una desde que era niño. El problema viene cuando, estando allí, al lado de la boya naranja, siento que el corazón se me paraliza de miedo.

No, no voy a dejar que gane otra vez. Esta vez no.

Siento el frío en los dedos mientras tiro de mi jersey hacia arriba para quitármelo. Echo el ancla y miro el mar, más o menos en calma, aunque se espere lluvia. Sé bien lo que puede hacer un mar embravecido, mi padre murió en uno. En este mismo. Mucho más adentro, sí, pero de un modo que no merece morir nadie. Eso me dejó tan tocado que, desde entonces, no he podido nadar hasta este punto. He sido incapaz de echar carreras hasta las boyas con mis primos, como sí hacían entre ellos. He sido privado del disfrute de nadar sintiendo los pececillos entre las piernas y reír despreocupado. Este maldito mar me quitó la infancia, pero eso se acaba hoy. Vendrán otros miedos, estoy seguro, pero este... este termina aquí.

Me quito el pantalón y me lanzo al agua antes de tener tiempo de pensar más. Porque si me paro y pienso, no salto, lo sé. Me conozco demasiado bien. Me zambullo en el agua helada y, cuando salgo a coger aire, ahogo una maldición. Joder, está muy fría, pero imagino que no es nada en comparación con lo que sintió mi padre cuando el agua se lo tragó. ¿Cómo debe de ser que sientas que, lo que más quieres en la vida, se vuelve en tu contra y acaba contigo?

Las lágrimas se me saltan mientras lo pienso e imagino lo que sintió. Nado para mantenerme a flote, pero el frío me está entumeciendo y tendré que volver pronto a la barca. Me coloco boca arriba, mirando a las estrellas y deseando que esto sea una puta película. Quiero que mi padre aparezca entre las estrellas, como hizo Mufasa con Simba, y me guíe de alguna manera. Que me diga que todo estará bien, aunque yo sepa que es mentira. Me odio aún más por eso, por la necesidad de vivir de algún modo algo que solo sale en esas películas que tanto me sanaron en su día y ahora mismo estoy odiando con todas mis fuerzas.

Oigo unos gritos a lo lejos. Por un momento, imagino que será el dueño de la barca, pero cuando miro hacia la orilla, solo veo a mis primos Felipe y Jorge remando hacia mí en otra barca.

—¡No te muevas! —grita Felipe.

Frunzo el ceño, incorporándome en el agua. Debo de tener los labios morados, porque tirito de una manera tan evidente que incluso puedo ver cómo mis pestañas suben y bajan al ritmo.

—¿Habéis robado una barca? —pregunto cuando llegan hasta mí, no sin cierto esfuerzo porque, joder, esto está muy frío.

—Sube, colega —dice Jorge estirando el brazo—. Ven conmigo.

—Estoy bien.

No es verdad. No estoy bien. Mi voz suena rara, como lejana, y mi cuerpo no deja de convulsionarse. Siento una especie de nebulosa en la cabeza y el frío, de pronto, está dejando de importarme.

—Venga, joder, sube a la barca, Mario.

No sé quién lo dice. Intento mirarlos, pero a duras penas me sale. Poco después, el agua me salpica en la cara y me pregunto si ya ha comenzado a llover. Al mirar a mi lado, veo que es Felipe, que se ha tirado para cogerme y arrastrarme hacia donde está Jorge.

—Ten cuidado, está muy fría —le advierto en un susurro.

—¿Sí? Ni me había fijado —gruñe él nadando y tirando de los dos.

En realidad, sé que esto me avergonzará cuando consiga despejarme, pero ahora mismo es como si estuviera borracho. De pronto noto algo en el costado que me hace gruñir de dolor. Es la madera de la barca. Mi primo Jorge tira de mí y me coloca dentro, no sin esfuerzo. Luego coge los remos y empieza a remar hacia la orilla.

—Tengo que devolver la barca —susurro.

—Felipe se encarga.

Ninguno dice nada, él porque es probable que esté muy cabreado y yo porque solo quiero cerrar los ojos y abandonarme al entumecimiento que empieza a superarme. He dejado de notar los pies y creo que eso es malo, pero no estoy muy seguro.

Ya cerca de la orilla, oigo muchos gritos. Cuando me sacan de la barca, me parece oír a mi madre llorando, pero la verdad es que el dolor que tengo en el pecho y en la cabeza es tan intenso que no le presto atención, sino todo lo contrario.

Pienso con ironía que por fin he encontrado algo que supere el dolor de la pérdida de Anastasia.

Por suerte o por desgracia, un instante después cierro los ojos y me dejo ir, así que supongo que nunca sabremos si todo esto ha merecido o no la pena.

46

Anastasia

—No lo entiendo —susurro acongojada.

A mi lado, Tash me aprieta la mano con más fuerza. Estamos en el pasillo del hospital al que han traído a Mario a toda prisa. La ambulancia ha tardado una eternidad en llegar, aunque Nil asegure que han sido unos minutos. A mi otro lado, su madre mira al vacío. Su imagen ahora mismo bien podría usarse para definir a la desolación en los diccionarios del mundo.

—No lo entiendo —repito.

—Seguro que se cayó —afirma mi amiga.

—Él no iría allí. Le da miedo ir más allá de las boyas.

—¿Lo sabías? —pregunta Trini saliendo de su trance.

La miro y asiento, intentando detener el torrente de lágrimas.

—Me lo confesó no hace mucho. No iría allí de no ser por que...

—No te anticipes —me dice Tash—. A veces la tristeza nos hace comportarnos de un modo un tanto irracional.

La miro y pienso en su situación hace once meses, cuando Jorge la rescató de las rocas mientras ella miraba el mar fijamente. Sigue jurando que no pensaba tirarse y la creo, pero ahora que han rescatado a Mario de esas malditas aguas... Bueno, entre esto y lo de Tash, voy a tenerlo difícil para no acabar odiando el mar.

—No quería matarse —dice Felipe, poniendo palabras a lo que todos pensamos, pero no queremos decir—. No se resistió lo más mínimo cuando lo cogí. Estaba como... ido. Ni siquiera era muy consciente de que el agua estaba tan fría.

—¿Es posible que hubiese bebido? —pregunta Aza.

—Mario no se metería en el mar borracho. No lo ha hecho nunca —responde Jorge.

—Pero a lo mejor...

—Azahara, nuestro primo no es ningún estúpido. No sé por qué ha hecho lo que ha hecho, pero seguro que todo esto tiene una explicación. Lo mejor que podemos hacer ahora es mantener la calma y esperar a que el médico nos diga algo.

Aza asiente un tanto afectada, pero Nil la abraza de inmediato, refugiándola entre sus brazos. La entiendo, pero todos estamos nerviosos y Jorge tiene razón, las conjeturas no van a llevarnos a ningún lado. Además, yo también dudo que Mario haya bebido.

Los minutos pasan tan lentos que, cuando por fin sale el médico a informarnos, todos estamos casi desquiciados.

—Ha sufrido una hipotermia leve, por suerte, porque podría haber sido muy grave. Por fortuna, lo hemos estabilizado y ya está recuperándose. Lo dejaremos en observación esta noche y mañana, si todo está bien, como prevemos, podrá irse a casa.

El suspiro colectivo es tan hondo que el médico sonríe.

—¿Puedo verlo? —pregunta su madre.

—Sí, pero está adormilado.

Trinidad se levanta de inmediato y, antes de perderse por el pasillo, me mira.

—¿Vienes?

Niego con la cabeza y, con el movimiento, consigo que las lágrimas retenidas caigan.

—Es mejor que ahora esté tranquilo y no se altere más —susurro.

Su madre me mira con lástima, pero asiente, sabe que tengo razón. Ahora mismo lo último que Mario necesita es verme. Lo último que necesita es a mí porque, aunque nadie lo verbalice, todos somos conscientes de que soy responsable de que se encuentre aquí hoy. Sé que dirían que no para quitarme un poco de carga, pero sería mentira. Todos somos consciente de ello. Así que, sabiendo que está estabilizado, me meto las manos en los bolsillos del chándal que me he puesto a toda prisa antes de salir a buscarlo y me despido de la familia.

—Iré mañana a verlo a casa, si os parece bien.

—No tienes que irte —susurra Jorge.

—Es mejor así.

No consigo acabar la frase de un modo digno porque la voz se me rompe, así que sonrío para quitar hierro al asunto y alzo la mano para despedirme.

—Te acompaño a casa —dice Tash.

—No hace falta. Iré en taxi.

—Nos vamos todos. De todas formas, aquí no hacemos nada. Mañana vendremos a primera hora y así lo acompañamos a casa —asegura Felipe.

Los que estaban sentados se levantan y salimos del hospital en silencio. En el aparcamiento me despido de todos menos de Jorge y Tash, porque me voy con ellos en el coche. El camino es silencioso y, al llegar a casa, me voy derecha a mi habitación sin apenas despedirme. Creo que entienden mi necesidad de estar a solas. Ya en mi cuarto, a salvo de miradas ajenas, suelto en forma de lágrimas la rabia que siento por esta situación, el odio hacia mi padre, el dolor por nuestra ruptura y la desolación que me provoca imaginar a Mario en alta mar solo y muerto de frío.

No sé a qué hora me duermo, pero es tarde, muy tarde. Aun así, al amanecer, mis ojos se abren como si supieran que Mario va a salir del hospital. Tengo que verlo. Sé que es contraproducente y que a lo mejor ni siquiera cuenta con verme, pero tengo que ir y comprobar que de verdad se encuentra bien. Salgo de la habitación y, ya en la cocina, me encuentro con Jorge solo sentado frente a una taza de café. Tiene los ojos rojos, prueba de que ha llorado, pero cuando me ve, sonríe.

—¿Has dormido algo? —pregunta con voz ronca.

Niego con la cabeza y, solo por el hecho de verlo así, vuelvo a derramar un par de lágrimas. Jorge estira el brazo, dejándome claro que quiere que vaya. Lo hago, me siento a su lado y dejo que me abrace por el costado y me bese la cabeza un par de veces intentando calmarme. Cuando habla, la emoción se ha adueñado también de su voz.

—Hoy volverá a casa y no hará ninguna estupidez como esta nunca más, no te preocupes.

—¿Cómo estás tan seguro?

—Porque pienso amenazarlo con revivirlo y matarlo yo mismo si se le ocurre morirse de un modo tan estúpido —dice. Me río pese al dolor y él me imita—. Todo irá bien. Mejorará.

—Es casi imposible que esta situación empeore.

—Oh, siempre puede empeorar, cielo, pero esto no lo hará.

—Buenos días. —La voz adormilada de Tash me sobresalta. Ella se acerca por detrás, besa mi coronilla y los labios de Jorge—. Necesito café.

Tiene mala cara, como nosotros, así que no es necesario preguntarle si ha dormido bien. De hecho, nadie dice ni una palabra. Tomamos café, nos vestimos, nos sentamos en el sofá y nos dedicamos a dejar pasar las horas mientras miramos nuestro teléfono por si dicen algo. A las once de la mañana, cuando ya estamos medio desesperados, Trini nos avisa de que Mario tiene el alta y van para la casa.

—Vamos —dice Jorge levantándose.

Tash le hace caso, pero yo me quedo quieta por un segundo. Él me mira, eleva una ceja y estira la mano.

—Vamos —repite. Ya no suena a petición, sino a orden.

—A lo mejor no me quiere ver —susurro.

—Anastasia, mueve el culo.

—Es complicado no hacerte caso ante un razonamiento tan educado —replico con ironía mientras me levanto.

Jorge sonríe y me guiña un ojo.

—Siempre dispuesto, ya lo sabes.

Tash se ríe entre dientes y, por un instante, agradezco la breve conversación, porque estamos tan tensos que la situación se hace incómoda a ratos.

Llegamos a la casa en apenas cinco minutos caminando, así que Mario todavía no ha llegado. Nos repartimos por el salón junto a una Azahara que se deja caer en el costado de Nil con unas ojeras aún más profundas que las mías y junto a un Felipe que no deja de caminar por el salón como un león enjaulado.

—Por mucho que camines, él no llegará antes —le dice Camille—. Por favor, Felipe, cálmate.

—¿Cuánto crees que es recomendable esperar antes de echarle la bronca? —pregunta él.

Camille le sonríe y se levanta, buscando un abrazo que consigue.

—Es mejor que mantengas esa preciosa boca cerrada.

—Eh, Galaxia, córtate un poco, que estamos todos —se lamenta Jorge.

—Y lo dice el más empalagoso de todos —murmura Felipe.

—De eso nada —protesta Jorge—. El más empalagoso es con diferencia Nil.

El susodicho, que justo estaba besando a Aza en los labios, se encoge de hombros y suspira con parsimonia.

—Pues vale.

—Joder, es difícil meterse con él si no entra al trapo —se queja Felipe.

Eso provoca la risa de unos cuantos, algo que es de agradecer, porque Ona y Eric están jugando en la alfombra del salón a construir legos y no queremos que se percaten de la tensión que reina en el ambiente. De hecho, Nil los insta a hacer lo mismo en la habitación.

—Venga, os pondré una peli también.

No es difícil imaginar que, como no sabemos cómo vendrá Mario, lo mejor es que los niños tarden un poco más en verlo. Apenas los ha metido en el dormitorio y ha vuelto, cuando escuchamos la cancela del patio trasero. Trago saliva, nerviosa, y espero al lado de la estantería del salón, medio oculta por toda la familia, a que la puerta se abra.

Cuando lo hace, Mario entra por su propio pie y parece estar... bien. Tiene ojeras y está pálido, sí, pero por lo demás, todo es normal en él. No tiene rasguños ni heridas visibles, así que es como si viniera de estar una noche entera de fiesta. Con mala cara y visiblemente cansado, pero nada más, al parecer. Y justo por eso no entiendo las ganas de llorar que me asaltan.

Él se queda parado mirando a toda su familia, con su madre a su lado. Los observa a todos, uno a uno, pero no dice ni una palabra. Al menos hasta que repara en mí y sus ojos se abren apreciativamente. Quiero esconderme, hacerme una bola y llorar de rabia, de impotencia y de dolor, pero no puedo hacer nada de eso. Solo puedo quedarme aquí, mirándolo fijamente y preguntándome en qué estará pensando.

—Tienes que irte —dice con voz grave.

Pensé que mi corazón no podía romperse más, pero, al parecer, Jorge tenía razón y las cosas siempre pueden ir a peor.

—Quería saber cómo estabas. —Odio que la voz me salga tan temblorosa.

—Tienes que irte, Anastasia, ahora. —Su voz es grave y ronca, como si hablar le rasgara la garganta—. ¿No lo entiendes?

—No quiero molestarte.

—Que no me molestas, joder, que es que estar aquí solo te hará perder todo lo que te importa.

La desesperación en su voz... Acaba de venir del hospital, anoche casi pierde la vida y, aun así, lo que más le importa es que yo esté bien y esto no tenga consecuencias con mi padre. Confirmo entonces lo que ya había pensado alguna que otra vez: la lealtad de Mario no conoce límites. Da igual cómo de mal esté, porque piensa seguir mirando por mí en primer lugar.

—Me temo que lo más importante de todo ya lo he perdido —susurro con voz apenas audible.

Por un momento, creo que no me ha escuchado, pero entonces veo el modo en que baja la mirada y camina hacia su dormitorio, sin hablar con nadie más, sin sonreír, sin bromear y sin soltar frases sin sentido; como un ente desprovisto de emociones.

Y eso, tratándose de Mario de las Dunas, es como realizar un millón de sacrilegios en nombre del dios equivocado.

47

Mario

En los días que siguen a mi aventura en alta mar, mi habitación se convierte en el puto Museo del Prado, o eso parece, porque por aquí desfila todo el mundo. Jorge abrió la veda proponiéndome ver una película conmigo. Me negué, pero entonces Felipe vino al rato, insistiendo en que necesito hacer deporte para generar endorfinas o no sé qué hostias. Me negué también. Entonces Aza me pidió que la acompañara a ver carritos de bebé y le dije que no pretendía morirme, pero si quisiera, esa sería una buena forma. Se fue llorando, así que le pedí perdón, pero, aun así, no fui con ella a ver nada. Nil me ha colado a los niños en la habitación cada día. Cada maldito día desde que llegué con diferentes excusas. Aun así, no ha conseguido que reaccione. Empiezo a pensar que nada conseguirá que vuelva a ser el Mario de antes.

No debería sentirme así, lo sé, pero es que... es que la impotencia me puede, e imaginar al padre de Anastasia manejando su vida me puede aún más. Sí, ella ha mantenido su cafetería, pero eso será hasta que Sergey quiera acabar también con eso. La frustración que me genera saber que puede dominarla hasta ese punto hace que, en vez de dar salida a la rabia, me muestre tan apático como es posible. No salgo, no hago deporte, no como bien y no veo películas Disney, que antes era mi remedio natural. En definitiva, soy un puto desastre que debería ponerse a estudiar, porque estoy a las puertas de los exámenes, pero lo único que hago es controlar las ganas de ir a la cafetería de Anastasia y pedirle que luche por mí. Imposible, lo sé, porque ponerla en la tesitura, sabiendo cuánto me quiere, haría que lo pensara seriamente, y yo no soy su padre. Yo no podría vivir sabiendo que le robé lo que más le importa.

Debería animarme, ponerme una BSO de Disney, pero he comprendido eso que tanto han repetido mis primos: son solo películas. Es una fantasía y el mundo real es mucho más feo. Está bien, es hora de asimilarlo y actuar como lo haría un adulto. Debería levantarme, hacer algo por mi vida, pero sigo aquí, mirando al techo y dándole vueltas a lo mismo una y otra vez. Bueno, no todo el tiempo pienso en eso. A veces la imagen de Anastasia llorando apoyada en la estantería del salón me asalta y hace que me pregunte cómo conseguí mantenerme quieto y no correr hacia ella.

El tercer día de encierro, la que abre la puerta de la habitación es mi madre.

—Levanta, Mario. Date una ducha, vamos a salir a dar un paseo.

—No me apetece.

—Lo siento muchísimo, hijo, pero entonces tendrás que hacerlo sin que te apetezca.

—No...

—La próxima en venir es la abu, Mario. Tú verás.

Me levanto, porque estoy deprimido, apático y cabreado, pero no soy gilipollas y sé cuándo las amenazas van en serio.

—Solo quiero descansar un poco. He sufrido una hipotermia, mujer.

—Eso fue hace días y, por fortuna, no estuviste tiempo suficiente como para que tengamos que temer por alguna secuela.

—Entonces ¿la próxima vez tengo que estar diez minutos más para que luego me dejéis tranquilo?

—Si consigues morirte, te quedarás tranquilo, sí. Si no, lo dudo mucho.

Suelta las palabras de un modo tan agrio que la miro de inmediato. Sus ojos están tan dolidos que me maldigo por no haberme dado cuenta antes de que estaba yendo muy lejos con todo esto.

—Mamá...

—Toda la vida he intentado colmar tus necesidades emocionales. Fui consciente muy rápido de que no eras como el resto de los niños. Ha sido duro, porque no es fácil criar a un hijo con un cerebro tan portentoso, pero déjame decirte, vida mía, que estás comportándote como todo un mequetrefe. —Abro los ojos como platos, pero no se detiene—. Esto que haces no se parece en nada a lo que haría mi hijo, el de mente privilegiada. Esto que tú haces, Mario, es precisamente matar eso que te hace tan especial.

Se me saltan las lágrimas de inmediato, porque nunca antes ha sido tan dura conmigo, pero miro para otro lado e intento disimular encogiendo los hombros.

—Supongo que son maneras distintas de ver las cosas.

—Tú no tienes una manera de ver las cosas. Estás actuando como un barco a la deriva, dejándote llevar hasta lo más profundo solo porque sientes rabia y piensas que no puedes luchar, pero sí puedes. Es más, deberías. Lucha, Mario.

—¿Por qué?

—Por ella, por lo vuestro y por ti. Sobre todo por ti. Ve a por

Anastasia, si es lo que te hace feliz, y confiésale que desde que no estás con ella no vales mucho más que un alma en pena. Cambia esta situación del modo que sea, hijo, porque no puedes seguir así.

—No es tan fácil.

—La quieres, ¿no? Me vas a perdonar, pero no veo la dificultad.

—¡Precisamente porque la quiero me he apartado, mamá! Es porque la quiero por lo que se lo conté todo, consciente de que yo no podía decidir por ella en función de lo que yo piense que es mejor. Anastasia es una mujer fuerte y valiente que se ha hecho a sí misma, se merece tomar sus propias decisiones y eso es lo que ha hecho. Si resulta que yo salgo perdiendo... bueno, es un daño colateral. Ella es feliz y eso es lo único que importa.

—Ella es de todo menos feliz, hijo.

—Nosotros no podemos estar juntos, mamá.

—No, Mario. De eso nada. No me digas a mí que no podéis estar juntos, porque sé bien que lo único que de verdad impide a una pareja ser es la muerte. Y lo sé porque lo viví. Si tu padre hubiese estado vivo, te puedo asegurar que habríamos luchado por lo nuestro contra cualquiera que se hubiera interpuesto.

—Pero no a cambio de los sueños de ella. ¿Es que no lo entiendes? ¡No puedo obligarla a estar conmigo ni a renunciar a lo que quiere! Tenía que elegir y eso es lo que ha hecho. Eso, al final, es lo que hacen todos cuando hay que elegir. Al parecer, tener esta cabeza no sirve de mucho cuando las cosas se ponen feas.

Mi madre me mira consternada, pero no me retracto. Entiendo su punto de vista, pero esto... esto no es fácil para mí y ella también tiene que entenderlo. Cuando sale de la habitación cerrando con suavidad, sé que en el futuro tendré que tener otra charla con ella.

Pero no ahora.

Ahora solo quiero cerrar los ojos y volver a la única etapa en la que nada me preocupaba. Volver al salón en el que veía los dibujos con mi padre y lo único que me ponía triste era pensar en Bambi solo en el bosque. A la etapa en la que no sabía que, algún día, yo sería Bambi.

48

Anastasia

—Sia, ¿tú lo has pensado bien?

Miro a mi amiga que, a su vez, me devuelve una mirada cargada de tristeza. Sonrío, porque por segunda vez en la vida tengo claro lo que tengo que hacer. La primera vez fue cuando hui de mis padres y su jaula de oro para embarcarme en la aventura de mantenerme por mí misma y montar el negocio de mis sueños. Contemplo el cartel de SE VENDE que estoy rotulando a mano y sonrío con cierto pesar. Es irónico que la segunda vez que tenga claro lo que debo hacer sea justo lo contrario. Duele. No me engaño. Duele como si me clavaran puñales en el estómago, pero hay cosas que duelen mucho más.

—Este era tu sueño —insiste mi amiga.

—Lo sé, pero si algo he aprendido desde que me fui de casa es que no se puede tenerlo todo y que cumplir unos sueños no significa que la vida se volverá perfecta. Significa que una gran parte de mi corazón brillará y, las partes oscuras, con suerte, se apaciguarán un tiempo. Ya no sueño con una vida perfecta, Tash. Si algo hemos aprendido tú y yo en el último año es que hay cosas que importan más que los sueños. La familia, aunque no sea la de sangre. El amor, aunque sea inesperado.

Sus ojos se emocionan mientras asiente, consciente de que tengo razón.

—Pero has luchado tanto...

—Y seguiré luchando —digo interrumpiéndola—, solo que ahora, en este mismo instante, tengo que elegir. Sé que mi padre espera que vaya y monte un escándalo, que le exija, le reclame y le deje ver la rabia que siento, pero no pienso hacer eso. Podrá acabar con esto y hundir cada negocio que emprenda, porque es algo material, pero hay algo que no puede tocar: lo que no se toca y lo que no se ve. El amor. Ahí no puede hacer nada. Me dejé llevar por el pánico pensando en lo mucho que he luchado por esto y olvidé que, en realidad, esto no tiene mucho sentido si al acabar mi jornada me siento más sola que nunca en mi vida.

—Ay, Sia...

—Puedo montar otro negocio en un futuro o no. No lo sé, pero lo que sí sé es que no puedo encontrar a otro Mario. Es él, Tash. Es él, estoy segura.

Mi amiga sonríe, por fin entiende mi punto de vista. Se acerca y, en el momento en que noto sus brazos a mi alrededor, me siento reconfortada. Nos separamos, cojo el cartel en el que figura mi teléfono y salgo con ella después de apagar las luces. Bajo la cancela, porque es la hora de cerrar, y pego el cartel en el ventanal. Una vez hecho, doy varios pasos atrás para verlo. El llanto me sobreviene, pero por primera vez, no lo retengo. No hago nada por controlarme ni por ocultar que una parte importante de mi corazón se ha ido con la tinta con la que he escrito mi número de teléfono.

—Sia...

—No. —Cuadro los hombros y sonrío, pese a las lágrimas—. No, es así como debe ser. Ahora, si me disculpas, voy a buscar a mi príncipe para convencerlo de que todavía puedo ser su princesa, si es que quiere.

49

Mario

—¿Puede alguien explicarme otra vez qué cojones hacemos aquí?

Miro a mi primo Felipe e intento aguantarme la risa. La verdad es que, para lo deprimido que he estado todos estos días, es una suerte que tenga ganas de sonreír. Claro que viéndolo vestido de supuesto ladrón no se aguantaría nadie.

—Tío, ¿de verdad era necesario que vinieras así?

Miro su pantalón negro, su jersey negro, sus guantes negros y el gorro de lana negro. A Jorge, que va con un chándal normal, también se le escapa la risa.

—Perdóname por querer pasar desapercibido cuando voy a allanar una puta mansión. ¡Mucho mejor ponerse una sudadera roja, como tú!

—Es que es de Jorge y tiene pelito. Si tengo que joder alguna ropa, por lo menos que no sea mía.

—Cabronazo —murmura Jorge.

—He perdido al amor de mi vida y casi me muero en alta mar. ¿Te parecería justo que perdiera también la ropa?

Mi primo Jorge pone los ojos en blanco y el otro, Felipe, me da una colleja.

—No estuviste a punto de morirte. Fue una hipotermia leve, nada más. Llegamos justo a tiempo para salvarte el culo.

—Como siempre —contesto sonriendo.

Lo toman como ironía, pero no lo es. Estos dos tíos, además de llevar mi sangre, siempre han estado ahí para mí. Siempre. Es cierto que sufría mucho por no tener hermanos, pero creo que, pensándolo en frío, ningún hermano habría estado a la altura de Felipe y Jorge. Bueno, y de Aza. El resto no, porque son como un grano en el culo, la verdad.

—Yo a este plan le sigo viendo lagunas —dice Jorge mientras nos acercamos al muro que colinda con el jardín trasero.

—Nos estamos colando en la mansión de los padres de Sia para hacer... no sabemos el qué, porque Mario ni siquiera nos lo cuenta. —Felipe resopla y niega con la cabeza—. Este plan no tiene lagunas, tiene océanos enteros.

—Sí sé lo que voy a hacer —reclamo—, pero no os lo cuento para que no os echéis atrás. —Me miran con tanto espanto que me río—. No vamos a matar a nadie, tranquilos. A no ser que el padre de Sia aparezca de pronto.

—Aquí hay cámaras, tío —murmura Jorge—. Y guardias de seguridad que nos van a colgar por los huevos como nos pillen.

Seré más raudo que un río bravo.
Con valor.
Tendré la fuerza de un gran tifón.
Con valor.
Con la energía del fuego ardiente
la luna sabrá guiar el corazón.

Mis primos me miran como si hubiera perdido la cabeza por ponerme a cantar justo ahora.

—Venga, tíos, *Mulán*. Os la tenéis que saber, no podéis ser tan paquetes.

—Definitivamente eres gilipollas —susurra Jorge—. Nos van a matar y tú aquí cantando.

—Que no, que estuve ayer y justo hay una zona muerta.

—Muertos vamos a acabar como esto salga mal. Si no por los rusos, por tu abuela —dice Felipe—. Camille me ha dicho que somos idiotas y que nos tendríamos que llevar un buen susto para que así aprendamos. No es muy romántico, pero tiene más razón que una santa.

—A mí Tasha me ha dado un beso de los que dan pie a algo más. Ahora podría estar en ese algo más, pero estoy aquí. ¿Por qué? Ni yo me lo explico.

—Porque me queréis y sabéis que esta es la única forma de recuperar a Anastasia. Es mi princesa, joder. Tengo que luchar por ella y acabar con el dragón.

—La parte buena es que nuestro primo ha vuelto —le dice Jorge a Felipe, que se ríe, aunque se nota que no quería hacerlo.

Los ignoro, observo el trozo de muro por el que tenemos que escalar y les pido que pongan los pies para impulsarme.

—Si nosotros te impulsamos a ti y tú entras, ¿quién me impulsa a mí? —pregunta Jorge.

—Pues Felipe.

—¿Y a mí? —pregunta Felipe a su vez.

Me quedo en blanco. Frunzo el ceño.

—En realidad, vosotros os quedáis aquí vigilando. Era el plan inicial.

—Ya, plan inicial, mis cojones —susurra Jorge—. Es que no tienes planeado ni lo básico, tío.

No respondo. No tiene sentido discutir ahora los cabos sueltos de mi plan. Les ordeno que me impulsen y ellos lo hacen, porque si algo bueno tienen Felipe y Jorge es que, por muy colgado que yo esté, ellos siempre me siguen. Protestando, amenazando y perjurando, pero me siguen.

El muro está liso por arriba, lo que es de agradecer, porque mi abuela en el suyo tiene puestos cristales rotos. La mujer es de acciones contundentes. Los rusos estos se quedan en bragas al lado de mi abu. El caso es que agradezco que no haya cristales, salto al jardín, me aguanto la exclamación de dolor, porque yo no soy Spiderman y me acabo de joder las dos rodillas, y luego me coloco detrás de un seto para visionar mejor mis posibilidades.

El corazón me late desbocado y una gran parte de mi cerebro me grita que esta es la mayor estupidez que he cometido en mi vida, pero estoy desesperado. No puedo vivir sin Anastasia. Es un hecho. No puedo, pero su padre la tiene extorsionada, así que tengo que entrar, localizar su despacho y dar con algo que lo incrimine para poder extorsionarlo yo a él. No es tan descabellado. A mis primos no se lo he contado porque me dirían que sí es descabellado, pero yo creo que no lo es. Vale, no sé si tiene algo que lo incrimine en otro algo, pero eso son detalles sin importancia.

Por desgracia, no tengo tiempo de salir de detrás del seto, porque una voz llega desde un lateral, sobresaltándome y provocándome un infarto, estoy seguro de que esto es un infarto.

—No merece la pena.

Miro de inmediato y observo, para mi absoluta incredulidad y mala suerte, a la madre de Anastasia sentada en un banco que hay junto a un árbol. Vale, con esto no contaba. Ella no parece siquiera alterada, lo cual es surrealista, así que me pongo de pie, me quito una pelusa imaginaria del pantalón mientras oigo una maldición de mi primo Felipe al otro lado del muro y carraspeo.

—Pasaba por aquí.

Ella eleva una ceja con ironía y, por un instante, puedo ver el parecido de Anastasia con su madre. Es una mujer preciosa, pero las pocas veces que la he visto he podido comprobar que carece de sentimientos o, al menos, trabaja mucho en ocultarlos. De la madre de Anastasia se podría decir que es la perfecta mujer florero. Siempre guapa, siempre lista para ser lucida. En realidad, me doy cuenta ahora de lo triste que es tener una vida así. Puede que ella no lo vea y de alguna forma le compense el dinero, pero desde luego es muy muy triste.

—Vas a buscarte un problema.

—¿Vas a llamar a alguien que me dé una paliza? —pregunto sin medias tintas.

—No. —Sonríe, mostrando por primera vez un indicio de diversión—. Pero si Sergey te ve, vas a tener graves problemas.

—Pero no me ha visto y, si tú no te chivas...

Ella se ríe y me sorprende percatarme de que el parecido con Anastasia es mayor del que yo imaginaba. Suspira, carraspea y se gira para dejar en el banco el libro electrónico que tiene entre las manos. Hasta ahora ni siquiera había sido consciente de que estaba leyendo. Es raro que lo haga de noche y aquí, en el jardín a oscuras, salvo por las pocas luces enterradas junto a las flores, pero la verdad es que no soy nadie para meterme con los gustos de los ricos.

—¿Cómo está mi hija?

—Pues no lo sé, porque ya no estamos juntos, pero eso ya lo sabrás —contesto. Su cara refleja sorpresa un segundo. Solo un segundo, suficiente para que yo lo vea—. Porque lo sabes, ¿no?

—La comunicación con Nastia no es lo que se dice fluida.

—Ya, es lo que pasa cuando tus padres te chantajean y extorsionan, que acabas por alejarte. —Esta vez la sorpresa no dura solo un segundo, lo que me hace elevar una ceja—. Sabes lo que ha hecho tu marido, ¿no?

Ella guarda silencio un instante y a mí me sorprende que el corazón no se me haya parado ya. Cuando habla, sigue haciéndolo con calma, dejando patente lo surrealista de esta situación.

—Si pudieras explicarme tu versión, te lo agradecería.

Elevo las cejas, sorprendido, pero lo hago. Le cuento todo lo ocurrido desde la visita de la universidad hasta la parte en la que casi me muero ahogado intentando superar mi miedo a las profundidades del mar. Esto, en realidad, no tendría que haberlo contado, pero es que los nervios me aflojan la lengua.

—Entiendo. ¿Y qué haces aquí? —pregunta como si nada.

—Vengo a por alguna prueba que incrimine a tu marido. Así podré chantajearlo yo a él y el ciclo de la vida estará completo.

—¿El ciclo de la vida?

—Yo me entiendo —le digo, porque no me voy a poner a explicarle ahora lo de *El Rey León*. No la veo yo muy por la labor de aprender cosas de Disney.

—Mi marido es un hombre respetable, Mario. —Bufo, pero ella sonríe—. Lo es. Puede que para Nastia haya sido un mal padre, pero él se ha preocupado de que nunca nos faltara nada. ¿Te ha hablado alguna vez ella de los cumpleaños que Sergey le organizaba? Eran la envidia de nuestra comunidad. Una vez hizo traer un elefante para que Nastia pudiera subir sobre él y dar un paseo como toda una princesa.

Frunzo el ceño. Tan de Disney como soy, subir a una niña en un elefante no me parece algo bonito. Traer un puto elefante de a saber dónde solo para usarlo para disfrute ajeno no me parece bonito, pero me callo, porque imagino que para ella sí lo es.

—El dinero no lo es todo.

—¿Cómo puede ser eso? —pregunta ella con sinceridad—. Sin el dinero que le ha dado ser hija de Sergey, ella jamás habría reunido la cantidad necesaria para vivir esa aventura de chica rebelde en la que se ha sumergido. Sergey puede no ser el hombre más cariñoso del mundo, pero se ha preocupado siempre de que su hija fuera a los mejores colegios, vistiera la mejor ropa, comiera la mejor comida y tuviera las mejores fiestas. Él le puso el mundo a los pies y ella se lo tiró a la cara.

—Es que el tipo de mundo que le puso no es el real. Es un mundo fabricado con dinero y, en la vida real, aunque no lo creas, hay cosas que importan más. Como un abrazo, un beso o un cuento por las noches. —La madre de Anastasia me mira con tal incredulidad que sonrío—. No te imaginas lo triste que resulta que no puedas valorar todo esto que te digo. Me da pena, porque creo que te has perdido muchas cosas bonitas en la vida por otras que brillan más, pero no son mejores.

Ella estira la columna, cuadrando los hombros, y adopta la actitud de una reina fría y calculadora.

—Te agradecería que volvieras a subir el muro y te fueras, Mario. No quiero tener problemas con Sergey por tu... aventura.

—No es una aventura. No estoy aquí solo porque sea un acto de rebeldía. Estoy aquí porque quiero a tu hija y haría lo que fuera para poder estar con ella. Yo sí la quiero más que a nada en el mundo. No puedo organizarle cumpleaños con elefantes ni llevarla a viajar en globo por el mundo, pero el tiempo que estuve con ella procuré que no le faltaran besos, abrazos y respeto. Intenté que se sintiera querida cada día. La quise de verdad, como hay que querer a las personas: por lo que son y no por lo que parecen. Si tú, como madre, no puedes entenderlo, entonces es que eres igual que él.

Su silencio, al principio, me hace creer que ha rectificado y empieza a pensar como yo, pero esto no es una película. Ella no cambia de parecer y lo veo cuando, pasados unos segundos, desvía la mirada hacia su libro, lo coge e ilumina la pantalla.

—Si has acabado, te agradecería que te marcharas.

—Voy a entrar.

—No lo harás —dice con voz monótona, como si estuviera hablando con un niño pequeño—. No permitiré un escándalo en esta casa. Si te atreves a dar un paso más, llamaré a seguridad y te sacarán de aquí por la puerta de atrás, sin ruido, sin ser visto y de un modo que no va a gustarte, así que te aconsejo irte por tu propio pie. Es la única forma de que conserves tu dignidad.

Me pregunto por un instante si va de farol, pero no necesito ver más que el modo en que ella vuelve la atención al libro para darme cuenta de que va muy en serio. La impotencia, tan amiga mía estos días, vuelve a apoderarse de mí. Quiero gritar, romper cosas y enfrentarme a todo el mundo, pero mi raciocinio gana, por una vez. Si hago eso, si me resisto, la cosa acabará mucho peor y, una vez descubierto, no hay posibilidad de que logre mi objetivo. En realidad, sé que era una estupidez, pero la desesperación me está llevando a hacer cosas que nunca pensé. Doy un paso atrás, listo para escalar por el árbol que hay junto al muro y volver con mis primos, y me pregunto si no será hora de volver a terapia. Quizá todo esto, más que de valientes, sea de estúpidos. A lo mejor mis primos tienen razón.

Regreso con ellos sin mirar atrás, porque sé que no tiene sentido. Cuando salto junto a mis primos y estos me miran serios, ni siquiera preguntan qué ha ocurrido. Es evidente que lo han oído todo así que, simplemente, me limito a caminar con ellos hasta la zona en la que hemos dejado el coche, me meto dentro y nos marchamos a La Cala.

El camino es silencioso hasta que llegamos y aparcamos en casa. En ese momento, tanto Jorge como Felipe se giran para mirarme, puesto que estoy en la parte trasera del coche.

—¿Sabes qué? Encontraremos otra forma —dice Felipe—. Tiene que haberla. Contrataremos a un abogado que saque mierda del padre de Sia.

—Ya habéis oído a su madre —contesto—. No hay nada sucio.

—¿Y te lo vas a creer? —pregunta Jorge—. Venga, tío, esa mujer ni siquiera sabrá nada de los negocios de su marido. Es más que evidente que solo es un maniquí para él.

—¿Creéis que sería posible encontrarle trapos sucios?

—Todo el mundo tiene trapos sucios —sentencia Felipe—. Buscaremos a un abogado. O a un detective, maldita sea. A quien sea que nos ayude a destaparlo. Daremos con un punto débil, Mario. Solo tenemos que tener paciencia.

Apoyo la nuca en el reposacabezas y suspiro, frustrado.

—Tiempo... ¿Sabes cuánto tiempo he esperado por una mujer que me quisiera tal como soy?

—Eres muy joven —me recuerda mi primo Jorge.

—Da igual, joder. Toda la vida. Llevo toda la vida soñando con Anastasia, aun sin saberlo. Y sí, vale, tiene tatuajes, se viste con un estilo retro y se pone pelucas. No se parece en nada a una princesa Disney y, sin embargo, es la princesa con la que he soñado siempre. No lo sabía, pero es así. —Cierro los ojos—. Joder, soy un cursi de mierda.

—No, eres un hombre enamorado —dice mi primo Felipe—. Y a lo mejor, después de todo, hay una solución rápida para lo vuestro.

—Venga, Felipe, deja de decirme que...

—Mira hacia la puerta de casa, Mario.

Su voz suena risueña, así que abro los ojos y lo miro, pero él me está señalando nuestro césped y la entrada principal, así que obedezco y desvío mis ojos hacia allí.

No sé qué esperaba, pero desde luego ver a Anastasia con un vestido sesentero celeste, su pelo natural y una diadema del mismo tono, no. Joder, qué bonita está, cuánto la quiero y cuánto odio que lo nuestro no pueda ser.

Salgo del coche y, no lo admitiré en voz baja, pero la mano me tiembla cuando cierro la puerta. Me meto las llaves en el bolsillo de la sudadera y me acerco a ella, que me espera con una sonrisa temblorosa.

—¿Qué haces aquí, Anastasia? —pregunto incapaz de contenerme, a sabiendas de que esto puede traerle demasiados problemas.

—Me he hartado de esperar y he decidido que ya es hora de que el cuento cambie. Esta vez será la princesa la que vaya en busca del príncipe para robarle un beso.

Trago saliva. Joder. Joder. Joder.

50

Anastasia

Observo a Mario con el corazón en la boca. Una cosa es declarar mis intenciones y otra muy distinta esperar una respuesta. Una respuesta que no llega, además. Él no deja de mirarme, pero no hace nada y yo estoy empezando a ponerme de los nervios.

Al final he tenido que hacer una parada en casa antes de venir, no solo para cambiarme, sino para maquillarme de nuevo. El llanto acabó por arruinar el maquillaje con el que he estado todo el día y soy consciente de que, aun habiendo usado colirio, sigo teniendo los ojos rojos y la nariz un poco hinchada, pero sé que cada día será un poco mejor. Lo sé, sobre todo ahora que lo tengo frente a mí. O lo será, si es que consigo que diga algo.

—¿Mario?

—Te daría un millón de besos —dice con la voz más ronca que le he oído nunca—. Si supiera que con eso no voy a joderte aún más la vida.

—No vas a joderme nada —susurro acercándome, sin importarme que sus primos hayan salido del coche y estén pasando por nuestro lado justo en este instante. Acaricio su torso con cierta indecisión y hago el esfuerzo de mi vida por seguir mirándolo a los ojos—. Esto lo decido yo, Mario. Tú mismo lo dijiste, tenía que elegir y es lo que he hecho. Te elijo a ti.

—Princesa... —En sus ojos se mueve una tormenta tan intensa que afianzo mi toque sobre él.

—No voy a arrepentirme.

—Tu cafetería es tu sueño.

—Antes de eso soñé toda la vida con algo más importante: tener a alguien que me quisiera sin condiciones. Alguien a quien querer por encima de todo.

—No puedes dejar que tu padre gane.

—Eso es precisamente lo que estoy haciendo. Si dejo que nos separe, estaré dándole la razón. Algún día volverá y me extorsionará con otra cosa a cambio de quedarme la cafetería. No va a manejar los hilos de mi vida.

Él se lame los labios, como si estuviera a punto de romper su contención. Sus manos se alzan por fin y enmarca mi rostro entre ellas para que lo mire bien a los ojos.

—¿Estás segura de esto? ¿De verdad estás segura de que yo valga más que la cafetería?

—Sin dudar, Mario. Vales más que cualquier cafetería del mundo, por bonita que sea. Esto nuestro vale más. Nuestros hijos y nuestros nietos inexistentes valen más. —Se ríe por fin y yo me pongo de puntillas—. Vamos, príncipe, deja que te bese.

Sus manos abandonan mis mejillas para rodear mi cuerpo y alzarlo, pegándolo al suyo y dejándome a la altura de su boca por fin.

—Soy todo tuyo, princesa.

Sonrío justo antes de estampar mis labios sobre los suyos y confirmar, desde el momento en que lo siento en mi boca de nuevo, que he hecho lo correcto. He perdido una parte importante de mi vida y estoy segura de que me quedan lágrimas que derramar, pero tengo al hombre de mis sueños a mi lado, abrazándome, consolándome y queriéndome. Así hasta las lágrimas pesan menos.

—Te quiero —susurro entre beso y beso—. Te quiero como no te imaginas, Mario de las Dunas.

—Y yo te quiero a ti tanto como imaginas y más, mucho más, Anastasia.

Oímos unos vítores desde la parte delantera de la casa. Cuando miramos, vemos a Jorge, Felipe, Camille, Tash, Aza y Nil aplaudiendo y gritándonos todo tipo de tonterías que nos hacen reír y avergüenzan a partes iguales. Bueno, a mí me avergüenzan, Mario está en su salsa y, sin dejar de sujetarme, saca su móvil del bolsillo y activa la cámara.

—Quedaos bien con estas caras, chicos —dice mirando a la pantalla—. Estáis presenciando el día en que los abuelos decidieron luchar juntos contra el malo. —Desvía sus ojos un instante y, a pesar de seguir grabando, cuando habla solo me mira a mí—. Estáis viendo a vuestra abuela convertida en guerrera.

Sonrío, con la dicha surcando mis venas. Me doy cuenta, esta vez de verdad, de que puedo tener una parte del corazón partido y, aun así, sonreír y ser feliz porque lo importante no pueden quitármelo. El amor que Mario y yo hemos creado... ese que no se ve ni se cuantifica, ese es indestructible.

Vuelvo a besarlo, con la sensación de victoria cosquilleándome en el paladar. Cuando deja de grabar, entramos en casa, abrimos una botella de champán y brindamos por lo que tenemos, pero sobre todo, por lo que está por venir.

El amanecer me descubre entre sus brazos, desnuda, saciada y con una sonrisa que intuyo que no voy a poder borrar de mi cara en siglos.

—Tengo que ir a casa a vestirme antes de abrir la cafetería —murmuro con voz somnolienta.

Mario se aprieta más contra mi cuerpo, estirándose en la cama cuan largo es y dejándome ver lo contento que se ha despertado.

—En diez minutos, eres libre de ir a donde quieras, pero ahora mismo tienes que quedarte aquí, justo así, o mejor, con las piernas un poquito abiertas.

Me río, pero obedezco y Mario me demuestra que, en efecto, este despertar podía ser aún más perfecto. Varios minutos después, jadeantes, con un orgasmo a cuestas y la adrenalina a mil, me levanto de la cama para ir a casa, esta vez de verdad.

—¿Vienes? —pregunto.

—Siempre. Solo dame un segundo para recuperarme. Me dejas completamente exhausto hasta con los matutinos rápidos.

Me río, me meto en el baño para vestirme y, cuando salgo, lo encuentro poniéndose un pantalón vaquero sin ropa interior. Elevo una ceja y mira abajo.

—Mierda, se me ha olvidado.

Las carcajadas me brotan, porque entiendo que hemos dormido poco y, en realidad, después de confesarme los días que ha pasado, es normal que ahora que por fin su cuerpo se ha relajado empiece a olvidar cosas tan básicas. Se viste de nuevo, salimos del dormitorio y nos enfrentamos a Eric y a Ona discutiendo por el desayuno.

—¡Es que siempre bocata! —se queja Ona—. Yo quiero chocolate.

—No puedo ponerte chocolate en la mochila, Ona. La profe me regañaría —le dice Aza—. Hola, chicos —nos saluda sonriente—. ¿Os quedáis a desayunar?

—Ni loco. No tengo el cuerpo para gritos infantiles —contesta Mario bostezando—. Vamos a casa de Anastasia y, mientras se ducha, le robo café del bueno a Jorge.

—Bien pensado —dice Nil riéndose justo antes de besar a Aza solo porque sí, porque ahora puede hacerlo, supongo, y eso es excusa suficiente.

Salimos de la casa y caminamos por el paseo hasta la mía. Cuando llegamos, Jorge y Tash siguen dormidos, así que intuyo que tuvieron una noche movida y hoy ambos empezarán a trabajar un poco más tarde. Ventajas de trabajar en casa, aunque el hotelito de Tash cada vez esté más cerca de ser una realidad. De hecho, ayer me ofreció ser la chef de su restaurante y acepté, aunque no sea lo mío del todo. Prefiero los pasteles y el ajetreo de llevar mi propio negocio, pero no puedo rechazar un puesto fijo ahora que no sé bien qué hacer con mi vida.

Me ducho, me coloco un vestido de gasa, la peluca rosa, me maquillo de nuevo y salgo pensando en sobornar a Mario con uno de mis desayunos especiales para que estudie en la cafetería. El problema es que, al llegar a la cocina, veo que además de Jorge, Tash y Mario, hay alguien más.

—Mamá... —murmuro un tanto desconcertada.

Está vestida de negro, como casi siempre, y lleva un moño perfectamente peinado, que seguramente le han hecho al amanecer.

—Nastia, buenos días. ¿Podemos hablar... a solas?

Soy consciente de la mirada que comparte con Mario y me tenso.

Anoche Mario me contó lo ocurrido y, aunque primero me cabreé con él por ser tan estúpido como para colarse en la mansión de mis padres, reconozco que luego me derretí al pensar que todo eso lo hizo por mí. Por nosotros. Justo a eso me refería cuando decía que lo importante no es lo que se tiene, sino a quién se tiene al lado. Qué gran compañero de aventuras va a ser este hombre...

—Si no quieres, no pasa nada —dice él en tono serio—. Estás en tu casa, princesa. Aquí mandas tú, no lo olvides.

Tash y Jorge asienten de inmediato, dándole la razón. Sonrío agradecida de que intenten infundirme ánimo. Aun así, voy a hablar con ella, principalmente porque quiero que entienda que no le tengo miedo ni a ella ni mucho menos a mi padre.

—Vamos fuera si te parece.

Ella me sigue hacia el jardín, pero no me conformo con eso. La hago salir al exterior y, de ahí, vamos a la playa. No quiero que esté en mi casa, aunque la haya pagado Tash. Este lugar está demasiado lleno de buenos recuerdos como para que ella lo ensucie.

—Tú dirás.

—¿Te ha contado Mario la aventura en la que se embarcó ayer?

Su tono intenta ser informal, pero la conozco bien y está tensa como una tabla.

—Sí, me lo ha contado. No suele ocultarme nada.

—Es una suerte —comenta con una sonrisa triste—. Yo, hasta ayer, ni siquiera sabía lo que tu padre te había hecho.

—Mamá...

—No, Nastia, déjame hablar. —Asiento, porque entiendo que lo necesite, pero no la miro a los ojos, sino que centro mi vista en el mar—. Anoche, cuando Mario se fue de casa, me quedé pensando en sus palabras. En eso y en el hecho de que mi marido le hubiera hecho algo tan horrible a nuestra hija sin consultarme siquiera. Dando por hecho que no tengo voz ni voto. Espero que entiendas que jamás habría permitido algo así. No estoy de acuerdo con algunas de tus actitudes, pero nunca he deseado infligirte sufrimiento.

—Has guardado silencio ante su modo de actuar y, aunque antes no lo veía, ahora comprendo que eso es igual de malo.

—No lo sabía, hija.

—No me refiero a esto, mamá, sino a todo. Has dejado que él haga barbaridades, los dos lo sabemos. Que le hayas dicho a Mario que papá no tiene trapos sucios y él te haya creído es una cosa, pero a mí no puedes convencerme porque he vivido con él y sé que en esa casa se cuecen muchas cosas y no todas buenas ni legales. —Ella guarda silencio y me río—. Tranquila, a él no le dije nada, pero porque no quiero que se meta en problemas por vuestra culpa. No merecéis la pena hasta ese punto.

En favor de mi madre, debo decir que, por primera vez, veo cómo le afectan mis palabras. Siente dolor, lo veo en su cara, pero no me detengo. Ellos a mí me han causado mucho dolor y, si no le digo ahora todo lo que pienso, me quedaré toda la vida con la duda de que no supieron hasta qué punto detesté su modo de vida.

—¿Querías que lo dejara entrar en casa? ¿Sabes el lío en el que se habría metido? ¿Verlo entre rejas te parece mejor opción? Porque tu padre no habría parado hasta meterlo en la cárcel.

—Sí, sé bien que mi padre es muy hábil consiguiendo sus objetivos. Puedes decirle de mi parte, por cierto, que la cafetería ya no es un problema, porque la estoy vendiendo.

—Lo sé.

—¿Lo sabes? —replico sorprendida, porque el cartel lo puse anoche.

—Me lo dijo anoche.

—Vaya, sí que está pendiente de mí.

Ella hace amago de hablar, pero se calla y carraspea.

—En realidad, sí. Yo pensé que era porque, en el fondo y a su manera, te quiere, pero estoy empezando a comprender que no es así. No te quiere, Nastia. —Los ojos se me llenan de lágrimas enseguida, pero no las dejo caer. Por mucho que lo supiera, es duro que mi propia madre me lo diga—. No te preocupes, tampoco me quiere a mí. Dudo mucho que Sergey quiera a alguien más que a sí mismo y a su imperio.

—¿Y por qué sigues con él, mamá? —pregunto con rabia.

—Porque, hasta ayer, pensé de verdad que sí me quería. A su retorcida manera. Veía cada diamante que me regalaba como una muestra de amor, aun cuando sé que a sus amantes también les compra. Cuando él me cogía de la cintura y me hacía caminar entre los invitados de sus fiestas, yo me sentía importante. Pensaba que él podía tener muchas amantes, pero era yo la que paseaba a su lado en público. —Su voz se rompe y, de algún modo, eso me rompe también a mí—. Me ha costado mucho comprender que yo solo soy el maniquí que le sirve para convencer a la gente de que es un hombre honrado. Un padre de familia ejemplar cuando la realidad es que hace años que ni siquiera dormimos juntos, nuestra hija no nos habla y a mí solo me quiere para blanquear su imagen.

—Pues déjalo —le pido con rabia—. Sal de ahí.

—No puedo —dice con voz triste—. Sé que no lo entiendes, pero llevo toda la vida así. Mi padre me crio para esto, igual que tu padre hizo contigo, solo que tú sí conseguiste salir a tiempo.

—Tú también puedes salir.

—No, no puedo, porque no estoy dispuesta a vivir con carencias de ningún tipo. No sé hacerlo y sé que, psicológicamente, no podría soportarlo. No soy tan fuerte como tú, Nastia.

—Mamá...

—No pasa nada, cariño. Soy feliz. —La miro con escepticismo, pero sonríe—. Tengo un amante desde hace años. Él no es como tu padre. Me quiere de verdad y comprende que no puedo abandonar esta vida.

—¿Qué...? —pregunto perpleja—. ¿Quién? ¿Lo conozco?

—No, pero tu padre sí. —Se me hiela la sangre, pero ella sonríe—. Permite que lo tenga, siempre y cuando esté lista para él siempre que lo necesite.

—No... Esto es tan... sórdido, mamá.

—Lo es, cariño, pero de algún modo, hemos alcanzado ciertos acuerdos a lo largo de nuestra vida. Él no se mete en lo que yo hago, siempre que sea discreta, y yo no me meto en lo que él hace, siempre que mantenga a esas mujeres alejadas de mi casa y mi vida. —Se lame los labios, masajeándose los dedos, en actitud nerviosa—. Funcionaba hasta ahora, porque los dos parecíamos razonablemente felices, pero todo se torció con tu marcha. Pensé que había adoptado la misma actitud que conmigo, por eso no le di importancia. Creí que te dejaba ir a tu aire siempre y cuando no formaras escándalos, aunque nuestros conocidos hablaran de ti en su momento. Imaginé que se olvidaría de ti y solo te ignoraría. Cuando cayó enfermo quise reunir a nuestra familia pensando que, con suerte, podríamos tener ciertos momentos de paz, quedar alguna que otra vez y fingir que todo va bien, que es como nos relacionamos nosotros, pero tú... tú eres tan distinta, Nastia. No sé de dónde te viene todo ese coraje, pero no imaginas lo orgullosa que estoy de que lo tengas.

Mis lágrimas, apenas contenidas, se desbordan, y mi madre, por primera vez, me limpia las mejillas.

—No entiendo por qué me dices esto ahora.

—Porque hasta ahora nunca he necesitado amenazar a tu padre. Él tenía su vida, yo la mía y, de cara a la galería, éramos el matrimonio perfecto. Anoche, después de que Mario se fuera, tuvimos una gran discusión. Le exigí que te dejara en paz, pero no se avino a razones. Está obsesionado con que vuelvas y sigas sus instrucciones en lo profesional y lo personal. Sé que eso no pasará, así que, cuando amenazó con quitarte cada cosa que tengas en la vida, supe que no bastaría con una conversación. —Abre su bolso, saca un *pen drive* y me lo coloca en la mano, cerrándome los dedos en torno a él—. Aquí dentro hay información comprometida de sus muchos negocios. No vendas tu cafetería, Nastia.

—Mamá... —susurro con miedo.

—Usa esto del mismo modo que hice yo en su día: en tu propio beneficio. Déjale claro que, siempre que no se meta contigo, tú no te meterás con él. Algunas guerras no se ganan con escándalo, cariño. Algunas se luchan con amenazas veladas, entrando a formar parte del juego que inventó él y ganándolo.

—Yo no sé si... —Intento que el aire llegue a mis pulmones, porque me siento tan impactada que no respiro con normalidad—. No puedo extorsionarlo.

—No lo llames extorsión, cielo. Suena muy feo. Llámalo, mejor, el juego de los avisos. Tú le avisas y él decide qué quiere hacer. Te aseguro que, con lo que tienes en tu mano, no podrá meterse contigo nunca más.

—Pero tú... te meterás en problemas por esto.

—No, mi vida. Que yo haya sido toda la vida una mujer objeto para él no significa que no me haya movido. Solo que lo he hecho cuando no podía verme. —Se acerca, me besa la mejilla y se aleja con una pequeña sonrisa—. Sé feliz, *malen'kiy.*

El modo en que me llama pequeña en ruso, como hacía solo cuando era una niña, hace que mis emociones se disparen y el llanto se vuelva incontrolable.

—¿Estás segura?

—Pensé que tenías una especie de etapa rebelde. Me doy cuenta, ahora que veo hasta dónde estás dispuesta a llegar por él, de que estaba equivocada. He hecho muchas cosas mal en la vida, Nastia, pero esta la haré bien. Solo espero que, a cambio, quieras tomar algún café conmigo en tu cafetería.

Sonrío entre lágrimas y asiento, intentando controlarme.

—Siempre que quieras.

Su pequeña sonrisa me deja claro que no será a menudo, pero será y es más de lo que he tenido hasta el momento. Se marcha con paso elegante y la espalda recta, como siempre. Caminando con serenidad, sin mostrar ni una pizca de emoción, pero espero que al menos sienta alguna satisfacción al haber hecho esto.

—¿Estás bien?

La voz de Mario me llega lejana y, cuando miro al lado contrario hacia el que se ha ido mi madre, lo veo caminar hasta mí. Tiene gesto preocupado y acelera el paso en cuanto se da cuenta de que estoy llorando.

—Estoy bien —le aseguro—. Es solo que mi madre, por disparatado que parezca, acaba de abrirme las puertas de la felicidad completa, al menos de momento. —Me mira sin entender y le cuento toda la conversación mantenida. Al acabar, abro la mano y le muestro mi *pen drive*—. No sé qué hay aquí, pero tiene que ser algo muy gordo. Aquí, Mario, está la posibilidad de conservar todas mis ilusiones.

—¿Estás segura de que no es un farol?

—Sí, ella no sería tan cruel. Es la primera vez que siento que ha hablado con el corazón en la mano de verdad. Lo que no sé es si seré capaz de hacer lo mismo que él. ¿En qué me convierte eso?

Él me mira con la boca abierta, coge el *pen drive* y me señala con él.

—Serás capaz, porque nunca serás como él, Anastasia. ¿Sabes por qué lo sé? —Niego con la cabeza y me besa con suavidad—. Porque con esto podrías sacarle mucho, muchísimo a Sergey, pero estoy segurísimo de que solo vas a pedirle que deje tu cafetería y tu vida en paz.

—Te equivocas. —Me mira sorprendido y sonrío—. También voy a exigirle que olvide a todos los Dunas. Empezando por ti, siguiendo por la abu, tu madre, tus primos, tus tíos y acabando por el que parirá Azahara. Sois absolutamente intocables.

Mario me alza en brazos, me besa con ímpetu y sonríe.

—Sabía que me había enamorado de la princesa correcta.

Me libro de sus brazos, no sin antes sacar su teléfono móvil de su bolsillo, y activo la cámara entre risas e impaciencia.

—Hola, chicos —digo a cámara después de ponerla a grabar—. Sé que no es normal que yo os hable, pero quiero contaros que hoy ha sido el día. Hoy, después de muchas lágrimas, la princesa y el príncipe han vencido al dragón. Hoy, por fin, soñar con vosotros, hacerlo de verdad, sin risas, es posible. No sabéis las ganas que tengo de contaros en persona lo increíble que es el abuelo Mario. —Lo miro, sonriendo y acercándose a mí—. Ahora os dejo, porque creo que pretende iniciar una estúpida guerra de cosquillas.

—¡Princesa y adivina! ¿Así o más perfecta?

No puedo responder. Ni siquiera tengo tiempo de apagar la cámara, que sigue grabando cuando echo a correr por la playa con Mario pisándome los talones. Mis carcajadas son tan ruidosas que, minutos después, Jorge y Tash se unen a nosotros y empiezan a correr, sin saber muy bien hacia dónde ni por qué. Mario intenta pillarme, Jorge intenta pillar a Mario y Tash solo pregunta qué pasa.

—¡Es una guerra de Dunas! —grita Eric en la lejanía, mientras corre hacia nosotros y se une a este extraño juego junto a su hermana.

A lo lejos, Nil nos mira sin entender qué hacemos, Aza ríe a carcajadas y Felipe y Camille, que también han venido, seguramente alertados por Jorge y Tash, se unen a nosotros.

En pocos minutos todos corremos mientras el frío viento nos golpea y el mar estrella sus olas en la orilla.

Al final la vida es esto: correr con la gente que quieres, sin saber bien a dónde, pero con la certeza de que en realidad no importa lo que haya al final del camino; lo que de verdad importa es recorrerlo juntos.

Cuando Mario por fin me alcanza y estampa sus labios en los míos, no puedo evitar abrazarlo, pensar en todas las carreras que nos quedan por delante y sonreír como una auténtica idiota.

Entonces, entre los gritos de nuestra familia, porque ya también es mía, y besos, Mario me abraza, me mece al ritmo de las olas y canta una canción junto a mi oído que reconozco al instante, porque es de un musical de Disney llamado *Lava*. Me lo ha puesto infinidad de veces, pero nunca ha sonado tan bonita como hoy. Nunca ha sido tan nuestra como hoy.

—*Un sueño hay en mi corazón, / que estás junto a mí, / que junto a ti estoy. / Le pido a la tierra, al cielo y al mar, / que mande a alguien para amar.*

Me separo de él para admirar lo que tendré cada día en mi vida y, cuando centra sus ojos en mí, repito su canción para dejarle claro que puede que yo no esté obsesionada con Disney, ni sea una princesa al uso, pero soy justo lo que necesita.

—*Un sueño hay en mi corazón, / que estás junto a mí, / que junto a ti estoy. / Le pido a la tierra, al cielo y al mar / que mande a alguien para amar.*

Me besa, pero no es un beso normal. Es un beso convertido en la promesa de permanecer juntos y enfrentarnos a lo que tenga que venir.

Que la vida no es perfecta ya lo sabemos, pero aun así puede ser maravillosa.

Epílogo 1

Mario

—Simplemente no comprendo por qué no podíais esperar un mes. Solo eso, un mes. No os ibais a morir por eso, Mario.

Miro a mi prima e intento por todos los medios no reírme, porque sé que se lo tomaría a mal y se pondría a llorar o, peor, me pegaría. No está llevando bien la recta final del embarazo. Puede que tenga que ver con el hecho de que el calor de abril la tiene hinchada, le duelen los riñones una barbaridad y el pequeño Dunas no deja de patear a su madre. Se ve que viene intenso, como toda su familia. Aun así, está preciosa con su pelo suelto, lleno de flores naturales y su vestido blanco playero.

—Tendrías que animarme un poquito, en vez de ponerte así. ¿No ves que soy el novio y me puedo poner nervioso?

Su respuesta inicial es un bufido que me hace reír. En realidad, a mí hoy todo me hace feliz. Contra todo pronóstico y pese a las sorpresas de la familia, voy a ser el primero de todos nosotros en casarse. Puede parecer una locura, teniendo en cuenta que acabo de cumplir veintitrés años, pero no tengo una sola duda. Anastasia es la mujer de mi vida y quiero casarme con ella. He tenido que pedírselo, convencerla y, por último, chantajearla con negarle mi cuerpo si no decía que sí. Ella dijo que sí de primeras, pero ya tenía en mente lo del chantaje de mi cuerpo así que...

No me voy a desviar. El caso es que somos jóvenes, sí, aunque ella es un poquitín mayor —pese a que odie que se lo recuerde— y yo quiero un puto papel donde diga que ella es mi esposa y yo soy su marido. Porque así sentiré que de verdad he vivido un final de cuento Disney. Por eso y porque quiero hacerle una promesa que necesite de un contrato, que al final es en lo que consiste el matrimonio. Firmar sobre documentos oficiales que pienso quererla hasta el día en que me muera. Cuando se lo dije, pensando que no sonaría romántico, se echó a llorar y dijo que firmaría cualquier cosa por mí, hasta una hipoteca, que eso sí que es serio.

Lo haremos algún día, cuando consigamos reunir el dinero de una entrada. De momento, vivimos con Tash y Jorge. Ellos insistieron mucho en que es mejor así, el alquiler es más barato, los gastos son a medias y ya nos conocemos de sobra, con nuestras virtudes y nuestros defectos. Además, en la casa de la abu de la playa no podíamos quedarnos porque con Nil, Aza, los niños y el que está a punto de nacer eso va a ser una locura.

La verdad es que no tenemos prisa (ni dinero), así que decidimos casarnos con una ceremonia muy sencilla oficiada por mi abu en el jardín de la casa de la playa, porque en realidad el matrimonio ya lo firmamos en el registro civil ayer. Lo de hoy puede parecer un paripé, pero no lo es. Es hacer las mismas promesas que hice ayer frente a la gente que más me importa, aparte de Anastasia. Es también compartir mi alegría con ellos, aunque Azahara esté quisquillosa y solo quiera acabar cuanto antes para poder sentarse con los pies en alto.

—Pienso pasarme todo el convite en la hamaca. Mira, Mario —dice haciendo un puchero—. Es que no tengo pies, tengo barcas.

Me río. Es verdad, están tan hinchados que parecen dos barquitas.

—No te preocupes, esto no va a durar mucho. La abuela tiene una prisa tremenda por hacer los espetos.

Nos reímos y, de la nada, Aza se pone a llorar.

—Ey, venga. Es un día feliz.

—¡Por eso! ¡Soy tan feliz por ti! Me alegra muchísimo poder llevarte al altar, aunque solo tenga que cruzar el jardín para eso.

—Es por una buena causa y no podrías ser mejor acompañante.

Sonreímos, nos abrazamos y, cuando suenan los primeros acordes de la canción de boda de *Up*, mi prima y yo comenzamos a caminar por el pequeño pasillo que nuestra familia ha marcado con flores. Yo, además, llevo una riñonera con flores que esparzo yo mismo, porque Eric no quería y Ona ha decidido que solo llevaba anillos. A veces un hombre tiene que hacer lo que tiene que hacer.

A un lado y al otro, mi familia, sonriente y expectante por vivir una boda de los Dunas después de tanto tiempo. La última, irónicamente, fue la de mis padres. Y eso, que antes me habría parecido triste, ahora me parece bonito y significativo. Me coloco en el pequeño altar casero que construimos esta misma mañana, con Azahara a mi lado. Nil se acerca de inmediato para frotarle un poco los riñones, Jorge y Felipe me hacen fotos a cascoporro, Camille llora y, cuando estoy a punto de ver qué hace el resto, el movimiento de la puerta llama mi atención.

Anastasia sale de casa con un vestido de corte retro rojo de lunares blancos pequeñísimos, su pelo natural recogido en un moño y los labios más rojos que haya visto nunca. Es la novia más bonita del universo, sin dudarlo ni un instante.

Tash le sujeta el brazo y la acompaña la primera parte del camino, tal como hizo a lo largo de su vida, pero justo a la mitad, mi madre toma el relevo. Fue ella misma quien le pidió que la llevara al altar y lloraron las dos, y yo un poco también, porque es el reconocimiento de Anastasia a mi familia como suya propia. Hacen el camino emocionadas, sonrientes y, mi chica, además, un poco temblorosa. A solo cinco pasos de mí, mi madre la suelta, también a petición de ella, que quería recorrer los últimos pasos y entregarse a mí así, sola, como la encontré, y libre, como siempre la quise. La beso en cuanto llega a mi altura, porque hay cuentos que merece la pena empezar por el final, sin importar que todos se quejen. En cuanto nos separamos, ella limpia algún resto de pintalabios de mi boca y sonríe, con los ojos emocionados y el rubor más bonito que he visto nunca en sus mejillas.

—Estás guapísimo.

—Nada comparado a ti, princesa.

Nos giramos hacia mi abuela, que nos espera de pie, con su bastón y los ojos cargados de lágrimas.

—El abuelo y tu padre serían muy felices hoy, mi niño Mario.

Parpadeo con rapidez, intentando reponerme de sus palabras. Joder, pues empezamos bien. Anastasia me acaricia la mano y la aprieto, entrelazando nuestros dedos y asintiendo a mi abuela.

—Estamos listos, abu.

Ella sonríe, suelta el bastón y estira las manos para coger las nuestras, que le damos de inmediato.

—Hace muchos años, en esta misma casa viví los años más duros y maravillosos de mi vida. Comencé mi camino junto a mi Antonio y supe, de alguna forma, que de aquello nuestro saldría una gran familia. Hoy puedo decir que no me equivoqué. No sabéis lo feliz que me hace celebrar esta boda. No entiendo mucho de los pasos que debería seguir, así que solo voy a daros las gracias por estar aquí y pediros dos cosas. La primera es que os queráis mucho, tanto como para que ese amor pueda con los golpes y vendavales de la vida, que los habrá. Pero si lucháis juntos cada día, si os levantáis con el propósito de hacer vuestra vida mejor que el día anterior, todo saldrá bien. La segunda es que no olvidéis nunca que, pase lo que pase, la familia está aquí para vosotros. Somos vuestros. Sois nuestros. Para siempre.

Suelta nuestras manos, coge su bastón y le da un trago a un vaso de agua que hay sobre la pequeña mesa que hemos montado. Suerte que ella puede beber. Yo ahora mismo tengo la garganta cerrada.

—¿Te llevo ya los anillos, tito? —pregunta Ona.

La familia se ríe y yo me agacho estirando la mano.

—Sí, Vaiana, dámelos.

Se acerca con su vestido hawaiano y su pelo rubio lleno de trenzas, me los pone en la mano y mira a mi prima con una sonrisa mellada preciosa.

—¿Lo he hecho bien, mamá?

Mi prima se ríe, y se echa a llorar, como cada vez que oye a Ona llamarla mamá. Empezó a hacerlo en Navidades, después de que mi abuela le dijera que podía hacerlo. A Eric le llevó un poco más, pero ya también lo hace casi siempre. Nil se emociona siempre que lo oye, pero no es nada comparado al drama que monta mi prima. De verdad, las hormonas la tienen del revés.

—Lo has hecho perfecto, cariño.

La niña se ríe y se sienta junto a su hermano, que la espera con una sonrisa y una palmadita en la cabeza. Esos dos, junto al que nacerá en breve y los que tendremos los demás, serán el terror de La Cala algún día.

Tan distraído estoy que no me doy cuenta de que Anastasia me tira de la mano y coge una de las alianzas hasta que ya la tiene en su poder. La miro sonreírme y, antes de poder decir nada, habla:

—«Con esta mano aliviaré tus penas, tu copa jamás estará vacía, pues yo seré tu vino. Con esta vela guiaré tus pasos en la oscuridad. Con este anillo te tomo por esposo.» —Me coloca la alianza mientras la miro con la boca abierta—. No es de Disney, sino de Tim Burton, que va mucho más conmigo. Pero a fin de cuentas, lo que importa es que voy a dedicar mi vida a quererte, cuidarte y respetarte, Mario de las Dunas.

—Tengo en mi cabeza un millón de frases Disney, pero ninguna que sirva para este momento —susurro—. Te quiero. Te quiero como nunca he querido y nunca querré a otra persona. Aunque estar conmigo a veces sea difícil, haré que merezca la pena. Me levantaré cada día con el único propósito de hacer que te sientas dueña del mundo. Voy a dedicar mi vida a quererte, cuidarte y respetarte siempre, princesa Anastasia.

Sus ojos brillan con una fuerza que me tambalea por dentro y embota mis sentidos. Oigo a la abu decir que puedo besar a la novia y, no he tenido tiempo de acercarme a ella, cuando se ha lanzado a por mí y me ha besado de ese modo que me deja completamente mudo. ¡Y tiene mérito!

—Te tengo, míster Disney —susurra.

Me río, la abrazo con fuerza y le devuelvo el beso.

—Ya era hora, cariño.

Nuestra familia tira arroz, flores y, según mis sospechas, algún garbanzo, porque a mí algo me da en la cabeza y me duele, pero mis primos juran y perjuran que no. Recorremos de la mano el pasillo de vuelta hacia la zona donde hemos puesto las mesas y sillas. Una vez allí, nos organizamos para disfrutar de una barbacoa mítica, porque no tenemos dinero para hacer una boda por todo lo alto, pero, como bien dice mi esposa, en este jardín tenemos todo lo que nos hace felices, así que abrimos una botella de champán y un zumo de manzana para Azahara. Le paso una copa a mi abuela con una sonrisa.

—Abu, ¿haces tú el primer brindis?

—Por supuesto. —Alza su copa temblorosa, señal de lo emocionada que está, y sonríe—. Por este día tan maravilloso, pero, sobre todo, por los que están por venir.

—¡Y por los Dunas! —grita alguien.

—Y por los Dunas —dice ella emocionada.

Alzo mi copa, bebo y no añado nada más, porque creo que ya está dicho todo.

Bueno, sí, justo cuando todos se sientan, alzo mi copa y grito:

—«¡Si puedes soñarlo, puedes lograrlo!».

—Tardaba míster Disney en lucirse, oye —dice Jorge—. Es que ni porque sea su boda...

Los demás se ríen, yo me siento y beso a mi mujer, porque ella sonríe que es lo único que importa. En esas estamos cuando un grito de la mesa de los niños nos alerta:

—¡Mamá se ha hecho pis!

Miro a Ona, que señala a Aza, tumbada en la hamaca y con la parte baja del vestido empapada.

—Pues parece que vamos a celebrar también un nacimiento —anuncia justo antes de darle un sorbo a su zumo.

—Me cago en la puta —masculla Nil, que empieza a correr de un lado a otro buscando el bolso, las llaves y todo lo necesario.

—Yo no pienso irme sin un espeto —dice mi prima.

—¡Azahara!

—¿Qué prisa hay? Me encuentro bien. Un espetito y nos vamos. —Se ríe y besa a Nil cuando se acerca a ella—. Esto de parir está chupado.

—A ver si dice lo mismo de aquí a una hora —murmura mi madre a nuestro lado.

Me río, pero señalo a Anastasia con un dedo.

—Cuando tú vayas a tener a nuestro hijo, pienso ingresarte una semana antes de salir de cuentas, para ahorrarme disgustos.

—Claro que sí, campeón. Claro que sí.

Ella me besa, consciente de que hará lo que le dé la gana, como siempre, y yo observo el caos que se forma en el jardín de casa con una sonrisa.

Joder, cómo me gusta ser un Dunas.

Epílogo 2

Azahara

Esto duele demasiado. No voy a soportarlo. Miro a Nil, que me aprieta la mano con fuerza, pero tiene tal cara de sufrimiento que me ahorro la queja. La que va a parir soy yo, pero el que parece a punto de desmayarse es él.

—Estoy bien —le aseguro, el problema es que justo entonces me viene una contracción—. La Virgen santa. Ya se acabó, ¿eh? Tenemos tres. Es un gran número. Tres hijos y ni uno más, ¿me oyes? ¡Ni uno más!

—Por mí, me opero mañana mismo.

—Eso decís siempre y en un par de años os tengo aquí de nuevo —dice la matrona riéndose.

¡Está riéndose! Hay que ser sádica para reírse en un momento así, la verdad.

—Me siento como si me estuvieran apuñalando por el culo. ¿Eso es normal?

A Nil se le escapa la risa, pero yo creo que de desesperación. O eso espero, porque, si no, voy a matarlo. La matrona vuelve a reírse y dice que sí, que es normal. El caso es que lo he llevado bastante bien hasta hace un rato, cuando me han bajado la dosis de epidural porque, al parecer, el momento final estaba cerca y estaba tan en los mundos de

Yupi que no iba a saber ni cuándo empujar. Si me preguntas a mí, te diría que estaba divinamente en los mundos de Yupi. Me sentía perfecta. Que sí, que tengo que empujar, pero no sabía yo que esto podía doler tanto, la verdad.

—Vale, Azahara. Está asomando, así que tienes que empujar muy fuerte cuando te avisemos, ¿de acuerdo?

—Duele mucho —resuello entre jadeos sudorosos.

—Lo sé, cielo, pero el bebé tiene que salir.

Nil me aprieta la mano por inercia y, cuando lo miro, veo en sus ojos tanto miedo que estoy a punto de pedirle un beso que nos ayude a los dos a calmarnos. Tiempo, necesitamos tiempo o prórroga o penalti o falta o lo que sea, pero lo malo de los bebés que están a punto de nacer, sobre todo si son Dunas, es que no esperan. El dolor vuelve, la matrona grita que tengo que empujar y lo único que puedo pensar es que ojalá esto acabe de una vez. Aprieto con todas mis fuerzas y siento como si tuviera un aro de fuego en la vagina justo antes de que el alivio más grande que pueda describir se apropie de mi cuerpo. Oigo los ánimos del personal sanitario y, un segundo después también las felicitaciones, pero estoy tan cansada que no me hago eco del todo. Ahogo un gemido intentando coger aire y entonces lo oigo. Abro los ojos de golpe y miro el hueco entre mis piernas, donde la matrona sostiene a mi hijo y le hace llorar al limpiarle la cara y comprobar que todo está bien, supongo.

—¡Felicidades, chicos! Es un niño sano y precioso —dice poniéndolo sobre mi pecho.

El impacto es tal que rompo a llorar de inmediato, porque es un bebé de verdad. O sea, sé que estaba embarazada, pero esto... La sensación de tener un ser humano encima de mí y saber que ha estado dentro de mi cuerpo es grandiosa. Sublime. El amor que me embarga es tal que solo puedo llorar, mirar su cara y pensar que es el bebé más guapo del mundo, aunque esté hinchado, pringoso y no parezca muy contento. Miro a Nil que, a nuestro lado, coloca una mano temblorosa en su cabeza y se echa a llorar como nunca antes lo he visto.

—Creo que nunca te he visto tan guapo —confieso entre lágrimas de felicidad.

Él se ríe, besa mis labios y luego la cabeza de mi hijo.

—Eres la mujer más valiente y maravillosa del mundo. Te quiero, Aza. Te quiero mucho.

La emoción no le deja decir más. Su pecho baja y sube con rapidez y sonrío, porque sé que esto era un mal trago para él y los recuerdos eran dolorosos. El bebé suelta un alarido tan fuerte que me río, pero creo que por el impacto.

—¿Es normal que grite así? —le pregunto a la matrona.

—No todos lo hacen, pero este tiene genio. Me parece a mí que no vais a aburriros con... ¿Cómo se llama?

Miro a Nil, que se ríe y me besa la frente.

—De las Dunas —le contesta a la matrona.

—¿Ese es su nombre? —replica esta sorprendida.

—El segundo, sí. El primero no podemos decirlo hasta que no esté toda la familia con nosotros.

—Vas a estirar la tensión tanto como puedas, ¿verdad? Quieres tener testigos para que no te mate.

Nil se ríe, vuelve a besarme y, cuando el pequeño suelta otro alarido, se ríe.

—Tienes hambre, ¿eh, colega? —pregunta enganchando su dedo dentro del puño cerrado de nuestro pequeño histérico.

—Tienes que ponerle al pecho, Azahara. Ahora es cuando más tienes que aprovechar —me explica la matrona.

Asiento de inmediato y dejo que me ayuden a engancharmelo. La sensación es rara, porque el bebé de inmediato empieza a chupar, lo cual me maravilla.

—¿Es normal que lo haga tan bien?

La matrona se ríe y le coloca bien la cabecita.

—Nacen con lo que llamamos reflejo de succión, pero si quieres pensar que tu hijo es especial y lo hace mejor que nadie, también lo veo bien.

Nos reímos mientras los médicos me toquetean por ahí abajo. La verdad, ya ni siquiera me importa. Imagino que están poniéndolo todo más o menos en orden y, al acabar, nos dejan solos con el bebé, que sigue succionando como si fueran a quitarle el pecho.

—Como siempre sea así de ansioso, va a dejarme sin pechos.

—Eric y Ona tomaron biberón, pero también eran unos glotones.

Sonrío pensando en ellos y en lo que dirán cuando conozcan por fin a su hermanito. La facilidad con la que se han adaptado a esta nueva vida es asombrosa. No es que todo sea perfecto, porque Eric, por ejemplo, sigue siendo un tanto reservado, pero ha hecho un par de amigos y nos consta que juega en el recreo, que es algo que nos preocupaba. De Ona nos preocupa justo lo contrario. Tiene un carácter de líder que nos traerá muchos dolores de cabeza y tenemos que estar poniéndole límites todo el tiempo. Pero al final, son cosas normales en niños que todavía no dominan sus propias emociones y, salvando algunas cosas, todo marcha bien. Incluso han empezado a hablar de irse a dormir a la habitación de las dos camas solos. Yo no sé si lo harán o no, pero tampoco les meto presión. Se marcharán del dormitorio cuando estén listos y, mientras tanto, nosotros seguiremos investigando qué rincones de la casa son aptos para...

—¿Estás pensando en sexo? —pregunta Nil con una sonrisa torcida.

—Por Dios, no seas egocéntrico. ¡Estoy recién parida!

—Tenías la cara que pones cuando piensas en sexo.

—Eres demasiado creído, Nil sin apellidos.

—No, es solo que te conozco bien, Azahara de las Dunas Donovan Cruz.

Me río, beso la manita de nuestro bebé y le hago un mohín a Nil.

—Bueno, y si estoy pensando en sexo, ¿qué?

—Ninguna queja, preciosa. Simplemente, va a ser una abstinencia muy muy larga para los dos.

Nos reímos, pero en el fondo ambos sabemos que se avecinan días duros de poco dormir, recuperarme del parto y adaptarnos a la vida con tres niños pequeños.

Dos horas después, más o menos, la matrona entra en la sala en la que estamos para comprobar que todo está bien y nos informa que subimos a planta.

—Vuestra familia al completo está esperando, pero les he avisado de que deberán entrar en la habitación poco a poco y, si no quieres visitas, podemos encargarnos nosotros.

—Quiero verlos —le digo emocionada—. Es el primer bebé en muchos años.

Ella sonríe, asiente y lo prepara todo para que podamos ir a la habitación. Cuando llegamos, en efecto, vemos a toda la familia en el pasillo. Haciendo caso omiso a la matrona y al chico que empuja mi camilla, todos se apelotonan para conocer al bebé, que se ha quedado dormidito después de un buen rato mamando.

En cuanto veo a Eric y a Ona, siento las ganas de llorar, pero me las aguanto para no preocuparlos. Ellos se acercan los primeros, ayudados por mis padres. En cuanto lo ven, sonríen.

—¡Es muy guapo! —exclama Eric.

—Es como un señor viejo con cuerpo de niño así de pequeñito —dice Ona juntando mucho las manitas—. Está todo arrugado.

Bueno, no podía ser emotivo, teniendo en cuenta que son niños pequeños, pero sonríen y parecen felices, que es lo que de verdad importa.

—¡Tiene mi cara! Enterito, Dios, es enterito a mí —dice Mario, aún vestido de novio.

Me río y no lo contradigo, porque después de todo nos hemos cargado el convite de su boda con este nacimiento, pero lo cierto es que el pequeño se parece mucho a Nil, aunque su pelo es muy moreno, así que intuyo que eso es mío. No sé si tendrá los ojos azules, es lo más probable, porque Nil, mi familia y yo misma los tenemos así, pero me da un poco igual. Está bien, sano y fuerte y eso es todo lo que me importa.

—Dejad al menos que la meta en la habitación —se queja el chico que empuja la camilla.

Todos se ríen y, cuando me colocan en mi habitación, entran de nuevo en tropel.

—En diez minutos tenéis que salir, lo digo en serio —advierte una enfermera.

Todos dicen que sí, que por supuesto, pero seguro que en diez minutos tienen que venir a llamarles la atención. Esta vez, la primera que se acerca a la camilla es mi abu, guiada por mi madre, que vigila sus pasos, porque con la emoción, aunque lleva el bastón, se mueve de forma un poco inestable.

—¿Qué te parece, abu? —pregunto a punto de llorar, no sé ni por qué. Supongo que porque es mi abu y presentarle a mi hijo es motivo suficiente para que la emoción me embargue.

Ella se coloca a mi lado, tira de mi nuca para besarme la frente y le hace a mi hijo la misma señal en la frente que nos hacía a nosotros mientras nos aseguraba que así quedábamos bendecidos. Yo no sé si soy creyente de algo divino, es un dilema constante en mi vida, pero soy creyente de mi abuela y de su fe ciega en que este gesto lo salvará de todo mal, y con eso me vale para permitírselo cuantas veces quiera hacerlo. Nil, a mi lado, sonríe, así que imagino que piensa igual.

El bebé, como si supiera que tiene público, abre los ojos y suelta un llanto profundo y tan alto como antes, haciendo que mi abuela sonría con orgullo.

—Así es como llegan los Dunas al mundo, gritando para que la gente sepa lo que viene.

Me río, pero no puedo evitar emocionarme.

—¿Y cómo se llama? —pregunta mi madre llorando—. Ya no podéis mantener más la incógnita.

—Yo creo que han elegido un nombre feo que te cagas y por eso no lo dicen —dice mi hermano Felipe.

—No creo que sea feo, pero sí raro —añade Jorge.

—A lo mejor le han puesto Sven, como al reno de *Frozen*. —No hace falta aclarar quién ha dicho eso.

Todos se ríen, incluida yo, que miro a Nil y elevo una ceja.

—¿Y bien?

Él mira a nuestra familia con una sonrisa, acaricia la cabeza de nuestro bebé y luego, para mi sorpresa, centra sus ojos en la abu.

—Quiero llamarlo como al hombre que hizo posible todo esto. El hombre por el que hoy todos podemos estar aquí y el que lo inició todo. Se llamará Antonio. Antonio de las Dunas Ferrer Donovan.

Miro a Nil completamente consternada, porque no esperaba esto por nada del mundo. Luego me fijo en mi abuela, que observa a mi chico con los ojos anegados de lágrimas antes de sonreír una sola vez, intentando darse valor, y acariciar el pie de nuestro niño.

—Es un gran nombre —dice con la voz rota.

Oigo un sollozo y miro a nuestra familia, emocionada al completo en mayor o menor medida. Me acuerdo de mi abuelo cada día de mi vida y sé que, gracias a él, junto con mi abu, somos lo que somos, pero no pensé nunca que Nil haría algo como esto. Aunque mi abuela no pueda hablar ahora, sé que esto será algo que la acompañará hasta el último de sus días, dentro de muchos años, si tenemos suerte.

—Gracias —susurro mirando a Nil, sin poder contener las lágrimas.

—A ti por enseñarme que agrandar la familia no nos hace peores, sino mejores. Es un honor haber ayudado a crear otro Dunas.

Me echo a llorar, esta vez no puedo evitarlo, y miro a nuestro hijo, que ha decidido que es hora de demostrar lo fuerte que puede llorar. Me río entre lágrimas y asiento.

—Es un nombre perfecto.

Cierro los ojos, sonrío y dejo que el amor por mi hijo, mi chico y mi familia inunde todo. Aunque suene absurdo, pienso en mi abuelo y en una de las últimas veces que estuvimos juntos. Estaba en nuestra playa, sentado en su barca y tejiendo una red. Me acerqué a él y lo abracé fuerte.

—¿Por qué sigues haciéndolo así? Sería mejor que compraras una máquina o algo así.

Él me sonrió como si fuera el hombre más feliz del mundo, como siempre, y palmeó mi mejilla.

—Porque así, cada vez que pesque algo con esta red, sentiré que el orgullo me llena el pecho del mismo modo que se me llena cuando alguno de vosotros consigue superarse en algo.

—Yo solo estoy estudiando.

—Algún día esos estudios harán de ti alguien importante.

—No creo que el diseño me haga rica.

—No he dicho que te hará rica. He dicho que te hará alguien importante —aclaró. Lo miré sin entender y entonces me guiñó un ojo—. Algún día, Azahara, los Dunas vais a dar mucho que hablar.

—Eso ya lo hacemos.

—No, cariño. Todavía no, pero todo a su tiempo.

Abro los ojos, emocionada. Vuelvo a mirar a mi hijo, lo acerco a mi cara hasta tenerlo a pocos centímetros de mí y, con voz temblorosa, apenas audible, susurro:

—Bienvenido oficialmente a la familia, Antonio de las Dunas. De ti solo espero que seas un buen hombre y des mucho, pero mucho que hablar.

Agradecimientos

Normalmente en este apartado me acuerdo de mi familia, amigos, bookstagramers y todo el que, de un modo u otro, me apoya a lo largo de mi carrera, pero esta vez voy a resumirlo todo en pocas frases, porque estoy tan emocionada que no soy capaz de escribir mucho más, así que ahí va:

Gracias por acoger a los Dunas y acogerme a mí.

Gracias por quererlos y quererme tanto.

Gracias por los cientos de mensajes privados para animarme, contarme vuestra opinión y pedirme más.

Gracias por las reseñas y vídeos.

Gracias por esperar a Mario con tantas ganas.

Gracias por tanta magia.

Estoy convencida de que estoy rodeada de la comunidad que todo escritor sueña.

Gracias, muchas gracias por impulsar mi vuelo una y otra vez.

Los Dunas acaban aquí pero, con suerte, a mí todavía me quedan muchas aventuras que narrar. ¿Me acompañáis? =)